中国古典文学名著

万花楼

[清] 李雨堂 著

华夏出版社
HUAXIA PUBLISHING HOUSE

图书在版编目（CIP）数据

万花楼／（清）李雨堂著. —北京：华夏出版
社，2013.01（2024.09重印）
　（中国古典文学名著丛书）
　ISBN 978－7－5080－6379－9

　Ⅰ．①万… Ⅱ．①李… Ⅲ．①章回小说－中国－清代
Ⅳ．①I242.4

　中国版本图书馆 CIP 数据核字（2011）第 083805 号

出版发行：华夏出版社
　　　　　　（北京市东直门外香河园北里 4 号　邮编 100028）
经　　销：新华书店
印　　制：永清县晔盛亚胶印有限公司
版　　次：2013 年 01 月北京第 1 版
　　　　　　2024 年 09 月北京第 2 次印刷
开　　本：670×970　1/16 开
印　　张：19.5
字　　数：292.1 千字
定　　价：38.00 元

前　言

　　在传统中国人的心目中，中华帝国的大一统观念是神圣不可动摇的。可在北宋时代却偏偏外侮不断、内患重重，后来宋亡于金、元，明亡于清的历史现实，更使得国人痛心疾首。在这种社会背景下，讲述英雄传奇的文艺作品（如评书、戏剧、小说）便流行起来，因为这对于民众心理来说，是一种对社会现实的补偿，在一定程度上表达了群众的爱国主义情感、英雄主义情结。

　　在中国历史上，爱国英雄代有人出；在中国民间，英雄传奇小说洛阳纸贵。《万花楼》中所述狄青五虎将的故事就和杨家将、呼家将、岳家将的故事一样，长期以来传诵不衰。

　　《万花楼》属于历史演义类英雄传奇小说，全称《万花楼杨包狄演义》，又名《大宋杨家将文武曲星包公狄青初传》，此书为"杨家将"故事的续书。《万花楼》为《五虎平西平南》（《狄青全传》）的前传，但是成书却比《五虎平西平南》要晚。

　　《万花楼》成书于清代嘉庆年间，作者李雨堂，鹤邑（今广东龙川县）人氏，生平事迹不详。全书共六十八回。书中讲述的是宋真宗年间发生的故事：太原总兵狄广之妹狄千金被选入宫，真宗赐予八王爷为妃。八王爷派差官孙秀至狄府慰问，差官乃庞太师门人，与狄家有隙，就谎报狄千金自尽，惹得龙颜大怒。狄广为避祸携夫人及女金鸾、子狄青返乡。狄广病故，狄青年方七岁，发大水时母子失散。狄青是武曲星下界，被王禅老祖接往峨眉山，习得文武韬略。狄青出师后，在万花楼偶遇张忠、李义，并打死作恶多端的胡伦。公案堂上，包拯惜才，铁面断案，救出狄青，使狄青免遭官司，几经波折后与自己的姑姑狄太后相认，从此成了皇亲国戚。后与包公、杨宗保、范仲淹等忠诚良将力抗西夏、斥佞除奸、忠君报国。

　　此书的一大特色，即是虚实结合，情节内容自成首尾。实，在于故事背景大体有些史实依据，如狄青与庞洪的斗争，狄青征西夏赵元昊以及平叛依智高等，均见于史籍载录。书中人物也大多史有其人，如狄青，《宋史》有《狄青列传》，是著名的北宋名将，包拯是有史可查的清官等。虚，在于离奇的故事情节、夸张的人物形象，如狄青仙术战沙场、包拯施宝救冤魂等，人物形象神魔化，更使得情节跌宕起伏、生动有趣。此书还有一大特色就是将历史演义与公案小说巧妙地结合成一体。包公智断狸猫换太子案，更影响后世小说戏曲作品，使得众多评书、戏曲、小说纷纷效仿，至今广为流传。杨宗保、包拯、狄青与大权奸庞洪的斗争更写得有声有色，扣人心弦，是贯穿全书始终的主线。

《万花楼》的作者妙笔生花，文字功底深厚，将人物形象更是刻画得惟妙惟肖，个性鲜明。杨宗保的武艺精湛、老成持重，狄青的血气方刚、年少轻狂，包拯的铁面无私、足智多谋，范仲淹的深谋远虑、温文儒雅，焦延贵的刚直鲁莽、有勇无谋，庞洪的老奸巨猾、毒蝎心肠等，都尽显笔端、跃然纸上。

全书的语言简洁明快、朴素易懂、更不乏幽默诙谐之处，娓娓道来，读之酣畅淋漓，人心大快，实乃演义传奇小说中的上乘之作。

为弘扬中华传统文化，促进明清小说的学习交流，编者为重新出版此书投入了较大精力。对原书原来缺字的地方用□表示了出来。但限于学力，在整理排印中难免出错，欢迎广大读者和业界同仁批评、指正。

编　者
2011 年 3 月

目　　录

第 一 回
选秀女内监出京　赴皇都娇娥洒泪

诗曰：

　　一编欣喜有奇文，奸佞①忠良各判分；

　　决狱同钦包孝肃，平戎共仰狄将军；

　　威校面具留佳话，旋转宫闱立大勋；

　　莫笑稗官②凭臆说，主持公道最惰殷。

　　却说大宋真宗天子，乃太宗第三太子。名恒，初封寿王，寻③立为皇太子，太宗崩，遂登大宝。在位二十五载，寿五十五而崩。溯其即位在戊戌成平元年，其时乃契丹统和十六年。考帝之初政，宽仁慈爱，大有帝王度量，然好奉道教，信惑异端，以致祸乱丛生，屡有边疆之患，后有契丹澶州之扰也。

　　且说真宗登基后，即进刘皇妃为东宫皇后，封赠李妃为宸妃，二后俱得宠幸。其年两宫皇后齐怀龙妊，真宗暗暗欣然，唯愿二后早生太子接嗣江山。当时朝中文武，自首相一品以下，二三四品官不下百余员，其中忠诚为国者不少，奸佞不法的亦多。时称为贤良的有太师李沈、枢密使王旦、平章寇准、龙图阁待制孙奭④四位大臣，真乃忠心贯日的贤臣。只有王钦若、丁谓、林持、陈彭年、刘承畦五人，相济为恶，聚敛害民，时人号为朝中五鬼。又有包拯初为开封府尹，庞洪职居枢密副使，忠佞二臣，容后交代。

　　却说庚子三年，有内监陈琳，一天出朝上殿，俯伏金阶，口称："我主万岁，奴婢见驾。"天子一见说道："你乃掌管宫闱，司礼内监，今来见朕，有何章奏？"陈琳奏道："奴婢并非文武司职，并无本章上奏，不过面陈罢

---

①　奸佞（nìng）——奸邪谄媚的人。

②　稗（bài）官——古代的小官，专给皇帝述说街谈巷议，风俗故事。

③　寻——旋即，不久的意思。

④　奭（shì）。

了。"天子道："你且当面奏来。"陈琳道："只因上年蒙我主隆恩，放出宫内中年妃嫔一千五百余名，各官民父母领回已讫。如今三宫六院，缺少了许多妃嫔，遂觉不够使唤，望乞我主万岁颁旨，另选少艾，以备宫中充用。奴婢职掌内宫，不敢隐瞒。"当下天子闻奏，暗想：宫中妃嫔，上年虽则放出一千五百余名，目下少年者尚属不少，倘若再选，岂不有屈民间多少年少美女！如今朕有个主意，想上年王嫂宾天①，八王兄中馈②已缺。他年将半百，尚无后嗣，不若趁此选点秀女，挑其美丽超群有贵相的，送与王兄作配，岂不是美事。倘或一二载产下麟儿，以接宗支，也未可知。当日真宗想定主意，随即降旨前往山西太原，只许一府挑选才女八十名，不许多选，亦不得借端滋扰良民，限五个月内回朝缴旨，即命陈琳前往。陈琳领旨，天子退朝进宫，文武官员各回衙署不提。

单说内监陈公公赍③了圣旨，带了八名近身勇士，一千护送宫女的兵丁，一路长行，一月余方得到了山西省首府太原。早有大小文武官员前来迎接钦差。陈公公一路进到城中，一同滚鞍下马，到了大堂，开读圣旨已毕。众文武接旨之后，一同见礼，依次坐定，谈说一番。是夜，置酒相待，晚膳已完，众文武各自散去不表。

却说太原府城中大小文武五十多位官员，当时得知万岁旨下，挑选才女，以备内宫之用，大家怎敢延慢。知府转委知县，传集保领人等一刻齐集县堂。有县主吩咐传言："当今万岁旨意，挑选美女八十名。不论官家宦女，民家才女，凡十三岁以上，十九岁以下，生来才貌两全，俱要报名上册。限十日之内，报足八十名之数，候钦差挑选。如有匿名违命徇私，定当重责不贷。"众保各领命而去。

当日地方保领于一府之中，城厢内外，不论名门宦户，逐一点名核查。不想太原一府地方，军民百姓贫富不一，闻此消息，甚是惊惶。内有许了人的，自然即时完娶，其年少些未曾定配的，仓卒间也不用过聘，立刻嫁娶的甚多。至有年高定了年少，贫贱娶过富豪的也不少。若论挑选宫女，于一府地方只选八十名，众民何故如此慌忙？皆因父母爱惜子女，好不容易

① 宾天——称帝王之死，亦用来泛称尊者之死。
② 中馈（kuì）——原谓妇女在家主持饮食等事，引申指妻室。
③ 赍（jī）——携带。

将女儿育成十四五岁,有六七分姿容,倘或被选,便永无相见之日,犹如死了一般,为父母者又怎不着急? 当日不特民间慌乱,即名门官宦之家,倘有美貌超群、才情出众的,也都不敢隐瞒,只因奉了圣上旨意,你倾我轧,皆要献出。

期满这一天,众美人带至金亭驿中,计民家美女却有二百余名,内中官宦之家的贵女不过二十名。陈琳一一挑选过,其上等美丽,身材窈窕,纤纤指足者,不过五六十名,其余的虽然有六七分容貌,不是面色黑些,便是身材不称,都选不上。陈琳道:"众位大人,你们若不嗔怪,咱就直言了。想圣上上年放出中年宫女一千五百余名,如今只选回稍美者八十名,可谓仁德之至了。咱家临出京之时,圣上曾命要首选一名绝色才貌双全的为贵人,岂知太原一府地方,八十名尚且不足,众位大人试想,难道咱家就这样还朝复命不成? 倘列位大人有意隐瞒,欺着圣上,就难怪陈某亲往挨查。倘若众官长中查出有美丽贵人,勿言某之不情,奏明圣上,以违旨论!"众文武听罢,皆无言语,只得眼睁睁地看着一位官员。此人姓狄名广,现为本省太原府总兵,祖上原居山西,他祖父名狄泰,五代时曾为唐明宗翰林院。父亲名狄元,于本朝先帝太宗时,职居两粤总制,威振边夷,名声远播,中年而亡。老夫人岳氏尚存,生下一子一女,长子即今狄广总爷,后得怀胎幼女,唤名千金,长成十六之年,真有闭月羞花之貌,沉鱼落雁之容,不独精于女工,而且长于翰墨,还未许字人家。这岳氏老太太爱之犹如掌上之珠,怎肯去报名上册? 如今狄广听了陈琳要亲身到各府搜查,众官员也都知狄门有此美女,内中亦有为子求过婚的,只因老太太不舍,未能成就。当时狄爷知瞒不过,心中闷闷不乐,只得与众官同声说道:"陈公公将就些,且宽限我们三天,如有美不献,一朝奏知圣上,也怪不得了。"当时陈琳允诺,众文武各散回衙。

单说狄爷已有二女一子,长名金鸾,次名银鸾,但次女未及三岁已早夭亡。如今大小姐年方九岁,公子狄青初产,方才对月。当日狄爷回至府中,滚鞍下马,回进后堂,闷闷不乐,不言不语。孟氏夫人见此光景,即呼:"老爷往日回来,愉颜悦色,如今有何不乐?"狄爷见问,便将陈琳催迫之言细细说知。夫人听了,也觉惊骇。正在对坐愁闷,不料小姐适进中堂,一闻愁叹之声,也觉惊惶。听了哥嫂之言,早已明白,便轻移莲步来到堂中,与哥嫂见礼,只做不懂,开言道:"哥嫂缘何在此愁叹,有甚因由?"狄爷见问,只得叫声:"贤妹,愚兄因思你父亲弃世太早,说起不禁令人感伤。"小姐道:"哥哥既然思念父亲,缘何又有违逆圣旨只恐举家受累,罪过非轻之言,此是何说?"广狄爷夫妇听罢,低头不语。小姐又道:"哥嫂所言,妹子已经尽悉,今日既然事急,何必隐瞒?"狄爷听了,即道:"贤妹呵!不幸父亲归天太早,抛下萱亲①在堂,只有你我兄妹二人。如若今日将妹子献出上册,一来怕哭坏了老母,二来难以割舍同胞之谊,因此觉得愁闷不堪。明天待愚兄备下一本,请陈琳还朝,奏个明白,正在筹思,不知可否。"小姐听了,说:"哥哥,此事万万不可!哥哥为官日久,岂有不明法律之理?圣上倘准了此本固好,倘或不准,怪责起来,圣上一怒,哥哥便有逆旨之罪,一家性命难保,反累及母亲,岂不是只因妹子一人,使哥哥负了不忠不孝之名,此举望哥哥再为参详。"狄爷听罢,低头想了一番,便问:"贤妹,依你主意怎样?"小姐说:"依愚妹之见,还是舍着我一人,既保全了举家大小,又免了哥哥逆旨之罪,方为上策。但不知哥哥意下如何?"狄爷不觉愁眉倍蹙②,长叹一声。三人谈论一番,不觉天色已晚。

忽然过了三天,是日狄爷夫妻正与小姐商量之际,只见一个老家人慌忙走进内堂,口称:"老爷,今有陈公公领了军兵,先住节度使衙门搜寻,少刻定到我们府中来的。"狄爷听了,闷上添愁,孟夫人吓得没了主意。小姐说:"哥嫂不必慌忙,愚妹自有定见。"便吩咐老人家:"且往外堂唤中军迎接陈公公,请他早回金亭驿,不必到我府中。就说狄总爷有位姑娘报册。"当下老家人领命出外堂去了。小姐唤丫环进佛堂内,请到岳氏,老太太坐下,看见孩儿愁容满面,又见媳妇女儿各人一汪珠泪。太太见此,好不惊骇,即问:"你夫妻兄妹为何如此?"狄爷只是摇首难言,犹恐太太悲痛。太太又问女儿:"你因何也是如此悲伤?其中必有缘故,快些说与为娘得知。"狄小姐未及启言,泪浮粉面,说声:"母亲,女儿从小长育宦门,深居闺阁,有谁委屈我,只因今日圣上有旨,到本省点选秀女,册上缺少人数,钦差难以复旨,只要官宦人家闺女补数。如今挨户搜查,如若再匿名不报,全家就有不测之灾。早闻报到挨搜至节度使府中,搜毕必然来搜查我府了。只因哥嫂慌乱,又无可再设施的,女儿只得含着一身去报名,

---

① 萱亲——母亲。

② 蹙(cù)——皱眉头。

以免满门之累,但割舍不得母亲之恩,哥嫂之情,因此不免悲伤。"言罢,珠泪沾襟。老太太听了此言,吓得魂飞魄散,手足如冰,母女抱头痛哭。

狄爷夫妇正劝解间,有老家人跑进内堂,报说:"中军官方才将陈公公请回金亭驿去了。陈公公说:'老爷若肯将小姐献进,至为知机,但切不可延留过久,即日就要回朝复旨。'"狄爷说:"知道了,你去吧。"家人退出。

却说这狄广只有一子,方在哺乳,固属不知事体,即九岁女儿,虽知人事,别离苦楚到底不甚明白。只有母女夫妻四人十分凄惨。又过了三天,见老家人传报:"陈公公今日立刻要请小姐出府,因于官宦人家选足了八十名之数,只少我家小姐一人未到。"老太太听了,倍加凄惨。狄爷夫妇含泪苦苦相劝,老太太只得揩了眼泪,说:"也罢,为娘且送你至驿中,以尽母女之情。"狄爷连忙吩咐备了两乘大轿伺候。小姐带泪相辞嫂嫂,这孟氏夫人下泪纷纷,各言珍重之话。

当时母女上了大轿,狄爷骑上骏马,一班随行家将,一路呼呼喝喝,出了大堂,来至驿中。先差旗牌官去通报,然后将二乘轿抬到内厢,狄爷下马相随,来到大堂。陈公公敬她是位小姐,又是狄爷同到,忙下阶相迎。母女下了大轿,太太携挽娇儿站立堂右,陈琳先与狄爷见礼,后对小姐举目一看,果然生得姿色美丽,与众不同。有诗赞曰:

娇艳轻盈一朵花,西施敢与斗容华?
慢言秀美堪餐色,再世杨妃产狄家。

当下陈琳看见小姐生得容光姣艳,迥异寻常,满心喜悦,说声:"总戎夫人,此位是令爱小姐么?"狄爷道:"非也,乃下官同胞小妹。"陈琳道:"原来乃大人令妹。果然天生丽质,非凡美所及,倘注上册名回朝,如经圣上青目,必然大贵,福分非轻的。"狄爷说:"老公公前日有言在先,倘众文武中有美不一即献出,回朝奏知圣上,以违旨论。但下官思量,妹子虽有此美才,只因家母年高,爱惜女儿如珍,真难割爱,是以延迟至今始报。望祈老公公回朝将就些,以免下官有欺君之罪,不胜感激!"陈琳道:"总戎大人何须过虑。你今依旨将令妹上册,何云欺君?其迟些报献,不过人子体念亲心之意,陈某怎敢诛求①。但令妹是何闺名?"狄爷道:"小妹闺名千金。"陈琳即命执笔人,将宫女册上头名注上狄千金毕。

①　诛(zhū)求——勒索的意思。

　　陈琳得此美人,随即于众美中选了十余名,凑足了八十名之数,余女发回各家父母领还。当时不用狄府大轿,要请小姐坐上香车。老太太心如刀割,泪似泉涌,小姐牵衣顿足,母女奚忍分离①? 狄爷见此光景,也觉惨然,只得硬着心解劝母妹一番。老太太无奈,含泪嘱咐女儿一遍,转身又向陈琳道:"老公公,我女儿年少,寸步未离闺阁,娇生惯养,一十六年。万里风霜,望祈照管,老身即死在九泉,亦当衔环相报②。"陈琳一口应允,又呼:"老太太,小姐今日应选还朝,定然是一位大贵人,实乃可喜,何须悲苦? 陈某凡事自当照管,不用挂怀,且暂请回府去,吾即速登程回朝了。"母女只是珠泪纷纷,实乃生离死别,母子情深笔难尽述。狄爷也来催促,小姐又含泪道:"哥哥,小妹此去,吉凶未卜。但母亲年老,小妹一别之后,定然愁惨不堪,万望哥哥嫂嫂百般解劝,诸事留心,小妹别后,死死生生,别无所虑了。但今日陈公公催促甚急,不能与嫂嫂面别一言,心实不安,望哥哥回去代小妹多多拜上。侄儿侄女,哥嫂自能教育,不用小妹多嘱,总于母亲处用心留意,即是哥哥看待小妹之恩了。"一言未罢,珠泪双行。狄爷带泪,连声答应道:"贤妹放心! 愚兄平日侍奉母亲,你亦尽晓,尽可宽怀,一切还望留意珍重。"

　　当日兄妹二人,身同一脉,也觉不忍分离,有许多衷曲之语要说,一句话都说不出来。不特小姐女流情重,固属依依留恋,即狄爷是轰轰烈烈英雄,此际也未免儿女情长,英雄气短,说到胞谊生离,不禁潸然③下泪。

　　不知狄小姐分袂④如何,且看下回分解。

---

①　奚(xī)——疑问词,作"何"讲。奚忍分离,何能忍得住分离呢?

②　衔环相报——报恩。

③　潸(shān)然——形容流泪不止的样子。

④　分袂(4mèi)——分别的意思。

第 二 回

八王爷蒙恩获美　狄千金慰母修书

　　当时狄爷兄妹正在悲离之际，老太太流泪，在袖中取鸳鸯一对，呼唤女儿："此对玉鸳鸯，乃是当初你爹爹奉旨征辽，回朝加爵，圣上恩赐此宝。善能辟邪镇怪，刀斧不能砍下。此乃传家之宝，父亲去世遗下，为娘敬谨①收藏数十秋，今日与一只给你带去，留下一只与你哥哥，以作日后遗念便了。"小姐伸手接过，正要说话，有陈公公几次催促，小姐只得含泪上了香车，同着众女子进京。当日也有父母姑嫂一班相送，何止三五百人。哭泣的哭泣，嘱咐的嘱咐，一一实难尽述。陈公公吩咐起程，文武官纷纷送别。

　　单说岳氏太太见女儿香车一起，泪如雨下，心似刀割，哭声凄楚，扑跌于地。狄爷连忙扶起，解慰一番，太太只得带泪上轿，狄爷辞别众官，乘马回衙，进内安慰太太。孟氏夫人已知姑娘别去，夫妻谈论，不胜伤感。按下狄府慢提。

　　却说陈琳催车出了城外，一路直向汴京而来。水陆并进，过了月余，已到河南地面，又是数天方达帝都，于午朝门外候旨。此日适值真宗天子方才朝罢，与南清宫八王爷在长乐殿内下棋，有内侍奏知挑择秀女回朝一事。天子闻奏，龙颜大悦。传旨先宣陈琳，一一奏明；然后又命宣进美人于殿内。陈琳领旨，即跑出外殿，到午朝门外，吩咐众美人下了香车，即要入朝见圣。当下陈琳带领八十位美人，引进长乐殿中，在丹墀②下齐齐倒身下跪。陈琳捧册献上，有内侍展于龙案上，天子举目一观，只见头一名美女姓狄名千金，下边注着宦门二字。天子看罢，却传旨宣首名狄千金上殿。陈琳领旨下阶，奉宣千金见驾。言毕，只见中央一位美裙钗，金莲慢步，上了丹墀，正身跪下俯伏，燕语莺声，口称万岁。天子见着这位美人，

　　①　敬谨——虔诚小心地对待。
　　②　丹墀(chí)——古时，宫殿前的石阶以红色涂饰，故名丹墀。

不啻①蕊宫仙女,宛如月殿嫦娥,龙颜倍喜,说:"此女果然美丽不凡。"八王爷也赞叹道:"不独姿色美丽,而且礼数雍容,出身必非贫贱之辈,但不知是怎样官职人家?"天子说:"待朕细问。"便朗呼道:"狄千金,你既是山西太原人氏,生长宦门,父居何职? 且细细奏与朕知。"狄千金说:"臣妾领旨。"即有七言绝句奏上,诗曰:

> 原籍山西府太原,父为总制狄名元。
>
> 总兵狄广亲兄长,深沐皇恩世代沾。

真宗天子听奏,喜色扬扬。八王爷道:"不意此美人才貌双全。"天子说:"王兄果然眼力不差,且她是世代勋臣之女。朕选此美女,原有个主意在先,想来王嫂去岁登仙,王兄目今尚缺中馈之人,朕今将此女赐与王兄,送到南清宫内,以为内助便了。"当时八王爷一闻天子之言,慌忙高位,欠身打躬,口称:"陛下虽有此美意,但臣该有罪欺天了。狄千金乃奉旨挑选,以充圣上宫中使唤,微臣焉敢领旨作配? 伏望我主龙意详察。"天子说:"王兄不必推辞,朕已有旨在先,如不合于理,陷王兄于不义,朕岂为之哉?"即传旨着陈琳将狄美人送至南清宫,再赠宫娥十六名,陪伴美人,又赐脂粉银十万两。八王爷只得谢恩而出。

此时陈琳领旨,送狄小姐往南清宫去了。天子又看名册上第二名美人,乃是寇承御。天子说声:"好个承御的美名也!"就将她改作头名。当时天子又命宫娥领了七十九名美人,带引至东宫娘娘处交代,分发在三宫六院,暂且不表。

次日天子命发出库银一万六千两,发往山西应选各家父母,以为保养之资。

是日,狄小姐早有宫娥与她梳洗,换过官衣服饰。八王爷望北阙②先拜谢君恩,后坐于正殿当中,早有宫娥扶出贵人,两边音乐齐鸣,铿锵盈耳。来至正殿中,朝见千岁,行了君臣大礼,然后参拜天地。拜毕,有宫女一班扶了美人还宫。当晚王府内排设筵宴,众文武俱来叩贺,在正殿上饮燕庆闹,直到日落西山,众大人才拜辞千岁爷回府而去。陈琳复又进宫,回复圣上不表。

---

① 啻(chì)——仅,只的意思。

② 北阙(què)——文中指皇帝住所的方向位置。

　　单言是夜王爷回进宫中与贵妃合卺①,传情交杯,酒至数巡,方命散去余席。次日梳洗已毕,清晨进朝谢了君恩。退朝还归王府,有狄妃迎接王驾坐下。王爷开言说:"贤妃,你匹配孤家,实乃圣上龙恩美意。但有一言,前日陈琳奉旨往选时,将你名姓报入皇册内,充作宫娥以供使唤,今日身作王妃贵人,你的令堂令兄远隔数千里外,未必知之。明日圣上差官往山西赏赐银两与众秀女父母,以补养育之资,你何不修书一封,待孤家命差官付你母兄,以免他切望之心,不知你意如何?"狄妃闻命,高位下拜谢恩。八王爷命左右宫娥扶起。即取过文房四宝放于桌上,宫女浓研龙煤②,轻拂玉笺,狄妃提起笔来一挥而就。书中大意不过请安问候,不用多述。八王爷见狄妃下笔敏捷,将书笺一看,吉言锦绣,字字珠玑,心中暗喜,赞道:"贤妃真乃才貌两兼!"此刻妃子将家书封固,八王爷接转,即起位离后宫,到正殿上坐下。命掌府官宣往山西的钦差来见。掌府官领旨,去不多时,将钦差宣到王府,一见王爷,顿时俯伏朝见。八王爷即命平身。原来这钦差乃一个奸臣,由知府贿赂上司,拜大奸臣冯拯太尉为门下。庞太师是他岳丈,数进财帛于众权奸,是以由知府升任巡道,以至知谏院。此人姓孙名秀。当日躬身立着,八王爷唤道:"孙钦差,你今奉旨往山西给赏,孤家狄妃有家书一封,劳你顺便带去,投于狄总戎府中,回朝之日,孤家自有重赏。"孙秀听了,诺诺连声,双手接过书来,叩谢出了王府,扶鞍上马,数名家丁随后,心下暗想:"这狄总兵名狄广,乃是狄元之子。想当初狄元为两粤总制时,吾父在他麾下奉命解粮,只因违误了限期,被他按军法枭首,死得好不惨伤。我与狄门有不共戴天之恨,如今八王选这狄妃,此女是他亲生,此书不过是报喜的吉信,不若我将此书埋没不与,再与他报个凶信,暂解心头之愤,岂不快哉!"主意已定,即将原书藏过。

　　次晨,孙秀领了王库中一万八千两白金,押着车辆,离却汴京城,一路登程,水陆并进,已至山西。城中大小官员,早知钦差到来,远远恭迎,见礼之间不能尽述。当日孙钦差将银子交付布政使司暂存,即命县主传示选女的父母,报名领赏,每一名赏白金二百两,实得一百二十两。此缘孙秀是奸贪之辈,每二百两减克了八十两,赚出六千四百两,饱充私囊,众人

---

　　①　合卺(jǐn)——指成婚。

　　②　龙煤——指皇家所用的墨与砚台。

哪里得知？

　　当日狄总爷闻圣上有银两恩赐，故钦差一到，他正要打听妹子信息。次日早晨，具备名帖，邀请孙秀。孙秀吩咐即日打道，向总戎狄府而来。狄爷闻报孙钦差来拜会，又称言有机密事相商，必要到后堂才好相见，连忙出府迎接。两下见礼毕，携手进后堂，再复叙礼坐下，家丁敬递过香茗，狄爷道："无事不敢邀驾，钦差大人奉旨到来，给赏众秀女父母，内有位狄千金之名，进京之后，不知如何下落？谅大人在朝，必然细悉，故小将特请孙大人到来，求达消息。"孙秀听了，反问："老总戎，你何以知有狄千金之名，又是同姓，莫非此女是总戎令爱么？"狄爷道："非也，不瞒大人，此女乃小将舍妹。"孙秀道："原来乃总戎大人令妹，真是可惜！"狄爷听了，连忙问道："孙大人为何说起可惜二字，莫非有甚差池么？"孙秀故意左右一瞧，呼声："总戎大人，凡人侍家丁，可是内堂家人，还是外班散役？"狄爷回言，都是内堂服役。孙秀道："下官言来，不要传扬出外方妙，倘走漏风声，恐有不测之祸，连下官也有累及了。初时令妹进到王宫，略闻她思念家乡，怀忆父母，日夜悲啼，天天怒吵，三宫六院个个憎嫌不悦。岂知令妹性急，抑或忧忿过多，竟是悬梁而死。圣上闻知大怒，说污渎了宫闱，罪不容诛，已将尸首抛弃荒郊之外。下官奉旨之日，圣旨命我密访她父母问罪，幸得陈公公一力为大人遮瞒，不说是大人嫡妹。在下官想来，大人还是趁早寻条出路，以免罗网之灾，下官但据事直言，只恐冲读，休得见怪。"狄爷听了，神色惨变，只得满口称谢。孙秀登时告别，狄爷当时亦无心款留。

　　待钦差去了，回到内堂，早有岳氏太太在堂后听得明白，一见狄爷进来，她便一把扯住问道："我儿，方才钦差之言，是真是假？倘若是真的，为娘性命断难留于人世了。"狄爷听了，忙道："母亲何用惊慌？早间钦差不过谈论国家事情，未有什么言辞，母亲为甚如此着忙？"太太呼道："我的儿呵！方才钦差与你说的一番话，我已听得明白，你还要瞒我么？"狄爷听了，不觉垂泪，说："母亲，这是祸福无常，如今亦不必追究真假，母亲既然听得钦差之言，便是如此了。"老太太说："你的妹子到底怎生光景，须速速说来。"狄爷道："母亲呵，今日圣上旨调孙钦差到来，恩赏众秀女父母，不论官民，一概俱有给赏，唯我家无名，想起来妹子定然吉少凶多了，这钦差之言，岂不是真的么？"岳氏老太太听了，早已吓得三魂失去，七魄飞腾，大呼一声道："我的女儿呵，你死得好惨伤也！"往后一跤，跌倒地中，气息顿时绝了。狄爷夫妇齐步赶上，慌忙扶起，哭呼母亲、婆婆。众丫环使女齐集，看见老太太面如金纸，一息俱无，已是死了。狄爷含泪道："手足已冰冷了。"夫妇对看，放声大哭，狄爷道："今日妹死母亡，如此惨伤，何天之不祚①，弄得如此收场呵！"孟氏夫人纷纷下泪说："不意狄门不幸，祸从天降，有此灾殃。可怜姑娘年少惨死，又受此暴露尸骸之罪，老婆婆又因此而亡，数月之间，人亡家散，言之痛心不已！"狄爷闻言，更觉凄惶，夫妻对着尸骸只是痛哭。当时众家丁丫环仆妇一同下跪，禀道："老爷、夫人不可过恸②，老太太既已归天，打点料理后事要紧。况天气炎热异常，诚恐老太太玉躯不得久停。"狄爷夫妇听得家人禀告，只得收泪，即于堂中安放。狄爷又进内取出白金百两，命得力家丁去备办棺木，不一会将材料等抬到，即命匠人登时赶造一棺一椁，又命人赶办衣衾等类。官家使用自然不比民间，一一实难尽述。到了次日入殓，夫妇又复痛哭一番。其时大小姐金鸾，年及十岁，已知人事，亦不免伤感，忆着婆婆。只有公子年幼，不知人事。

当日收殓老太太之后，少不得僧道追荐，狄爷忙乱数天，方得安静。一日，夫妻商议，狄爷道："如今妹子在朝自尽，母亲又因妹子气愤身亡，且孙钦差又通知皇上大怒，只因妹子自缢，污秽了宫闱，还言要访拿父母。幸得此机未泄，我今不如趁母亲亡故，预上一本，辞退官职，一来省却祸患，二来归回祖居，以葬母亲，夫人以为何如？"孟氏夫人听了道："此言亦是，只是孙钦差之言未知真假，岂可因此一言，便灰了壮志？老爷还该细细酌议，或命人回朝打听明白，再作计议。"狄爷道："据孙秀之言如此，想必不差，况他从京都来，事关重大，必无讹传之理。若要回朝打听，往返又要数十日，倘圣上当真追究起来，那时逃遁不及了。况吾年已四旬，在朝为官十余年，后来奉旨回乡剿寇，不觉将近十载，如今看得仕宦之途，甚是无味。不若趁早退归林下，乐得逍遥自在，省得担忧吃惊，受制于人。如今亦不必管孙秀之言是真是假，总是辞官归里为妥。"

不知狄爷如何辞官，究竟允准否，且看下回分解。

---

①　不祚（zuò）——不祥之意。

②　过恸（tòng）——极度悲哀。

第 三 回

寇公劝驾幸澶州　刘后阴谋换太子

却说狄广夫妻商议已定,是夜狄爷于灯下写了一道辞官殡母本章,次日打道来至节度使衙中,恳求代为转呈,节度使只得顺情收了。狄爷辞别回府,登时打点行装,天天等候圣旨慢表。

先说孙钦差颁给完了回朝。彼乃奸贪之辈,所有各府司道送来财礼,一概收领,并不推辞。是日文武官员纷纷送别,克日登程,月余方到汴京城中。次日上朝缴旨①,后到南清宫复命,对八王爷道:"狄总兵出外巡边,未曾讨得回书,且臣难以久候,今日还朝,特来复命。"当下八王爷信以为确,倒厚赏了孙秀数色礼物,孙秀拜谢回府。所有私克秀女银两及各官送礼,共得银三万余两,他即派作三股,与冯拯、庞洪共分,两个奸臣大悦。次日上朝,冯太尉、庞枢密启奏圣上,言孙秀奉旨往山西,一路风霜,未得赏劳,且力荐他才可大用,请圣上升他为通政司,专理各路本章。孙秀不胜喜悦,感激冯、庞二人,侍奉甚恭,三人十分相得。

闲话休提。忽一日,山西节度使有本回朝奏圣,并附着狄广辞官告假本章一道,一同投达通政司。孙秀见了此本,犹恐八王爷得知,泄露机关,就不妙了,竟将狄广本章私下隐没,只将节度使本章呈达,又阴与冯、庞二相酌量,假行圣旨,准了狄广辞官归林,此事果然被三奸隐瞒了。

狄爷接得旨意,欣然大喜,与孟夫人连日收拾细软物件,打点起程。是日带领家眷人口车辆驾着老太太灵柩,一直回到西河县小杨村故居宅子。住了数天,选择良辰吉日,将老太太灵柩安葬已毕,狄爷又在坟前起造一间茅屋,守墓三年,方回故居,这也是狄爷天性纯孝,不忍离亲之意。

且说狄青原是武曲星君降世,为大宋撑持社稷之臣。狄门三代忠良,卫民保国,是以武曲降生其家,先苦后甘,以磨砺其志。另有江南省庐州府内包门,三代行孝,初时玉帝,原命武曲星下界,降生包门。文曲星得

---

① 缴(jiǎo)旨——办完皇帝交给的差事后,向皇帝交代清楚。

知,亦向玉帝求请下凡,先到包氏家降生了,故玉旨敕命①武曲往狄府临凡。还有许多凶星私自下凡。原因大宋讼狱兵戈不少,文武二星应运下凡,除寇攘奸。故在仁宗之世,文包武狄都能安邦定国。

按下闲言少表,且说景德甲辰元年,皇太后李氏崩,文武百官挂孝,旨下遍告四方,不用多述。至仲秋八月,毕士安、寇准二位忠贤,并进相位。至闰九月,契丹主忽兴兵五十万,杀奔至北直保定府,逢州夺州,遇县劫县,四面攻击,兵势甚锐。定州老将王超拒守唐河,契丹几次攻打,王将军百般保守,城上准备弓箭火炮,亲冒矢石,日夜巡查,契丹攻打不利,只得驻师于阳城。王老将军即日告急于朝,又有保定府四路边书告警,一夕五至冲外震骇,文官武将,个个惊惶。

真宗天子心头烦闷,惶惶无主,问计于左相寇准。寇准道:"契丹虽然深入内境,无足惧也!向所失败,皆由他众我寡,人心不定,以至失去数城,倘我主奋起,御驾亲征,房寇何难却逐!"时天子心疑略定,适值内宫报道:"刘皇后、李宸妃两宫娘娘,同时产下太子。"当日帝心门乱,忧喜交半,闻奏正欲退内宫,有寇公谏道:"今日澶州有泰山压卵之危,人心未定,若陛下疑难不决,不往进征,则北直势难保守。北直既陷,大名府亦危,况大名府与汴梁交界,若此则中外彷徨,大势去矣!恳乞陛下深思,请勿回宫,俯如微臣所请,宗社幸甚,天下幸甚!"当时华士安丞相亦劝帝听寇准之言。真宗于是准奏,中止回宫,酌议进征之策。传旨两宫皇后,好生保护二位太子。

是日,真宗召集群臣,问以征伐方略,有资政学士王钦若,乃南京临江人,深恐圣上亲征,累及自己要随驾同往征伐,暗思契丹兵精将勇,抵敌不过就难逃遁了。故奏请圣上驾幸金陵,以避契丹锋锐,然后调各路勤三师征剿,无有不克。又有陈尧叟附和,奏请帝走成都,因他是四川保宁府人。二人都是各怀私见,便于家乡之意。其时天子尚未准奏,即以二臣奏请出幸之言,问于寇公,寇公心中明白二人奸谋,乃大言道:"谁为陛下设划此谋者,其罪可诛也!此人劝驾出幸,不过为一身一家之计,岂以陛下之江山为重乎?况今陛下英明神武,君臣协和,文武共济,倘御驾亲征,敌当远适,不难出奇以挠其谋,坚守以老其师,兵法所谓以逸待劳,以主待客,无

----

①　敕命——命令,多指天命或帝王的诏令。

往而不胜者,天上今日之谓也。奈何陛下弃社稷而远幸楚蜀乎?万一人心散溃,敌人乘势深入,岂不危哉!"于是帝意乃决,准于即日兴师,将陈尧叟罚俸。寇公又惧王钦若诡谋多端,阻误军国大事,奏他出镇大名府。却有冯拯太尉,见圣上依寇准之谋,御驾亲征,又罚去陈尧叟俸,贬出王钦若,心中忿恨不平,即奏道:"寇准之言,未可深恃,望陛下详察,切勿轻举。谚云:'凤不离窠,龙不离窝。'今陛下离廊庙而履疆场险地,岂不危乎!不苦命将出师,以伐契丹,何必定请圣上亲征,伏乞我主勿用寇准之言,则社稷幸甚!"圣上未及开言,寇公怒道:"谗言误国,妒妇乱家,自古如斯!冯拯不过以文章耀世,军国大事,非你所知也。如再沮疑君心,所误非浅,不念君恩,不顾生民,只图身家计者,岂是做人臣的道理?"冯拯亦怒,正要开言,恼了一位世袭老元勋,官居太尉,姓高,他乃高怀德之子高琼,即出班大声奏道:"寇丞相之谋深远,真安社稷良谋,奈何沮惑于奸臣之论。今日澶州危在旦夕,百姓彷徨,将士离心,目击值州全境将陷,陛下再迟疑不往亲征,则北直失守,中州四面受敌,社稷非吾有矣。陛下不免为失国之君!"冯拯在旁大喝道:"辱骂圣上,罪当斩首,还敢多言么!"高太尉厉声喝道:"老匹夫!无非仗着区区笔墨,以文字位至两府,不思报答君恩,只图私己以病天下生民,人面兽心,还敢多言沮惑!如众文武中有忠义同心者,当共斩你头,以谢天下,然后请圣上兴兵;况你既以文章得贵,今日大敌当前,你何不赋一诗以退寇虏乎?"冯拯被他骂得羞惭满面,不敢复言。当时天子决意亲征,不许再多议论。即日点精兵三十万,偏将百余员,命高千岁挂帅,寇丞相为参谋,大小三军,皆听高寇二人调度。即日祭旗兴师,旌幡①招展,一直出了汴京。水陆并进,非止一日。自是一连相持十余年,契丹方得平服。按下不提。

却说宫中刘皇后当日闻知李妃产下太子,至晚自己产下了公主,心头不悦,却命内监奏报,也说是生的太子。但刘后思量,今日圣上虽然出征,不知何日回朝,倘班师回来,吾生下公主,谎报太子,因一时之愤,岂不惹下欺君之罪,怎生是好?忽想,内监郭槐是吾得用之人,且喜他智谋百出,不免召他来商议有何良策便了。想罢,即命宫女寇承御召郭槐到来。郭

---

① 旌幡(jīngfān)——旌,古代一种旗杆顶上用五色羽毛做装饰的旗子;幡,古代一种窄长旗子,垂直悬挂。

槐叩见刘娘娘,问道:"呼唤奴婢,有何吩咐?"当下刘娘娘将一时心急差见,报产太子之事说了一遍。犹恐圣上回朝诘责,既防见罪,又恼着碧云官李宸妃产下太子,将来圣上倍宠于她,故今日特召你来商量,怎生了结。郭槐听了,想了一计,呼道:"娘娘勿忧,只须如此如此,包管谋陷得太子了。"刘后听了大悦,说:"好妙计!"即要依计而行。

忽一日,李氏娘娘正在宫中闲坐,思量圣上为国辛劳,不见亲生太子一面,克日兴兵去了。但愿早早得胜回朝。如今太子生下数月,且喜精神焕发,相貌翘秀①,倒可放怀。李娘娘正在思量间,忽见宫女报说刘娘娘进宫。李娘娘听了,出宫相迎,二后一同见礼坐下,细细谈论。刘后装成和颜悦色,故意说为了公主乏乳,要太子的乳娘喂乳,当时李娘娘接抱了公主,刘娘娘抱着太子,耍弄一番。刘后十分喜悦,说:"今日圣上亲征北夷,闲坐宫中,甚是寂寥,贤妹不若到吾宫中一游,以尽姊妹之乐,不知贤妹意下如何?"李后不知是计,不好过却,只说:"蒙贤姐娘娘美意,但吾往游,只恐太子无人照管,怎生是好?"刘后说:"不妨,这内侍郭槐,为人甚是谨慎小心,太子交他怀抱,一同进宫去,便可放心了。"李后欣然应允。是日只带领了八个官娥,将公主交回刘后,刘后将太子交郭槐怀抱,一路进到昭阳宫。二后分坐定,刘娘娘传命摆宴。不一刻摆上盛筵,二位皇后东西并席,两行宫娥奏乐,欢叙畅饮,刘后殷勤相劝,交酢②多时,已至日落西山,方才止宴。李后问及太子时,刘后言太子睡熟,恐惊了他,故命郭槐早送回贤妹宫中去了。此时李后信以为真,安心在此交谈一番,已是点灯时候,李后谢别,刘后相送回宫去了。

却说刘后回至宫中,唤来郭槐,问及太子放于何所。郭槐道:"禀上娘娘,已用此物顶冒,并将太子藏过了。但奴婢想来,此事瞒不得众人,况娘娘生的是公主,人人尽知,倘圣上回朝被他查明,便祸兴不测,不特奴婢罪该万死,即娘娘亦危矣。"刘后听了大惊,说:"此事弄坏了,怎生是好?"郭槐一想,说:"娘娘,如今事已到此,一不做,二不休,只须用如此如此计谋,方免后患。"刘后说:"事不宜迟,即晚可为。"时交三鼓,二人定下计谋,刘娘娘命寇宫娥将太子抱往金水池抛下去。寇宫娥大惊,只得领命,

---

①　翘秀——高出于众人,出类拔萃。

②　酢(zuò)——客人用酒回敬主人。

抱着太子到得金水池。是时已将天亮，寇宫娥珠泪汪汪，不忍将太子抛溺，但无计可出得宫去，救得太子，只深恨郭槐奸谋，刘后听从毒计，此事秘密，只有我一人得知，如何是好？

不表寇承御之言，却说碧云宫李后回至宫来，问及众宫娥太子在哪里。宫娥言："郭槐方才将太子抱回，放下龙床，又用绫罗覆盖了，说太子睡熟，不可惊醒他，故我们不敢少动，特候娘娘回宫。"李后说："如此，你们去睡吧。"众宫娥退出，其时李后卸去宫妆，正要安睡，将罗帐揭开，绫袱揭去，要抱起儿子。一见吓得魂魄俱无，一跌倒仆于尘埃，顷刻悠悠复苏，慢慢挨起，说："不好了！中了刘后、郭槐毒计，将我儿子换去，拿一只死狸猫在此，如何是好？"不觉纷纷下泪，"况且圣上不在朝，何人代我做主，刘后凶狠，外与奸臣交通，党羽强盛，泄出来圣上未得详明，反为不美。不若且待圣上班师回朝，密密奏明，方为妥当。"

不表李后怨愤，却说寇宫娥抱持太子在金水池边，下泪暗哭。时天色已亮，有陈琳奉了八王爷之命，到御花园来采摘鲜花，一见寇宫娥抱持一位小小王子在金水池边落泪，大惊，即问其缘由，寇宫娥即将刘后与郭槐计害李后母子缘故，一一说明。陈琳惊怕说："事急矣！且不采花了，你将太子交吾藏于花盒之内，脱离了此地才好。"当时寇宫娥将太子交与陈琳，叮嘱他："须要小心，露出风声，奴命休矣！"陈琳应允，急忙忙将太子藏于盒中，幸喜太子在盒中，不独不哭泣，而且沉沉睡熟，故陈琳捧着花盒，一路出宫，并无一人知觉。

寇宫娥回宫复禀刘后不提。且说是晚刘后与郭槐定计，又要了结李娘娘。至三更时候，待众宫娥睡去，然后下手。有寇宫娥早知其谋，急忙奔至碧云宫，报知李娘娘，李后闻言大惊。寇宫娥说："娘娘不可迟缓了。倘若多延一刻，脱逃不及了！幸太子得陈公公救去，脱离虎口，今奴婢偷盗得金牌一面，娘娘可速扮为内监，但往南清宫狄娘娘处权避一时，待圣上回朝以后，再伸奏冤情。"当下李后十分感激，说："吾李氏受你大恩，既救了吾儿，又来通知奸人焚宫，今日无可报答，且受吾全礼，待来生衔环结草，以酬大恩。但今一别，未卜死生，你如此高情侠义，令我难忍分离。"言罢倒身下拜。寇宫娥慌忙跪下道："娘娘不要折煞奴婢，且请起，作速改妆，逃离此难，待圣上还朝，自有会期。但须保重玉体，不可日久愁烦。"说完，李后急忙忙改妆，黑夜中逃出内宫，一时不知去向，后文自有交待。是晚火焚碧云宫,半夜中宫娥太监,三宫六院,惊慌无措,及至天明,方才救灭。众人只言可惜李娘娘遭这火难,哪里知是奸人计谋。

却说有宫人报知刘后:寇宫娥投水死于金水池中。刘后与郭槐闻知大惊,说:"不好了! 此事必定是她通知李后逃出去。她既通知李后,太子必不曾溺死。"但此时又无踪迹可追,只得罢了,命人掩埋了寇宫娥。

却说狄广自从埋葬了母亲,守墓三年,不觉又过几载,狄爷年已四十八,狄青公子年方七岁,小姐金鸾年已十六。此时狄爷对夫人言道:"女儿年已长成,前时已许字张参将之子,吾年将五十,来日无多,意欲送女儿完了婚,也了却心头大事。"孟夫人说:"老爷之言不差。男大须婚,女大须嫁,一定不移之理。所恨者前时姑娘年长,尚未许字,可怜她青年惨死。现在我的女儿,不可再误。"于是具柬通知张家。这张参将名张虎,原做本省官,为人正直,与人寡合。数年前夫妇前后逝世,遗下一子张文,他自父母弃世,得荫袭守备武职官,年方二十岁。这日接得狄爷书信,他思量父母去世,又无弟兄叔伯,不免承命完娶了,好代内助,维持家业,是以一诺允承,择了良辰吉日,娶了狄小姐,忙乱数天,不用烦言。他二人年少夫妻,小姐又贤惠和顺,夫妻自是恩爱。这张文家与狄府同县,时常来探望岳家,时狄公子年已八岁,郎舅相得,言谈极尽其欢。张文见小舅虽然年少,生得堂堂仪表,气概与众不同,必不在于人下,甚是喜欢。

话休烦絮。一天狄爷早起,打个寒噤,觉得身子欠安,染了一病。母子惊慌,延医调治,皆云不治。这日,张文夫妇同到狄府,看见狄爷奄奄一息,料想此病不起,母子四人暗暗垂泪,不敢高声哭泣。小姐暗对秋公子含泪道:"兄弟呵,你今年幼,倘爹爹有甚差池,倚靠何人?"公子含泪道:"姐姐,这是小弟命该吃苦。"姐弟相对谈论,愈加悲切。

不表姐弟伤心,忽一天狄爷命人与他穿着冠带朝服,众家人不知其故,孟夫人早会其意。又见狄爷两目一睁,也知辞世之苦,泪丝一滚,呼道:"贤妻子女,就此永别了。"说完,瞑目而逝。孟夫人母子哀恸悲切,一家大小,哭声凄惨,张文含泪劝解岳母道:"不必过哀,且料理丧事要紧。"当日公子年幼,未懂事情,丧事均由张文代为料理,忙了数天,方才殡葬了狄爷。

这狄爷在日,身为武职,并非文员有财帛的。况他为人正直,私毫不苟,焉有重资遗后,无非借些旧日田园度日。是以身后,一贫如洗,小公子只得倚靠园中蔬菜之类与母苦度。亏得张文时常来往照管,公子年幼,真是伶仃孤苦。

转眼又是一阳复始,家家户户庆贺新年,独有那公子母子寂寥过岁。忽一日天正中午,狂风大作,呼呼响振,乌云满天,又闻平空水浪汹涌之声,一乡中人高声喧叫:"不好了! 如何有此大水滔滔涌进,想必地陷天崩了!"母子听了大惊,正要赶出街中,不想水势奔腾,已涌进内堂,平地忽高三尺,一阵狂风白浪滔天,母子漂流,各分一处。原来此地向有洪水之患,这次竟将西河一县变成汪洋,不分大小屋宇,登时冲成白地,数十万生灵,俱葬鱼腹。当日公子年方九岁,母子在波浪中分离。

按下孟夫人不表,单言公子被浪一冲,早已吓得昏迷不醒,哪里顾得娘亲,耳边忽闻狂风一卷,早已吹起空中;又开不得双目,只听得风声中呼呼作响,不久身已定了。慌忙定睛四面一看,只见山岩寂静,左边青松古树,右边鹤鹿仙禽,茅屋内石台石椅,幽雅无尘,看来乃仙家之地。心中不明其故,见此光景,心下只自惊疑,发觉洞里有一位老道人,生得童颜鹤发,三绺长须,身穿道衣,方巾草履,浩然仙气不凡。公子一见慌忙拜跪,口称:"仙长,想来搭救弟子危途也。"老道人听了,呵呵笑道:"公子,若非贫道救你,早已丧身水府了。你今水难虽离,但休想回转故乡了。"

不知公子有何话说,何日回归故土,且看下回分解。

第 四 回

遭洪水狄青遇救　犯中原西夏兴兵

当下狄公子言道："仙师,弟子如此苦命,自幼年失怙①,与母苦度安贫。不意洪水为灾,母亲谅来已死于波涛之内。今弟子虽蒙仙师救起,但想母亲已亡,又是举目无亲,一身孤苦,实不愿偷活人间,伏望仙师仍将弟子送回波涛之内,以毕此生,免受风尘苦楚,实感恩德。"道人听了微笑道："公子不用心烦,吾非别人,道号王禅老祖,此地是峨眉山,贫道在此山修道有年,久脱尘凡,颇明天意。目今你虽然困苦多灾,日后实乃国家的栋梁,即你母亲虽然被水漂流,尚还未死,已经得救了,日后母子还有重逢之日。你且坚心在吾山中守候几年,待贫道传授你兵机武艺,灾退之后,再归故土,自有一番惊天动地扬名后世之举,方合吾救你上山一番遇合之缘。"公子听了,即连连叩首不已,愿拜仙长为师。自此狄公子在洞中,安心习学武艺,王样又授他六韬三略奇门,以待天时。公子虽听仙师劝勉,但思亲之念未尝或忘,又时时想到姊丈夫妻生死未卜,心中甚为愁闷。这且按下不表。

却说南清宫八王爷自从陈琳救得小太子回宫,只因圣上起兵征讨未回,故未奏明奸后奸监陷害太子情由,只将太子认作亲生,由狄妃抚育。至次年狄妃产下一子,八王爷大喜,一同抚养。又过了数年,圣上仍未回朝,时真宗亲征已有九载,太子已有九岁,狄妃子已八岁。其年八王爷年五十八。一日,王爷得病不起,薨②于庚申四月,圣上未回,满朝文武百官开丧挂孝。只因八王爷乃太祖匡胤嫡裔,其威名素著外夷,萧后也闻其贤,即当今皇帝亦敬重他,故其薨逝,不异帝崩,大小文武挂孝,禁止音乐。

闲言休絮,却说真宗天子一连进征十一载,方解了澶州之围,败逐契丹,遣使讲和,每岁纳币二十万,天子准旨,命寇丞相、高元帅即日班师。

---

① 失怙(hù)——死了父亲。
② 薨(hōng)——君主时代,称诸侯或大官死。

涉水登山,非止一日,大兵一路唱奏凯歌。王者之师,秋毫无犯,百姓安宁。一日回至汴梁,各文武大臣齐集,远远出城接驾。天子只因得胜还朝,文武大臣各各加升,随征文武,论功升赏,不能尽述。帝回朝后,方知八王去世,不甚伤感,赐谥①为忠孝王。其子长的原是太子,真宗哪里得知,八王去世,狄妃又不敢奏明,故圣上只痛恨火毁碧云宫,李后母子遭难而已。只言不幸,不得太子接嗣江山,自思年将花甲,精力已衰,即有孕嗣,恐已不久于世,冲子亦难接嗣位,不如册立八王长子,以嗣江山便了。主意已定,次早降旨,册立受益为王太子,改名曰桢,是年十四岁。又敕旨②加封狄妃为王后,八王次子封潞花王,年方十三,袭父职。于是群臣朝贺,大赦天下。次年壬戌干兴元年春二月,真宗疾渐重,御医诊治无效,不一月崩于延庆殿,享年五十五,在位二十五载,谥曰文明武定,葬于永定陵。是时百官举哀,遍颁天下,不用多述。太子桢即位,是为仁宗。刘、狄二太后并尊为皇太后,其时未有太子,故未册立,癸亥天圣元年,立正宫郭氏为皇后,美人张氏为贵妃。后来听吕夷简唆言,郭后被废,再立曹彬孙女曹氏为皇后,后话不提。到秋闰九月,故相寇准卒于雷州。自真宗得胜回朝,王钦若、丁谓。钱惟演、冯拯、陈尧叟、内侍雷允恭等一班奸贼,谗毁寇准。丁谓内结刘太后,假传圣旨,降贬寇准为雷州司户。帝尚年幼,人畏太后、丁谓,无人敢奏明此事,终至卒于雷州,归葬西京。丧到荆州公安县,民感其德,皆设祭于路,因立庙祠之,号竹林寇公祠。公三居相位,忘身报国,守正嫉邪,终被奸臣陷害,深为可叹。后追赠为中书令,敕封莱国公,谥曰忠愍③,从优赐恤不表。

　　更考大宋真宗之世,常有契丹入寇之患,至仁宗即位之后,增岁币为四十万,契丹侵扰之患方息。然当日虽无契丹北扰,而西夏日见强盛,屡思夺占宋室江山,幸亏杨延昭拒敌,屡次兴师,未见得利。延昭既没,子杨宗保镇守三关,屡挫其锋,多年不见侵扰。不意西夏自被杨宗保败回之后,日事训练,养精蓄锐,以图报复,是年秋间,竟发动大兵四十万,战将数十员,赞天王为领兵主帅,子牙猜为副元帅,大孟洋、小孟洋为左右先锋,

---

① 赐谥(shì)——古代帝王、贵族、大臣死后,依其生前事迹所给予的称号。

② 敕旨(chìzhǐ)——皇帝的诏令。

③ 愍(mǐn)。

伍须丰为中军,五员猛将,乃西戎头等英雄。奉了西夏主命,径往巩昌府进发。巩昌府在陕西边界,一连凤翔、平凉、延安几府,俱被攻陷,直抵绥德府与山西省偏头关交界。守三关口主将杨宗保几次开兵,未分胜负,只得差官驰驿上本告急。当时差官不分昼夜,赶程来京。是日正在设朝,众文武趋跄①朝贺毕,有值殿官传旨:"有事出班启奏,无事退朝。"旨意宣罢,只见武班中有兵部尚书孙秀出班奏道:"雄关杨元帅有本上奏。"当有殿前侍接本,展开在御案上,仁宗看时,上写着:

雄关总领,兼理军兵粮务事、军国大臣杨宗保奏:臣奉守三关二十余年,向借圣朝威德,陛下深仁,宁谧②多年,兵无锋镝③之忧,将无甲胄之苦。不意西夏国赵元吴贼心不改,称帝于西羌,于七月某日,兴兵四十万,水陆并进,寇陷陕西。全省震动,数府沦陷,直抵绥德,将近三关,臣几次开兵,未得其利。臣年逾花甲,精力已衰,恐难胜任,恳乞陛下速简良将,统锐师,以解旦暮之危;缓则兵力单薄,雄州之地,恐非吾有矣。并虑隆冬天气,军士苦寒,伏望陛下早赐军衣三十万,得以均沾兵挟纩④,不至兴嗟无衣,以致军士离心,兵民幸甚!天下幸甚! 臣冒死谨陈,不胜迫切待命之至!

当下仁宗看毕,开言问道:"既然元吴作叛,寇陷陕西,众卿有何良策?"一言未了,只见文班中吏部天官文彦博执笏步至金阶奏道:"臣思偏头关与绥德府交界,三关重地,若非杨元帅镇守,不独陕西失守,即邻省山西亦危矣。今他飞章告急,军情之危,不言可知,遣师往援,固有不可终日之势。但北有契丹,朝中谋臣良将,如曹伟、韩琦、种世衡等,皆分守要镇,此外更无可遣之将,可调之师。唯有一面出榜求贤,或令内外大臣各举贤能,如有武艺超群,才略出众,堪膺⑤将帅之任者,不次超擢⑥即令彼统兵往援。一面招兵募勇,挑选健卒,练成劲旅,听候统兵大臣调拨,并赶办征

---

①　趋跄——谓行步快慢有节奏。

②　谧(mì)——安宁,无动荡不安的情况。

③　锋镝(fēngdí)——泛指兵器,也比喻战争。

④　纩(kuàng)——丝绵。

⑤　膺(yīng)——承当,承受。

⑥　超擢(zhuó)——不受限制地提升、任用。

衣，即令解送，未知陛下以为何如？"仁宗点头道："依卿所奏。"即降旨着内外大臣，各举所知贤能之士，听候录用。并降旨命孙兵部招集兵勇，往御教场操演十万军马，以备登程。是日孙秀领旨，天子退朝，文武各散回衙不表。

却说当日仁宗即位之后，选了庞洪之女为西宫昭仪，因命庞洪入相。庞洪之婿孙秀，因由通政司进为兵部尚书。二人权势，显耀中外，更兼西夏用兵，丈人参军机，女婿掌兵符，愈加威赫。按西夏姓拓跋，自赤眉归唐，太宗赐姓李氏，后又讨黄巢有功，虽未称国而已称王。历五代至宋太祖，加封彝兴太尉，赐德明姓赵，臣事宋室，到子元昊始僭称帝，兴兵寇宋。用兵几二十年，被狄青降服，乃以父事宋，凡传二百五十八年，后为蒙古所灭不提。

却说狄青公子自遭水难之后，母子分离，幸得王禅仙师救上峨眉山，收纳为徒，传授诸般武艺。屈指光阴迅速，已有七载，一日独自思量道：我生不辰，父亲身居武职，祖父亦是名将，不料父亲亡后，与母借些薄产，苦挨清贫，命途多舛①，九岁时洪水为灾，室庐淹没，母亲被水漂去，存亡未卜。吾虽蒙王禅老祖救到山上，收纳为徒，但母子分离，举目无亲，孤苦伶仃，实是伤心。日前师父说吾母命不该终，定有人拯救，自得重逢。但师父虽如此说，此刻心中如何安放得下。几次要拜辞师父下山，寻访母亲，无奈师父不允，我亦不明其意。今在山中七载，蒙师父传授韬略，俱已娴熟，他日果能安邦定国，建功立业，恢复先人之结，方遂我愿。想我年已十六，正是少年英雄，应该与国家出力，师父教我待时而动，下山扶助宋君，但不知待到何时。

正在胡思乱想，只见童子呼道："师兄，师父有话等你。"狄青闻唤，即同童子前来拜见师父。说道："蒙师尊呼唤，不知有何嘱咐？"老祖道："贤徒，我推算阴阳，喜得你灾难已满。今日命你往汴京去，一则你到汴京，该有亲人相会；二则你不该在山修道，理应扶佐宋室。现在西夏猖獗，须你平定。趁此机会，作速下山吧！"公子闻言，不觉垂泪道："师父，既然弟子灾难已满，可以离山，但蒙师父拯救教育七年，一日分离，实觉不忍；二者弟子思亲念切，意欲先回山西故土，找着母亲，然后到汴梁，未知可否？"

---

①　舛（chuǎn）——差错的意思。

老祖听了微笑道："贤徒，我许你到汴梁，自有亲人相会，岂有误你的，何必定转故乡？至于不忍分离，虽是师徒至情，但国事要紧，断不能久留。"公子思想道：师父命我速回汴梁，许有亲人相见，想必是我母亲了。只得诺诺应允，但盘费毫无，哪里走得？不免要求师父指示。老祖却冷笑道："男子汉大丈夫，盘费小事何须挂虑。我今与你子母钱一个，须当谨谨收藏，便是盘费日用了。只要到汴河桥地面，就没了这金钱也无妨碍了。"公子听了大喜，双手接了金钱，拜谢师尊，收入囊中，微笑道："上启师尊，再有什么神通法术传些与弟子，以作防身之用。"老祖道："贤徒，你的随身武艺尽可护身，何必再求仙术？趁此天气晴明，下山去吧！"公子称："是，弟子就此拜别了。"

说完，肩负行囊，迈开大步而去。老祖微笑道："好个少年英雄也。实乃国家栋梁之臣，西羌虽有猛将雄师，有何虑哉？但狄青此去，尚有微灾，但趁赶机会应该如此，虽然先历些苦楚，后来自然显贵非常。"因唤童子道："你可于七月十五日在河南开封府汴河桥，将狄青子母金钱收取回来，不得有误。"童子奉命去了不提。

却说狄公子出洞下山，独自行走，忽然耳边呼呼响亮，开不得双目，身不由主，起在空中。不久腾腾而下，双眼睁开来一看，不是仙山，乃平街大道，日已归西，一见旅店，即进内安身，但思量不知此处是何地名，正值店主拿到酒饭，便问他此地何名。店主言河南省近开封府。狄青闻言大悦道："不料师父一阵风送我到汴京，不用跋涉程途，妙呵！"不觉放开大量饮嚼。只因在山上素食七年，如今见了三牲鱼肉，觉得甘美异常，吃个不休。这狄青生来堂堂仪表，身躯不长不短，肥瘦合宜，面如敷粉，唇似丹朱，口方界直，目秀眉清，看来不甚像个有勇力有武艺之辈。岂知他乃一员虎将，食量自然广大，店主所送酒馔，一概吃个净尽，反吓得店主惊讶不已。老夫妻两口儿说："不料这人生来如此清秀，又不是猛汉粗豪，吃酒馔①却如此大量，真是奇哉！"

且不提店主两夫妻言语，却说小英雄吃酒半酣半饱之际，偶然想起没有盘费给店主酒馔钱，心中筹思，说声："罢了，且将囊内金钱与店主婉商，暂做抵押，且另寻机会便了。"用饭已毕，即向囊袋中一摸，不觉大喜，

---

①　酒馔(zhuàn)——酒食。

说道:"奇了! 吾别师父动身之时,只得一个金钱,为何此时有了许多!"
摸将出来数了一数,却有一百个铜钱,再摸没有了。原来老祖的子母金
钱,乃是仙家宝物,产出一百个铜钱,待他作一天用途,多也不得,少也不
得。狄青深感师父大恩,一铜钱反化出一百个来。但愿天天如此,路中盘
费可不用顾虑了。当日歇宿一宵,次日通告了早膳,店主算账:用了酒饭
铜钱九十三文。公子交付完毕,又问明开封府城路途,据云:还有四五天,
方得进城。问毕,别了店主,一路而去。这子母钱日日产出一百个来。公
子一连走了数天,夜宿晓行,单身遄征①,不觉到了皇城。但见六街三市,
人烟稠密,到了一处,名曰对河桥。公子就住足于桥栏上,想道:"师父有
言吩咐,倘我进了汴京城,自得亲人相会。我今已进了皇城,未知亲人在
何方? 教我哪里找寻? 况且我年交九岁就上了仙山,到今七载,纵使亲人
在目前,日久生疏,也难识认。料想必非别的亲人,想必是我生身母亲,但
不知究竟在于何方?"一路感叹,腹中饿了,伸手向袋中一摸,不觉大惊
说:"不好了,因何子母钱今天只得一个,连余剩的一文也没了。"不信又
摸一回,果然只剩下金钱一个,此时小英雄心中烦恼,紧敛双眉。

　　不知狄青此后如何度日寻亲,且看下回分解。

---

　　① 遄(chuán)征——迅速地行路。

第 五 回

小英雄受困求签　两好汉怜贫结义

当下狄公子道："金钱呵，我一路而来，天天亏得你以作用度。为什么你今天产不出百十个来？倘你化不出来，就没了盘费，教我哪里去觅食。"当时公子自言自语地踌躇，取出金钱，反反复复地摸弄，不觉失手落到桥栏上，咕碌碌滚将下去。公子说声："不好。"两手抢抓不及，跌于桥下波澜中。公子心中大恼，眼睁睁只看着桥下水似箭流，对着波澜说出痴话来，叫声："水呵，你好作孽！此子母钱，乃师父赠我度日的，你因何夺去！真好狠心也！如今失去金钱，将何物觅食，又无亲戚可依，如何是好？"心中气闷，长叹一声道："罢了！我狄青真是苦命之人，该受困乏的，奉师之命到此，只望得会亲人，岂知到此失去子母钱，弄得我难以度日。想我是顶天立地之汉，断不能在街头求乞的，不如身投水府，以了此生，岂不是干干净净！"当时放下衣裳，在桥边低头下拜，叹声："水呵，我九岁时便遭大难，因命未该终，得师拯救。今朝没了子母钱，难以度日。又不愿沿途求乞，累辱我亲，不如仍人波涛之内。"

说罢，正在倒身下拜，有些来往之人，立着观看，多说他痴呆，交头接耳，纷纷谈论。忽然来了一位年老公公，扯着小公子问道："你这小小年纪，是何方来此，缘何在此望空叩拜？且说与老汉得知。"公子抬头一看，说道："老公公，你有所不知，吾不是你贵省人，我乃山西省来的，只为遭了水难，得仙师救上仙山收录为徒，习武七年。"老公公说："你既上仙山，为何又来此处？"公子道："只因奉师父之命，到此访亲，得师赠我金钱度日，方才堕下水中，没有盘费，又不愿乞食偷生，特地拜谢师父之德，父母之恩，愿溺于波涛之中。"老公公听了，微笑道："你这小官人好痴呆，万物皆惜生，为人岂不惜命！你为失此金钱小事，就寻此短见么？"公子道："老公公，非我看得生死轻微，只因没了金钱，乏了盘费，乞食道中，岂不羞煞先人？不如速死为愈。"老人听罢，说："小汉子，你是远方外省人，不晓得我们本省事。待老汉指点你一个所在，离此地不远，有一座相国寺，当日周朝郑国贤大夫子产,为官爱民清正,死后人感其德,立庙祀之,十分灵感。人若虔诚祈祷,十有九验。你不如去求问神圣,倘若神圣许你得会亲人,自然会相见。如神圣说你难会亲人,那时候再死,亦不为晚。"

在旁观看之人,也来相劝。狄公子听罢,只得依从,说道:"既蒙老公公和众位指教,我前往求祷神明便了。"老人又呼小汉子道:"还有一言,你可晓得?古语云:'逢人且说三分话,未可全抛一片心。'你师命你下山,必有用意,言语之间,须要敛迹些。在老汉跟前,言既出口便罢,倘别人询你真情,断断不可透露。"公子应允,当时拿回包囊,踩开大步而去。

列位须知这子母钱,虽是狄青失落水中,实是老祖手下童子收去。老祖因他到得汴京,自然另有机会,故收去此钱。正是助他尽快得会亲人。即方才老公公对他说的那些话,亦是老祖化身来点化他的。

却说当下狄青一路上逢人便问相国寺的去处。一到寺前,果见来往参神之人,十分拥闹。公子等候一回,俟人少些,即忙进内,放下衣囊。只见有僧人在此,便呼道:"和尚,吾要参神,求问灵签。"僧人听了应诺,即引公子到了中殿,炷上名香,跪于蒲团之上,稽首默祷,诉明来意。告罢起来,到神案上签筒里,伸手拾起竹签一支。公子一看,其签上有绝句诗道:

古木连年花未开,到今长出嫩枝来。

月缺月圆周复始,原人何必费疑猜。

狄公子看罢,持签对僧人道:"和尚,吾请问你,我要寻访一人,未知可得会晤否?"和尚接着签诗看罢,问道:"你寻访之人,未知是亲戚还是朋友?"公子道:"是亲戚。"和尚道:"据贫僧看来,此位亲人分离日久的了。"公子道:"何以见是久不会的?"和尚道:"首言古木连年,岂不是日久不会之意。"公子说:"不差。"和尚又道:"至今长出这句,是与你至亲至切,同脉而来,他是尊辈,你是幼辈之意。其人必然得以相会,日期不远。"公子想来一脉亲人,必然吾母亲无疑了。又问:"应于何时相会?"和尚道:"月缺月圆,即在此一二天可以相会了。但今日虽是月圆之夜,据贫僧推详起来,即此七月还未得相会。"公子道:"缘何还有一月间隔?"和尚道:"周复始三字,还要过了此月,待至下月中旬中秋节,定得亲人叙会无疑了。"公子听罢,复又倒身下跪,叩谢神只,又拱手再谢过僧人。

正要走出,僧人上前与公子讨签资,公子微笑道:"和尚,小子是个初到汴京贫客,实无钱钞,今动劳于你,实不该当,待改日多送双倍香资便了。"

岂知出家人最是势利，钱财上岂肯放得分文？听了狄青之言，即上前扯牢，怒道："万般闲物，可以赊脱得，唯有神明的求神问卜之资，难以拖欠。你这人真是可恶，动劳贫僧一番，分文不与的么？你真不拿出钱钞来，休想拿出此包囊。"说未了，将包囊抢下。当时公子大怒，喝声："休走！"抢上拉住僧人一手按住。这僧人十分疼痛，挣扭不脱，高声嚷救。不意当时外边来了两个人，一人是淡红脸，宛如太祖赵匡胤一般，一人生得黑漆脸，好像唐朝尉迟敬德模样。若问两汉来由，乃是天盖山的绿林英雄，结义弟兄。当日扮为贩卖绸缎客商，实是在山打劫得来的绸缎，来到河南开封府城贩卖。进城将缎子放在行家销售。因尚未销完，是以也来相国寺中参神。参神甫毕，早闻公子僧人争论之言，并见狄公子仪表人才，必非等闲之辈，便带笑言道："你这和尚行为太差，你既为出家之人，原要方便为主。既然他是外省的人，未曾带得钱钞也罢了，不该强抢他包囊。"又呼公子道："此位仁兄，且看我弟兄面上，不必和他争论！放手饶了他吧。"当下公子抬头一看，便道："僧人势利，何足为怪，多蒙二位排解，小弟感谢不尽！"

僧人见状，虽是心中气闷，只好进内拿出杯茶相奉。三人叙礼坐下，红脸汉道："请问仁兄尊姓高名，贵省仙乡，乞道其详。"狄公子道："小弟姓狄，贱名青，乃山西太原府西河人氏。二位尊姓高名，还要请教。"红脸汉微笑道："原来狄兄与弟有同乡之谊。"公子道："足下也是西河人么？"他道："非也，乃同府各县，吾乃榆次县人，姓张名忠。"公子道："久仰英名，此位是令昆玉么？"张忠道："不是，他是北直顺天府人，姓李名义。吾二人是结义弟兄。但不知狄兄远居山西，来到汴京何干？"狄青道："小弟只因贫寒困乏，特到京中寻访亲人下落。二位仁兄到此，未知作何贵干？"二人道："吾二人只因学些武艺，无人推荐，不得效力之处，在家置办些缎子布匹来京销售。如今货物尚未销完，偶然来此闲游，不意得逢足下，实是三生有幸。"公子道："原来二位也是英雄，欲与国家效力，实与弟同心相应。"张忠道："敢问狄兄，小弟闻西河县有位总戎狄老爷，是位清官，勤政爱民，除凶暴，保善良，为远近人民称感，不知可是狄兄贵族否？"公子道："是先严也。"二人闻言，笑道："小弟有眼不识泰山，多多有罪，乞恕冒昧不恭。原来狄兄是一位贵公子，果然品格非比寻常。"公子道："二位言重，弟岂敢当。但吾一贫如洗，涸辙之鱼①，言之惭愧。"二人笑道：

---

①　涸辙(hézhé)之鱼——比喻处在困境中急待援助的人。

"公子休得太谦,既不鄙我弟兄卑贱,且到吾们寓中叙首盘桓,不知尊意如何?"公子道:"既承推爱,受赐多矣。"于是李义又呼唤和尚,且拿去一小锭银子,只作狄公子的香资。这僧人见了五两多一锭银子,好生欢喜,连连称谢,还要留住再款斋茶,三人说不消了,于是一同出庙。

　　三人一路谈谈说说,进了行店中,店主人姓周名成,当时与狄公子通问了姓名,方知狄青乃官家之子,格外恭敬。当晚周成备了一桌上品酒筵,四人分宾主坐下,一同畅叙,传杯把盏,话得投机,直到更深方始各自睡去。次日,张忠、李义对狄青言道:"足下乃一位官家贵公子,吾二人出身微贱,原不敢亲近。但我弟兄最敬重英豪,今见公子英雄义气,实欲仰攀,意欲为异姓手足之交,不知尊意肯容纳否?"公子听罢,笑道:"我狄青虽然忝①叨先人之余光,今已落魄,是个贫寒下汉,二位仁兄是富豪英雄,弟为执鞭②尚虞不足,今辱承过爱,敢不如命!"二人听了大悦,张忠又道:"若论年纪,公子最小,应该排在第三,但他英武异常,必成大器,若称之为弟,到底心上不安,莫若结个少兄长弟之意。"李义笑道:"如此甚好!"公子闻言道:"二位仁兄说的话未免于理不合,既为兄弟,原要挨次序才是。年长即为兄,年少即为弟,方合于理。"李义又道:"吾二人主意已定,公子休得异议,即在店中当空叩告神祇③便了。"当下又烦店主周成备办香烛之类,焚香毕,一同祷告。三人祝毕,起来复坐,自此之后,张忠、李义不称狄公子,呼为狄哥哥。

　　是日,狄青想道:我自别恩师,来到汴梁,岂料亲人不见,反得邂逅异姓弟兄,算来也是奇遇。他二人一红脸,一黑脸,气概轩昂,定是英雄不凡。他说在家天天操习武艺,未知那个精通,且待空闲之日,与他比个高低。一日,张忠呼声:"狄大哥,你初到汴京,未曾要过各地头风俗,且耽搁几天,与你玩耍。待销完货物,再与你一同访亲,未知意下如何?"狄公子未及开言,李义笑着先说。

　　不知李义有何言语,且看下回分解。

---

①　忝(tiǎn)——辱,有愧于,常用作谦词。
②　执鞭——为人驾驭车马,意谓给他人服役。
③　神祇(qí)——"神"指天神,"祇"指地神,"神祇"泛指神明。

第 六 回

较技英雄分上下　闲游酒肆惹灾殃

　　当时李义笑道："张二哥，今日既为手足，何分彼此，好鸟尚且同巢，何况我们义气之交？狄哥哥遭了水难，亲人已稀，此地访寻，又不知果否得遇亲人，莫若三人同居，岂不胜于各分两地。"张忠听罢，说道："贤弟之言有理。"狄青听了二人之言，不觉咨嗟①一声，说道："二位贤弟，提起我离乡别井，不觉触动吾满腹愁烦。"张、李道："不知哥哥有何不安？"狄青道："吾单身漂泊，好比水面浮萍，倘不相逢二位贤弟，如此义气相投，寻亲不遇，必然流荡无依了。"张、李齐呼道："哥哥，你既为大丈夫英雄汉，何必为此担忧。古言：'钱财如粪千金义'，我三人须效管、鲍分金，勿似孙、庞结怨。"狄青听了道："难得二位如此重义，吾见疏识浅，有负高怀，抱愧良多。"谈论之际，不觉日落西山，一宵晚景休提。

　　次日，李义取了几匹缎子与狄青做了几套衣裳更换。张忠又对行主周成说："狄哥哥要用银子多少，只管与他，即在我货物账扣回可也。"周成应允。从此三人日日往外边玩耍，或是饥渴，即进酒肆茶坊歇叙，玩水游山，好生有兴。当时张忠对李义私议道："吾们且待货物销完，收起银子，与狄大哥回山受用，岂不妙哉！今且不与他说明。"

　　不表二人之言，原来狄青又是别样心思，要试看二人力量武艺如何。有一天，玩耍到一座关公庙宇，庭中两旁有石狮一对，高约三尺，长约四尺。狄青道："二位贤弟，当日楚项王举鼎百钧，能服八千英雄，此石狮贤弟可提得动否？"张忠道："看此物有六百斤上下，且试试提举吧。"当下张忠将袍袖一摆，身躯一低，右手挽住狮腿，一提拿得半高，只得加上左手，方才高高擎起。只走了七八步，觉得沉重，轻轻放下，头一摇，说声："来不得了，只因此物重得很。"李义道："待吾来。"只见他低躯一坐，一手提起，亦拿不高，双手高持，在殿前走了一圈，力已尽了，只得放将下来笑道：

————————

①　咨嗟——叹息。

"大哥,小弟力量不济,休得见笑。"狄青道:"二位贤弟力气很强,真是英雄!"李义道:"大哥你也提与小弟一观。"狄青道:"只恐吾一些也拿不动。"张忠道:"哥哥且请一试。"狄青微笑,走上前,身躯一低,脚分八字,伸出猿臂,一手插在狮腿上,早已高高擎起,向周围走了三四转。张忠、李义见了,吐舌摇头道:"不想哥哥如此弱怯之躯,力量如此强狠,我们真不能及。"当下狄青提着狮子连转几回,面不改色,气不速喘,将狮子一高一低连举数次,然后轻轻放下,安于原处。张忠笑道:"哥哥,你果然勇力无双,安邦定国,意中事耳,功名富贵何难唾手而得。"狄青道:"二位贤弟休得过誉,愚兄的力量武艺有甚稀罕。"又见庙左侧有青龙偃月刀一把,拿来演舞,上镌着重二百四十斤。张忠、李义虽然舞动,仍及不得狄青演得如龙取水,燕子穿梭一般。张、李实在深服。

玩耍一番,三人一同出了庙门,向热闹街道而去。李义道:"二位哥哥,如今天色尚早,玩得有些饿了,须寻片酒肆坐坐才好。"张忠、狄青皆言有理。一路言谈,不觉来到十字街头。只见一座高楼,十分幽雅,三人步进内楼,呼唤拿进上好美酒佳馔来。酒保一见三人,吓了一惊,说:"不好了!蜀中刘、关、张三人出现了,走吧!"张忠道:"酒保不须害怕,我三人生就面庞凶恶,心中却是善良的。"酒保道:"原来客官不是本省人声音,休得见怪,且请少坐片时,即有佳酒馔送来。"只见阁子上有几桌人饮酒。那楼中不甚宽大,可望到里厢,对面有座高楼,雕画工巧,花气芳香,远远喷出外厢,阵阵扑鼻。张忠呼酒保,要换个好座头。酒保道:"客官,此位便是好了。"张忠道:"这个所在,我们不坐,须要对面这座高楼。"酒保说:"三位客官要坐这高楼,断难从命。"张忠道:"这是何故?"酒保说:"休要多问,你且在此饮酒。"张忠听了,问道:"到底为什么登不得此楼?快些说来!如果实在坐不得的,我们就不坐了,你也何妨直言。"酒保说:"三位客官,不是吾本省人,怪不得你们不知。隔楼有个大势力的官家,本省胡坤胡大人,官居制台之职。有位凶蛮公子,强占此地,赶去一坊居民,将吾阁子后厢,起建此间画楼。多栽奇花异草,古玩名画,无一不备,改号此楼为万花楼。"张忠道:"他既是官家公子,如何这样凶蛮呢?"酒保道:"客官不知其故,只因孙兵部就是庞太师女婿,胡制台是孙兵部契交党羽,倚势作恶,人人害怕。这公子名叫胡伦,日日带领十余个家丁,倘愚民有些小关犯,他即时拿回府中打死,谁人敢去讨命。如今公子建造此楼,时常到来赏花游花,饮酒开心,并禁止一众军民人等,不许到他楼上闲玩。如有违命者,立刻拿回重处,故吾劝客官休问此楼,又恐惹出灾祸,不是玩的。"

　　当时不独张忠、李义听了大怒,即狄青也觉气愤不平。张忠早已大喝一声道:"休得多说!我三人今日必要登楼饮酒,岂怕胡伦这小畜生!"说罢,三人正要跑上楼去,吓得酒保大惊,额汗交流,跪下磕头恳求道:"客官千祈匆上楼去,饶我性命吧!"狄公子道:"酒保,吾三人上楼饮酒,倘若胡伦到来放肆,自有我们与他理论,与你什么相干,弄得如此光景。"酒保道:"客官有所不知,胡公子谕条上面写着:'本店若纵放闲人上楼者,捆打一百。'客官呵,我岂经得起打一百么?岂非一命无辜,送在你三人手里!恳祈三位客官,不要登楼,只算是买物放生,存些阴骘①吧。"张忠冷笑道:"二位兄弟,胡伦这狗才如此凶狠,恃着数十个蠢汉,横行无忌,顺者生,逆者死,不知陷害过多少良民呢!"狄青道:"我们不上楼去,显然怕惧这狗乌龟了,不是好汉!"李义也答道:"有理。"当下三人执意不允,吓得酒保心头突突乱跳,叩头犹如捣蒜一般。张忠一手拉起,呼道:"酒保且起来,吾有个主张了。如今赏你十两银子,我三人且上楼暂坐片时就下来,难道那胡伦有此凑巧就到么?"李义又接言道:"酒保,你真呆了,一刻间得了十两银子,还不好么!"酒保见了十两银子,转念想道:"这紫脸客官的话,倒也不差,难道胡公子真有此凑巧,此时就来不成?罢了,且大着胆子,受用了银子吧。"即呼道:"三位呵,既然欲登楼,一刻就要下来的。"三人说道:"这个自然,决不累着你淘气的,且拿进上上品好酒肴送上楼来,还有重赏。"酒保应诺。三人登楼,但见前后纱窗多已闭着,先推开前面纱窗一看,街衢上多少人来往,铺户居民,屋宇重重。又推开后面窗扇,果见一座芳园,芳草名花,珍禽异兽,不可名状,亭台院阁,犹如画图一般。三人同声称妙,说道:"真真别有一天,怪不得胡公子要赶逐居民,只图一己快乐,不顾他人性命了。"

　　谈论间,酒肴送到,排开案桌,弟兄放开大量畅饮。又闻阵阵花香喷鼻,更觉称心。原来这三位少年英雄,包大胆量,况且张忠、李义乃是天盖山的强盗,放火伤人,不知见过多少,哪里畏惧什么胡制台的儿子。他不登楼则已,到了此楼,总要吃个爽快的。酒保送酒不迭,未及下楼,又高声喧闹,几次催取好酒。酒保一闻喊声,即忙跑到楼上说道:"客官,小店里

---

　　①　阴骘(yīn zhì)——阴德。

实在没酒了,且请往别处去用吧。"张忠喊道:"狗囊!你言没了酒,欺着我们么!"一把将酒保揪住,圆睁环眼,擎起左拳,吓得酒保变色发抖,蹲做一堆求饶。李义在旁道:"酒保,到底有酒没有酒?"狄青言道:"酒是有的,无非厌烦我们在此,只恐胡伦到来,连累了他罢了。——酒保,如若胡伦到来,你只言我们强抢上楼的,决然不干累于你。"酒保道:"既如此,请这位红脸客官放手,吾拿酒来吧。"当下张忠放手,酒保下楼来,吐舌伸唇道:"不好了!这三人吃了两缸酒,还要添起来。这也罢了!只怕公子到来,就不妥当的。"酒保正在心头着急,恰巧胡伦到了。

却说胡伦年方二十开外,生得面貌丑陋,他并非胡坤亲生,乃是继养义子。只贪游荡,不喜攻书,胡坤并不拘束,听其所为,把胡伦放纵得品行不端,平素凌虐良善,百姓一闻他到,便远远躲避,所以送他一个诨名胡狼虎。这一天,乘了一匹白马,带了八个家丁,各处去玩耍而回。本来不是要到酒肆中,只因狄青三人未登楼之先,已有一个无赖汉诨名徐二在里面饮酒,后来看见酒保得了张忠十两银子,私放三人在万花楼饮酒。徐二暗言道:我前日吃他的酒肴,未有钱钞,仰恳他记挂数日账,他却偏偏不肯,要我身上衣衫抵折了。如今破绽落我眼内,我不免报禀与公子得知,搬弄些唇舌,料想恶公子必不肯甘休,将这狗囊混闹一场,方出我的怨气。正是明枪易躲,暗箭难防!想罢,会了酒钞,出门而去。

事有凑巧,胡公子正在那路回府,徐二急赶上跪下道:"小人迎接胡大爷。"胡伦道:"你是何人,有甚事情?"徐二道:"无事不敢惊动大爷,只因方才酒保故违大爷之命,贪得财帛,擅敢容放三人在万花楼饮酒,特来禀知大爷。"胡伦听了,问道:"如今还么?"徐二道:"如今还在楼中。"胡伦道:"你且去吧,明天到来领赏。"徐二道谢而去,暗喜道:搬弄口舌,还有赏领,这场买卖真算得好。

不谈徐二喜悦,却说胡伦怒气冲冲,带了家丁,如狼似虎,一直来至酒肆中,喝问酒保,何人登楼饮酒?当时店中阁内的饮酒人,一见公子到来,一哄都走散了。酒家吓得魄散魂飞,连忙跪下叩头不止。八个家丁跑进楼台,大喝道:"这里什么所在,你们胆敢在此吃酒么?"弟兄三人听了大怒,立起言道:"酒楼是留客之所,人人可进,你莫非就是胡家几个狗奴,来阻挠吾们吃酒,好生大胆!"八人齐喝道:"我家胡府大爷要登楼来,你们快些走下还好,只算不知者不罪。"三人喝道:"放屁!胡伦有甚大来头,不许吾们在此么？快教他来认认我桃园三弟兄,立着侍酒,方恕他简慢之罪!"家丁大怒,喝道:"大胆奴才,好生无礼!"早有胡兴、胡霸抢上,挥起双拳就打,被张忠一手格住一人,乘势一摭,二人东西跌去丈远,又有胡福、胡祥飞步抢来。

　　不知如何争持,且看下回分解。

第 七 回

打死凶顽除众害 开脱豪杰顺民情

当时李义看见两人打来，他圆睁环眼，喝声："慢来！"飞起连环脚，二人一齐跌倒。胡昌、胡顺、胡荣、胡贵四人一齐拥上，向三人奔来。狄青毫不介怀，将身一低，伸开双手，在四人腿上一擦，四人喊声不好，立即扑地跌下。八人同时爬起，又要抢上，岂知身躯未近，人已先跌，只得爬起身来，逃下楼去。狄青看见，冷笑道："这八个奴才，不消三拳二脚，打得奔下楼去。二位贤弟，我想胡伦未必肯甘休，料他必来寻事，我们三人一同下楼，方为上策。虽然不是怕他，恐他多差奴才来，就虎落平阳被犬欺了。"张忠道："哥哥所算不差，我们下楼去吧。"狄青在前，张忠、李义在后，正要下楼，岂料胡化公子已经雄赳赳气昂昂抢上楼来，高声大喝："谁敢无礼，我胡大爷来也！"狄青问道："你就是胡伦么？"用手在他肩上一拍，胡伦已立脚不稳，全身跌下，八个家丁上前扶起，已跌得头晕眼花了。即唤家丁们，快拿住三个贼奴才。狄青喝道："胡伦！你还敢来么？"胡伦被跌扑得疼痛，心中愤怒，喝声："何方野畜，擅敢放肆，我公子就来，你便怎的！"直枪上前，八个家人随后，只有胡兴见势头不好，先回家中禀报去了。

胡伦抢奔至狄青跟前，狄青伸手夹胸抓住，提起脊背向天，如拎鸡一般。七个家人只管呐喊，又见张忠、李义怒目睁圆，不敢上前，大骂："这还了得！三个死囚如此胆大凶狠，还不放下公子！胡大人一怒，只怕你三条狗命不保！"狄青乃少年英雄，酒已半酣，一闻家丁之言，怒气冲冲，喝声："狗奴才！要吾放他么，也不难，且还你吧！"说着，将胡伦一抛，高高掷起，头向地，脚顶天，已跌于楼下。三人哈哈冷笑，重回楼中饮酒，已忘记了方才下楼之言。当下七名家丁见抛了公子下楼，急急跑走下楼来，只见公子跌破天灵盖，血流满地，已是死了，吓得面如土色，大呼："反了，反了！清平世界，有此凶恶之徒，将公子打死，真乃目无王法了！"店家早已跌得半死，街上闲观之人渐多，是时胡府家丁又添上百十余人，将万花楼重重围了。

这三人在楼中饮酒，还不晓得胡伦跌死，正在饮得高兴，你一杯，我一盏,见有二三十人一拥上楼来,要捉拿凶手。这三人一见大恼,立起来仍复拳打脚踢,都已打退下去。酒家看来不好,只得硬着胆子,登楼来跪下,叩头不已,称言:"三位英雄,祈勿动手,救救小人狗命才好。"三位道:"我们又不是打你,何用这样慌忙?"酒家道:"三位啊,你今跌扑胡公子死了,他的势大凶狠,你不知么? 方才小人已曾告禀过了。"狄青道:"胡伦死了么?"酒保道:"天灵盖已打得粉碎,鲜血满地,还是活的么? 但今胡大人必来拿问我了,岂不是小人一命,丧于你三位之手!"狄青道:"店主休得着忙,我们一身做事一身当,决不来于连你的。"酒家道:"你虽然如此说,只是你三位乃异省人氏,一时逃脱,岂不连累了小人?"张忠道:"我三人乃顶天立地英雄,决不逃走的,你且再去拿美酒上来,我弟兄饮得爽快就是。如不送来,我们就逃走了。"酒家听了,诺诺应允道:"要酒也容易。"因急忙跑下楼去,取一坛美酒送上楼来,只恐三人脱身而去,是以不论美酒佳肴,多送上楼。三弟兄大悦,尽量畅饮不休。

　　是日胡坤闻报,大惊大怒,即刻传祥符知县前往拿捉凶身。差役等人数十名,到了酒肆门前,县主于此排堂,验明尸伤,系扑跌殒命的。只因知县要奉承上司胡大人,少不得要格外苛求,当唤酒家问其姓名,酒家禀道:"大老爷在上,小人名唤张高。"县主又讯三人姓名,怎样将公子打死的,须从实说来。酒家道:"启老爷,他三人名姓,小人倒也不晓,只是一个红脸的,一个黑脸的,一个白面的,同来饮酒,要上对面楼中。当时小人再三不肯,再三推辞,岂知他们十分凶狠,伸出大拳头,将小人揪住要打。小人力怯无奈,只得容他登楼。后来公子到了,即时登楼厮闹,若问如何殴打,小人倒也不知。只为小人在楼下,殴斗在楼上,所以不知其由。老爷若问公子死法,只要讯三个客人,就得明白。"县主听罢点头,当下衙役唤过三人,县主问道:"你等什么名姓?"张忠道:"吾姓张名忠,山西榆次县人氏。"李义禀道:"吾是北直顺天府人,名唤李义。"狄青道:"吾乃山西西河人,姓狄名青。"县主道:"你三人既为异省人氏,在外为商,该当事事隐忍才是。

　　在此饮酒,缘何便将胡公子打死? 你们且从实招来,以免动刑。"张忠道:"大老爷明见,吾三人在楼中饮酒,与这胡伦两无交涉。岂料他领了七八个家丁打上楼来,不许我们饮酒,这先是胡伦的错。"县主听了,喝声:"胡说! 你还说与胡公子两无交涉么? 你既坐了他楼,理须相让,用些婉辞,赔话解劝,何到相殴? 况他是个贵公子,你三人是平民,即同辈中借用了东西，还要婉辞求让，如今你三个凶徒，欺他弱质斯文，行凶将他打死了，还说此蛮话，好生可恶！"狄青道："老爷若论理来，胡伦亦有错处，他一到店中，即差家人打上楼来，不由理论。后至胡伦厮闹进楼，小人并不曾将他殴打，他已怒气冲冲，失足扑于楼下，他是失足跌死，怎好冤屈小人打死他？望乞大老爷明见详察！"县主大怒，喝声："利口凶徒！你将公子打死，还要花言强辩，皇城法地，岂容如此凶恶强徒，若不动刑，怎肯招认！"吩咐先将这红脸贼狠狠夹起来。

当时差役正要动手脱张忠靴子，岂知这时来了一位铁面阎罗。此人姓包名拯，一路巡查到此。若论包爷身为开封府尹，此时不是圣上差他做个日巡官，乃是包公因目下奸党甚多，恐防作弊陷民。是日不打道，不鸣锣，只静悄悄带了张龙、赵虎、董超、薛霸四个亲军，各处巡察。才近酒肆坊中，只见喧哗人拥，包爷住轿，唤张龙、赵虎去查问何事。两人领命而去，回来禀道："大老爷，有三位外省人氏张忠、李义、狄青，将胡制台的公子打死于酒肆中，县主老爷在此相验问供，是以喧闹。"包爷一想，这老胡奸贼，纵子不法，横行无忌，几次要捉他破绽，无奈他机巧多端，无从下手。这小畜生有了今日，正死得好，地方除一大虫了。

想未了，有知县到来迎接，曲背拱腰，称言："卑职祥符县接见包大人。"包爷就问："贵县，这三个凶身哪一个招认的？"知县道："上禀大人，这三个凶身都不招认，卑职正要用刑，却值大人到此，理当恭迎。"包爷道："贵县，这件案情重大，谅你办不来，待本府带转回衙，细细究问，不由他不招认。"县主道："包大人，卑职是地方官，待卑职审究，不敢重劳大人费心。"包爷冷笑道："你是地方官，难道本府是个客官么？张龙、赵虎，可将三名凶犯带转回衙。"二人应诺，一同带住三人。包公转店，再验尸首，并非拳刀所伤，只是破了大灵脑盖。当下心中明白，登轿回衙，只有祥符知县心中不悦，恨着包公多管闲事，必要带去开脱凶身，岂不教胡大人将吾见怪，只恐这官儿做不成了。便吩咐衙役，录了张酒家口供，将公干尸首送来胡府。

却说胡坤一闻儿子身亡，愤怒不已，夫人哀哀啼哭，痛恨儿子丧于无辜。忽报祥符县到来，胡坤命后堂相见。知县进来叩见毕，低头禀道："大人，方才卑职验明公子被害，正要严究凶身，不想包大人到来，将三名凶犯拉去，为此卑职特送公子尸身到府，禀明大人定夺。"胡坤说："包拯如此无礼么？"知县道："是。"胡坤道："包拯啊，这是人命重大事情，谅你不敢将凶身开脱的。暂请贵县回行吧。"知县打拱道:"如此卑职告退了。"

知县去后,胡坤回进后堂,一见尸首,放声悲哭。又见夫人伤心,家丁丫头也是悲哀,胡坤长叹一声道:"只为爹娘年老,单养成你一人,爱如掌上明珠,儿呵!指望你承嗣香烟,今被凶徒打死,后嗣倚靠何人?贼啊,我与你何仇,竟将吾儿打死,斩绝我胡氏香烟,恨不能将你这贼子千刀万剐。"闲话休提,是日免不得备棺成殓。

却说包公带转犯人升堂坐下,命先带张忠,吩咐抬起头来。张忠深知包公乃是一位正直无私清官,故一心钦敬,呼声:"包大老爷,小民张忠叩见。"包公举目一观,见他豹头虎额,双目如电,紫红面庞,看他是一个英雄之辈,如挑他做个武职,不难为国家出力,即言道:"张忠,你既非本省人,做什么生理,因何将胡伦打死?且从实禀来!"张忠想道:这胡伦乃是狄哥哥撩下楼去跌死的,方才在知县跟前,岂肯轻轻招认。但今包公案下,料想瞒不过的,况且结义时立誓义同生死,罢了!待我一人认了罪,以免二人受累便了。定下主意,呼声:"大老爷,小民乃山西人氏,贩些缎匹到京发卖,与李、狄二人,在万花楼酒肆叙谈。不料胡伦到来,不许我们坐于楼中,领着家人七八个,如虎如狼,打上楼来。只为小人有些膂力①,打退众人下去,后来胡伦跑走上楼,与小人交手,一交跌于楼下,撞破脑盖而亡。虽是小人不是,实是误伤的。"包爷想道:本官见你是个英雄汉子,与民除害,倒有开脱之意,怎么一刑未动,竟是认了?若竟开脱,未免枉法,罢了,且带下去,再问这两个吧。

主意已定,喝声:"带下去,传李义上来。"当下李义跪下,包公一看,李义铁面生光,环眼有神,燕颔虎额,凛凛威仪。包爷道:"你是李义么?哪里人氏?这胡伦与你们相殴,据张忠说,他跌坠下楼身死,可是真的么?"原来李义亦是莽夫,哪里听得出包公开释他们之意,只想张二哥因何认作凶手,待我禀上大老爷,代替他吧。想罢说道:"启禀大老爷,小民乃北直顺天府人,三人到来贩卖缎匹,在万花楼饮酒,与胡伦吵闹,小的性烈,将他打下楼,堕扑身亡。"包爷喝道:"张忠说是他与胡伦相争,失足坠楼而死,你又说是你打死的,难道打死人不要偿命的么?"李义道:"小的情愿偿命,只恳大老爷赦脱张忠的罪,便沾大恩了。"包爷听了冷笑道:"张忠说是他失手伤的,

---

①　膂(lǚ)力——体力。

李义又说是他失手伤的。一个胡伦，难道要二人抵命？此中定有蹊跷，且待我带狄青上来讯问。"吩咐李义也退下，再唤狄青上堂。

包爷细看小英雄十分英俊，不由心中爱惜。原来包公乃文曲星，狄青乃武曲星，今生虽未会过，前世已相会，故当时包公满腹怀疑，此人好生面善，但一时记认不起，呼道："你是狄青么，哪省人氏？"狄青禀道："小民乃山西省太原府西河人，只为到此访亲不遇，后逢张、李，结拜投机。是日于楼中饮酒，不知胡伦何故，引了多人跑上楼，要打吾三人。小民等颇精武艺，反将众人打退下楼，吾将胡伦丢抛下楼坠死。罪归小民，张、李并非凶手，大老爷明见万里，开脱二人之罪。"包爷暗忖①道：这又奇了！别人巴不得推诿，他三人倒把打死人认在自己身上，必有缘故。想来三人是义使之徒，同场做事，不肯置身事外，所谓甘苦患难，死生共之。但三人抵一命，决无此情理。想张忠、李义，像是凶手，狄青如此怯弱，决不致打死人。大约他因义气相投，甘代二人死的，本部且将他开脱，再问张、李二人吧。于是把惊堂木一拍，大喝道："你小小年纪，说话糊涂，看你身躯怯弱，岂像打斗之人，况且胡伦验明被跌身死，如何这等胡供，岂不知打死人要偿命的！你莫不是疯痴的么？"喝命攥他出去！早有差人将狄青推出去了。旁边胡府家人看见，急上前禀道："大老爷，这狄青既是凶身正犯，因何将他赶出？"包爷道："他乃年轻弱质，不是打架之人。"家丁启上："大老爷，他自己招认作凶身的。"包公道："他乃冒认，欲脱张、李二人之罪，本部欲将张、李二人再讯，狄青并非凶犯，留他怎的？况且一人抵一命，公子之命，现有张、李二人在此，何得累及无辜？"家丁说："求恳大老爷，切勿放走凶手，只恐家老爷动恼了。"包公怒道："你这狗才，将主人来压制本府么？"扯签撒下，大喝："打二十板！"打得家丁痛哭哀求，登时逐出。包公本欲将张、李一齐开脱了，乃无此法律，不免暂禁狱中再处。即时退堂。有众民见包公审三人，将狄青赶出，打了胡府家人，好不称快。只为胡伦平日欺侮众民，被害过多，今日见三人乃外省人氏，打死他儿子，犹如街道除去猛虎，十分感激三人，实欲包公一齐放脱了他们。你言我语，不约同心，想来好善憎恶，个个皆然。

不知张、李如何出狱，且看下回分解。

---

① 暗忖（cǔn）——心里思量，推测。

第 八 回

说人情忠奸辩驳　演武艺英杰纵横

话说众人喜得打杀了胡伦公子,除去本地大患。却说狄青被包公赶逐,出了衙门,不解其意。一路思量:包大人将吾开释了,难道我父亲做官时与他是故交?但我幼年时,父亲升到本籍山西省做总兵,包爷初在朝内做官。今虽将我罪名出脱,还不知两位弟兄怎么样了?狄青正在思想,只见衙役等押出二人,连忙上前道:"二位贤弟出来了么?愚兄在此守候多时了。"二人说:"哥哥,你且回店中,等我二人作甚?"狄青道:"候你二人一同回去。"二位微笑道:"小弟回去不成了。"狄青道:"不知包大人如何断你二人?"张忠道:"包大人没有怎么审断,只传谕下来,将我二人收禁候审。"狄青道:"你二人监牢内去,如此我也同去。"二人道:"大哥你却痴了。你是无罪之人,如何进得狱中?"狄青道:"贤弟说哪里话来!打死胡伦,原是我为凶手,包大人偏偏不究,教我如何得安?岂忍你二人羁于缧绁①之中!我三人不离死生,方见桃园弟兄之义呢。"张忠笑道:"哥哥,你今日就欠聪明了。吾二人是包大人之命,不得不然,你是局外之人。况且这个所在,不是无罪之人可进得的。吾还有一说……"便附耳细言道:"这件事情,包公却有开释之意,小弟决无抵偿之罪,哥哥可放心回去,对周成店主说知,拿一百两银子来使用便是了。"狄青闻言叹道:"屡闻包大人铁面无私的清官,若得他开脱你二人,我心方定呢。"谈谈说说,不觉到了牢中,狄青无奈,只得别去。回归店中,将近情达知周成店主,吓得他一惊不小,就将货物银子,兑了一百两,交付狄青。次日到狱中探望二人,分发使费。少停回转行中,心头烦闷,日望包公释放二人。按下不表。

再说胡坤府内之事,家丁被打回来,向家主禀道:"包爷审理此事,将一个正犯狄青释放,小人驳说得一声,登时拿下打了二十板,痛苦难堪。"胡坤听了,怒道:"可恨包拯,竟将正犯放走了,又毒打家人,如此可恶!包黑贼真不近人情了。"吩咐打道出衙,一路往孙兵部府中而来。原来孙

① 缧绁(léixiè)——捆绑犯人的绳索。这里喻监禁。

秀因庞洪入相,进女入宫为贵妃,他是国丈女婿,故由通政司升为大司马,成为名声赫赫的大权奸。这胡坤是庞国丈的门生,故孙、胡二人十分交厚,宛然莫逆弟兄。胡坤不去见包公,名正言顺,说秉公之论,反鬼头鬼脑来见孙秀,显见他不是光明正大之人了。当日孙兵部闻报,吩咐大开中门,衣冠整整地迎接。携手进至内堂,分宾主坐下、孙爷问道:"不知胡老哥到来,有失远迎,望祈恕罪。"胡坤道:"老贤弟,休得客气。愚兄此来,非为别故。"当将此事一长一短说知,又道:"孙贤弟,吾平日本与包拯不投机的,今又打吾家丁,欺我太甚,故特来与人相商。但狄青是个凶身正犯,他已放脱了,有烦老贤弟去见这包拯,要他拿回狄青,与张、李一同审作凶身,一同定罪,万事于休。如若放走了狄青,势不两立,立要奏明圣上,究问他一个坏法贪赃之罪,管教头上乌纱帽子除下!"孙兵部听了大怒道:"可恼,可恼!包黑贼欺人太甚,胡兄不必心焦,愚弟亦与包拯不合,为此事且代你走一遭,凭他性子倔强固执,吾往说话,谅包拯不得不依。"胡坤道:"如此足感贤弟,有劳了。"孙秀当日吩咐在书房备酒,二人饮酒,谈至红日西沉,胡坤方才作别回衙。

次日,孙秀一直来至开封府,令人通报。包公一想:孙秀从不来探望我的,此来甚是可疑。只得接进衙内,两下见礼坐下。包公道:"不知孙大人光降,有何见教?"孙秀冷笑道:"包大人,难道你不晓得下官来意么?"包公道:"不晓得。"孙秀道:"只为胡公子被人打死,理当知县审究,却被包大人把人犯带回衙来。"包公道:"孙大人,这件案情知县办得,难道下官管不得么?"孙秀道:"管是管得的,但不应该将个凶身正犯放脱,不知是何道理?"包公道:"怎见小小少年狄青是凶身正犯?"孙秀道:"这是狄青自己招认的。"包公道:"是孙大人亲眼目睹么?"孙秀道:"虽非目睹,难道那胡府家人算不得目睹么?"包公道:"如此只算得传来之言,不足为信。倘国家大事,大人可以到来相商,如今不过是一件误伤人命,不是什么大不了的事情。若要私说情面,休得多言。"孙秀道:"包大人,你说的都是蛮话。"包爷冷笑道:"下官原是蛮话,只要蛮得有理就是!"但这胡伦是自己跌扑楼下而死,据你的主见,要三人偿他一命。你岂不晓得家无二犯,罪不重科?比方前日有许多人在哪里饮酒,难道俱要偿他的命么?为民父母,好善乐生,应当矜恤①民命。况且此案下官未曾发落,少

---

① 矜恤(jīnxù)——怜惜体谅的意思。

不得还要复审，再行定夺。"孙秀道："包大人，你一向正直无私，是以圣上十分看重，满朝文武人人敬你。岂知今日此桩人命重案，偏存了私心，放了正犯，胡坤岂肯甘休？倘被他奏闻圣上，你头上乌纱帽可戴得牢稳么？"包爷听罢，冷笑道："孙大人，下官这乌纱时刻拼着不戴的，只有存着一点报国之心，并不计较机关利害。"孙秀道："包大人，据你的主见，这狄青不是个凶犯，应得释放的么？"包公道："不是凶犯，自然应放脱的，少不得也要奏知圣上。这胡坤不奏明圣上，下官也要上本的。"孙秀道："你奏他什么来？"包公道："只奏他纵子行凶，欺压贫民，人人受害的款头。"孙秀道："这有什么为据？"包公冷笑道："你言没有凭据么？这胡伦害民，恶款过多，我已查得的确，即现在万花楼之地，亦是赶逐居民强占的。况且张忠、李义、狄青三人乃异乡孤客，这显见是胡伦恃着官家势力，欺他们寡不敌众，弱不敌强，哪人不晓。岂有人少的，反把人多的打死，实难准信。倘若奏知圣上，这胡坤先有治家不严之罪，纵子殃民，实乃知法犯法，比庶民罪加一等。即大人来私说情面，也有欺公之罪。"这几句话说得孙秀无言可答，带怒说："包大人，你好斗气，拿别人的款头，捉别人的破绽。我想同殿之臣，何苦结尽冤家，劝你把世情看破些吧！"包公言道："孙大人，这是别人来惹下官淘气的，非我去觅人结怨。奏知圣上，亦是公断，是是非非，总凭公议。倘若我错了，纵然罢职除官，我包拯并不介怀的。"

当时包公几句侃侃铁言，说得孙秀也觉惊心。想来这包黑子的骨硬性直，动不动拿人踪迹，捉人破绽，倘或果然被他奏知圣上，这胡坤实乃有罪的，悔恨此来反是失言了。此时倒觉收场不得，只得唉声："包大人，下官不过问得传言，说你将凶手放脱了；又想大人乃秉正无私的，如何肯抹私瞒公，甚是难明，故特来问个详细，大人何必动怒？如此下官告辞了。"当下孙兵部含怒作别，一直来到胡府，将情告复。又将包拯硬强之言，反要上朝劾奏胡兄的话述了一遍。胡坤听罢这番言语，深恨包公，是晚只得备酒相待孙秀。讲起狄青，言他乃一介小民，且差人慢慢缉访查明下落，暗暗拿回处决他，有何难处。

不表二奸叙话，再言铁面清官包公，见孙秀去后，冷笑道："孙秀啊，你这奸贼，虽则借着丈人势力，只好去压制别人。若在我包拯跟前弄些乖巧，你也休想，真个刮得他来时热热，去时淡淡的。"又想：胡伦身死，到底因张忠、李义而起,于律不能无罪,故我将二人权禁于囹圄①中,这胡坤又奈不得我何。

不说包公想论,再说狄青自别张忠、李义之后,独自一人在店中,寂寞不过,心中烦闷。只因弟兄二人坐于狱中,不知包爷定他之罪轻重,一日盼望一日。当有周成笑呼:"狄公子,有段美事与你商量。"狄青道:"周兄有何见教?"周成道:"小弟有一故交好友,姓林名贵,前一向当兵,今升武职,为官两载。日中闲暇,到来谈叙,方才无意中谈起你的武艺精通。林老爷言,既是年少英雄,武艺精熟,应该图个进身方是。我说只为无人提拔,故而埋没了英雄。林爷又说,待他看看你人品武艺如何。依吾主见,公子有此全身武艺,如何不图出身?强如在此天天无事,若得林老爷看待你,就有好处了,不知公子意下如何?"狄青想道:"这句话却是说得有理"。但想这林贵不过是个千总官儿,有什么稀罕,有什么提拔得出来?又因周成一片好意,不好拒却他,即时应诺,整顿衣巾,一路与周成同来拜见林贵。

当日林老爷一见狄青,身材不甚魁伟,生得面如敷粉,目秀神奇,虽非落薄低微之相,谅他没有什么力气,决然没有武艺的。看他只好做文官,武职休得想望了,便问狄青:"你年多少?"狄青道:"小人年已十六了。"林贵道:"你是年少文人,哪得深通武艺?"狄青道:"老爷,小人得师指教,略知一二。"周成道:"林兄长,不要将他小觑②,果然武艺高强,气力很大。"林贵哪里肯信,便向狄青道:"既有武艺,须要面试,可随吾来。"狄青应允。林贵即刻别过周成,带了狄青回到署中,问狄青:"你善用什么器械?"狄青道:"不瞒老爷,小人不拘刀枪剑戟,弓矢拳棍,皆颇精熟。"林贵想:你小小年纪,这般夸口,且试演你一回,便知分晓了。即同到后院,已有军械齐备,就命狄青演武。狄青暗想:可笑林贵全无眼力,轻视于我,且将师父所传武艺演来,只恐吓煞你这官儿。当时免不得上前叫声:"老爷,小人放肆了。"林贵道:"你且试演来。"小英雄提起枪,精神抖擞,舞来犹如蛟龙翦尾,狮子滚球,真乃枪法稀奇,世所罕有。随营士卒,见了心惊,林贵更觉慌张,深服方才周成之言非谬。枪法已完,又取大刀舞弄,只

---

①　囹圄(líng yǔ)——监牢。

②　觑(qù)——看;瞧的意思。

见霞光闪闪,刀花飞转,不见人形。一时人人喝彩,个个称扬。林贵登时大悦。舞完大刀,剑戟弓矢,般般试演,实是无人可及。林贵不胜赞叹,暗道:肉眼无能,错觑英雄! 便问:"狄青,你的武艺哪人传授你的?"狄青道:"家传世习的。"林爷道:"既是家传,你父是何官职?"狄青道:"父亲曾为总兵武职。"林贵道:"原来将门之种,怪不得武艺迥异寻常,吾今收用你在营效用,倘得奇遇,何难显达? 恨我官卑职小,不然还借你有光了,今且屈你在此效力。"狄青道:"多谢老爷提携!"狄青思算,欲托足于此,以图机会,不然即做了千总官儿,亦不稀罕的。周成店主得知此事,心中喜悦,以为狄公子得进身之地了。是浅人之见如此,但他一片好心,故狄公子也不忍却他之意,权在林贵营中羁身。

　　不知如何图得机会进身,且看下回分解。

第 九 回

急求名题诗得祸　报私怨越律伤人

慢言狄青在林贵营中候用。其时七月方残,始交八月。前时西夏赵元吴兴兵四十万,攻下陕西绥德、延安二府,一直进兵偏头关。有杨元帅镇守三关口。三关一日偏头,二日宁武,三日雁门,全是万里长城西北隘口重地,屡命名将保守。如今关内亦是兵雄将勇。上月杨元帅已有本告急回朝,仁宗天子旨命兵部孙秀,天天操演军马,挑选能将,然后发兵。时乃八月初二,选定吉日,谕集一班武职将官,要往教场开操。是日,城守营正值林贵,将教场命人打扫洁净,铺毡结彩,安排了座位。各款预备,以俟孙秀下教场不表。

却说狄青在教场中,独自闲玩,不觉思思想想,动着一胸烦恼,长叹一声道:“吾蒙师父打发下山,到了汴京,已有二十多天,不见亲人,反结交得异姓骨肉,实是义气相投。岂知不多几日,惹起一场飞灾。想我虽在营中当兵效用,到底不称我心,不展我才,就是目下兵团三关,我狄青埋没在个小小武员名下,怎能与国家出力,真枉为大丈夫啊!”当时,小英雄双眉交锁,自嗟自叹,又想:目下正是用兵较武之际,只可惜我狄青任有全身武艺,又不便恳求林爷,将自己推荐。这孙兵部焉能晓得石中藏玉,草里埋珠,这便怎么是好?自言自想,走过东又走过西,只见公案上有现成的笔墨在此,不免在粉墙上面题下数言,将姓名略现,好待孙兵部到此细问推详。倘得贵人抬举,便可一展安邦定国之略了。想罢,即提起羊毫,写了四句诗词于粉壁间,后边落了姓名,放下笔说道:“孙兵部啊,你是职居司马,执掌兵符,总凭你部下许多将士,焉能及得我狄青仙传技艺。”眼见红日沉西,径自回营去了。

次日五更,教场中许多武将兵丁,纷纷聚集,队队排班,盔明甲亮,旌幡招展,人马拥挤。当时天色黎明,尚未大亮,壁上字迹,没有人瞧见。少停,鼓乐喧天,孙兵部来到教场。各位总兵、副将、参将、守备、游击、都司、总管等,五营八哨,诸般将士,挨次恭迎,好不威严。孙兵部端然坐下公位，八位总兵分开左右，下边挨次侍立，两名家将送上参汤用过。时天色大明，偶然东首正面壁上有字几行，不知哪人胆大，书于此壁。只为往日开操，此壁并无一字，孙秀如今一见，命张恺、李晃二总兵，往看分明。二位总兵奉命向前，细将诗句姓名记了，上禀部台道："粉墙上字迹，乃是诗词，旁边姓名书着，乃山西人姓狄名青。"孙秀闻言，想来狄青还在京，又问："其词如何？"张恺将其诗呈上：

　　　　玉藏璞内少人知，识者难逢叹数奇，

　　　　有日琢磨成大器，唯期卞氏献丹墀。

　　孙秀当下想来一些不错，料是前日打死胡公子的狄青，却被包拯放走了他。虽则同名同姓，天下少有，怎的却又是山西人氏，想必他仍在京中，未回故土，但未知安身在于何处。倘然为着胡伦之事，查捕于他，恐怕结怨于包黑，不着借此事问罪，何难了结这小畜生的性命。想罢，传知八位总兵，道："作诗之人，诗句昂昂，寓意狂妄，你等须要留心细访其人，待本帅另有规训于他。"众人同声答应，旁边闪出一员总兵道："启上大人，卑职冯焕，前日查得兵粮册上，有城守营林贵麾下，新增步卒，姓狄名青，亦是山西人氏。"孙兵部听罢，喜形于色，即传谕道："暂停演操，着林千总引领狄青来见本部。"一声军令，谁敢有违。

　　当时孙秀心花大放，暗言：狄青呵，谁教你题诗句，这是你命该如此。少停来见本部时，好比蜻蜓飞入蛛丝网，鸟入牢笼哪里逃。此时弄翻了，这包黑子哪里晓得，还能来放脱他么！想还未了，家将领进营员林贵到案下，双膝跪下，呼声："大人在上，城守营千总林贵叩见。"孙秀道："林贵，你名下可有一新充步兵狄青么？"林贵禀道："小弁名下果有步兵，姓狄名青，蒙大人传唤，已将狄青带同在此。"孙秀道："如此快些唤来见本部。"林贵只道是好意，恨不能狄青得遇贵人提拔，是以满心大悦，忙带同他到来参叩。此时，狄青跪倒尘埃，头不敢抬，孙秀吩咐抬头，呼声："狄青，你是山西人氏么？"狄青道："小人乃山西人氏。"孙秀道："前日你在万花楼上，打死了胡公子，已得包大人开脱，你怎不回归故土？"狄青道："启禀大人，小的多蒙包大人开释了罪名，实乃感恩无涯，如今欲在京中求名，又蒙林爷收用名下，故未回归故里。今闻大人呼唤，特随林爷到来参见。"孙秀听了点头，暗想正是打死胡伦之狄青，登时怒容满面，杀气顿生，喝声："左右，拿下！"当下一声答应，如狼似虎抢上，犹如鹰抓雏儿一般。若论狄青的英雄膂力,更兼拳艺绝群,这些军兵焉能拿捉他,只因国法为重,这孙秀乃一位兵部大臣,此时身充兵役,是他营下之人,哪里敢造次?这是有力不能用,有威不敢施,只得听他们拉拉扯扯。当时旁边林贵吓得面如土色,又不敢动问。孙秀复喝令将狄青紧紧捆绑起。狄青急呼道:"孙大人呵,小人并未犯法,何故将吾拿下?"孙秀大喝道:"大胆奴才,你缘何于粉壁上妄题诗句?"狄青禀道:"若言壁上诗句,乃是小人一时戏笔妄言,并未冒犯大人,只求大人海量开恩!"孙兵部喝声:"狗奴才,这里是什么所在,擅敢戏笔侮弄么?既晓得本部今日前来操演,特此戏侮,显见你目无法纪,依照军法,断不容情!"吩咐林贵:"将他押出斩首报来!"狄青呼道:"大人,原是小人无知,一时误犯,只求大人海量,恕小人初次。"说罢,又跪下连连叩首。林千总也是跪在左边,一般的求免死罪。孙兵部变脸大喝道:"休得多言,这是军法,如何能看面情!林贵再多言讨情,一同枭首正法。"林千总暗想:狄青必然与孙贼有甚宿仇,料然难以求情得脱的,只可惜他死得好冤屈。逆不过兵部权令,早将小英雄紧紧捆绑起,两边刀斧手推下。狄青见此情形,只是冷笑一声道:"我狄青枉有全身武艺,空怀韬略奇能,今日时乖运蹇,莫想安邦定国,休思名入凌烟,既残七尺之躯,实负尊师之德。"不觉怒气冲天,双眉倒竖,二目圆睁。不一时,推出教场之外,小英雄虽然不惧,反吓得林贵非常忧惊,教场中大小将官士卒个个骇然。又见林贵被叱,哪得还有人上前讨救。

当时军令森严,不许交头接耳,到底军众人多,暗中你言我语道:"狄青死得无辜,孙兵部实乃糊涂之辈,全不体念人苦当兵,也是出于无奈。他纵然一时戏写了几句诗词,犯了些小军法,也不该造次将他斩杀的。"有人说:"孙兵部乃是庞太师一党,共同陷害忠良,想这狄青是忠良后裔,是以兵部访询得的确,要斩草除根,不留余蔓,也未可知。况且狄青是一小卒,入队尚未多日,怎能尽晓军法,尽可从宽饶恕于他。有意陷害于人,也就狠心过毒了!"

不表众将、众兵私谈,再表狄青正在推出教场之际,忽报来说,五位王爷千岁到教场看操。孙秀吩咐将狄青带在一旁等候开刀。是时兵部躬身出迎,林贵带狄青在西边两扇绣旗里隐住他的身躯。林贵附耳,教他待王爷一到,快速喊救,可得活命。

却说兵部迎接的王爷,第一位潞花王赵璧;第二位汝南王郑印,是郑恩之子；第三位是勇平王高琼，高怀德之子；第四位静山王呼延显，呼延赞之子；第五位东平王曹伟，曹彬之子。此五位王爷，除了潞花王一人，皆在七旬以外，在少年时，皆是马上功名，故今还来看军人操演。当下五人徐徐而至，许多文武官员伺候两边，林贵悄悄将狄青肩背一拍，狄青便高声大喊："千岁王爷冤枉，救命呵！"一连三声，孙兵部呆了一呆。有四位王爷不甚管闲账的，只有汝南王郑印，好查察军情，问："什么人喊叫？左右速速查来！"当下孙兵部低头不语，接了五位王爷坐下，一同开言问道："孙兵部，因何此时尚未开操？"孙秀道："启上众位千岁，因有步卒一名，在正对公位的粉壁上胡乱题诗戏侮，将他查明正法，故而还未开操。"郑王爷问道："诗句在哪里？"孙秀道："现在对壁上。"汝南王踱上前去，将诗词一看，思量这几句诗词，也不过自称高才，求人荐用之意，并非犯了什么军法。想孙秀这奸贼，又要屈害军人，本藩偏要救脱此人。即踱回坐下。早有军兵禀复："千岁，小人奉命查得叫屈之人，乃是一名步兵，姓狄名青。"王爷吩咐带他进来，汝南王呼道："孙兵部，此乃一军卒无知偶犯，且姑饶他便了，何以定要将他斩首？"孙秀呼声："老千岁，这是下官按军法而行，理该处斩的。"千岁冷笑道："按什么军法？只恐有些仇怨是真。"一言未了，带上狄青，捆绑得牢牢的跪下，王爷吩咐："放了绑，穿上衣。"狄青连连叩首，谢过千岁活命之恩。王爷道："你名狄青么？"狄青俯伏称是。王爷又问："你犯了什么军法？"狄青道："启禀千岁，小人并未犯军法，只为壁上偶题诗句，便干孙大人之怒，要立时处斩。"郑千岁听了，点头言道："你既充兵役，便知军法，今日原算狂妄。孙兵部，本藩今日好意，且饶恕他如何？"孙秀道："狄青身当兵役，岂不知军法厉害，擅敢如此不法，若不执法处斩，便于军法有乖了。"王爷冷笑道："你言虽有理，只算本藩今日讨个情，饶恕于他吧。"孙秀道："千岁的钧旨①，下官原不敢违逆，但狄青如此狂妄，轻视军法，若不处决，则千万之众，将来难于处管了。"郑千岁道："你必要处斩他么？本藩偏要释放他。"一旁激恼了静山王道："孙兵部，你太无情了！纵使狄青犯了军法，郑千岁在此讨饶，也该依他的。"四位王爷不约同心，一齐要救困扶危，你言我语，只弄得孙秀哑口无言，发红满面。深恨五人来此，杀不成狄青，又不好收科，只得气闷闷

① 钧（jūn）——旧时的一种敬辞，下级对上级所用。如：钧旨，钧座，钧谕。

地言道："既蒙各位千岁的钧旨，下官也不敢复忤①了。但死罪既饶，活罪难免。"汝南王道："据你说便怎么样？"孙秀道："打他四十军棍，以免有碍军规。"郑千岁道："既饶死罪，又何苦定打他四十棍，且责他十棍也罢。"二人争执多时，孙秀皆以军法为言，众位王爷觉得厌烦了，勇平王大言道："若论军兵犯了些小军律，念他初次，可以从宽概免。如责他四十棍，也过于狠毒，也罢，且打他二十棍，好待孙兵部心头略遂，不许复多言了。"孙秀听了大惭，不敢再辞，即离了座位，悄悄吩咐范总兵用药棍，范总兵应允。原来孙秀平日间制造成药棍，倘不喜欢其人，或冒犯于他，便用此药棍。打了二十棍，七八天之内，就要两腿腐烂，毒气攻于五脏，就鸣呼哀哉了。打四十棍对日死，打三十棍三日亡，打二十棍不出十天外，打十棍不出一月，也就要死的。

范总兵当日领命将药棍拿到，按下小英雄一连打了二十棍，痛得好厉害。打毕，禀上千岁，已将狄青打完了缴令。王爷命且放他起来。孙秀吩咐："除了他名，攥他出去！"然后发令人马操演。此日金鼓齐鸣，教场中闹热操演，只有狄青被药棍打了二十，苦痛难忍，血水淋漓，真觉可悯，出了教场而去。不知性命如何，且看下回分解。

---

① 忤(wǔ)——不顺从。

第 十 回

受伤豪杰求医急　济世高僧赠药良

慢言教场中操演军马,却说狄青被药棍打了二十,痛楚难当,虽是英雄猛汉强健之躯,也难忍此疼痛。一程出了教场,连心胸里也隐痛起来,可怜一路慢行迟步,思思想想,暗道:这孙兵部好生奇怪!吾与他并非冤仇,为何将我如此欺凌?若无千岁解救,必然一命呜呼了。想我狄青,年方二八,指望得些功劳,为国家出力,以继先人武烈,岂知时命不齐,运多钝蹇①,受此欺凌。但想孙秀,你非为国家求贤之辈,枉食厚禄,职司兵权,倘我狄青日后得有寸进,不报此怨,誓不立于朝堂。当下鲜血淋漓,不住滴流,犹如刀割一般,走了半里之遥,实欲走回周成店中,不想痛得挨走不动,不觉行至一座庙堂,不晓得何神圣,只得挨踱进庙中,权且在丹墀上卧下歇息。呼喘叫痛之余,约有半个时辰,来了一位本庙司祝老人,定睛一看,动问道:"你是何人?睡卧于此。"狄青道:"吾乃城守营林老爷手下兵役,因被孙兵部责打二十根,两腿疼痛,难以行走,故于此处歇止片时。"司祝道:"这孙兵部可与你有什么怨仇,抑或误了公干事情?"狄青道:"非与他有仇,亦不是误了公干,只一时犯了些小军法,被他责打二十军棍,痛苦难禁。"司祝道:"久闻孙爷的军棍,比别官的倍加厉害,军人被打的,后来医治不痊,死过数人。你今着此棍棒,必须赶紧调治才好。"狄青道:"不瞒尊者说,吾非本省人氏,初至京城,哪里得知有甚高明国手?"司祝道:"医士甚多,只不能调愈得此棒毒,只有相国寺内有位隐修和尚,他有妙药方便,是吾省开封一府,有名神效的跌打损伤诸般肿毒方药。这和尚与众不同,他为人心性最清高,常闭户静养,只有官员偶然来交往。又有一说,他既与官宦相交,心性定然骄傲,却又不然,生来一片慈善之心,倘得医治人痊效,富厚者定然酬谢千金玩器,如遇贫困人,苦切求恳,即方便赠送方药,也常常有的。"狄青听了,说:"多蒙指教。"司祝言罢,进内去了。

---

① 钝蹇(jiǎn)——很不顺利。蹇,困难。

　　狄青思量,既有此去处,不免挨去求和尚调治,但我今身上未有资财,只得去恳求他发个善心。等调理好,张、李兄弟在店中尚有银子,借些来酬谢也使得。想罢起来,踱出庙门,一步挨一步,直向相国寺行来。行不远,到得寺前,只见闭着寺门,只得忍着疼痛,将门叩上几下。里面走出一位小和尚,言道:"你这人因何叩门,到此何事?"狄青道:"小师父,吾狄青有急难来求搭救,只为我身当兵役,却被棍棒打伤,要求和尚大师父调治。"这小和尚听了,进内禀知。去半刻而回,言道:"大和尚呼唤你进内相见。"狄青忍着痛,随了小和尚进至里厢,一连三进,一座幽静书斋,一位和尚坐在当中交椅上,年纪已有花甲,丰姿健旺,双目澄清,容颜潇洒,开言道:"你这人来求药调疾的么?"狄青见问,即倒身下拜,将情形一一达知。老和尚见他如此痛楚,便唤徒弟扶起,言道:"你既受此重伤,十分痛苦,何须跪倒尘埃,如此更然痛上加痛了。贫僧是出家人,总以救人为心。又念你山西远省,孤零外客,决不计较分毫。我素闻这孙兵部为人嫉贤害能,胸襟狭小,军中有人得罪了他,常被用药棍毒打,每难活命,实是大奸大恶之人。在贫僧看你的痛苦,直透心内,必是被他用药棍打伤的。这奸臣制造成毒药棍,伤害人死的已多。"言罢,引狄青至侧室禅床睡下,将窗门紧闭,又细问狄青一番,便道:"你今受孙贼毒害了。他用药棍打你两腿,不出三天就腐烂,至七天之内,毒传五脏,纵有名医妙药,也难救解。"狄青一闻此言,心内大惊,口称:"大和尚,万望慈悲,搭救我异乡难人,叨感恩德如山。"这隐修听了笑道:"贫僧既入修戒之门,六畜微命,尚且惜生,何况同类之人。你今受此重伤,吾若坐视不救,何用身入修行之域?"当时在架上取下一小葫芦,倒出两颗丹药,一颗调化开,教他先吃下,一颗汗后再服。回身又取出草药三束,一束善能解毒,一束善能活血,一束善能止痛。就命小和尚一齐捣烂,用米醋化开,涂搽于两腿之上。狄青搽药之后,越觉痛得厉害,大叫一声:"痛煞我也。"足一伸一缩,登时昏晕过去,遍身冷汗,滚流不住。小和尚见他昏迷不醒,也吓一惊。大和尚又唤道:"徒弟,快取油纸将他伤处封固,再取被褥一张,与他盖好身躯,这一颗丹丸,待他汗止后,化开而服。"一时天色已晚,小和尚端进斋膳,殷勤服侍,按下慢提。

　　却说教场孙兵部,见天色已晚,吩咐暂止操演,明日再操。五位王爷一同起驾,孙秀恭送。

　　再说林千总回到署内,闷闷不乐道:"狄青,你具此英雄伟略,何难上取功名？岂知祸起壁上几行字迹，险些一命难逃。你今虽得汝南王救了，久闻这奸臣造成药棍一条，伤人不少，倘或被他仍用此棍打你，又是难逃一命。但今未知你走在哪方，痛在哪里，使吾一心牵挂不安。也罢，且差人查访他便了。"

不谈林贵差人查访，且言狄青虽遭药棍伤害，幸得隐修的妙药调治，当日内服丹丸，外敷仙药，毒气尽消。一连过了五六天，腐烂处已皮光向实，行动如常。这隐修和尚实乃济世善良之辈，调愈了狄公子，尚怜他行走未得如常，且冒不得风，既无财帛相谢，反将公子留下，飨膳①之费仍是他的。看来真乃救急扶危为心，不以资财为重之辈，在出家人中如是存心，亦不可多得。

狄青在寺中已有数天，又调服了几次丹药，症已痊愈了。想道：这和尚如此救济，得调理痊愈，我赤手到来，飨膳所供，亦是他的。今日无物作谢，不免将此血结玉鸳鸯，相送与他便了。但思此宝乃我七岁时母亲交付。母亲对我说，此物乃三代流传家宝，外邦进贡一对与朝廷，圣上赐与祖父，乃雌雄一双。一只雌的祖母已交付姑母，一只雄的与我母亲收拾。如今交我佩于身边，一见鸳鸯，如见生身之母，至今已有九载。今日无可奈何，只得将此宝送与和尚吧。主意已定，向腰间解下香囊，取出玉鸳鸯，但见霞光闪闪，不由叹道："宝物啊，你出产番邦，祖父叨先皇恩赐，伴我多年，今日不想要分离了。但今见此鸳鸯，不觉又想起我的姑母。曾记幼年时，母亲常说，父亲有一同胞妹子，似玉如花之美，被先帝选上朝中。后来得闻凶信，已归黄土，可怜尸柩还在京邦，不得归乡入土，想来也令人心酸。想我姑母虽则身死，未知雌的鸳鸯存于何所？鸳鸯好比夫妇一般，前日成双成对，岂料今朝又归别人，实乃不得完叙。"

狄青正自言自想之际，只见小和尚含笑到来，言道："官人，你今患症已痊愈了。"狄青道："多感你师莫大之恩，无可酬报。"小和尚道："你手中弄的是什么东西？"狄青道："此乃血结玉鸳鸯，因思量大和尚活命之恩，怎奈我并无财物相谢，故将此宝送他，聊表微忱，有劳弓悦。"小和尚微笑道："难得你有此心，来吧。"小和尚当即引着狄青来至静房，拜见隐修，狄青叩谢活命之恩，跪拜在地。大和尚微笑道："些小搭救之情，何足言谢。"起位扶挽小英雄，狄青递上鸳鸯，隐修一见此宝，连忙问其缘由。狄青将此物来历说

① 飨(xiǎng)膳——食物，膳食。

明，言道："深沾活命洪恩，无以报答，只有随身小物，聊表寸心，伏望勿嫌微薄收领，小子心下略安。"隐修听了，微微含笑道："吾既入戒门，必以方便救济为怀，哪个要你酬谢？况此物乃是你传家之宝，老僧断不敢领情。"狄青恳切说了一番，隐修只得收受放下。狄青自思，身体已痊愈了，便要拜辞出寺，隐修道："且慢，你患伤虽愈，还未可多动，且从缓耽搁三两天乃可。"狄青道："还动不得么？"隐修道："这孙贼用毒药汁，浸淫棍棒，他一心要绝你性命，非用药快速，不出十天之内，毒气传于六腑，难以挽救。今幸而安痊，到底两腿尚弱，且再静耐数天，服些丹丸，便永无后日之患了。"狄青听罢，应诺依命，隐修又吩咐徒弟引他回到禅床安息去了。

却说隐修平生所爱者，乃古董玩器之物，如今狄公子做人情相送，一时满心欣然，拿起玉鸳鸯看弄一番，笑道："果然好一件宝物。我想狄青有此奇宝，必非等闲人家之子，老僧要问个明白才得放心。"说罢，把玉鸳鸯装入香囊，霞光闪射于外。

又过了三天，此日乃八月初十，隐修正在禅房闲坐，忽小和尚报说："静山王爷到来。"原来静山王呼延千岁，与这隐修和尚时常来往，两人交谊甚厚。这一天呼延千岁骑马，带着八名家将，来到相国寺门首。隐修忙出来迎接，遂至静堂参礼毕，递奉过香茗，隐修请过千岁金安。王爷言道："吾倒忘记了。"隐修道："千岁忘记了什么？"王爷说："本藩有丹青一幅，想送与你，不想连次忘怀了，当真记性平常。"隐修道："千岁爷为国分忧，记大不记小，贫僧改日到府领赐便了。"王爷四边一看，只见禅榻清净，迥绝尘埃，幽雅的很，不觉叹道："你修行无忧无虑，可比活神仙，我等为官，政务纷繁，实不如你自得逍遥。"隐修道："承千岁谬赞，念贫僧在此，无非靠着十方田土，供应三尊圣佛，闲来数卷经书消遣，多蒙王爷抬举，贫僧借以有光。"王爷笑道："你却会言语，今日本藩不往看操，且取棋来与你下几局吧。"隐修向香囊内拿出棋子。王爷偶然看见囊中一只玉鸳鸯，毫光四射，带笑把头一摇，道："你这和尚果是个趣客，这玉鸳鸯是件至趣妙东西，但非民间所有，哪一位老爷送你的？"隐修微笑道："原非民间之物，只可惜雌雄不得成双。"王爷道："是了，倘得雌的配成一对，价值连城，可以上进得朝廷的。不知你多少银子买下来的？"隐修笑道："不用得银子，只因贫僧医痊一人，他送我作谢。"王爷道："你这光头倒也得此便宜奇货。"当时王爷放下这玉鸳鸯，隐修已将棋子四围排开，摆下对坐交椅，棋盘棋子全是象牙造成。

不知二人下棋后，狄公子如何拜别老和尚，且看下回分解。

第 十 一 回

爱英雄劝还故里　恨奸佞赐赠金刀

却说静山王正在与隐修长老下棋，方完了局，有一小和尚趋进禀道："启上师父，今有狄青在外，要拜辞师父，因见千岁爷在此下棋，故等候于外厢，不敢进来。"隐修道："狄青要去了么？教他且耐半天吧。"小和尚应诺而去。王爷听得狄青之名，接言问道："这狄青是何等之人，是你徒弟还是外来人？"隐修道："千岁，这狄青乃营守林千总部下的步卒。"王爷道："他在此何干？"隐修道："只为此人前数天被孙兵部打了二十药棍，故来见贫僧，求吾医治，今已痊愈了。"王爷道："想这狄青乃一穷兵，恐没钱钞谢你。"隐修道："不瞒千岁，贫僧原不冀他酬谢的，倒亏了他有知恩报恩之心，方才那个玉鸳鸯乃他三代家传之宝，送吾作谢。"静山王听了，看看隐修，冷笑道："你方才不说明白此物来因，莫非你贪财爱宝，有意图谋他的？"隐修道："千岁责备贫僧太重了。我并非有贪图之心，实乃他恳切相送，迫吾收下的。"静山王道："此宝是他世代流传之物，竟然一旦送了你，你是出家之人，不该受领他的才是。"隐修道："贫僧原推却不肯受领，但他十分恳切，只得权且收下，待他辞去时，归还于他。"王爷想道：曾见八月初二操兵，有一步卒名狄青，人才出众，器宇轩昂，必然就是此人。可恨孙秀狠毒，要屈杀此人，亏得汝南王郑兄一力保全了狄小卒性命，不然，身在鬼门内去了。但想这孙秀打他二十大棍，原要陷害他之意，却不知是何仇怨，待本藩问个明白。想罢，便道："和尚，本藩有话问明，快些唤他来见孤家。"隐修道："千岁，他乃一小军，怎好胡乱进见？"王爷道："这也何妨，速速唤来！"当时隐修领命，亲往外厢唤进小英雄，狄青一见王爷，连忙拜伏在地，不敢抬头，口称："王爷在上，小人重罪千斤，望乞饶恕！"王爷道："狄青，你且抬起头来。"狄青领命抬头。当日呼延千岁犹恐不是教场中的狄青，故命他抬头认个明白，细认之下，果然不错，正是教场中题诗步卒，便问："狄青你是何方人氏？"狄青禀道："上启千岁爷，小人家在山西省。"王爷道："你既然远隔山西，今到京中何事？"狄青道："小人落难困苦,原到此方寻亲人不遇,一身漂泊无依,后蒙总爷林贵收用,权且当兵苦挨。"王爷道:"莫非你与孙兵部有什么宿仇!"狄青道:"与他从无瓜葛,即壁上题诗,也无干犯,不知是何缘故,他要借端杀害小人,非众位王爷解厄,难免身首分开。"王爷道:"狄青,本藩前日看你诗中寓意不凡,乃一英雄大器,抑或你素性狂妄,一时胡乱,可明白说与本藩得知。"狄青道:"不瞒千岁,小人六韬三略,兵机战策,均颇精通,膂①力强大,箭法纯熟,前日已在林爷处当面试演,并非狂妄大言。"

静山王想道:看不出这小狄青,身材不甚魁伟,相貌斯文,竟具此英雄技艺。他口夸大言,看来非假,但不知他胆量如何? 待本藩试他一试,便知分晓。便呼道:"狄青,你言孙兵部与你并无仇怨,奈他一心要计害于你,莫非与你祖父有宿仇,也未可知。"狄青道:"小人也如此思量,足见千岁英明。纵然祖父之仇,小人全然不得而知。"王爷道:"你前日多亏郑千岁搭救,方免一刀之苦。乃孙兵部的威权厉害,如虎似狼,又言死罪既免,活罪难饶,打你二十无情棍。此位大和尚,说这奸臣制造药棍,曾经伤害过军民几命,如今原要绝你性命,是以又用此药棍打你。若非这隐修大和尚与你调治,便凭你英雄好汉总是死,铁石将军命也亡。"狄青道:"小人原知老师父大恩。"王爷道:"狄青你虽然两次死中得活,只忧孙秀终难饶你,又生别的计较谋害于你,也未可知。"隐修在旁笑道:"千岁虑得不差。"王爷道:"你既然武艺精通,明日去了结孙秀,免你终身之患,出了怨气,你意下如何?"狄青道:"千岁啊,吾若得手持三尺龙泉剑,不斩奸臣誓不休!"静山王道:"本藩赠你军器,敢放胆往除奸贼么?"狄青道:"千岁爷若有军器赐付,小人立刻便取奸臣孙秀首级,以复千岁尊命。"王爷道:"倘画虎不成,反类了犬,你便怎的好?"狄青道:"如弄不倒此人,小人殒残②一命,有何相碍,何须畏惧!"王爷听了笑道:"果见高怀,是个英雄胆量,且随本藩回到府中。"狄青应诺,王爷又问:"这玉鸳鸯是你送与和尚的么?"狄青道:"小人沾大和尚活命深恩,故将此物相送。"王爷道:"此鸳鸯是雄的,再还有雌的成双么?"狄青正要开言,忽记忆着前次老人教

---

① 膂(lǚ)力——体力,力气。

② 殒(yǔn)残——殒,死的意思;残,不完整,残缺;殒残,狄青自嘲自己是未死而生命侥幸保留的人。

我，逢人且说三分话之训，即转口道："禀知千岁爷，鸳鸯原有一对，只因雌的日久遗失，如今只有雄的。"王爷道："此物既然是你三代家传之宝，不当轻易送归别人。"狄青道："小人见受了和尚大恩，无可报效，故将此物相送，略表寸心。"王爷听了点头道："和尚，本藩做主，你且将此物还了狄青，如若你少什么玩物，本藩送你几款便了。"隐修道："贫僧本来不领他的，况千岁的钧旨，岂敢不遵！"当日幸得呼延千岁爱惜小英雄之心，隐修即取出玉鸳鸯送还，狄青无奈，只得收回，装入囊中。王爷取出黄金二小锭道："和尚，此微资权全作狄青医药之费，你且收下。"隐修道："贫僧不敢受领千岁厚赐。"狄青道："千岁，如此且待小人有寸进之日，再行报答深恩便了。"王爷道："既如此，金子且留下作香烛之费便了。"

隐修只得领谢过，王爷吩咐狄青出外伺候，他二人仍要下棋，一僧一俗，同比高低，一连着了七盘，王爷赢了三局。小和尚连进香茶，二人随用，言语之间，无非论着狄青气概不凡，必非久于人下的。言谈之际，不觉西落西山，静山王别了隐修，带了狄青及家将，一路随行，回到府中。到次日早起，王爷传唤家人，请过先王金钻定唐刀。家人领命，即时两人扛到，王爷一见，俯伏叩礼毕起来，叫道："狄青，今付你先王金刀一口，着你立斩孙秀首级，你今敢有胆量去么？"狄青一闻此言，接刀答应道："谨遵千岁钧旨！"勇气抖抖，别了王爷，一路跑出王府。王爷又着家丁刘文、李进二人远远随后。

原来这柄金刀，乃是宋太祖遗留下的，只恐后日国家出着奸佞之臣，不肖子孙，败紊①朝纲纪律者，人人可拿出此刀，不论王亲国戚，也能割下首级，并不执罪凶手。此刀现贮在潞花王、汝南王、静山王、东平王、勇平王五位王爷府中，一日一轮，谨敬供奉。若问金刀轻重，上镌刻一百斤。

此日静山王大喜，思量狄青真乃英雄烈汉，倘然此去斩却孙秀，实乃初出场的第一功，除孙贼不啻收除狼虎，还去命他灭却庞洪，真足清除朝野。

却说狄青提起大刀，高高擎起，一路跑来踱去。有官署里人认得此金刀乃先王遗下的，又见此位小英雄拿起跑走，吓得惊慌躲避，认得金刀的人人害怕。当日狄公子初到汴京，哪里得知何处是孙兵部府中，一路逢人

① 败紊（wěn）——败坏。

便问,细细思量着孙秀暗害,心中愤怒,一心要找寻他了决冤家。王爷先已打发刘文、李进远远跟随在后,以为照应。狄青一程先走,并不知有人随后。好容易来到孙府,偏偏孙兵部这日不在家,往庞国丈府中去了。狄青问明缘故,只得转回。孙府中众家人甚觉惊骇,想道:这壮士拿了先帝金刀,一胸忿气而来,寻问老爷,幸而老爷往庞府去了,若在府中,只怕性命难保。到底为着何由,要杀我家老爷。内中有一家人名孙龙说道:"吾认得此人名唤狄青,在教场中被老爷打了二十棍,结下冤家的。"众家人道:"如此快速去报知老爷才好,不然老爷不知其故,一路回来,逢着此人就不妙了。"当下孙龙上马加鞭,急忙忙而去。

却说庞洪、孙秀翁婿二人正在书斋中吃酒,到巳牌时,忽报:"孙龙要见孙老爷。"当即传进孙龙,翁婿二人动问何故,孙龙道:"禀上太师爷、大老爷,不好了!今有狄青手持先帝金刀,来到府门,要寻找大老爷,有门上回说不在衙中,他又往别处去找寻了。小人只恐大老爷不知情由,回府恐有不测,特来禀知。"庞洪听了骇然,说:"有这等事!"孙秀更觉一惊,唤孙龙且在外厢伺候,庞洪吩咐赏了他酒膳。当下孙秀急忙忙呼道:"岳丈,我想狄青被药棍伤得深重,是个必死之徒,已达知胡兄,欢欣不尽。不知今日哪人与他医调好,叫他弄起此事来,若非孙龙来报知,则小婿几乎遭他毒手。"庞洪道:"贤婿,据吾算将起来,今日乃呼延显值管金刀,这老匹夫与你并非冤仇,如何干起大事来?"孙秀道:"岳丈,如今教我怎生回去?"庞洪道:"你且留宿在此,这小畜生等候得不耐烦,自然去了。"孙秀道:"呼延显,平日间吾不来算计你,你反来欺我么?况且狄青何等样人,擅把先帝金刀胡乱与他。"庞洪道:"贤婿,呼延显这老匹夫,少不得慢慢和他算账。"

却说小英雄气昂昂提刀,到了天汉桥,乃是来往经由的要道。心想:奸贼必经此桥,不免在此等候,一刀结果他的性命,岂不胜于往来跑走。当时坐下桥栏,吓得经由之人尽是惊慌,不知何故。还有胆小者,犹恐退后不及。只有刘文、李进远远立开闲谈,只愿得壮士一刀,了却这孙贼,免得纵容下人,强买民间什物,乘机诈取民财,多端扰害。

不表二人之论,且说狄青坐于桥栏,等了半天,已交午刻,不觉腹中饥饿了。只见桥左旁边,有一间面饼店,他就提刀放开大步,跑进店来,呼道:"店主,快些取面来食。"早已将大刀放在店里,坐上桌位,有众食面客人，不明此壮士的原由，能提持此大刀，更有店主甚觉骇异不明，只得煮了一盆香料三仙焦面，送至桌上。狄青见众客人，慌慌忙忙地算结了钱钞账，一刻间走跑去尽。狄青问道：“店主，众人因何如此慌忙？且不用惊慌，吾的金刀不是胡乱杀人的。”店主道：“壮士如此英雄，能提百斤金刀，想必事有来因，方才动起先帝金刀，求言其故。”狄青道：“此刀不杀别人，只斩孙秀奸贼。”店主道：“可就是孙兵部么？”狄青道：“不差！”店主道：“他是害民贼，正该杀的，时常纵容家丁强买民间之物，借端如狼似虎，人人忿怨，不意这奸恶人也有今日。”这狄青正食得爽快，忽闻桥面一片喊呼，人声嘈杂，顷刻许多人飞跑上桥，又闻有人大呼“要性命的快走呀！”倏忽间排山倒海的一般，多上桥中，口称“赶快逃命”而去。

当下狄青看见许多人疾奔，不知何故如此慌乱。欲知详细，且看下回分解。

第 十 二 回

伏猛驹误入牢笼　救故主脱离罗网

却说狄青看见远远一匹骏马,跑上桥来,想来必然是匹癫狂之马。即跑出店,走上桥栏,大声喝道:"逆畜,休得猖狂,吾来也!"当下让过众人,迎上前去。店主道:"此人真乃装着狐假虎威,来骗食酒面,趁看狂马而去,不拿出钱钞来,且收藏他这大刀便了。"店主正要呼伙伴来扛抬大刀,有刘文、李进跑至店来,喝声:"奴才,这是先帝金刀,我们呼延王爷府中拿出来的,你敢动么!"店主道:"不敢,王府人来,本当白食的。"刘、李二人,只不管他,且扛回金刀,仍出桥旁。只见狄青立在桥中,迎面跑来一匹骏马,生得高大雄胖,浑身好像朱砂点染,四蹄生来如铁,光身并无鞍辔①,向狄青扑面冲来。

原来此马乃东番进贡朝廷,名曰火骝驹,只因此马凶恶得很,圣上赐与庞国丈,岂知马性顽强,不伏鞍辔拘锁,反伤陷了几名家丁。只为钦赐之物,故制囚笼,将它困禁了。这火骝驹不伏拘禁,力势凶狠,天天吵闹。这日却被它挣脱了笼厩,逃走出府外。家人飞报太师,庞洪听了,忙唤能干家人,上前追赶,谕令众人如有能降伏得此马,不拘军民,也须请到府中领赏,众家人领命,一程来追赶火骝驹,跑近桥边,只见一位少年,揪住火骝驹,还是纵跳不已,嘶怒如雷。众人看见此人生得堂堂仪表,力能挽擒此马,十分惊骇,看不出此人气力有这般大。当下狄公子手挽马鬃,那马挣跳不脱,前蹄掀,后脚踩,恼了狄青,喝声:"逆畜,强什么!"狠力一捺,马已按倒尘埃,不能挣跳。

公子性起,连连踹它几脚,痛得极了,滚来滚去,叫跳不出来。又复很狠踹踏几脚,这火骝驹虽则雄壮,怎经得英雄虎力威狠,登时踹破肚腹,肠多已泻出,横倒于桥边。众人观看的愈多,人人赞叹英雄力大,又有庞府家人走上前拉住小英雄,同声称说:"壮士,我们这狂马乃庞府跑走出来

---

① 鞍辔(pèi)——骑马的用具或指驾驭牲口用的嚼子和缰绳。

的,伤害于人,无人可制。方才相爷有言,若得有人制伏此马,请到府中领赏。"狄青笑道:"谁要望他的赏,吾不去的。"众人道:"壮士不来,太师爷必要责备我们。况且壮士踢死此马,乃是一位英雄无敌之人,速往见太师爷,还有重用于你。"当时你也扯,我也拉,狄青也觉可笑。真乃生来心性粗莽,也忘记了拿回店内金刀,只随着相府家人一同而走。后面刘文、李进不住呼叫:"狄壮士! 不要随他去,快快回转来。"当日观看的闲人,何下千百,一片喧嚷之声不绝,狄青哪里听得到呼唤,随了众人,径向相府而去。那刘、李只得扛了金刀回归王府。

却说庞洪、孙秀在书房吃酒已完,仍谈及狄青之事,只见几个家丁前来说道:"禀上太师爷,火骝驹逃至天汉桥,遇一少年,十分猛勇,揪住马儿,按倒在地。踹踏几脚,此马登时穿腹而死,为此小人等带了小汉子回来,禀知太师爷,可有赏赐否?"太师道:"此人能降伏狂驹,是个英雄之辈,且唤他进来。"家丁领命,出外去唤狄青。庞洪即踱出书斋,在中堂坐下,狄青已倒身下拜。若讲到狄青在汴京未及一月,是以不知孙兵部就是庞太师女婿,也不晓得庞洪是个大奸臣,所以到他府中。当时跪倒尘埃道:"太师爷在上,小人叩头。"庞洪说:"英雄少礼,你尊名高姓?"狄青道:"小人姓狄名青。"太师道:"你是狄青么?""原籍何方?"狄青道:"世籍山西。"庞洪听了不语,暗思:此人是吾贤婿大仇人,不意他反投入吾府,正如囚进铁网牢笼。待老夫款留在府,断送了这个畜生,方免了贤婿大患。想罢道:"狄壮士,老夫有言在先,如有人能除伏此狂驹,必当重用。难得你如今除却狂驹,是位盖世英雄,天下稀少。目今兵犯边关,杨元帅受困,你如此英雄,岂可埋没。你且在我府中耽搁几天,待老夫奏明圣上,保举你到军前效用,建立功劳,你意下如何?"狄青哪里知他暗算机谋,闻他此言,跪倒连连叩头道:"若得太师爷抬举,小人三生有幸,深沾大恩。只为小人前时有犯孙爷,只忧他不肯容留于我。"国丈道:"不妨,待老夫保举你,岂惧他不收。——家将,且引壮士往后园楼中少歇,备酒款待。"家人领命而去。

这狄青竟忘记奉命杀孙秀之事,随了庞府家人,到后园丹桂亭中饮酒,真乃是个有头无尾的莽少年。独有庞太师大悦,踱回书房,只见孙秀已睡在醉翁床上,太师喜欣欣叫道:"贤婿,且大放宽心吧! 狄青已入我彀中①了!"孙秀闻言,忙立起来问其缘故,太师就将他自投到此一一说知。孙秀大悦,喜扬扬说道:"岳丈,这小畜生听了呼延显使唤,仗着金刀,如此猖獗。今日难得上苍怜悯,使他自投罗网,反自遭殃,实乃快事!"太师道:"贤婿,如今放下愁肠,早些回府吧。"孙秀当下谢过太师,回衙中而去。

且说太师是晚差唤四名得力家丁,要将狄青弄得大醉,然后待夜深放起火来,将他焚死,明日另有金银赏劳。内有一名家将,名唤李继英,此人生来心雄胆壮,拳艺精通,上前禀道:"太师爷,这贼狄青如此狠恶,不独太师爷动恼,小人等也气愤于他。但思皇城之内,放火惊扰不安,终为不美。"太师道:"依你便怎生打算来?"继英道:"据小人的主见,一些不难。三位不用多劳,且待今夜小人进往苑中,与狄青假作厚款,弄他大醉,何难一刀了决他性命。神不知,鬼不觉,即夜埋了尸首,泄却兵部大人之气,岂不省烦,强如放火惊扬。"大师听了继英之言,点首笑道:"如此更妙。但你虽有些本事,犹恐独力难成,倘然制他不得,反为不美。"继英道:"太师爷,不是小人夸口,倘若杀不得狄青,愿将小人首级献上抵当;如若杀了狄青,只求太师爷提拔,小人便是感恩。"太师道:"既如此,着你往取他首级,老夫且提拔你做个美地头七品县官。"继英道:"还求太师爷再赏酒筵一桌,待小人将他劝醉如泥,方好下手。"太师准请,命备酒于园中。

是晚国丈排夜宴于书房,独对银灯自酌,言道:"狄青,你先遭了药棍,又得医治不死,不想今日依从呼延显持刀来杀吾婿,你图杀命官,应该重罪。但此刀乃先帝遗留之物,人人杀却,也无偿罪,幸喜有救星,小畜生,今夜遭我毒手。但呼延显这老狗,我的女婿与你并无仇怨,因何怀此毒念,有日教你一命难逃,方见我老夫手段!"

不表国丈之言,却表李继英一路进园,思量当初随着狄广老爷在边关,多亏先老爷长育加恩,不异亲生儿女。自从思主归仙之后,又遇水灾,西河一县人民,俱遭水难。我在水中,得逃性命,自奔投相府,已将八载,吾时常在此想念着夫人小主遇水之灾,未知生死。今朝得逢公子于此,力降狂驹,反遭罗网,但吾李继英曾受先老爷恩德,今日小主有难,岂可坐视不救!故特领此差,搭救了小主离灾,方见吾李继英知恩报恩之心。思想

---

① 彀(gòu)中——比喻牢笼、圈套。

未了,不觉已进至花园,只见星光灿灿,月白如银。

　　当下狄青用过晚膳已久,正站立于桂花亭中,只见寒露霏霏,金风拂拂,此时人静心清,不觉满胸烦闷。思起下山之日,仙师有言说知,教吾至汴京,自得亲人会合,到今还未得一会。又曾记遭水难时,与母分离,今已八载,不得重逢,谅来骨肉沉于波浪中了。又不知张忠、李义身在囹圄,何时脱离。只恨孙秀妒嫉,险些将我身首分开,幸亏得众位王爷相救,孙贼用药棍打我二十,几乎丧命,又蒙隐修调理痊愈,恩德如山,使我铭心刻骨。又思到一段念头,不觉顿足,悔恨心粗,拍胸道:"不好了! 呼延千岁赐吾金刀,往杀孙贼,为降除狂驹,将金刀抛弃在面店中,我之罪大如天了。若不杀孙秀,也不打紧要,失去金刀,千岁爷岂不动怒。此时夜又深,难以出相府,不免挨到天明,早晨取回金刀,杀了孙秀,千岁爷必然提拔吾,强如在此庞府。"正在思量,又见有人送来酒筵一桌,叫道:"壮士,太师爷敬你是英雄汉子,方才传言备酒设筵,以待壮士,尽欢赏月,勿要辜负良宵。"狄青道:"方才已领太师爷的赐了,如何一而再乎?"家丁道:"太师爷赏的酒食,有什么稀罕,还要狠狠的提拔你呢!"狄青道:"因何用着两副杯箸?"家丁又道:"太师爷只恐壮士寂寞,特命李继英兄来陪你用酒。"狄青道:"你们李继英是何等之人?"家丁道:"此人乃是太师爷得用家将。"狄青听了,暗自思忖,那李继英之名,十分熟识,但一时想不起来。若问狄青九岁时已遭水难,主仆分离,已经七八载,故不能记忆。正在自言之际,李继英早已到了,扛酒馔家人已转身而去。继英到亭中,呼声:"壮士。"狄青问:"足下是何人?"继英道:"小人姓李名继英,特奉太师爷之命,着我来奉敬数杯。"狄青道:"哪里敢当!"二人坐下,用酒一番。

　　时交二鼓,一轮明月当空,四顾无人,继英细观公子,长叹一声,立起身子,把首一摇。狄青不解其意,便问:"李兄好好饮酒,因甚登时发此长叹?"李继英离坐,双膝跪下,呼声:"小主人,你可知今夜有大难临身否?"狄青道:"李兄,因何如此相称? 未知劣弟有何大难? 且请起再说。"正要伸手挽扶,继英起来将手一招,二人同跑至登云阁,足踏扶梯,步步而上,秋风阵阵,卷透衣襟。继英道:"公子你不认识小人了。"狄青道:"想继英之名,似甚善熟,奈一时记认不来。"继英道:"公子,我昔日跟随先老爷,多蒙恩育,故今不改别名。自从老主人归仙之后,小主人长成九岁,忽遇水灾,小人水里逃得性命,流落至汴京,无奈一贫如洗,只得投于相府羁身,时思主母、公子逢灾,存亡未卜。今幸公子脱难长成,只可惜不晓得狼虎共同群,难脱此祸。"狄青听罢道:"不错,如今记起你来了。但你言语不明,快些说明吧。"继英道:"公子,你与孙兵部不知结下什么大冤仇?"狄青道:"我与他风马牛不相干,不知他为何生心害我?"继英道:"公子你难道不知孙兵部是庞太师的女婿么?"狄青道:"吾实不知他是翁婿。"继英说:"太师言你要杀他女婿,为此今夜款留于你,公子岂不中了奸谋毒害?犹如蝇投蛛网,鱼人纱缯,焉能飞遁?"狄青听了,双眉逆竖,怒目圆睁道:"如此言来,庞贼也要害我了!"继英道:"他是翁婿相通,要谋害公子,是以小人特讨此差以搭救公子。"狄青道:"只要你通知消息,我明白了。待我今夜打出庞府去,明日还来报仇。"继英说:"公子,此事不可,你虽则英雄胆壮,但思侯门如海,断断不易逃出。况且他家将人多,狠勇者不少。"狄青道:"纵使他庞府千军万马,我何惧哉!"继英道:"你纵然打出相府去了,太师爷明知小人通风,岂不将小人处治,一命难逃。"狄青道:"倘不打出相府,如何得脱离虎穴?"继英道:"我先已打算好,园门已经封锁,难以私逃,即此一带围墙,如此高耸,也难爬跨。只有对壁盘陀石旁有棵树,高接云霄,公子若爬上树,就可跨得过高墙了。墙外也有大树相接,即是韩琦吏部府第。"狄青道:"韩吏部可是庞贼奸党?"继英说:"非也,韩爷乃赤心保国无私之臣,我太师几次欲除害他,却无办法。公子权且走过韩府,暂避一宵。"狄青道:"继英,今夜若非你通知消息,我定然遭其奸害,受你大恩,理当拜谢。"言罢低头便拜,继英也忙跪下,叩首道:"公子不要折杀小人,且清起,事不宜迟,休得耽搁,快些脱离此地为高。"

二人下了登云阁,即至盘陀石,公子扳着大树,继英又恐有人进园,东西四瞧,只见寂寞无声,才略觉放心。当时狄公子爬上古树,又跨过高墙,双手扳过隔墙大树。过得隔墙大树,望下有三丈余,也觉心寒,只得扳枝立而不下。

未知如何逃脱,且看下回分解。

第 十 三 回

脱圈套英雄避难　逢世谊吏部扶危

　　话说狄公子跨过隔墙,登大树,只见亭楼画阁,正是韩府后园。却说韩琦官居吏部尚书,年近六旬,为朝廷社稷重臣,忠心耿耿。深疾目前奸佞弄权,朝中五鬼当道。其时相得厚交,不过范仲淹、孔道辅、赵清献、文彦博、包拯、富弼几位忠贤而已。只因西夏兵团三关,韩爷日夕忧心为国,近于月中夜观星象,只见武曲星金光灿灿,该当有名将出现,保邦护国。但不知何方埋没了英雄将士,以至边夷外敌屡见侵凌,皆由外无良将,内有奸臣之患。此夜韩爷用过晚膳,在庭前少坐片时,其夜乃八月十二,将近中秋,天晴气爽,万籁无声,但见:

　　　　月射光辉窗透影,庭留芬馥桂生香。

　　当晚韩爷踱进花园,更觉皎洁无尘,风敲竹韵,月媚花容。韩爷命童子炷上炉香,跪于月下,祷告上苍,悯恤生命,早降安邦定国之彦,以攘外敌侵凌。告祝一番,起来仰观星斗,正应武曲星显现,缘何不见将士名闻于朝?韩爷正在思量,四下观望,却缘何不见狄青在树中?其夜虽然月色光明,但树大枝丛,是以看不见树上有人。但狄青在树上,听得韩爷上告苍天之语,都是为君忧民之心,果乃中流砥柱之臣,下去见他,必无妨碍。想罢,飞身而下,反吓得韩爷一惊。定睛一看,乃一位少年汉子,穿着长袍短袄。韩爷连忙喝道:"你是何人?好生大胆!更深夜静,从空而下。"狄青忙即跪下,呼道:"大人在上,小人姓狄名青,山西人氏。只因庞太师要将小人谋害,园门已封闭了,小人无奈,只得越垣而过。久闻大人爱民忠君,清廉刚正,望乞宽容,渡延蚁命,世代沾恩!"韩爷听了,暗想:"庞洪奸贼,今夜又要陷害人了。今天早晨闻老管门言,有位小英雄名狄青,持了定唐金刀,要杀孙秀,莫非反给他们拿下?"想毕,即呼道:"狄青,你与庞、孙有何怨仇,以至他们生心要谋害?"狄青当将七月内至汴京,得林千总收用,入为步兵等情说起,又说至领令持刀刺杀孙兵部,后至降除火骝驹。韩爷听了打死火骝驹,即拦止道:"今日降伏狂驹者,即是你么?"狄青道:

"正是小人。"韩爷道："妙，妙，看你文雅之姿，不像个很有力气之士，不道却能收除狂驹，乃是个英雄无敌之汉了。前月番邦贡来此驹，殿前侍卫四人降他不伏，后得石玉小将方得拿下，拘于马厩。你既降伏狂驹，以后又如何？"狄青道："小人降伏狂驹，早有许多家丁要小人至相府领赏。小人不允，家丁都说，太师爷还要重用，不由得扯的扯，拖的拖。我闻要重用我，心下亦有思图机会之意，当时见了庞太师，他大赞赏我之英雄技艺，殷勤款留在后园楼中，暗图杀害。"韩爷道："你难道不知孙秀乃庞太师的女婿？"狄青道："小人果也不知，幸有他家将李继英通知消息，教我逃到此园。"韩爷道："此人为何有此好意？"狄青道："李继英本乃我父旧日家丁，只因身遇水灾，分散以后，投归相府。承他不负先人之德，故来搭救通知。"韩爷听了道："你父何等之人？"狄青说开了，便忘却逢人且说三分话之意，答道："先君狄广，在故土身为总兵武职。"韩爷道："你祖何名？"狄青道："先祖考狄元，先帝时，官居两粤总制。"韩爷听了，不胜大喜，道："原来你是一位贵公子，世交谊侄。吾中年时，与你今先君在朝，十分相得，曾有八拜之交，不啻同胞谊切。后来山西地方，盗贼猖狂，本处官不能禁制，故先王命狄广哥哥，出镇山西，已将三十载，后也一音不闻，谅是登仙，亦未知他后裔几人。前七八载，山西警报山水灌注，伤坏了数万生民，只道狄门灭尽了。喜得今日叔侄相逢，且生来气宇非凡，更具此英雄武略，今宵一会，令老夫喜得心花大开。但愿你大展谋献，光大先人伟业，老夫之深望也。"狄青听了道："小人身已落魄，怎敢妄想？"韩爷双手扶起道："如今不必如此相呼，竟是叔侄相称便了。"

狄青领命，即称："叔父请上，待侄儿拜见。"韩爷道："不消了。"即手挽狄青一路回进书房。只见桌上银灯，尚还光亮。狄青立着不敢坐，韩爷再三命坐，二人方对坐交椅中。问及："贤侄，如今不知令堂还在否？"狄青道："叔父听禀，自吾父归天，小侄年方七岁，与娘苦挨清贫两载。九岁时身遇水灾，西河一县，万民遭殃，母子被水分离，至今七载，母亲还未知生死。"韩爷道："你曩者在何方耽搁？"狄青道："侄儿被水时，幸得王禅老祖救到峨眉山上，收为门徒，传授武艺及将略兵机，在仙山七载，思亲念切，日夕愁怀，奉师命下山之日，又不许我回归故土，言一至汴京，自得亲人相会，不料至今仍未见娘亲一面。"韩爷听了，更觉喜形于色，因道："怪不得贤侄有此英雄伎俩，原来是王禅老祖门徒。"是晚便又吩咐家丁，备设酒筵,二人把盏畅饮,款叙中韩爷询道:"你武艺精通,须要寻个进身之地。待有机会,老夫自然替你荐拔。"狄青道:"叔父,小侄虽略有些武技,奈无提拔之人,只得守株待兔而已。"韩爷道:"你言差矣!说什么守株待兔?大丈夫立身处世,须要扬名显亲,虽有千难万苦,何须计较?通观出类拔萃之人,多出身微贱,你今正当少年发奋之期,岂可灰心。你无非碍着庞、孙翁婿,但众奸恶贯满盈,何能远遁长存。贤侄可想得来?"狄青道:"叔父,小侄非是夸能,我学得满身武艺,亦时思为国效力,奈何机会不就,倘能一日风云相助,小侄亦不让于旁人。"韩爷听了,不觉抚掌欣然,连称:"妙,妙!贤侄,你有此大鹏奋翮①之志,何虑云龙风虎之会无期,果然志量高大,非老夫所能限量。"狄青道:"此乃小侄妄言狂想,岂敢当叔父谬赞。"当夜你一言我一语,更觉投机,叔侄情深谊切。

按下韩府长谈,却说庞府内家丁李继英见狄青跨过了高垣,心头放下,转身步进书房,只见庞太师独对银灯,持杯自饮。李继英上前禀道:"太师爷,小人已将狄青弄得大醉如泥睡了。请太师爷赏口龙泉与小人,好待下手。"太师笑道:"狄青果然弄醉了。如此与你宝剑一口,速速割他首级来回话。但此人能力打狂驹,乃英雄猛汉,你往除他,须要小心!"继英道:"太师爷不必费心,狄青已醉得懵懂了,何难一刀结果了他。"当时李继英怒气顿生,恨不得一刀挥去这老奸贼脑袋,还防一身独力难逃,只得忍耐住了。早已将私积百余两白金,束系腰间,再持相府灯笼,挂了宝剑,哄骗出七重府门。

此时已交三鼓,庞府众家人有睡的,有未睡的,府门尚未下锁。李继英只言奉太师爷之命,差往孙兵部府中有话,慌忙走出七重府门去了。列位,为何七重府门可瞒?只为平日庞太师也有夜差家人往兵部府,况李继英平时行为,光明正大,是以人人信服,并无拦阻盘诘②。继英出了府门,犹如鸟出牢笼,鱼脱金钩,骗出城关,如飞而去。

当夜庞太师独持酒杯,不觉沉沉大醉,和衣睡在沉香榻中,内外家丁也各自睡去。庞太师酒醒后,已是五鼓初交,自然先去上朝。朝罢回来,早有管园官禀报,逃走了狄青。庞太师一听此语,大惊失色,即查问李继英。内有家丁几人禀上:"昨夜三更将近,李继英出府,称言奉太师差往

① 翮(hé)——鸟的翅膀。
② 盘诘(jié)——盘问;查问。

孙大人府中,但昨夜一去未回。"太师道:"他一人出府门,抑或与狄青同去?"家丁道:"他独自一人去的。"太师道:"好大胆奴才!定是将狄青放走了。"当下心中大怒,步进园中,四围一瞧,园中墙垣高有三丈,园门四路封锁,难道腾云飞遁的不成?行过东,又步至西,偶然看至盘陀大石,与旁边大树紧紧相连,说声:"是了!狄青定然逃往隔壁韩吏部府中而去。"看罢,即踱回中堂,吩咐家丁四十名,两人一路分头去追捕李继英。又发令往兵部府中,取兵三千往围韩府前门后户,但要搜查狄青回话。当日孙秀闻报,也怒气冲冲,踏穿靴子,骂声:"狗奴才,好生放肆!"又恨韩吏部窝留逃卒,顷刻点起三千铁甲军,一齐来至韩府,重重围困,呐喊喧天,吓得韩府家丁惊慌无措,不知为着何由,即时禀报道:"大人不好了!今有庞太师点兵数千,将吾府中前后户团团围困,声言要献出狄青,万事甘休,如若大人窝留不放,即打进门来,于大人也有不便之处。"韩爷道:"有此异事,你等何须大惊小怪,老夫自有道理。"狄青在旁,听了大怒,道:"叔父且休惧,数千军马,只赐小侄一口兵器出府,可杀他马倒人亡,才算小侄手段非弱!"韩爷听了摇首道:"贤侄,休得将杀人两字作玩耍,他是命官,你是子民,岂有强民擅杀官兵而无罪律?这老奸好生刁滑,你如杀伤他兵,必来奏劾老夫。吾自有主意,且玩弄得他糊糊涂涂,不敢来查。"

正在言论之际,忽闻一片喧闹之声,韩府家人禀道:"庞太师亲自到府来了。"韩爷道:"这老贼亲自来查正好,贤侄且这里来。"韩爷不慌不忙,引狄青到一所三丈高楼,上书一匾曰"御书楼",此乃先王钦赐韩爷校阅典籍,上有圣旨牌位,除了皇上,不许别人擅进此地,如有人私进,即以侮君论罪。韩爷引狄青进楼,开了重门,着他在内,仍复封锁。然后出来,吩咐家丁大开府门。当有庞太师登时踱进通名,韩爷不免衣冠迎接,施礼分宾主中堂坐下。韩爷开言道:"请问老太师,本官并未干犯国法,因何私差许多军马,围困吾家?"庞太师道:"韩大人,为人倘若欺瞒,自然败露。你将狄青窝藏在哪里?速速放交出来,即不敢唐突吵扰了。"韩爷道:"本官也不明什么狄青,太师既带兵在此,谅来要搜查了。你且查来,我并不阻挡。"太师听了,点头称是,即唤众兵连速搜来。众兵领命,如狼似虎,内外中堂尽搜,单单剩下御书楼,余外也不见有什么狄青。众兵家人等只得禀上庞太师,太师狐疑不决,不知他已早放去狄青,抑或留藏在御书楼上。韩爷冷笑道:"老太师,这狄青在着御书楼上,为什么不搜查下来?真乃枉用多军了!"

不知狄青有没有被搜查捕捉,且看下回分解。

第 十 四 回

感义侠同伴离奸　圆奇梦贤王慰母

却说庞太师听了韩吏部讽刺之言,也觉没趣,又收不得场,无奈何,只得传令众家丁:三千兵丁,不分日夜,在此守候,狄青必藏在御书楼,如今是韩琦的硬话。老夫岂有不知!又道:"狄青啊,你藏也藏得好,少不得连累及老韩了。"说完,吩咐打道回府而去。当有三千兵卒,日夜轮流看守,日给饮食,往庞府领用。狄青在着御书楼内,十分恼恨,但遵着韩爷之言,只得忍耐。韩爷见庞洪去了,拍手冷笑道:"庞奸贼啊,纵使搜不出狄青,也不消用许多守候之人,劳兵费饷,直比愚夫呆子,乃是自作自弄。"

不表韩爷之言,却说静山王回来已晚,不是他有心不问金刀之事,只因是夜饮酒过多醉了。一觉睡到四更时,朝罢回来,方才记起,即唤刘文、李进至前,二人叩首上禀道:"千岁爷,昨夜狄壮士在天汉桥等候孙兵部未遇,却将庞府中的火骝驹踢死后,被庞府中邀去,至今还未见回来。"千岁道:"金刀放在何处?"二人言道:"狄青弃了金刀去收除此驹,为此小人将金刀请转回来。"千岁道:"因何不即禀明?"二人道:"只因千岁爷昨夜赴宴,回来已经沉醉了,故未得禀明,小人该当有罪。望乞姑宽。"千岁听了,道:"你们去吧!"又想:可笑狄青有勇无谋,要除狂马,就将金刀抛弃了,倘或失去此刀,怎生是好?本藩一片真情,有心提拔你,岂知你如此鲁莽心粗,一事误,诸事也误了,还望你掌什么帅印兵符。你今到了庞府中,犹如困入毒蛇窠里一般,如此不中用的东西,我也难以照顾了。

按下静山王不表,再说庞府中一斑狼虎奴才四十名,分为二十队,分路去查捉李继英。追赶出关,加鞭拍马,不敢少懈。二十路人,你走一路,我跑一方,倘一路之人拿了李继英,二十路之人,一众有功同赏。有庞喜、庞兴同伙一路,不从官街大道,只向私路盘查。

话分两头,先表李继英一路逃出皇城,他原虑得庞太师差人追赶,是以不从官街而走,却由小路而奔。其时日已过午,腹中觉得饥了,只跑一程,见有酒肆一所,是个僻静之方。当下继英将身直进坐下,呼酒保拿上好酒馔,鲜鱼鲜肉时菜排开一桌,一人独自举杯,十分悠闲,倒觉开怀。一边饮酒,一边思量,叹道:"吾李继英虽出身贫寒,也是轰轰烈烈之汉。自幼身进狄门,先主归天之后,还指望小主长成,早日袭荫为官。岂知主人突遭水难,一家骨肉分散,流落广京,只得身投相府。难得今日公子脱得水灾,长成了,可恨孙秀、庞洪与他结下深仇,昨晚险些中了他奸谋暗害。我想韩琦老爷是个忠良之官,昨夜必然将他留救,从此我心略为放下。庞洪啊,你是奸刁万恶之人,势焰滔天,算计多人,我也不问,若要害我小主人,是不得不搭救的。纵弄得我奔投无路,也尽我一点报主之心。但今虽脱离虎口,奈无家可走,不如回转山西,另寻机会便了。"

　　不表李继英正在思想,再说庞兴、庞喜二人,一路逢人便问,查过东来又过西,不论茶坊酒肆,也要看看,即招商旅店、古庙庵堂,也进去瞧瞧。二人寻得心焦起来,便商量道:"李继英不知去向,人来人往,知道他打从哪路途走的,吾二人定然空奔波了。"又行至一所三岔路的去处,只见一座高耸耸的酒市,二人也是同行同走,进去查看,只见内厢三进,四围桌椅两边排,却是静悄悄并无一人在此用酒。店主一见,问道:"客官要用酒么?"二人道:"非也,我们要寻一人。"店主笑道:"里面一人也没有的。"庞喜道:"没有就罢了。"正要跑出来,忽听得楼上喊道:"店主取酒来!"店主答应。庞兴道:"楼上还有人吃酒,快些看来!"二人进至楼中,李继英只道是酒家送酒到楼,忽然见了庞喜、庞兴,顿觉呆了。庞兴叫道:"继英,做得好事!为什么放走了狄青,自己脱身而去?故违主命,该当何罪!我们特奉太师爷之命,前来拿你,快快回府吧!"李继英说:"二位大哥,我是不回去了。"二人道:"你为何不回去?"李继英道:"弟在相府七八年,多无差处,但狄青是我故旧小主,不忍他死于非命,故特将他放走。二位大哥啊,我想世间万物尽贪生,为人岂有不惜命?如今放走了狄青,我原该有罪,如若回去,太师爷怎肯轻饶于我。今日好比鳌鱼得脱金钩钓,岂有再回之理!"庞喜道:"李继英休得多说,快些与我二人回去见太师爷!"李继英道:"二位大哥若要我回去,万万不能了。"又叫酒保且添两副杯箸来二位饮酒。店主应诺下楼而去。兴、喜二人大呼:"店主不用去拿杯箸,哪个要饮他的酒!"店主下得高楼,兴、喜二人即时变了面目,喝声:"李继英!你当真不肯回去?"继英道:"我是断然不回去的!"庞喜道:"你当真不回去,休怪我们动手了。"他二人一齐跑上,抢过去要拿捉李继英,却被李继英一拳飞去,打倒庞兴,当胸一托,好不厉害,庞兴已仰面跌于楼上。庞兴爬起身来,还不肯甘休。一拳飞到面门,又被李继英左手一接,右掌一拍,已打下楼来。庞喜抢来,又被继英飞脚打去,跌抛数尺,打得二人满身疼痛,只喊:"好打!"当下店主拿上杯箸两双到楼,一见大惊道:"客官不要殴打!"李继英道:"打死这两个奴才,我抵偿他们的性命!"店主道:"不可!倘若当真打死了,岂不累及我开店之人么?三位且吃酒吧。"二人思量:不料李继英有此本事,实难和他相争,我二人何苦与他结冤,回去只说不见就是了。庞兴呼道:"李兄,不必多言了,既然你不肯回去,我们且回去复禀太师爷便了。"李继英听罢,微笑道:"早些如此说,我也不敢得罪,二位且请过来吃酒吧。"庞喜道:"我们没有酒东。"李继英道:"都是我叫的酒肴。"二人道:"如此叨扰了。"李继英道:"哪里话来,同伴弟兄,何烦客套!"店主问道:"客官可是做贼盗的么?不然何以争打一番,又同饮酒?"李继英喝声:"胡说!这二位是我同伴弟兄,我们是庞府中来的。再有上品佳肴美酒,且拿几品来用用。"店主领命,登时取到,三人一同把盏,尽欢畅饮一番。二人问道:"继英兄,我们方才不是了。但今不知你到哪处安身,又缺少盘费,怎生主张?"继英道:"二位哥哥,不必为我担忧;行程川资,我尽足用。"庞喜道:"继英兄方才说转回山西,你却迁了。在庞府太师处,吃的现成茶饭,穿的现成衣冠,仗着太师爷的威权,好不荣耀。那狄青到底与你有甚相关,你将他放走了,抛却富贵荣华的大门风,只落得孤零飘荡,苦受风霜。纵然你回得山西,一事无成,怎生是好!"继英道:"二位哥哥,人各有心,吾当初跟随狄老爷之日,待我不异儿子一般。今日小主人有难,理当搭救,保全了先主人一脉香烟,吾李继英纵有不测,死在九泉,也是心安了。那庞太师行恶,势如烈火,杀害多少无辜,日后终于无好报应的,我断不欲与巨奸作伴。况男子志在四方,六尺身躯男子汉,何愁度日无依?"庞兴听了道:"继英兄果然言之有理。"便对庞喜道:"我家太师爷作恶多端,后来绝无好处,倘有什么祸事临门,想逃遁也迟了。古云:识时务者为俊杰。不如趁此时另寻机会,与李继英兄作伴同行,你意下如何?"庞喜道:"正该如此!但不知继英兄肯允否?"李继英笑道:"二位老哥,既愿同行甚妙。"庞兴又道:"只是我二人盘川未曾拿得,空空两个光身,如何远遁?不若转去盗他些银两,连日同行,岂不更美。"

李继英道："不消如此,二位倘能决志同行,盘费都是我的。"兴、喜道："叨扰你的酒钞,怎好又花你的川资,这实不该当。"李继英道："弟兄同志,何分彼此?"当时三人叙谈,甚为亲密,下楼会了酒钞,一齐出了酒肆门,一路而行,径向山西而去。道经天盖山,有数十强徒,手持利刃,要打劫东西,却被继英抢了钢刀一口,杀死几人,余外的四散奔逃,亦有逃走回山中去的。原来此座山岗,乃是张忠、李义聚集地方,他二人一去两月多不返,这些小喽啰,天天在此打劫,今被李继英占夺此山,三人在此,暂且羁身落草,小唆罗伏其使唤。此话暂停,后文自有交代。

再表汴京潞花王讳赵璧,乃是赵太祖嫡元孙,当时年方十五,生来相貌堂堂,与当今嘉祐皇手足之称。不幸父王早已归天十余载,他父排行第八,即八大王赵德昭,上文选狄妃已有叙明。如今他子袭父职,封为潞花王,先帝已敕赐南清宫居住,仍授着打王金鞭。宫中建造一座嵌宝龙亭,供奉着太祖龙牌。

有一天,潞花王在宫中,夫妻朝参母后毕,坐于两旁,宫娥送上参汤用罢。潞花王一看,说道："臣儿上启母后,为什么愁眉双锁,带着忧容,未知有何不悦?伏望母后说与儿媳们知之。"狄后闻儿动问,便道："儿媳啊,只因昨夜三更得了一梦,未知主何吉凶,想起来,甚觉烦闷不悦。"小王爷道："不知母后有可梦兆,怎生梦来?"狄后说："儿媳,为娘的梦见饮宴之间,取一肉馅,方入口中,咬个两开,内中有肉骨一块。不料那骨将牙齿撞得疼痛,滤出血来:将骨肉染遍了,其馅即圆合了。想来牙损见血,滤于骨肉,其梦兆谅必凶多吉少,是以纳闷不安。"小王爷听了,便道："母后休得心烦,待臣儿去召请详梦官到来详解,便知其兆凶吉了。"当时潞花王辞过母后出堂,想来包拯、韩琦乃是博学之臣,即差内监往召二臣。

包拯先来,韩琦后到,上银銮殿,参见千岁。王爷道："二位卿家,休得拘礼。"即命赐座。内侍献茶毕,潞花王即将母后之梦说明,早有包爷道："微臣粗知浅见,只知判断民情,圆梦幻事,从来不懂。"王爷道："包卿不明详解么?"包爷道："臣详解不来。"王爷又道："如此,韩卿可详解否?"韩爷道："臣略能详解此兆。"王爷道："其意如何?"韩爷道："其梦肉开见骨,齿血滤于骨肉之间,太后娘娘必主骨肉重逢,乃是吉兆。"王爷道："应在何时?"韩爷道："臣思馅缺复圆,该应于十五月圆之日。"包公暗喜道:

韩年兄为人学问广博,比老包高明得多了。包公正在自思,潞花王微笑道:"果然如此,实是奇了!"韩爷道:"臣据理而详,该得此兆,但未知验否?"潞花王道:"包卿你职事冗繁①,且请先回府,韩卿少留,待孤家禀复母后,再行定夺。"当时包爷别去,韩爷待潞花王进内禀知母后。

不知狄太后如何主见,且看下回分解。

---

① 冗(rǒng)繁——繁忙。

第 十 五 回

团圆梦力荐英雄　奉懿旨勇擒龙马

　　当日潞花王回进宫内，将韩吏部圆梦之言，一一禀知。狄太后想来，不觉倍加愁闷，追思昔日离别家乡，已将二十年，别却母亲哥嫂，以后音信无闻。后来只因水淹山西太原，狄氏宗支，无人已久，还有什么骨肉重逢之望！既然韩吏部如此言来，亦真假未分，且待来日月圆之后，准验如何。当命留下韩吏部，倘此事无差，必然厚赏于他，倘详梦不验，然后叫他回衙。当有潞花王领旨，是日款留下韩爷不表。

　　且说狄太后自思，吾儿虽云玉叶金枝，王家之贵，只可惜至亲骨肉，分散如烟，还有什么亲谊之人相会？可怪韩吏部无凭无据，反惹着吾的心酸。想念未了，不觉泪下不止。

　　却说韩爷是日被潞花王款留在书斋中，不觉心中气闷起来，反恨方才圆详此梦，或要激恼了狄娘娘。但据梦而圆，依理而详，也该有骨肉相逢之兆，但不知真验否。如若准了便好，倘或不验，太后娘娘怪着，就不妙了。早知如此，方才悔恨把梦来详，不如照着包年兄只推不懂也就是了。

　　这且慢表，再说宫中出了一事，当初有一龙马，名九点斑豹御驷骉，乃是一条火龙变化，帮助赵匡胤骑乘，统一江山，后来此马仍归天上为龙，受玉旨恩封。不想数十年间，凡心未了，走下落在山西省，将西河县翻沉了，残害却十数万生民性命，玉帝大恼，要剐此孽龙。后得众星君保奏，目今西夏叛宋，武曲星下凡，平西保国，莫若仍贬它下去作龙马，帮助征战，将功折罪，以彰我主好生之德。玉帝准奏，故今降下此龙，在于南清宫王府后花园荷花池内，作浪兴波，好生猖獗。当日吓得管国官魂不附体，认是妖魔作怪，即来银銮殿上禀知。潞花王听了，也觉心惊。当时王府众人，多已害怕，狄太后闻之，心中烦恼，不知那方妖怪作孽，这样猖狂，便命将园门下锁闭固，众家丁内监，人人惊恐，三言两语，早已惊动书斋韩吏部。他想：狄青乃王禅老祖之徒，向在峨眉山学艺七年，况勇力能除狂马，不免待我保荐他去收服了妖魔。如若狄青收除此妖，千岁自然将他重用，便得进身了，又可免了庞、孙之害，有何不美？主意已定，即日对潞花王说道："今有壮士狄青，本领很强，他是王禅老祖之徒，仙传武艺，非人可及，曾在天汉桥力除狂马，不如召得此人，拿了妖魔，以净宫闱。不知千岁意下如何？"潞花王道："韩卿，未知人在何处？"韩爷道："现在微臣之家。"潞花王道："既在卿府，即速将他召来。"韩爷道："这狄青踹死了庞家狂马，被他哄到府中，欲图谋害，幸亏得他故旧家人放走，逃入臣家。询起世家，原非微贱，乃臣世交谊侄，年纪青春，气宇轩昂。不想目今庞洪得知在臣处，即差兵围守于臣家，犹如抄没家产一般。"王爷听了道："可恼此老贼如此无礼！"韩爷道："臣该当有罪，不得已把狄青藏在御书楼里面。"王爷道："后来庞贼便怎的？"韩爷道："当时庞洪就回去了。"王爷道："怕他不肯回去么？"韩爷道："庞洪虽则回去，尚有数千军兵，不分日夜看守，将臣衙署前门后户也都把守了。"王爷怒道："有这等事么？老奸真真可恼！"即传差官捧了龙牌，立刻将那庞府军兵驱逐。当日差官领旨，一到韩府，将铁甲军尽皆赶散。这些军兵实在守得厌烦了，一闻此旨，一哄而散。

且说庞府打发四十名家丁，前往追赶李继英，先有三十八名回来，禀知李继英杳无踪迹。庞太师闻言，正在着恼，忽闻潞花王降旨，驱散了三千兵丁，更加火上添油，愤怒异常，心想：狄青小奴才，定到南清宫里去，教老夫也无可奈何了。即差人往报知孙兵部，按下休提。

却说狄青出了御书楼，身乘银鬃马，离了韩府。一路思量，不知此去，是凶是吉。当时进至藩王府中，千岁降旨召进，狄青双膝跪下，连头也不敢抬，三呼："臣山野子民狄青，朝参千岁爷。"潞花王道："平身！孤家召你到来，只为宫中后花园新出一妖魔，十分厉害，其形似龙，峥嵘两角，遍身血结，在那荷花池内作波兴浪，合府忙乱，今已关闭数重园门。今有韩吏部保荐你有降龙伏虎之能，从仙师学技，法力高强，倘能除了妖怪，使母后心安，当今圣上自然封爵奖赏功劳。"狄青想道：叔父真乃可笑，我虽是老祖之徒，武艺般般都晓，唯有擒拿妖法不曾学得，如何将我保举起来，这是何解？但叔父已经引荐于我，倘若推辞了，千岁爷岂不见怪？也罢，我想既为男子汉大丈夫，须要做出掀天揭地奇能，方见本领。倘若伤在妖怪之手，连叔父也没趣了。若我命不该亡，得除妖魔，千岁爷自然收用，就是那庞洪算账也不相碍了。想罢便道："野民果有降魔妙手，千岁爷不须担忧。"潞花王听了大喜，传旨备酒相待。

　　酒膳已毕，又是红日归西。是晚八月十四之夜，一轮明月东升，秋夜天晴气爽。银銮殿上灯高挂，南清宫内烛辉煌。夜宴方完，又闻殿内喧扰之声。宫人内监个个惊慌，都说妖怪凶狠。当晚狄青对众人说：“你们只须助我皮鼓铜锣声响，便立擒妖怪了。”众人都说：“全仗英雄大力，不知要用盔甲否？”狄青道：“不消盔甲，只要钢刀一口。”当时内侍急忙忙扛来钢刀。好个心雄胆壮的英雄，挂起宝剑，手提大钢刀，呼人引路。众人不敢先走，内中有胆大些的内侍，引着小英雄敲锣击鼓，好比庆贺元宵佳节，方才开了数重园门，放狄青一人进去，连忙闭锁回转，在门外鸣锣擂鼓，一片响声，无非助兴。当时狄青雄赳赳提起大刀，跑来走去。花园宽大，走过东，跑过南，又走至望月堂，大喝道：“妖魔怪畜，快来纳命！”狄青一路呼喝，看看走至荷花池前，未到池边，先已水高数丈，跳出一怪，遍体朱红，看来原是一条火赤龙，张牙舞爪，真有翻江倒海之势。大吼一声，好比雷鸣。当下狄青大喝道：“逆畜，来试试钢刀。”说完，擎起刃尖，指定火龙，龙立于岸，池中水势定了，波浪不兴，但闻耳边狂风大作，呼呼响亮，园内落叶纷飞。此龙咆哮之声不绝，张开大口，摇尾昂头，月光之下，红鳞闪耀，钢刀鲜明。狄青与火龙相斗，已有半个时辰，两下武艺，轩轾①不分。狄青手中一松，大刀坠地，急忙回身退后，跑走如飞。却被火龙赶上，张开血盆大口。狄青反吓了一惊，原神现出，火龙方知他是武曲星。只见红光一道，透上青霄，大吼一声，在地滚滚碌碌，红光过后，只闻嘶鸣之声，化成一匹火龙驹，约有五尺高，遍身红绒毛，闪闪生光，双眼与月映射如灯，两耳血红，头上当中一角色青，生来异样无双。当时狄青立定看着，不觉称奇，笑道：“方才交斗时，明是一条火龙，倏忽之间，变化为马，莫非上天赐赠此奇马与我？”便又呼道：“龙驹，你若肯随我狄青，可将头点上三点，如若不肯归我，就摇上三摇。”说话未了，马头顷刻连点三点。

　　当时狄青大喜，即慌忙下拜，望空拜谢上苍，即扳上马角坐上，徐徐走回，连叩园门，却不见开，只为外面敲锣击鼓，喧闹之声不绝，左右园门皆叩不开，一时心中喜悦，在园中往来驰骋。其时约有二更时候，园外众人且住了锣鼓，一同忖度②道：“狄青进园，约已有三四个时辰，他与妖龙相

---

①　轩轾（xuānzhì）——比喻高低优劣。
②　忖度——推测，思量。

斗,料然胜负已分。狄青收除了妖怪固好,倘怪物吞了狄青,开园门就不
好了。"你一言我一语,只得静听了一回,即开了园门,一同涌进,不见有
人,又不闻妨碍物吼叫之声。东西四望,不但不闻妖怪兴波作浪之声,即
狄青也不见了。岂知此座花园宽大,周围有四五十里,当下只见远远有一
人一骑而来,快如闪电,即时跑至。只见狄青高与檐齐。又见他在马上呵
呵大笑,得意洋洋,往来驰骋,见了众人,连忙下马,呼道:"众位侍官,我
已将怪收降了!"众人道:"妖怪在哪里?"狄青道:"此龙驹便是了。"众人
看来,此马果然生得超群出众,便一同往见千岁爷。当下潞花王闻知,心
中大喜,登时传命召来。狄青一手牵着龙驹,一见千岁爷,即下跪禀道:
"小民已收服火龙,不料化为此马。"潞花王一见龙驹,连称奇事。又看此
马生来过于高大,遍体红毛,中央生了一只独角,果然异于凡马。狄青道:
"启千岁爷,此马乃火龙变化,世所罕有之物。今千岁爷府上出此宝驹,
料是祥瑞之兆,必须装成一副鞍辔①乃可。"潞花王道:"你言有理。"即传
旨将孤家追风驹鞍辔卸下来,装配此驹之上,当时内侍领旨而去。王爷又
传命备排筵宴。当夜王府中人七言八语,都称奇异。早有宫娥一众奏知
狄太后去了。

　　且说韩奇在书斋闻知,连忙跑至内殿,见了此驹,欣然喜悦,便道:
"人间罕有罕闻!"看罢,又呼道:"贤侄,算你盖世奇能,所称王禅老祖之
徒,庶不愧也。"狄青道:"叔父,此乃千岁爷的洪福齐天,小侄何能之有?"
说未完,鞍辔到了,装配起来,更见毫毛光彩。当日潞花王见装配起来,此
驹更加出色,即吩咐两旁侍官,扶他上马。哪知龙驹发起狠性,将头一摆,
前蹄一曲,后腿一伸,险些儿将潞花王跌将下来。早有侍官把他扶下,便
道:"此驹不服孤家,韩卿你且试试,看龙驹服否。"韩爷笑道:"千岁爷,老
臣福分浅薄,如何乘坐得此宝驹?"潞花王道:"休得过谦,且试试如何。"
韩爷无奈,只得来乘。只为马高人矮,仍要侍官扶上。果然韩爷上得龙
驹,又是依然不驯,马背一曲,头一颠一摆,几乎将韩爷跌将下来。侍官连
忙把他扶下驹去。王爷又呼唤狄青道:"此龙驹是你降服它的,它必然伏
畏于你,且乘骑上去看。"当下狄青曲背打躬道:"此驹生来性烈,既然不
服千岁爷与韩叔父,焉能畏服小人?"潞花王喜道:"此驹是你降服的,岂
不畏惧于你?"韩爷道:"千岁有旨,你且试乘何妨?"狄青听了道:"如此小
人告罪了。"即扳上当中马角,轻轻一跳,早已跨上金鞍。哪知此驹全然

不动。韩爷一见大喜称奇,潞花王也喜形于色,跑上前呼道:"马啊,你真乃欺善畏恶了,偏会使习作难的,将本藩欺着!"当时狄青心中暗暗大喜,一刻走下鞍来,上前叩谢过千岁爷,即开言道:"此驹既不伏千岁爷乘坐,且待小人道它几句,待千岁爷再乘上去,看是如何。"潞花王道:"不必了,孤家的宝驹异马甚多,如今连鞍辔一并赏与你吧。"狄青大悦道:"多谢千岁爷!"

狄青受赐龙驹之后,不知如何去见狄太后娘娘,且看下回分解。

第 十 六 回

感知遇少年诉身世　证鸳鸯太后认亲人

　　话说狄青听得潞花王将龙驹赏赐与他,心中大喜,拜讲道:"启上千岁爷,既蒙惠赐,还要求赏一个驹名,未知可否?"潞花王道:"此马乃在月色光圆之下所得,即取名现月龙驹便了。"狄青听罢,欣然下阶,与众侍臣站立。当时天色亮了,王爷吩咐,带龙驹人后槽喂料。内侍领旨,牵驹而去。是日,潞花王复诘询小英雄道:"狄青,看你青年俊美,不意有此奇能,家中父母还存否? 作何生理度日? 几时得到仙山,拜着老祖为师? 今朝降服了龙驹,免了园中忙乱,皆你之功力,明天奏知圣上,定有奖赏。"狄青见问,即道:"启禀千岁爷,小人祖上,原不是无名之辈,世籍山西太原府西河县小杨村。祖父狄元,曾为两广都堂。父亲狄广,官居总镇。不幸相继而亡。小人九岁便遭水难,母子分离,幸得仙师救至峨眉山学艺,前后七载。上月七夕间,奉师命下山,一到汴京,自得亲人相遇,岂知亲人不见,反被奸臣谋害。"

　　当时潞花王还要再盘问他几句,忽闻说太后娘娘请千岁爷进见。他一路走回宫内,喜欣欣地朝见母后娘娘。太后开言道:"王儿,方才宫监报明,已经有一位英雄汉收服了妖魔。"潞花王道:"臣儿禀知母后,此人年轻,武艺无双,名唤狄青,山西人氏。他家原非下等之人,世代为官,乃一位贵公子。又得仙师带至峨眉山学艺。这英雄果然收服龙驹,此皆韩吏部所荐。"狄太后听了道:"此人名唤狄青,山西人氏么?"潞花王道:"山西省太原府西河县小杨村人。"太后听了,沉吟自语道:"我想小杨村地名,乃是我的家乡,一村中没有别姓,单有狄姓一家。且数年之前,只闻水涨山西,西河一县全然淹没,料者我狄姓之人,尽遭水难,也未可知。莫非此少年英雄从水中逃脱了不成? 他又名狄青,有些蹊跷。"便道:"孩儿,你可问他祖上父亲名讳否?"潞花王想了一会,道:"儿也曾问过他,他说祖上名狄元,曾为两广都堂。父名狄广,官居山西总兵。"当时狄太后一听此言,连说:"不错,不错!"言未毕,纷纷下泪,愁锁双眉,呼道:"王儿,速传旨，令狄青进见。"潞花王不明其意，忙问："母后传他进见何事？"狄太后说道："王儿呀，据他所言家世，乃是为娘的嫡亲侄儿了。故要询他一个明白。"潞花王听了，反觉惊骇，说道："既然如此，即宣呼他来，问个明白便了。"即传旨召进狄青。太后娘娘坐于珠帘里面，潞花王坐于外边，狄青膝行而进，跪倒宫前，不敢抬头仰面。便有太监一名，传言道："狄青，太后娘娘问你，你是山西省人，哪一府？哪一县？哪一乡？哪一庄？祖宗三代名讳，官居何职？母亲何姓？如今在否？一一奏明上来。若有藏头露尾，不免自取罪戾①。"

当下狄青不语，暗想：这太后娘娘，盘问得奇怪，因何盘问起我的家世来？但其中意思吾难猜测，且说出真情来，若论是吉是凶，只得听命于天了。于是将祖父母姓氏官职一一奏明。又说并无叔伯弟兄，止有长姐金鸾，早已出阁，次姐银鸾，早已夭亡。太后娘娘听到此处，便问道："你既无叔伯弟兄，可有姑母否？"狄青答道："姑母是有的，只幼时闻母亲说，进入皇宫，早已归天了。"太后娘娘闻言，暗暗惨然，泪珠滚滚，嗟叹一声。又暗思道：既说进入皇宫，为何又说早已归天了？于是又问道："你既知姑母故世，死于何时？得何病症而死？"狄青道："只为先皇点选秀女，进朝时，小人年幼，不知详细。至稍长时，只闻母亲说，姑母进京之后，即已归天。"

原来此段情由，上书已经叙明，当时被选进宫时，圣上将狄氏赐配八大王，孙秀暗中播弄，狄广中其奸计，认真以为妹子已死，故狄公子长成八九岁，孟氏夫人也告知他姑母身死于进宫之后。如今狄青见问，即如是而对。狄太后听了，一时也猜摸不出，但其余说话，一一吻合。不觉肝肠欲断，带泪呼道："狄青，你既是狄广之儿，有何凭据？"狄青一想，便道："禀上太后娘娘，小人有家传血结玉鸳鸯一只，幼年时，母亲与我佩系于身。曾记鸳鸯原有一对，雄的留下，雌的送与姑母进朝，但不知姑母故后，雌的落于何处。"太后带泪，将身上所佩那只雌的鸳鸯摘下，命狄青将雄的献上来，仔细一看，真是一双无异，一色无分。

太后娘娘看过此宝，传旨命将珠串卷起。狄太后珠泪盈腮，抽身出外，连呼道："侄儿啊！"狄青见如此光景，登时发呆惶恐，伏倒尘埃，开言

---

①　罪戾(lì)——罪过之意。

不得。早有潞花王见母后唤他侄儿，自然不错的，即起立说道："请起！"
狄青道："千岁，小人乃一介贫民，还祈不要错认了。"太后娘娘听了，带泪
双手扶起狄青，呼道："侄儿啊，老身即是你的嫡亲姑母，你方才说的家世
——一相符，且有这玉鸳鸯为证，不错的了。何用疑惑，速速起来相见。"当
下潞花王微微含笑对狄青道："真是骨肉重逢，不期而会，皆由天赐，何必
多疑？"即呼内侍备下香汤，侍狄爷沐浴，又命宫娥取套衣冠。宫人启禀：
"千岁爷，不知用什么服饰与狄爷更换？"潞花王道："即取孤的服饰，与狄
爷更换便了。"内监宫娥领旨去了。这时太后娘娘手挽狄青，呼道："我那
侄儿，作姑母的今日与你相见，如见你爹娘一般。喜得你长成，得延一脉，
生得仪表堂堂，威风凛凛，若非韩琦圆梦，逆龙作祟，今日怎能姑侄相
逢？"狄青呼道："千岁爷。太后娘娘啊，吾实无姑母的，只恐错认了。"狄
太后言道："你方才说有姑母的，怎么又说没有，是何道理？"狄青道："姑
母原是有的。"太后道："如今在何处？"狄青原要说出已经身故，便思他如
此相认，又不好如此说，只得转口道："只是进宫之后，一直信息全无，不
知详细了。"太后呼道："侄儿啊，我是你嫡嫡亲亲姑母，两无错讹的了。
我生身故土小杨村，与你父身同一脉，我父官居两粤都堂，有家传玉鸳鸯
一对。况我进宫之后，并无差池，山西那时进宫秀女，并无第二个姓狄的，
我想来决无舛错，你还疑惑不认么？此时尚有巧合成对玉鸳鸯足以为据，
一些不差，雌的我所收拾，雄的你母谨藏，若非这玉鸳鸯，几难相信了。"
狄青暗慎，师父之言验了，果有亲人相见。于是连连叩首，呼道："姑母大
人在上，侄儿不孝，罪大如天。只为侄儿九岁时，母子分离，六亲无靠。后
得王禅老祖救脱水难，在峨眉山学艺七年，今朝不期而会，与姑母相逢，何
异旱苗得雨、枯木逢春，实在不胜欣喜。"当时潞花王更喜形于色，上前拍
拍狄青肩上道："太后与你初见，弟不知是表兄，多有委曲，以后只以弟兄
称呼便了。"狄青道："岂敢如此僭越①，贵贱悬殊，决无此理。"潞花王道：
"既是至亲，何分贵贱！"狄太后道："侄儿且起来，沐浴更衣，再行相见。"
狄青领命，辞过太后母子，侍官领他沐浴慢表。

　　当下狄太后呼道："王儿，你且看此鸳鸯好否？分别多年，今日始得
成双。"千岁爷将鸳鸯接来细看，连声称妙，只见血彩闪烁，口吐霞光，即

①　僭（jiàn）越——超越本分，冒用在上的名义或物品。

说道:"请问母后,此对鸳鸯既是一件宝贝,不知此物产在何方?"狄太后道:"孩儿,此对鸳鸯,原出于北番外邦,进贡朝廷,先皇钦赐与你外公,为娘得了雌的,雄的留与你母舅。为娘时时想念雌雄两宝,以为没有会期,岂料鸳鸯今日重逢,追思昔日,倍觉惨然。"潞花王道:"这却为何?"狄太后道:"王儿有所不知,此对鸳鸯,狄门已经传了三世,真是镇家之宝。今日为娘见鞍思马,你外祖母与舅舅得病而亡,倒也罢了,只是你舅母遭殃被水而亡,骨肉沉流波底,不得共享安闲,哪得不伤心啊!"潞花王禀道:"母后且免愁烦,今喜得表兄长成,气宇不凡,外祖、舅父母留得英雄好后裔,此乃天不负善良之报。况表兄生得如此品貌昂昂,何难光前裕后。待明日进朝奏知圣上,封他一员大将,还有哪个敢欺侮他?"狄太后道:"王儿,说什么武将,明朝传我之命,要当今封他一个王位。如若不封,说为娘的必定要动气了。"潞花王应允,狄太后又道:"韩吏部洞明算理,圆梦准验,如今且请他回府去。若赠他金帛财宝,谅他也不领受,须奏知当今升调,以奖其劳。"

正言语间,狄青沐浴更衣,穿着潞花王服饰,看来愈觉威仪赫赫,即上前拜见姑母。太后娘娘见了,心花怒放,当时表兄弟一同叙过礼,宫人内监,俱来叩见狄王亲。太后娘娘又呼:"侄儿,且往前殿会宴后,再来叙谈。"狄青领命告辞,退往前殿去了。

当时日已正中,潞花王带着笑脸,把情形传知韩吏部,着他先归衙署,候日加封,即差内官送他回府。此时韩爷喜悦万分,不觉暗暗称奇说:"哪知狄太后即狄广哥哥之妹,陈琳奉选回朝,已将二十年,老夫亦未深知,谁料我详梦,却如此神准。"

不表韩爷欣悦,却说潞花王陪伴狄青筵宴,弟兄开怀畅饮,自未刻言谈交酢,不觉斟酒数巡,已是时交二鼓。用过夜膳,潞花王传令内监宫人,不必多人在此伺候,只留下四名侍官,伺候狄王亲。

潞花王辞别回宫安寝慢表。却说狄青已经饮酒过多,虽酒量不低,他的酒性却不甚好。大凡酒量与酒性,却有两般之别,吃酒多而不醉者为之好酒量;吃酒多,醉而不狂暴者,谓之好酒性。狄青的酒量虽高,而酒性却也平常,前者在花楼上打死胡公子,也因酒性平常之故,如今又要因酒后弄出事来了。当夜宴毕,已有三更时候,他仍未安寝,却于灯下想起了两个奸臣,因道:"孙兵部、庞太师啊,我与你一无瓜葛,又并无觅仇,为什么二次三番,要害我性命!"越想越怒,大呼:"可恼! 可恼! 你这两个恶毒之贼,真难涵容,今夜必要斩了这狠毒奸臣,以免后患。"当时怒气冲冲,即要抽身,便呼侍官两人,快提灯笼,便要出府。侍官禀道:"狄爷,时交三鼓了,要往哪里去?"狄青到底醒中已醉,醉中又醒,暗想倘若言明要往杀孙兵部,他们必不肯与我去的,不若哄骗他们,便说道:"往韩吏部府中去便了。"

　　欲知狄青如何杀孙兵部,且看下回分解。

第 十 七 回

狄公子乘醉寻奸　　包大人夜巡衡事

　　当下王府侍官禀道："狄爷,夜已深了,请明早去吧。"狄青喝道："吾必要去的,你敢阻挡么!"内侍不敢违逆,只得点起灯笼。这狄青穿的是潞花王服饰,腰下又悬了一口宝剑,两名侍官持了一对南清宫大灯笼,一重重地由府门而出。一连出了九重,方到王府头门,跑出官街大道。正好一天月色,万里无云,街衢中家家户户肃静无声,只闻鸡声唱叫不休,犬吠流连不绝。两侍官不觉向南往韩府而来,狄青指着南方道："此道往哪里去?"侍官道："此地是往韩吏部府中去的。"狄青道："如今不往韩大人府中去。"侍官道："狄王亲,不往吏部府,要往哪里去?"侍官道："吾与孙兵部有深仇,如今要往他府中,仗着三尺龙泉宝剑,今夜必取这奸臣脑袋!"侍官听罢,吓了一惊道："狄王亲,这是行凶之事,万万不可!"狄青喝道："谁言杀他不得,只须我一剑,便把他挥成两段了。"侍官不敢多言,只得引着往孙兵部府而去。

　　过了天汉桥,不觉已至孙府衙门,照壁高昂,府门前有大灯笼照耀,又有千总官把总官四围巡查。一见了南清宫的灯笼到来,吓得惊惶无措,躲避不及,心下慌忙,不暇细看,竟认作潞花王驾到。俯伏尘埃,声称："王爷。"狄青听了,呼呼冷笑道："你们夜深在此,却是何因? 吾不是妄乱杀人的,只手中宝剑,要砍奸臣的头颅。"众员禀道："启千岁爷,小人等乃孙兵部衙中巡查的。"狄青道："既如此,快快唤孙秀出来见我!"众员禀道："孙大人不在府中。"狄青道："他不在府中,哪里去了?"众员禀道："孙大人往九门提督王大将军衙中赴宴去了。"狄青道："可是真么?"众员道："小臣们怎敢哄骗!"狄青听了,又吩咐向王提督行中去。侍官应诺,提灯引道,急步往九门提督衙中而去。

　　列位须知,由孙兵部府往提督行中去,必定要过天汉桥,故今狄青仍要回转天汉桥。持了宝剑,随着侍官,三人将上桥栏,狄青不觉酒涌上来,两足酸麻,醉醺醺地东一步,西一摆,侍官二人,左右扶定,叫道："狄爷仔细些才好!"狄青道:"我要杀孙秀奸贼!"侍官道:"狄爷沉醉了。明日杀他,也未为迟。"狄青喝道:"胡说!吾今夜不取孙秀脑袋,枉称英雄!"口中说话,四肢已酥麻了,此刻一步也难移,侍官只得扶定在桥栏立着。狄青此时甚是糊涂,便大呼:"孙秀!你这狗奴才!躲过了么?"侍官叫道:"狄爷,孙秀是怕惧了,果然躲过了。"狄青道:"奸贼呵,躲得好,弄我找寻得好!但今夜不除了你这害民奸贼,非为大丈夫!"当时狄青身体困软,凭你英雄好汉,也用不出本事来了。算来非狄青酒量不高,易于沉醉,只为王府中的美酒,比不得等闲之家,这酒性好,比药力还烈,是以狄青醉得沉沉不醒,手插剑尖于地上,侧身合眼,已入睡乡了。侍官二人,心焦意闷,只得一手持灯笼,一手扶住,伺候立定。

　　不多时,只见远远有灯笼火把来了。一匹白马,一座大桥,原来正是孙秀、庞洪二人。只为提督大将军王天化的母亲庆祝寿辰,这王天化乃庞洪的得意门生,故此夜翁婿二人,在提督衙门中设宴庆寿,梨园演唱,还有许多文员武吏,在府堂畅叙。翁婿饮酒到三鼓终方回。两乘轿马正要过桥,早有家将跑转回禀道:"肩上太师爷,桥边上有潞花王爷坐在桥栏之上,像有些酒醉一般。"二人齐道:"有这等事,快些下轿马便了。"一翁一婿,慌忙急急步上桥栏一看,俯伏跟前,呼声千岁。只为狄青手插宝剑于地,头已低下,是以庞洪、孙秀看不出脸面来,只见南清宫的灯笼,又是一般服饰,自然是潞花王了。二人俯伏在地,呼道:"千岁,臣庞洪、孙秀见驾,愿王爷千岁千千岁!"两个侍官,平素也怪着二人,是时并不作声,听他跪在此地。两个奸臣的膝儿跪得已疼痛了,实在不耐烦,又朗言道:"臣等护送千岁爷回府吧。"狄青醉中闻言,头略抬一抬,二人一见,顿觉骇然,抽身而起。庞洪即呼:"贤婿,贤婿,你看此人容貌,并非潞花王。"孙秀道:"果不是潞花王,吾认得此人是狄青。"登时吩咐家丁,把火一照,喝令众军上前捉拿,早有侍官二人,阻挡喝道:"此人捉拿不得的,太后娘娘闻知,你们之罪还了得么?"庞洪喝道:"他乃有罪之人,还敢穿此服饰,冒充王爷,这是万死不赦的罪,为什么捉拿不得?"侍官听了,心中着急,大喝道:"此人乃是太后娘娘嫡亲内侄,你们还敢动手么?"庞洪大喝道:"休得胡说!"孙秀呼家丁,将三人一并拿下。两名内监看来不好,跑走如飞,一直回归王府内宫报知。

　　却说狄青虽有英雄奇能,此时醉得麻软如泥,糊糊涂涂,不知所以,故

被他们紧紧缚定,还不知觉。于是数十个家丁,见他昏迷不醒,只得打抬
回衙。狄青一柄宝剑,也被庞府家丁拿去。方才跑得两箭之路,只见远远
一对红灯笼,一乘小轿,坐着一位官员。庞洪是妄自尊大之人,全无忌惮,
在轿内命家丁喝问:"哪个瞎眼官儿,还不回避么!"原来此位官员来得凑
巧,乃是正直无私的包龙图,夜来巡察地方,在此不期相遇。他本非奉着
圣上旨意巡查,皆因他勤于国政,不辞劳苦,自要查察,如有强恶顽民,乘
夜抢夺,酗酒行凶等事,即要捉拿处治。当有张龙、赵虎禀道:"启大人,
这前面庞太师、孙兵部来了。不知为什么拿了一位王爷服饰的人,请大老
爷定裁。"包爷听罢,言道:"这两人又在此作祟了!"吩咐与他相见,可将
此位王爷放了绑。张龙、赵虎领命,上前叫道:"包大人在此,请庞太师、
孙大人且住。"一见赫赫有名的包闸刀,庞、孙两府的众家丁也自心惊,即
抛了狄青远远地走开。一旁董超、薛霸已将狄青松绑扶定,孙秀、庞洪一
见大怒,齐呼:"包大人哪里来?"包爷道:"下官巡夜,稽察到此,二位哪里
来?"庞洪道:"去提督府赴宴回来。"包爷道:"老太师,为何将这位王爷拿
着?"庞太师道:"是什么王爷,乃是一名逃兵狄青,冒穿王爷服饰,假冒王
爷,如今将他拿下定罪。"包爷听了狄青之名,暗思:前日将他开豁了罪
名,后来又在教场题诗,几乎死在孙秀钢刀之下。前两天闻家丁传知,他
力降狂马,被庞府人邀去,不知今夜怎的穿了潞花王服饰,又被他们拿下。
原来狄青逃往韩府,又往南清宫降龙驹,姑侄相会事情,包公尚还未知,当
下心内猜疑,便开言道:"本官来稽察巡夜,那狄青是个犯夜小民,待我带
回衙中查究便了。"孙兵部呼包大人道:"这是逃兵小卒,应该下官带回去
的。"包公道:"你说哪里话来,狄青兵粮已经大人革退了,还是什么逃兵?
只好算犯夜百姓,应下官带去。"孙秀道:"这人却与你不相干,是我营下
的革兵,休得多管!"包公道:"胡说! 这是下官犯夜之民,干你什么?"庞
洪道:"包大人太觉多招多揽了! 这狄青非你捉捕,何必要你带去?"包公
道:"老太师不必多言争论,一同去见驾,是兵是民,悉听圣上主裁。"庞洪
听了便道:"此话倒也说得不差。"三人都不回衙,径往朝房来伺候圣上,
按下慢提。

　　却说王府的两名内侍,跑回南清宫,进内报知。是时潞花王已安睡
了,狄后娘娘尚未安睡,正与媳妇欣喜谈论,一闻此话,心中惊怒,忙传内
监宣召潞花王。王爷闻言,心中带怒道:"狄表兄为人真是狂莽,你现今

是王家内戚，不应夜出持刀杀这奸臣，如今偏偏又遇着这两个冤家，被他拿去，孤不去解救，谁人替他出力？”太后道：“吾儿，你今不必往寻庞洪、孙秀，且亲自上朝，往见当今，将此段情由剖奏明白。若要将我侄儿为难，为娘是断不肯甘休的。”潞花王道：“谨遵懿旨！”太后又道：“须对圣上说知，必要体谅我的面情，推恩封赠他一个王爵。”潞花王应诺。

当时已是四更将近，潞花王梳洗已毕，穿上朝服，用过参汤，嵌宝金冠头上戴，蓝田玉带半腰围，上了一匹雪白小龙驹，三十六对内监跟随，灯火辉煌引道。

慢表年轻千岁来朝。其时五鼓初交，狄青已经酒醒了，说道：“宝剑哪里去了？”董超道：“没有什么宝剑。”狄青道：“孙秀脑袋在哪里？”薛霸道：“休得如此，你方才已被孙兵部拿下，难道不知么？”狄青道：“奇了！果有此事么！”即把眼睛一抹，圆睁虎目，立起来骂道：“孙秀，你这好恶奴才！”口中骂，又要迈步动身。旁边四名旗牌军扯住道：“休走！不要痴呆，孙兵部乃圣上的命官，你敢杀他？倘杀了他，你还了得！”狄青道：“我若杀此奸臣，情愿偿他一命罢了。”四人道：“此地乃官员叙会之所，休得啰唣！”狄青道：“我缘何在于此地，你等是何人？”四人道：“我们是包大人手下旗牌军，方才你已被拿，全亏我家大人查夜而来，始得放脱，免了此灾。如今包大人、庞太师、孙兵部带你前来面圣，且不要作声。”狄青听罢道：“不意有此等事，真乃妙妙！罢了，且静悄悄在此伺候便了。”

当日上朝大小官员先后而来，叙集于朝房中候驾。时交五鼓，只听得钟鸣鼓响，文武百官朝参，叙爵分列两行。圣上降旨：“哪官有奏，即可启奏，以待圣批。”早有庞太师出班奏道：“臣庞洪，昨夜与孙兵部拿得逃兵狄青一名，身穿着潞花王的服饰，张着南清宫的灯笼，假冒王爷的刁棍。如今拿下，该得奏闻，以候圣裁。”天子正要开言，有包爷出班奏道：“臣启陛下，昨夜臣巡查街坊，稽察奸匪，时交四鼓，不想一名犯夜之民，被孙兵部捉获。但思臣是文官，定例管理百姓，他是武职，定例管理军兵。狄青兵粮已经革去，例应归文官究办。伏唯陛下降旨与臣，将此犯夜之民，并冒穿王爷服饰的情由，询察明白复旨，未知圣意如何？”当时圣上有旨：“狄青不论是兵是民，总以假冒王爷为重，即着包卿询明复旨定夺。”包爷称言领旨。翁婿二人，面光扫尽，只得归班不语。

不多时潞花王驾到，直上金銮殿，朝参已毕，即将狄青在王府降伏龙驹，母后问起，因有玉鸳鸯为凭，方知是姑侄等事，一一奏明。天子闻奏，心中也觉骇然，想来母后原是狄青姑母，是朕表兄弟了。又传言呼道："庞卿，你也太觉荒谬，不该混拿御戚，倘母后得知，罪干非小。"庞太师听了，吓得伏倒丹墀，抽身不得，孙兵部在旁亦是一般。只有包公大喜，暗道：不意这狄青竟是显贵王亲，却弄得两个奸臣着急，倒也爽快。当时又有胡坤在右班中，听见圣上斥责庞太师，并知狄青是圣上内戚，暗暗怒气冲天，自思不能相报孩儿之仇了。

当下狄青如何处分，且看下回分解。

第 十 八 回

狄皇亲索马比武　庞国丈妒贤生心

却说是日嘉祐君王,喜色冲冲,传旨宣御戚上殿。值殿官领旨,出午朝门外,引见官乃包龙图。狄青闻召,即向包公叩头道:"小人乃一介民,穿了这等服饰,如何见得皇上?"包公道:"圣上不问则已,倘若问你,即说太后娘娘赐你穿的,便无碍了。"包公领了小英雄至金銮殿,三呼拜舞已毕,圣上钦赐平身,细观狄青气宇轩昂,好一位英雄好汉,便道:"御戚可将你世系细细从头奏来。"狄青听了,将祖上世谱官职一一奏明。圣上闻奏,喜色洋洋,又遵着母后懿旨,即封赠为王。狄青一闻上言,伏倒丹墀不起,奏道:"虽蒙陛下天恩浩大,感荷无疆,但无功而受此重爵,恐于理有碍,免不得满朝文武批论不公。"天子道:"卿既为御戚,理宜推恩赐封,况又有太后之懿旨,谁可批论? 御弟休得过辞。"狄青道:"臣启陛下,念小臣并无寸功于国,格外恩封,众文武大臣纵不敢议,即小臣亦无颜立于朝廷之上,故断然不敢遵旨受封。"当日潞花王巴不得狄青受职,岂知他偏偏不受,心中甚为不悦,便道:"表兄,这是母后娘娘懿旨,断不可违的。"狄青道:"千岁啊,微臣蒙太后娘娘与万岁隆恩,原不敢违逆。但无功于国,而虚受此恩,问心殊觉有愧。臣有一言,启奏陛下。"天子道:"你且奏来!"狄青道:"伏乞万岁降旨,令英雄武将与小臣比武。臣若强于一品者,愿受一品职,胜于二品者,受二品职,过于三品者,受三品职。如此,上不负太后陛下之恩,下不干满朝文武之议,臣列于班寮之中,庶不致抱惭尸位,如此量材受职,方见大公至正之理。"嘉祐君王听了,微笑道:"御弟之言有理,朕准依,即传旨文武诸卿,明日清晨伺候朕亲临御教场,看众臣比武。"各员领旨。又道:"御弟二人自回王府,明天早往御教场中。"潞花王、狄青称言领旨。时已辰刻,候驾退回宫,群臣各散。

潞花王表弟兄回归王府,进至内宫,挽手同参太后娘娘。狄太后呼道:"侄儿,不是姑母埋怨你,原不该夜深人静,出外行凶,杀这奸臣。若非内监回来报知,又是牢笼之鸟了。"狄青道:"这并非是小侄妄生事端,只因想起孙秀奸贼,顷刻难忘,时刻想杀这奸臣。不料到了天汉桥,酒醉得糊涂了,呆呆不醒,反被二奸贼所获。多蒙包大人稽查救脱,奏明圣上。"狄太后道:"既得包大人开脱,但不知圣上封赠你什么官爵?"潞花王道:"圣上遵着母后懿旨封他王位,岂知表兄偏说,无功不愿受此重职,反讨教场比武,然后封官。故今圣上已经降旨,明日清晨亲临御教场比武。"太后娘娘听了,登时不悦,呼道:"侄儿,你为人真不知进退了。不费吹毛之力,即加恩封你为王,正是平步登天,如何还要恃勇逞强,教场比武,这也太欠主张了。"狄青道:"姑母大人,不是侄儿不知进退,吾自幼自命为顶天立地奇男子,必要光明正大的行为,不受别人背后议论,方觉无愧,况且情面上为官,有甚稀罕!若武艺高强升用,乃是至正之理。此是侄儿一生立志如此,难以勉强屈节。"狄太后道:"侄儿,你言虽有理,但满朝武将不少,内中岂无本领强于你的。常言道,强中还有强中手,切勿过于自负,倘比不过他人,即要当场出丑了。别人耻笑还可,若被一群奸党笑论,连我为姑母的也没光彩了。"狄青道:"姑母娘娘不须过虑,虽然满朝强似我者有之,而弱于我者亦不少,侄儿自有主见,姑母切莫挂念。"

狄青虽然如此说,但太后娘娘心中不乐,唤声:"王儿,虑只虑庞洪、孙秀与他结下冤仇,党羽之中,岂无武艺高强的,定然被奸臣托嘱,暗中算计。况且刀枪乃无情之物,万一失手,便伤身体,如何是好?"潞花王摇头道:"儿也想到这点,无奈表兄不听劝言,倘有差池,岂不是遂了众权奸之愿么?"狄太后想了一会,呼道:"我儿,为娘的有个道理在此。若要保全侄儿无害,且暂借太祖的金刀盔甲,与他穿戴,还有何人敢在他身上动一动么?"潞花王道:"母后之言,甚属有理。"狄太后即时领了宫娥太监,来至中殿太祖龙亭位前,焚香俯伏,禀知太祖公公,要求借用盔甲,以保全嫡侄之故。告祝罢,有司管龙亭太监就将八宝金盔金甲,一齐请出。两名内监,一人捧甲,一人捧盔,太后娘娘接过,谢恩而回。还有一柄金钻刀,是日乃东平王值管,潞花王亲身往取,请回府中,以备明朝之用不表。

且说两奸雄是日退朝,孙秀与胡坤随着庞洪回至相府。庞太师心中大悦,呼二位道:"不想那小畜生是个呆子,现成的一个王爵不要做,反要比武艺,我不知他什么想头?"孙兵部道:"岳父啊,如今冤家愈结愈深了,总要将这小畜生收拾了才好。"庞太师说:"这也何消说得。"胡坤道:"不知老太师可有什么摆布之法?"庞太师道:"一些也不难,待我传请几位厚交武将王天化、任福、徐銮、高艾到来,教他比武之时,将狄青决了性命,何用费力!"孙、胡二人听了大喜,说道:"果然高见不差。"当下庞太师即差家人,分头相请,只说请至相府芳园,赏桂玩菊。又吩咐备列酒筵。不一刻先后而来,吃茶已毕,邀至待月亭,七人就位畅叙。少时八音齐奏,雅韵铿锵,酒过数巡,徐銮问道:"老太师,不想狄青就是狄太后嫡侄。孙兄,你三位欲收拾此人,如今反把狄青弄得这个势头了。"高艾道:"若是狄青受此重职,朝廷上好比山林出了大虫一般,靠着太后娘娘势力,必然横冲直撞,我们岂不倒了威风!"孙秀听了点头道:"二位想的不差。"胡坤道:"原为此事,故请诸位仁兄到此酌量。但凭小卒如此猖狂,这还了得!"殿前太尉任福笑道:"列位老年兄,这狄青乃太后娘娘的内侄,与圣上御表相称,看来难以作对,这个冤家只可解不可结的了。"庞太师听了,双目圆睁,怒道:"任兄之言,未免欠通,你难道不闻恨小非君子,无毒不丈夫?这狄青乃吾翁婿所深嫉,胡兄的大仇人,如何容得他过?"王天化问道:"不知老师意欲如何?"庞洪道:"老夫特因此事,请各位贤兄到来商议,明日比武之时,将这小奴才一刀一枪,决他性命。"王天化道:"老师,若要决他性命,不是难事,只恐太后娘娘加罪,圣上诘责,这便如何是好?"庞洪道:"此事不妨。从来比武争雄,律无抵偿之例。如若太后有甚话说,自有老夫与你分辩,万岁诘责,有老夫可以力保,包得无事。"王天化道:"如若老太师保得无事,即在吾王天化身上,立取狄青脑袋便了。"庞洪道:"这是老夫包保得,定无妨的。"孙秀、胡坤齐呼:"王将军,你既以英雄自称,一言已出,驷马难追,不可更改,才算你英雄胆力。"王天化道:"孙、胡二兄,说哪里话来,俺明日若不取狄青首级,愿将自己首级献上。"孙、胡二人大悦,道:"休得言重。"计议已定,复又畅叙,交酬劝酢,时交三鼓,四人方才告别归衙,孙、胡也各回府不表。

再说次日,皇上亲临教场看比武,非同寻常。御教场中打扫干净,彩山殿上,铺排整齐。龙亭座位,铺着虎皮毡褥,殿旁围绕玉石栏杆,说不尽奇灯异彩,兰菊芬芳,金炉浓霭。东西两旁,又设立位次,好待公侯将相,按序排班。

五更初漏,文臣武职,纷纷入朝见驾,众王侯大臣俯伏金阶,三呼万岁毕,奏请皇上往御教场看比武,未知何时起驾,候旨定夺。圣上旨下,于辰刻起驾,令一品文武大臣随驾,二品三品俱往教场伺候。当时一交辰刻,皇上用早膳毕,排齐金銮起驾,侍卫数百名,太监数十对,一路笙歌嘹亮,香烟满街,到了教场外,早有二三品文武官数十员,俯伏两旁,恭迎圣驾。天子下了八宝沉香彩辇,太监们、侍卫等随到彩山宝殿,升登龙位,文武臣再行参见已毕,分班站立。潞花王奏道:"狄青已带来教场中候旨。"天子降旨,召狄青进见。狄青闻召,即顶盔贯甲,俯伏阶下。天子一见狄青用赵大祖盔甲,顿觉慌忙,立起来迎接。

原来赵太祖驾崩之后,遗下一顶八宝金盔,一副八宝黄金甲,一柄九环金钻定唐刀。遗旨将此盔铝藏在南清宫,另用八宝龙亭,敬谨供奉。四名内监逐日司管。这柄金钻刀,发与五位王爷府上,轮流值管。若请得此刀,可先斩后奏,请得盔甲出,满朝王亲御戚、王公、大臣也要俯伏恭迎。即当今天子见了此盔甲,亦如见了赵太祖一般。今狄太后欲使侄儿不受他人之害,特请了金刀盔甲与狄青用,故天子开言,忙问潞花王道:"御弟,这副盔甲是哪个主意与他用的?"潞花王奏道:"是母后借与他用的。"嘉祐王道:"如若表弟能用此盔甲,即宋室江山,也可让与他了。御弟即速回宫,请问母后,如何臣下可用王家之物,尊卑无序,君臣难以辨别了。"当下庞洪等暗喜,潞花王听了,一想主上之言,原是不错,即时辞驾回宫,禀明母后。狄太后闻言想道:"这原是我失于检点,免不得满朝文武私论,但今已借与侄儿,决不能再收还的。你只得对圣上言明,只不计较是先王之物,只作狄青自用之物便了,我但有一言,倘狄青有甚差池,总要当今留心。"潞花王应诺拜辞,上马加鞭,回至彩山殿上,将母后的话一一奏明。嘉祐皇上一闻此言,不觉微微含笑道:"母后真自多心,原来借此盔锡金刀与狄青用,无非是恐防别人欺侮。但他是一王亲御戚,众臣自然看朕情面,谁敢欺他。"

当下狄青三呼万岁,天子降旨平身,又传旨意道:"三品武员先与狄青较武。"三品武员称言领旨,天子又言:"御表弟须要小心。"狄青领旨,下了彩山殿,手执百斤九环大刀,豪气昂昂。有庞家翁婿,胡坤、冯拯与丁谓、陈彭年、陈尧叟等一班奸党,巴不得将狄青一刀两段。只有包拯、呼延显、韩琦、富弼、文彦博、赵清献等一班忠臣都望狄青取胜,以扫奸臣之兴。只见三品武员中,闪出一位总兵官,姓徐名銮,年未满三十,生来一张紫膛脸,海下短短微髭①,身高七尺,顶盔贯甲,来至彩山殿俯伏见驾。

不知比武胜负如何,且看下回分解。

---

① 髭(zī)——嘴上边的胡子。

第 十 九 回

御教场俊杰扬威　彩山殿奸徒就戮

　　且说总兵徐銮俯伏奏道:"臣徐銮,愿与狄王亲比较。唯手持先帝金刀,将人压制,还有哪个敢与交手? 伏唯陛下降旨,着令狄王亲换用器械,方好交锋。"有旨意下来:"太后有旨,金刀盔甲,不作先王之物,不须转换,只作狄青自用之物,卿家不烦过虑。"徐总兵领旨下殿,骑上花(马宗)驹,雄赳赳手持丈八蛇矛,两旁战鼓震天,四围肃静。狄青金盔金甲,手执金刀,威风凛凛。有徐总兵在马上拱手道:"狄王亲,小将徐銮奉旨与狄王亲比较武艺,望恕粗率。"狄青也横刀打拱道:"请总戎大人指教一二。"言毕,放开架势,狄青飞动金刀,徐銮纵马挺枪,急架相迎。徐总兵虽然武艺不弱,怎当得狄青刀重力强,徐銮枪上一连三挡四架,枪如秤钩,手疼臂麻,兜转马道:"难对敌也!"狄青一见,也不追赶,喜洋洋道:"如此东西,也来胡混!"又大呼道:"哪位出马?"当日三品班中,几员武将都在徐銮之下,见他交手,只挡招得三四架,自忖不用献丑,是以三品班中,无人出马。

　　庞洪等暗暗心慌,不道他一个小卒,有此高强武艺。这时只见二品班中,闪出一位带刀指挥,姓高名艾。年方四十上下,身长八尺余,脸如淡烟,丰眉环目,身穿黑甲,头戴乌盔,手提大斧。二人拱逊已毕,双双迎战。若论高艾本领,比徐銮高两倍,他由武进士出身,官升到指挥,二品之中,算他头等英雄,斯时恶狠狠飞动大斧,当头砍劈,狄青金刀急迎,二马相交,已有十余合。高艾气喘吁吁,招架不住,连忙退后,连呼:"狄王亲果然厉害,小将无能了。"高指挥退归班内,不独潞花王与一众贤臣心悦,即嘉祐君也是蔼蔼龙颜,喜得此英雄小将,真乃寡人之幸。只有庞、冯、孙、胡众奸羞愧成怒,满面通红。又有长沙小将石玉,官居御史,欣羡狄青武艺高强,思量欲与他交手,见个高低,但思他一者是太后内亲,二者乃忠良之后,倘或胜了他,日后也不好相见,不如退步为高。

　　不表石玉思筹,当有二品班中,见高艾已败,武将人人不敢出班。忽一品班中,跑出一员猛将,声如巨雷,此人乃九门提督王天化,生来青蓝面，头大腰宽，獠牙露齿，身长九尺，宛像唐时单雄信转生。这王天化乃庞洪心腹门生，已先奉着太师之托，今日要取狄青首级。他穿戴上金盔金甲，手执青铜大刀，坐下浑红点子马，飞奔而出，大呼道："狄王亲，小将今日奉旨比武，倘有妄动得罪之处，休多见怪！"狄青回称："言重，不敢当！小子武艺庸常，还望将军大人疏容一二，足领厚情。"王天化听了，冷笑道："休得谦言！"

当日王天化原自恃英雄无敌，故不将狄青放在目中，岂知被他金刀一撇，王天化在马上一连退后两步。想来他乃一少年庸劣之躯，没有什么狠勇，岂期如此厉害。当下使尽平生技力赛战，将青铜刀紧紧挥去，左右飞腾。那狄青见他第一刀架开，即一连两晃，知是个无用之辈。但想来他乃官高职显，且相让一二。只是持刀一架一挑，并不回刀。当有潞花王见此，心中暗急：想来九门提督王天化，有名无敌大将，倘或狄青败于他手，母后定然不乐了。

当日不独年少藩王心头着急，众位老贤臣也人人惊惧，恨不能两边住手。石玉暗暗思量：狄青与王天化杀个平手，倘吾石玉出马，何难杀败这王提督。但比武场中，不可协助。斯时只有庞、冯、孙、胡四奸暗喜道：想来名不虚传，蓝面王你何不早早一刀砍下，取他脑袋，还要挨什么时候！此时，嘉祐王细细观看二人比武：想来狄青谅难取胜，倘有措手不及，就不妙了，母后怎肯甘休？想罢，即忙降旨鸣金，两位英雄方才住马歇手。两旁军校扛抬过大刀，二人相拱揖逊下马，二驹小军牵过一边。二人同到彩山殿上，两边俯伏，君王开言道："卿家的武艺均平，略无伯仲之分，今天比较一场，谁高谁下，不必认真。"即下旨命狄青受一品之职。狄青道："臣启奏陛下，今天亲临御教场，各献武艺，岂可不分高下？既不分高下，微臣焉敢受职？这事断然不可。"天子道："依卿主见如何？"狄青道："微臣之见，自然分个高低才是。"王大化暗想道：吾看狄太后娘娘面上，故不伤害你，岂料你不知进退，定要见个高低，这回只恐你性命难保了。嘉祐君王闻奏，也无主意，庞太师自言道：这小畜生焉能斗得过王天化，吾也明透了王天化之意，到底碍着狄太后怪责，故不敢将狄青伤害。如若不能断送狄青，任你王天化平日称雄逞勇，也罢，待老夫唆动他来断送这小畜生，才得遂愿。即忙出班俯伏奏道："臣启陛下，从来比较武艺，定然见个高低。谅来王天化碍着太后娘娘面上，是以带着三分情，让过狄王亲。如今立下生死状,彼此有伤,皆不计及,方可再比。伏唯吾主准奏。"嘉祐君王一闻此奏,冷笑言道:"金殿比武,不是阵中厮杀,岂可弄假成真? 况二人武艺,一般骁勇,方才已见,如今何用再比,还立什么生死状? 你存心将狄青欺弄,倘或狄青有甚差池,太后娘娘已有言在先,要在寡人身上赔交狄青,你可抵挡否?"狄青也暗言道:老奸贼,想岔了念头,吾无非逊让三分,他即疑我难胜王天化,故特来访旨立文书。若将王天化了决了性命,有何难哉! 岂不是你这个老奸贼害了王提督么? 当时即出奏道:"臣愿立生死文书。"天子未及开言,潞花王道:"表兄,你知立了生死文书,万一有伤,母后定然与万岁吵闹,你因何如此痴呆不悟?"狄青听了,微笑道:"千岁勿虑,我狄青虽死钢刀之下,全然与万岁毫无干碍,太后娘娘何得追究? 且请陛下降旨,立了生死文书,以待微臣决个雌雄。"嘉祐君王道:"贤御表弟休得狂躁,既然立了生死文书,倘被伤了,无抵偿性命,寡人劝你受职为高。"狄青说得有些厌了,便高呼道:"陛下,臣今日断不敢受职,如要受职,除非取下王大将军首级。"狄青此言,激得王天化怒气顿生,大言道:"如若立了生死状,不断送你一命,誓不称雄!"登时蓝面涨成紫色,呼道:"陛下降旨,立了生死文书,待臣再见个高下。"

当今只得准奏,内侍传取文房四宝即于殿下,各立生死文书,大意是:御教场中比试,即遇伤身,并无抵偿的原由。各立一纸,各觅一位大臣见证画押。王天化见证是庞太师,只有狄青见证没有一人书押填名。众王侯大臣想来,狄青本领怯于王天化,若做个见证,倘他被伤,太后娘娘追责,祸必连及了。别的事情,倒也何妨,只此等重大事,哪里有此呆人担当? 众位大臣不约同心,故他见证无人。只有潞花王心急,带着怒容,圆睁双目,看看狄青,暗暗言道:世间有此执性呆人,圣上也如此思谕,不须再比,以受官爵,岂不现成的一品朝臣之贵。因何执性不依,实乃自寻死路。倘失手与王天化,只干连着圣上与孤家与母后淘气了。

慢言赵千岁心中烦恼,且说石玉想透机关,自语道:"据我看来,狄青之技艺,远在王天化之上,方才见他所用刀法,乃是虚招浮架,并不发刀。察其情,又肯立生死状,定然很有本领,可胜王天化的。可晒众臣无此胆量,做个证人,待本官与他做个见证也何妨。虽然狄王亲死于王天化之手,即太后娘娘执责,将我处决,无非将一命结交了此位英雄。"想罢,即出班见君王道:"陛下,臣石玉愿为狄王亲作证人,伏乞准旨书名。"嘉祐君王准奏,石御史即填名书押,乃复归班。这时有勇平王高千岁顿然不悦,双目注看石玉暗道:可哂①贤婿为人,知识全无,倘然狄青被他伤了,连你也一命难保。当时意欲阻挡,无奈圣上已准旨,又书上姓名。

不表年老王爷烦恼,且说狄青得了证人,二纸文书,呈于龙案上,嘉祐君王对王天化道:"卿家须要谅情些,狄青乃朕内戚。"王天化道:"臣领旨。"王天化自语道:生死状已经立了,还有什么谅情的?

且说二人离了彩山殿,各自上马提刀,战鼓复响,九环大刀一起,青铜刀架迎,火光迸出,闪烁交加。二马飞腾,已有三十合,还未见高低。

若论王天化,也有千斤臂力,当日只因立了生死文书,取这狄青首级,故今舞动大刀,左右上下砍发,尽着生平技艺,相为比较。狄青想道:方才日让你三分,如今玩真了,让你不得,定要取你脑袋。即将九环金刀紧紧挥迎,杀得王天化只有抵挡之力,并无还刀之功,越觉两臂酸麻,双手振痛。正思量败走,却被狄青顺转刀口,向着王天化太阳斜半面劈下,叫喊得一声:"王天化!"只见王天化身分两段,跌于马下。狄青笑道:"王将军,小子狄青得罪了,伏祈勿责!"将刀一摆,下了雕鞍,庞太师等见了大惊,呆着双目。包公、石御史、众贤臣大喜,人人欣羡英雄武艺。

再表狄青身躯只得七尺余,王天化身有一丈之高,怎能从他上体劈下?只因现月龙驹,比王天化的浑红马高了三尺,故而两英雄原是一般高低。

当日劈死了王天化,各位武员将士人人吐舌摇头,哪里还有一人再敢出马。若云王提督身死,虽是庞洪挑唆,但他趋炎附势,混交奸臣党羽,身居重职,不思报国忠君,未尝无罪。而今一死,真所谓咎由自取了。

当下君王降旨,着狄青去了盔甲,更换一品朝服。狄青即称"领旨"。庞太师出班奏道:"臣启奏。"天子道:"庞卿有事,且奏上来。"庞太师道:"狄青虽云王家内戚,但未受正封,乃一子民,擅敢无礼,当驾前杀了大臣,应得有罪,未便赐其一品之职,望我王裁夺。"

不知嘉祐君如何处分,将狄青拟罪否,且看下回分解。

---

①　哂(shěn)——引申为微笑;打趣;互相揶揄嘲弄。

第二十回

将英雄实至名归　会侠烈情投意合

当下嘉祐君王听了庞太师之奏,未及回答,即有潞花王道:"臣思比武者,各逞技艺,况有御前众臣,人人共见,立下生死文书,是乃铁案,断无异言。即王天化伤了狄青,亦不能加罪,老国丈不知是何居心,既唆言①立生死状,何以出尔反尔。欲拟狄青之罪,则唆使立状者,其谁之咎?"天子闻言,点头开言道:"御弟之言,明而更公,庞卿勿得多辩!"即宣狄青更换一品朝衣。当日天子英明,将庞太师面光扫尽,此老奸贼羞惭满面,呆呆不敢声辩。孙、冯、胡三人也恼得脸涨通红。狄青卸下金盔金销,着人送回南清宫收管。九环金刀,送还王府收藏。狄青更换朝衣一品蟒袍,气象轩昂,俯伏阶前。君王降旨道:"钦赐御表弟平身,你有武艺奇能,即受王天化之职,勿得固辞。"狄青谢恩起来,排驾回銮,众文武随驾相送。君王又降旨道:"恩赠用侯礼收殓王提督,世禄其子。"王天化夫人闻报,哀哀痛哭,满门老少,恼恨庞太师害了王提督。

不表收殓事情,却说潞花藩王手挽狄青同归王府,进宫朝见,太后娘娘好生喜悦道:"难得贤侄儿年少英雄,今日已足抑尽众奸,可与先人争光,并为你姑母壮气。"

闲文少表,即日潞花王传旨,着令王提督家属人口限三天以内迁出衙署,以待狄王亲接印。新任提督先往呼延府拜见静山王,谢了前日赠刀除奸之情,复去谢韩琦叔父,然后拜望各位王侯大臣,并谢石御史于教场内作证。皆是款留酒宴,有的领,有的辞,不能尽述。

次日,狄青朝罢回来,又往拜包爷,谈论一番,不觉已交辰刻。包爷款留,狄爷不好推辞,叙间说起庞、孙翁婿二权奸,狄青道:"未知缘何与晚生结此深仇? 好教吾难以揣测。"包爷听了,微笑道:"狄王亲,你还不明,据下官看来,不因别故,只为胡伦之父胡坤,他乃庞洪党羽,拜他门下,孙

---

① 唆(suō)言——挑动别人去说。

秀是以相助。如今朝中奸党成群，犹如蛆附蝇聚，焉有美虫。你前者伤了胡伦，下官看你是个有用英雄，又除民害，特此开释免究，故此贼怀恨在心。上日借着演武厅题诗为由，将你执责要斩也是为此。"狄青听至此间，方觉醒悟道："包大人明见，猜测不差。"包爷道："王亲大人，下官想来也要怪你。是你原有差处，当日也不该恃勇将胡伦打死。他虽犯法，害民不少，死有余辜，论理唯官吏可杀。若非下官知你是有用英雄，将你天豁，一经别官办理，定然依律偿命了。"狄青道："这原是大人恩德。"包爷又道："前日既奉命执金钻刀杀这孙秀，事已不成，缘何又力除狂马，使庞府家丁诱去，是你躁养不知机之过。并且前夜大醉如泥，又要持刀往杀孙兵部，亦你之差。况子民杀官，事关重大，杀不成，又醉中被他拿下，这原是你少年心性轻妄，不谙事体。今既拘于官箴①，以后须要切戒，方不误大事。"狄青听了道："大人金石之言，多方教谕，晚生敢不佩服。种种提拔之恩，没世不忘！"包爷道："休得言重，下官不过度理而言。即今你虽高官御戚，但庞老贼是圣上所爱之臣，宠妃之父，从不畏惧别人。官高势重，暗害明谋，人人怯惧，你宜时刻当心。"狄青点头应诺，又道："敢问大人，这张忠、李义未知怎样处分。"包爷道："下官原知二人亦是少年英雄，不愿他归入重典，只拟个误伤人命，断个缓决之罪。"狄爷道："足见大人保赤之诚。"包爷又道："比武之事，下官想来，可发一笑。"狄爷道："敢问大人为何可笑？"包爷道："笑这庞、孙、胡三奸，千般打算，厚交党羽，又唆使立下生死文书，欺你再无本事可胜王天化。这王天化乃武状元出身，故有千斤臂力，今奸党庞洪将你计算，反把王天化一命断送了。可笑这般奸党，空费心思，今王天化已死，反害他妻少无夫，子幼无父，也觉可怜。"狄青道："包大人，不是我晚生夸能，倘有日捉得奸徒破绽，定然斩草除根。"包爷听了，只是点首称是，暗道：你虽是英雄，原是个鲁直之人。朝中多少能臣，也扳他不倒，初任的少年，虽有些志气，焉能即可办得来？当日谈论多时，重酌交酬已毕，狄青作谢而别，却归王府，别无多叙。

　　再说王提督夫人米氏，遵着潞花王钧旨，三天之限，衙署已迁清楚。择了吉时，狄青进行内，有相得大臣多来作贺，衙役伶人数百恭迎，别有一番庆闹。

---

　　①　官箴（zhēn）——旧时官吏们对皇上所进的劝告或劝戒。

又表狄太后喜得狄青，惜爱他如亲儿一般。缘他是个将门之子，要将太祖金盔铠甲，赐赠侄儿，狄青推辞道："先王之物，为臣下者不敢动用。"太后又传旨照式造成盔铠一副，九环金刀一柄，又将血结鸳鸯一对，镶嵌在金盔左右。此宝能除诸邪妖物，刀枪箭石不入。狄青谢恩拜受。

却说石御史这日闲坐衙中，想道：我与庞洪有不共戴天之仇，父亲一命，被他暗害。又想上年与母初至汴京，屈指光阴又已一载，早经送母还乡，托了姐丈夫妻二人代本官承欢膝下，略觉无虑。但思去秋与母亲分别，到了汴京，寻觅父亲，中途困乏，后来得授御史之职。可恨庞老贼伤吾父亲，未知何日得雪深冤！不觉为官一载，毫无成就。又想这奸贼又与狄青作对，不知为甚因由？前数天狄青比武，这些武将都不是他对手，又伤了王提督，当日老奸臣满面愁容，定然二人合谋暗算狄青，故请旨立生死状，亦是此意。吾自幼习武，多言本官狠勇，岂期又出一狄青英雄，不在吾下。但我二人都是庞洪眼中钉，况狄青乃狄太后一脉之亲。上日他来拜望在先，前日因他在王府中，不便答拜，如今已归署所，不免前往答谢他。

当日石郡马端正衣冠，高乘银(马宗)白马，十六对家丁拥护相随，一时来至提督府门，急令人通报进内。若照官规，自有尊卑之叙，狄青因他是勇平王之婿，又曾与自己作证人，是个义侠之辈。况御史与提督，文武不相统属，吩咐大开中堂门，恭身迎接进后堂。分宾主坐下，叙说寒温一番。复提及庞太师，石爷道："那贼是个弄权不法的大奸臣，不知何以与王亲大人作对？乞道其详。"狄爷将包公忖度胡伦之事，一一说明，御史听了，微笑道："这老贼好没分晓，为着他人事情，将这个冤家担在自己身上。但思王亲虽是英雄之汉，怎奈庞贼阴谋狠毒，甚于蛇虎，倘被他暗起波澜计算，难出奸臣圈套，这便如何是好？"狄爷听了冷笑道："石大人，庞洪奸谋，吾也早为防备，且削除奸佞，此志不忘。"石爷听了，点头道："倘然如愿，本官也感大人之恩。"狄爷道："郡马何出此言？"石爷道："一言难尽！"即将庞洪陷害父命，此仇未报，细细说明。狄爷听罢，说道："原来郡马也是有心人了。"石爷道："狄王亲欲削除奸佞，只消请了太后娘娘懿旨，何难削除庞贼众奸佞乎？"狄爷道："哪里话来！若靠了太后娘娘势力，将人压制，则尽可杀人不偿命了。此言说来恐被人晒笑。难道庞贼就没权势倾消的日子吗？"石爷听罢，自觉失言没趣，即道："足见狄王亲丈夫气概，下官失言了。"登时告别。狄爷道："下官出言狂妄，莫非郡马大人见怪?"石爷道:"非也,莫逆之交,岂因言语芥蒂?"狄爷道:"如不见怪,再请坐片刻,奉敬数杯薄酒,略表敬心,然后回府如何?"石爷道:"不敢叨扰,后日再领情,告辞了。"狄爷殷勤款留不住,只得送别了。

石御史回到府中,心想狄青原是气度清高之英雄,只因吾思报亲仇,心急口快,不觉失言了。

不表石爷赞美狄青志量宏高,心中敬爱,且表狄青闲中无事,思量身仕王家显贵,想出几条心事:一者撇不下生身之母,未知死活存亡;二来抛不下张忠、李义两英雄,自万花楼一别,吾今日已身荣安享,他们还在牢中受苦,不知何日得出? 吾一心还期安邦定国,扫除佞贼,灭尽内奸,方遂吾志。

不表英雄思念,却言狄氏娘娘,这天心中大悦,只因想起:姑侄重逢,狄门香烟有靠,追思往事,如同梦境。自离故土,已经二十年,南清宫内身作王妃,生了王儿赵璧,未及半载,陈琳救得太子进宫,八王爷收育为己子,抚育一十六年。自太子一经救出,即晚碧云宫即遭焚毁,可怜李后遭难,只落得刘氏太后安享逍遥,当今王儿哪里得知真情,认仇人为嫡母。数载之后,八王爷殡天,又经数载,先帝真宗得胜还朝,不一载亦驾崩,立太子登基嗣位,至今二载。老身今已安享大福,但心牵故土,难得今日姑侄重逢。喜得侄儿虽然年少,生来烈烈英雄,心性清高,不肯无功受禄,自要教场比武,立下生死状,令人惊心。岂料他自有本领,伤却王提督,目今已受一品高官,但未成配,须要寻觅贤淑娇娥匹配,重整先人庙宇坟茔,振作家声,方不负侄儿显贵,也完了我的心愿。但连日不会侄儿,心殊怅怅,不免宣来,谈谈此事便了。顷刻即传懿旨。狄青闻召,端正衣冠,来至王府内拜见。太后娘娘心头恰悦,一旁赐座。内监递过龙井茶一盏。狄太后开言道:"侄儿,你父弃世,母子相依,又逢水难,你得仙师搭救,但母亲未知生死,你今思念否?"狄青道:"提及吾母,使吾心更为悲切,一自耽搁仙山七载,日日思念母亲。但想当初身入波涛之内,怎得复有人相救,想定然不在世了。"狄太后听了,不禁心酸下泪,不语半晌,叹道:"贤侄儿,你今已身荣一品,无如故居府第,先祖庙宇坟茔,被水坍塌,已成白土,今须重整门墙为是,未知侄儿意下如何?"狄青离位道:"姑母大人训谕,敢不如命!"太后道:"虽然如此,但你乃一武员,哪能抽俸办理,待吾发出黄金四千两,差两名得力官员,前往料理可也。"狄青谢道:"姑母大人费心。"狄太后又呼道:"贤侄儿,为姑母还有要事说与你知,你今年少,官居一品,无如内助尚缺,待吾与你细选贤淑作配,以主中馈便了。"狄青道:"姑母此说,且慢酌量,待侄儿觅得母亲着落,如若她果不在世,便终身不娶了"太后听了摇首道:"如此是痴儿了! 枉你是一英雄汉子,理上欠通,你不闻不孝有三,无后为大。人子岂能斩绝宗支! 即你母亲不在阳世,亦要继后传流,愿你今日听信吾言,倘得你香烟有赖,吾做姑母的复有伺忧?"狄青道:"谨依训谕金言。"

谈言未毕,潞花王已至内宫,表兄弟相见,欣然喜色。叙礼复坐,谈论一刻,设筵对酌,欢叙间已是红日西沉。狄爷吃酒至半酣,用过晚膳。狄太后恐防侄儿酒醉糊涂,又往外厢生事,故只打发随从人等回衙,将狄青留宿王府。次日饭后,狄青方拜别太后娘娘,又辞过潞花王,回至署中。后来狄太后择了吉期,发出黄金四千两,文武官两员,径往山西西河修建坟茔第宇而去。不关正传,不须详言。

不知后文如何交代,且看下回分解。

第二十一回

荐解征衣施毒计　喜承王命出牢笼

话说左都御史胡坤，前者儿子胡伦死在狄青之手，反被包公将他对释，几次杀他不成，如今又是狄太后内侄，当今御戚，官封一品，哪敢动他。一天孙兵部与胡御史，并车排道，来见庞太师，计议一番。庞太师定下一计，道："胡贤兄与贤婿，不必心烦。老夫想来，杨宗保一连数本催讨征衣，已经赶制完成，定本月十五日起运。且待老夫保奏狄青做名正解官，那石玉小畜生，也是容他不得，保荐他为副解官，好将两条狗命，一刻倾消。"孙秀道："岳父大人，解送证衣，如何害得他二人性命？"庞洪道："贤婿未知其详。前仁安县王登有书到来，说他金亭驿舍中有魔作怪伤人，王县丞乃老夫的门下，待吾修书一封，托他照书而行，这二畜生还不中计么？"孙秀未及回言，胡坤道："石玉曾斩过白蟒怪蛇，狄青曾降伏龙马，这两名奴才何曾畏惧什么妖邪？倘然此计不成，也是枉然。"庞太师冷笑道："我此计不成，还有奇谋打算，修书一封，寄交潼关马总兵。此人名应龙，是吾心腹家丁保升的，一见了老夫的信，岂敢迟误。教他如此如此，他不在仁安县死，也必在潼关身亡，你等思此计妙否？"孙秀、胡坤听了大悦道："此计大妙！"登时二人告别。

到了次日，庞太师奏知圣上道："三十万军衣，已经制备完成，唯缺能员押解。臣遍观满殿文武，皆不可领此重任，唯狄王亲、石郡马智勇双全，此去可保万全。乞吾主准奏。"天子旨下："依卿所奏！"即旨召二英雄至金阶，朝谒已毕，旨命钦赐平身，道："二位卿家，只因边关杨元帅催取军衣，以应急用，三十万军衣已经赶齐，唯缺英勇解官。兹有庞卿保荐二卿解送征衣，狄表弟为正解官，石郡马作副解官，不知二卿可往否？"狄青一闻此旨，想道：又是庞洪用的奸谋，吾今若不领旨，被他笑我无能，没此胆量。解送军衣，也非难事，即差吾往边关破敌也何妨。想罢，即奏道："臣无尺寸功劳，身受陛下之恩，不啻天高地厚，敢不遵旨而往。"天子又道："石卿之意如何？"石玉想：狄青已领旨，本官岂得推辞？即奏道："国家有事，臣下自当代劳，臣何敢忤旨？"天子又道："狄卿，解送一事，律有限期，限一月解至。如违一天，打军根二十，如误两天，耳环插箭，若三日不至者，随到随斩。这是军法无情，将在外，君命有所不受，杨元帅执法，即寡人也不便讨饶。卿家二人也须立定意见，可行则行，不欲前往者，待寡人另派差官解送。"数句言词，乃圣上暗点狄青勿往之意。岂期狄青会意差了，想道：圣上也用反激，但我有现月龙驹，不消半月可至，有何惧哉！即奏道："臣愿遵定限期，如若违误，甘当军法！"天子道："倘卿果误了限期，杨元帅执法无情，必然处治，母后定然着恼，即朕也不安。"狄青道："臣既不误限期，难道杨元帅还要执法吗？"天子听了，舒颜点首道："传旨与兵部，挑选三千锐兵，备下文书旨意。且待调回招讨使曹伟，为后队进发。"当时狄青又想：李义、张忠二人尚留于囹圄之中，不如趁此机会，奏明圣上，将他二释放出狱，庶不负当初结义之情，又得同伴前往，有何不妙？即奏道："臣启陛下，臣未遇之时，与张、李二人在酒肆中饮酒招灾，误伤了胡公子，曾经包待制判询明白，发于狱中。但误伤人者，原无抵偿之律，二上虽系小民，但武艺超群，不在臣下，当初结义金兰之日，许以患难相扶。伏乞陛下开恩，旨赦二人，与臣共往边关，以防路途险阻，或可将功抵罪。"圣上准奏，即命包拯询明定夺。是日退朝不表。

单提狄爷回衙，坐下未久，有内役禀知石郡马拜访，狄爷闻言，即开中门迎接进内，分宾主坐下。只因二人乃年少英雄，情投意合，今者又共往边关，故石爷特来拜望。当时二人见礼已毕，石爷道："狄哥哥，吾料庞洪荐吾二人解送军衣，谅非好意，须要提防小心。"原来石玉年长狄青三岁，只因狄爷是王家内戚，故有少兄长弟之称。狄爷微笑道："虽然庞贼群奸，设了奸谋，难困吾英雄之汉。贤弟，你若介怀畏怯，吾自抵挡。"石爷道："哥哥，说哪里话来？小弟岂是怯弱卑劣之夫，如惧彼奸谋百出，吾亦不愿在朝为官了，一心还要报复不共戴大之仇呢！"狄爷听了，点头道："足见英雄胆量，如今须早打点动身。"石爷道："这也自然，还要请问，方才启奏，这张忠、李义的缘故，请诉与弟知。"狄爷即将与二人结义，在万花楼上打死胡公子之事，一一说知。石爷听了，微笑道："哥哥既然结交两位生死兄弟，理当救出牢笼，及早关照包大人，好教他复奏圣上。"狄爷大悦道："贤弟高见不差。"时交中午，狄爷款留，双双持盏欢叙闲谈，一言难尽。

酒膳已毕，石爷谢别，随从多人回府，内有彩霞郡主动问丈夫："未知圣上相宣何事？还祈达知。"石爷道："郡主未知其详，只因庞太师这奸贼,在圣上驾前,荐举本官与狄家哥哥,解送征衣往边关应用,故有旨宣召。"郡主听了,登时不悦道:"君家,你今领旨否?"石爷笑道:"君王有命,为臣岂得推辞?"郡主道:"君家,你可知庞贼奸谋狠毒,当时已把老公公谋害了。如今又妒忌你为官近帝,犹恐君家要报复父仇,是以平地立起风波。今荐你往边关,定然差心腹人,在前途等候暗算,要斩草除根,如何去得?"石爷道:"郡主休得多虑,本官与狄兄乃是英雄烈汉,岂兴庞贼诡谋?今既领旨,岂容推却?即赴汤蹈火亦所不辞。郡主何用挂牵!但愿平安回朝,夫妻再叙。"当时郡主花容惨淡,眉锁不开,咬牙切齿,大骂奸贼,只得将此情由上达双亲。高王爷闻得此言,心头大怒,郡太夫人气愤不过,骂道:"庞贼,万恶奸刁,千刀万剐,不足尽其辜。贤婿在朝,吾得相依,今又使什么奸谋,荐他前往边关。吾年老夫妇,只有一女,贤婿此去,吉凶未卜。倘被奸臣害了,倚靠谁人?"勇平王也是一般愁闷。

慢表高爷不乐,再言狄太后娘娘,心中烦恼,即日宣至狄青,开言唤道:"侄儿,缘何全无主见,只听奸臣调弄?况今隆冬在即,朔风凛冽,大雪纷飞,倘然风雪将侄儿阻挡,违误限期,杨宗保军法如山,岂认得你是王亲国戚,定然受亏了。教吾不胜挂念,不免待吾打发王儿伴汝同往。"狄青道:"姑母,休得挂牵,侄儿有此龙驹,一月光阴,也能转回。"太后想起侄儿乃是鲁直之人,即道:"你一人自然仗了龙驹,一月可以回来,只今三千兵丁,难道都有好坐骑么?侄儿还是不往为妙。"狄青道:"吾乃烈烈男子大丈夫,些些小事,看得甚为平常,管教此去,即月回朝,毫无阻碍。"狄太后想道:"侄儿乃是执性的硬汉,须由他去,只命王儿伴他同往。"原来太后爱惜狄青,一来惧庞洪暗算,二来恐他耽误了限期,杨宗保执法无情,故要潞花王同往,可保无碍。此是妇人情爱之见,岂期狄青看得不甚介意,再三推辞。潞花王道:"倘果然误了限期,杨元帅岂肯谅情,况且又是庞洪所荐,不知他又玩用什么阴谋?莫若待弟伴你前往,方可无虑。"狄青听得厌烦了,即言道:"姑母娘娘,侄儿性命只付于天,或死或生,自有定数。若仗姑母千岁势头,压制别人,反被群奸哂笑,非为丈夫。"说罢,辞别娘娘回衙去了。

当时太后娘娘想下一个主意,即传懿旨,往天波无佞府,宣召佘氏老太君。旨下,佘太君不敢停延,即离天波府驾銮车径至王府,恭朝太后,三呼行礼。狄太后后命宫娥扶起,赐座于旁,佘太君开言道:"不知太后娘娘宣召,有何懿旨?"太后道:"劳太君到来,只因侄儿狄青,小小年纪,初仕朝廷，不知厉害，领了当今之令，解送军衣前往边关。但此去只愁关山险阻，雨雪连绵，违却限期，只恐令孙执法森严，有干未便。"佘太君听了道："原来娘娘为此挂怀。何不先传懿旨到边关，吾孙儿怎敢违却？"太后道："吾的旨意，不如太君的手书更有效力，故而请你到来商议，由太君作书一封，由吾侄亲投与令孙，即便途中耽搁几天，也无妨了。"太君道："折枝小事，有何难处，待臣妾就此修书。"太后大喜，即唤宫娥取到文房四宝，佘太君举笔，大意只言："狄钦差领旨解送军衣，因他是太后娘娘嫡侄，狄门继后一人，倘然违了日期，须要看太后娘娘金面，从宽不究，凡事周全。"书罢，送与狄太后，太后看毕，欣然喜悦。当日佘太君不曾带得图印，立即差人到天波府取了珍藏印鉴，打上封面。太后娘娘收藏过，即排宴相待，佘太君领谢了，少停回归天波府而去。

话分两头，再说狄青是日打道亲自去见包公，只为张、李弟兄，商请包公明察，从宽复奏之意。包公道："下官原知二人可为武职，今得狄王亲奏明圣上，下官可以从宽复旨。但王亲此去，押解征衣，是庞贼荐的谅有奸谋，路途须要提防。倘然途险阻隔，误了批期，杨元帅执法无情，不认你是王亲国戚，定然正法不饶。如今下官预修书一封，你且带在身旁，倘违了限期，关中有礼部文员，此人姓范名仲淹，可将此书投送，自有照应。"狄青领书称谢，登时告别回衙。

次日，包公上朝，奏明圣上道："张忠、李义二人，果无抵偿之罪，实乃误伤人命。二人现仍禁狱中，等候圣旨，再行释放。"圣上道："胡伦既是跌扑而死，焉能牵连张、李二人抵罪，今准狄青之奏，恩赦二人，护从押解征衣，将功抵罪，回朝赏劳升职。"包公领旨。当时气得庞、孙、胡三奸咬牙切齿，深恨包公开释二凶，料想狄青先奏明二人护解征衣，再奏圣上思准。当日退朝，有包公回衙，释出张忠、李义，二人拜谢包大人，包公言道："狄青是太后内戚，今已官居九门提督，你二人是他保奏出狱，可到衙门拜谢。"二人听了，喜从天降，拜别包大人，一路飞奔提督衙门而来。狄爷忙吩咐两旗牌官，引进二人，沐浴更衣，然后进了中堂。三人晤会，彼此欣然。狄爷道："二位贤弟请坐。"张忠道："如今哥哥是王亲大人了，我们何等之人，焉敢望坐？"狄爷道："此言差矣！想当初结义之时，各愿苦乐相均，患难相济，岂料祸生不测，致二位贤弟身禁囹圄之中，为兄非但不能同患难，亦不能早为解纷，今始脱罪，伏望贤弟大度海涵，不怪愚兄。"

不知张、李二人听了如何回答，且看下回分解。

第二十二回

离牢狱三杰谈情　解征衣二雄立志

当下张忠、李义闻言打拱道："哥哥，你说这样话，使弟羞赧①无托足之地了。"狄爷道："二位贤弟，既不见罪，且请坐下。"二人欣然落座两旁，内役献茶毕，二人一齐动问道："难得哥哥一朝平步青云，古今罕及。自从包公堂上别离，只道今生难期再会，但不晓哥哥如何一朝荣贵，还祈告知。"狄青道："言来也觉话长。"便将投在林千总处当步兵，后被孙秀迫害，幸来五位王爷救脱。最后又说了呼延千岁赠刀杀奸之事。二人道："哥哥，当日千岁赐你金刀，未知你有此胆量否？"狄青道："我自愿往，只恨杀贼不成。"张忠道："不杀这奸臣，既非英雄汉，又徒然负却静山王之心！"狄爷道："二位贤弟，有所未知。"便将力除狂马，得李继英通线逃难于韩府后园，韩琦引入王府，收服龙驹，得认太后娘娘，至比武得官之事说了。张、李道："哥哥，你既是太后娘娘内侄，如今岂惧庞、孙众奸再使刁滑？"狄青道："众奸臣须奈何我不得，但他狠毒之心未已，不知他又生什么诡计，在君前保奏我二人去解征衣。"张忠道："这奸臣定必又生恶毒计谋了，未知你今领旨否？"狄青道："二位贤弟还未知么？今日虽是庞洪恶计多端，押解军衣，乃圣上所命，如辞旨不往，一者逆件君上，二者被庞洪哂笑，说我无此志量。若畏惧他奸谋算计辞旨不往，非为丈夫也。"张忠道："哥哥此话，言来有理，你还要何人同往？"狄青道："愚兄为正解官，有御史石郡马为副佐。"张忠道："如此，我们也要随从哥哥一同前往了。"狄青笑道："贤弟，只因你二人坐禁牢中，愚兄无日不思，故借此为由，保奏你二人出狱，随同押护征衣，将功消罪。同到边关，见机而作，立些武功，有何不妙？"二人听了道："哥哥高见不差。"狄爷道："我还有句衷肠之话，在别人跟前不说出。"李义道："哥哥有何要话？"狄爷道："目今西夏兵犯边关，曾闻兵雄将勇，杨元帅前日有本回朝，求讨救兵，目今难返敌。不是

---

① 羞赧（nǎn）——因害羞而脸红的样子。

愚兄夸张,不独杀退边关围困之兵,即领旨往征西夏,亦不是难事?"张忠道:"哥哥,如此说来,你却愚!"狄爷道:"何愚之有?"二人道:"你何不即于驾前,请了旨意,前往征西,显些本事与庞洪众奸看看,有何不妙?"狄爷道:"我若在驾前请了旨意,也不稀奇,待我押解征衣到得边关,即在元帅帐中,也不说明。且到那时见景生情,率领兵马大破西夏,方使庞洪众奸畏服、奏凯还朝,乘机将奸党除灭,朝中方得安静。"张忠听了奸臣二字,不胜气愤道:"哥哥,你前时被奸臣陷害,险些遭害。死中得活,哪里还待得及奏凯班师? 小弟也甚容他不得,倘哥哥许假三尺龙泉宝剑与小弟,若不将庞、孙、胡三奸首级拿来,即将自己首级献上。"旁侧李义冷笑道:"张哥哥,你且忍耐些,休思动凶。方得身脱牢灾,又思闯祸,倘若再犯时,脑袋不保了。"张忠道:"三弟,虽然如此,但这些奸党令人一刻也难忍性子的。倘若杀得三人,万死不辞,并无反悔。"狄爷道:"张贤弟可知今异于昔,也须耐着三分性儿。前日身为百姓,一口一身,虽然死活,有何干碍? 你今刺杀了奸臣,不独自身有罪,追究起来,愚兄亦有干碍,何能到边关去? 不若权且忍耐,奸臣终有败露之日,到时削除,岂不的当?"李义连声称是,张忠默默不语。当日狄爷吩咐排开酒宴,三人持盏,言谈之际,李义想起周成店主银子未曾交付,乃言道:"周成店主之事,如何料理?"张忠道:"不暇计及此事了。"

闲文不表,到了九月初八日,准备了三十万征衣,车辆满载。正副解官领了批文,张忠、李义押管三千兵丁车辆粮草悉备,随从二位钦差,拜别忠良,不辞奸佞。有韩爷将书一封,付交狄钦差,此书投送与打虎将军杨青,因和他有同乡之谊,见了来书,自有照应之处。狄爷作谢,将书收藏,复王府,拜别潞花王母子。狄太后闷闷不乐,付交佘太君家书,又嘱咐道:"侄儿,你虽乃少年英雄,只是程途遥远,苦冒风霜,进退小心,休得莽撞。渡水登山,非比在朝安逸,务要倍加提防。庞奸贼众党阴谋设陷,定有此事,也须时刻当心。交卸了征衣,更须早日回朝。"狄爷跪受姑母娘娘训谕。当日潞花王吩咐安排酒宴饯别,弟兄对酌闲谈,无非话别一番,不用烦言。宴毕,拜别太后母子,来至教场,三千兵丁顶盔贯甲,早已伺候。

且说石御史拜别岳父母和彩霞郡主,也是一番饯别叮嘱之辞,不表。即时高昂骏马,已至教场。狄爷有众人书信照应,这石玉并无一书,只因狄青是正解官,石玉是副解官,正解无事,副佐亦无碍了,故石玉无人付书。

当日狄钦差带上金盔,内藏宝玉鸳鸯一对,闪闪发光,手提金刀,左插狼牙之袋,右悬锋利龙泉剑,骑上现月龙驹,真乃威风凛凛。石御史头戴银盔,坐下白龙驹,霜雪铁鞭,分插左右,手捧长枪,也是浩气昂昂。即那张忠、李义,虽无官职,也是顶盔披甲,高坐骅骝①,押了车辆。炮响三声,旗幡飞动,离却王城,所至地方,官员都来迎接。非止一天行程,且按下不表。

且说庞洪一心图害两位栋梁小将军,早数天,差家人送书一封与仁安县,一书送与潼关马应龙总兵。

不表庞洪暗害,再说河南陈州,一连数载遇饥,地方遭劫。至第四载,更倍加饥馁凄凉,粒米无收,百姓被饿死者,填盈衢道,贫困者十不存三四,县官详文上司,是日本折进朝,君王览表,方知陈州饥馑,问治于群臣。有枢密使太师富弼奏上君王道:"老臣当日曾任职陈州,当地土豪奸恶甚多,诡谋百出,每有积聚不祟者。那地方官只图贪酷,焉为国安民者?致强恶日增,用财可以买法,即丰稔之年,粮米也不轻粜②。此事必须包待制往陈州,赈济饥民,并收土恶,有粟之家,自然出粜,虽年不丰熟,而良民自得食了。"君王闻奏大悦道:"老卿家荐得其人,可谓为朕分忧。"即降旨包公往陈州开仓,赈济穷民,御赐龙凤剑一口,不问文武官员,如有不法,任凭施行处斩,然后奏闻。包公领旨,拜辞同僚文武官员,限日登程,也且不表。

再说仁安王县丞,接得庞太师来书,观毕,即赠来人白金二十两,以作程途费用。这仁安县金亭官驿中,前年传说出一妖魔,众民沸扬,远近惧怯,即汴京也有知者。只日午中有胆识英雄方敢进内,至晚间,连驿外近地,也没人行走。当日王登依了庞太师吩咐,一心要害狄、石二位钦差,心想,二人即被妖怪吞了,也非我之立心,纵然上司追究,庞太师来书说,自有他一力担承无碍,还要升我官职。即差唤人役数名,将金亭驿扫得洁净无尘,铺毡结彩,四壁熏香,以待安顿钦差大人。当时衙中人役多有一番议论,内有胆小者进内洒扫,吓得胆战心寒,但迫于上人之命,不得不然。

---

① 骅骝(huáliú)——赤色的骏马。

② 粜(tiào)——卖出(粮食)之意。

众役人道："王老爷好生大胆，此驿妖怪厉害，屡说伤人，倘或钦差大人也被伤了，这还了得。况二位钦差势头甚大，天子内戚，追究起来，焉能保得性命。倘有干连，我们也有不便之处。"当时议论纷纷，果有胆小的几人也逃走了。这且按下不表。

那仁安县王登，天天等候钦差大人，在驿外平阳大地，安排营帐，安顿兵丁。另设空场马厂。众武员束备戎装，弓箭马匹齐备。是日，忽报二位大人到了，文武官员齐迎跪接。王登跪请二位大人下马归驿，然后安顿兵丁。当日二位钦差同进了驿，齐揖见礼坐下。狄爷下令驻兵驿外，张忠、李义押管兵丁，小心巡逻征衣，在此留宿一宵。仁安县与众文武回衙，不必在此伺候。号令一下，炮响连天，安了营帐，二位钦差卸下盔甲，穿了便服，十六名壮勇铁甲军，乃随身亲役。

当时日落西山，驿内灯烛辉煌，文武官员早备酒筵，款过二钦差毕。狄爷道："石贤弟，吾观此驿，一望荒寒野地，吾二人且不安睡，明早提早赶路。"二人同志，你言安邦，我言定国。时交一鼓，更锣响敲。石爷道："哥哥，不觉说话之间，已是一更时分了。"狄爷道："贤弟，吾与你离别汴京，到此已有八九天了。吾恨不能早到边关，交卸了征衣，方得心头放下。"石爷道："小弟也是这个主意，但未知此三关有多少路程。倘然违误了限期，杨元帅定然着恼了。"狄爷道："贤弟，这也不妨，即误了数天限期，尚可谅情，杨元帅未必见罪，自然无碍了。"石爷又遭："哥哥，你看月好光辉也！"狄爷道："贤弟，今夜月明如昼，地上如霜，曾记得八月中旬夜事，南清宫内后花园，称言有怪，岂知乃龙驹出现。愚兄得会太后娘娘，亲人团叙，犹如天上月缺而复圆，真乃光阴迅速催期快，而今又是阳春天了。"石爷道："因你之言，小弟却也想起，去年也是中秋月圆之夜，有白蟒精变化人形，在勇平王府内摄去彩霞郡主，当时已将郡主拖入幡云洞中，高千岁着急。是日小弟初至汴京，寻觅父亲，贫困如燃眉之急，故弟领旨，探其穴，进其巢，与怪物争持，刀斩蛇妖，把郡主救回府中。勇平王大喜，将郡主匹配了小弟，又奏闻圣上加封官爵，瞬息间已是一秋多，真乃光阴似箭，日月如梭。"狄爷闻言，长叹一声，也想起困乏遇张、李弟兄时苦处，因道："世间凡事原难料，富贵穷通只在天。"

二人言谈之际，不觉二鼓初敲，登时一阵狂风吹来，呼呼耳边响亮。弟兄二人立起，四围一看，十六个亲随壮军也觉害怕。石爷道："哥哥，此阵狂风，非正风也。"狄爷道："贤弟，你看此风又起了。"果然一阵狂风，已将灯烛吹灭。二人默想其故，此风打从东北上吹来，明知是怪风，是时各拔出佩剑，向东北方定睛一看，里厢并无一物。只是月光皎洁，耳边仍是呼呼响亮，吓得十六名铁甲壮军呆呆发抖。狄青大喝道："本官二人在此，妖魔敢来作祟！"正在呼喝之际，但见远远射出白光一道，跳出一雪亮人身，高约丈余，皱口攒眉，上身短小，下身尖长，飞奔而出，向石玉跟前跳蹿。石爷呼道："哥哥，此物莫非又是白蟒精么？"言未了，见此怪扑来。石爷大喝一声，挥剑砍去。只见一道白光。

　　不知此物是何妖怪，且看下回分解。

第二十三回
现金躯玄武赐宝　临凡界王禅收徒

　　当时石爷大喝一声道："逆畜休得猖狂！"即挥动龙泉剑，光射寒霜。此刻人妖争敌，兵刃交加。狄青意欲上前帮助，思量且试他武艺如何，如若怯于怪物，然后相助未迟。当时石玉飞剑斩去，只见白人且斗且走，诱他至庭心。石玉一步步追出庭前，又闻狂风大作，只见两扇后门大开。前面妖人飞奔出外，外厢一带空荒，周围全是荒野。忽妖人口出人言，喝道："石玉，你既逞强，好胆子，敢出外见个高低么？"石玉大喊道："吾来也！"即飞奔走出内厢。狄爷笑道："真乃有胆量英雄也！"高声接道："贤弟，休得放走了妖魔，吾来助你。"即大步飞跑，手持宝剑，出至庭心，登时一派白光射目，两眼昏迷。即听得有人说道："狄大人不可出外。"狄青举目一看，只见一人乘着祥云，身高丈余，披发仗剑，半离地上、约与檐高，阻住去路。狄青喝道："你莫非是妖怪？"此人言道："非也，我乃北极玄武圣帝，今夜贵人在此，特来一会。"狄爷听了，惊疑不安，细看一番，开言道："或者你是妖魔，敢冒圣帝，也难分辨。"那人道："狄大人何必多疑？我乃北极玄武圣帝，只因部下神将思凡。目前俱已流入西夏，侵扰炎宋二十余载，全赖范、韩、杨、狄四人，韬略宏深，振抚西夏，保邦安民。兹有两件法宝付你，此宝名'人面金牌'，如遇西夏交兵，急难之时，将此宝盖于脸上，口内念声'无量寿佛'，自然使敌人七窍流血。这小小葫芦，内藏七星箭三支，如逢劲敌，危急之时，发出一箭，其捷如风，敌人立即死亡。今赠你二宝，今后你一生建立功劳，安民保国，赖此二物，须谨细收藏，勿得轻亵。倘成功后，二宝仍要收还。"当下狄青听了，满心大悦，双手殷勤接过，细看人面金牌，倒像孩子们玩耍之物，只是金光闪闪。

　　葫芦内三支七星箭，细细看来，约有三寸余长，两头尖小，锐利非常，霞光炎炎冲起，方知宝贝之妙。看毕，将二宝收藏皮囊中，跪伏尘埃，叩谢。圣帝吩咐道："不须多礼，但叮嘱之言，还须谨记。此去多灾转福，遇难成祥，不烦多虑。"狄青道："谨遵圣帝法旨，但小子还有义弟石玉，追拿怪物出外,未知吉凶如何,再求指示。"圣帝道:"此非怪,乃变形化物,石御史追赶,终无碍的。唯去而不返,难以相见了。"狄爷道:"石弟去而不返,怎生复旨?"圣帝道:"日后自然重逢,不必介怀。"当时圣帝使起神通,袍袖一展,高起祥云,香生馥馥,霭射飘飘,光华冉冉而去。狄爷下拜,殷殷礼毕起来,当有十六名壮军跑至,启禀道:"狄爷,方才石大人追捉怪物,还未见回来,请大人定夺。"狄青一想道:圣帝虽然如此吩咐,吾若不往追寻相助,非是弟兄手足。想罢,即跑进内厢,岂知四壁围墙,无路可通。狄青四下一看道:"奇了,方才见有门户一重,今如四围全是墙壁,故圣帝预定天机,言石弟日后自有相逢。也罢,如难以追寻石弟,亦是无可奈何。"只得坐下呆呆思想。

且说白人在前,诱石玉且战且走。石玉不肯轻饶,高举宝剑,大喝:"怪物哪里走,还不早现形迹!"趁着月光如昼,紧紧追去,不知有多少程途了。妖人复兜转步来,喝道:"休赶!"持棍当头打去。石玉哪里畏怯,持剑砍去。白怪急忙闪开,石玉飞进数步,剑如雨下,怪物架挡不及,将身一低,在地一滚,团团而转。石玉细细看来,不觉自笑道:"奇了,只言此物是怪,却原来两栖三尖枪!"即拾起来舞动。只见霞光闪闪,与月争辉,心中喜悦,连称:"妙妙! 今夜幸运,皇天赠赐宝枪,不免叩谢上苍,然后回见狄哥哥。"石玉正思下跪,又闻香浓拂拂,云饶当空,一位仙翁乘云而下,五绺长髯,微笑道:"石贵人,你今虽得此神枪,只缘枪法未精,还不见你之英雄,怎能保国安民? 不如拜贫道为师,再要授你兵机武艺,练习精通,才能建立奇功。你如不信,待我试演双枪之法,与你看看。"石玉道:"仙师肯教习,乃深幸也,且请试双枪一观。"言毕,遂将双枪与仙师。只见他大袖一展,枪起时左旋右转,宛似蛟龙取水,又如燕子穿梭。石爷呆呆看着,呆见枪法精通,迥异凡常。试毕,呼道:"石贵人,观枪法如何?"石玉一想:也觉怪异,不通姓名,居然认识我之姓名,料是位有道仙翁。又见他枪法神奇,即道:"愿拜仙长为师,但今有王命在身,不能违误,待到了关边交卸征衣,然后拜从习艺。"道人道:"我非凡人,乃王禅也。如你到边关,决无此机会的。即夜可随吾去。"石爷道:"今夜断难从命,我奉旨解征衣,杨元帅有限定之期,倘违定期就不妙了。"道人笑道:"小小事情,不必过于介怀。"语毕,口念咒词,将枪尖挑起顽石二段,忽化作一对斑斓猛虎,爪舞牙张,向石玉奔扑。石玉大喝道:"逆畜慢来!"即拳打足踢,道人喝道:"你得舞弄!"猛虎不敢再动,道人即跨上虎背,又对石玉道:"你若骑上虎背,可胜坐马,倘若出敌,百战百胜。"石玉道:"如此甚妙。"即跨上虎背。道人一见大喜,喝声:"起。"风一响,二虎即跑上云端。石玉惊骇呼道:"倘跌仆下去,一命休矣。"王禅道:"如此胆小,焉能出得沙场,杀得上将!"言谈之间,跑得渐高,直上云霄,径往峨眉山去。按下不提。

却说狄青独坐思量,心烦不乐,暗道:方才圣帝吩咐如此,料然石弟难以相见,还不知他收除得怪物如何,也不知走到哪方,教吾实难猜测。方才果见后厢围壁中,门户遥遥,石弟追赶出外,因何霎时并无门户,想必乃神仙妙术,变化无穷。唯正副解官共事,今缺了石弟,如何复旨?不免照此直言便了。

这时天色已明,传令宣扬,众兵方知驿中有怪作祟,昨夜摄去石郡马。狄爷道:"仁安县这狗官,定有机谋。"即传王登进内问供。护从三千,闻得此事,人人骇惧。张忠、李义二人私下称奇。当时王县丞进驿参见,狄爷喝道:"刁狗官!好生胆子!驿中既有怪物,因何将本部留顿于此?昨夜已将郡马爷摄去,定然凶多吉少。你这狗官,是受人嘱托,抑或自起主谋,从实招供,以免动刑。"王登听了,惊慌无措,跪倒叩头不止,言道:"上告大人,此驿从无怪物,不知怪祟从何方而至,卑职怎敢主谋暗害二位大人?"狄爷喝道:"胡说!这不是你自主谋,定然受奸臣密托。若不明言,刀斧手斩讫。"庭下一声答应,上前扭起三县丞,解去袍服,除去乌纱帽,吓得他魂魄飞天,高声呼道:"大人饶命!此乃庞太师有书来到,押着卑职行此机谋的。他要害二位钦差大人,卑职怎敢生此恶念,立此歪心!"狄爷听了点头,骂道:"恶毒奸臣,怎知你又行此阴谋毒害!但庞贼要你行此恶谋,你既是正大之人,即挂印辞官不做,亦不行此不义之事,你今罪亦难免。"王登道:"如今卑职悔恨已晚了,虽有死无辞,只求大人姑宽,开恩一线,当衔环以报。"说罢,叩头不已。狄爷还是仁慈,且留他为证复旨,便喝道:"本官王命在身,不能耽搁,王登交府官禁在狱中,即着本地文武官员,访寻石御史下落,待本官公务完毕回朝,在圣上驾前,与庞贼算账。"

当时王县丞谢了大人不斩之恩,众文武官员都言"领令"。时交辰刻,文武官员备酒筵相款,犒劳三军。也无烦叙。

是日发令登程，炮响一声，旗幡飞动，文武齐来相送。张、李二将，仍押管军马征衣，只空坐骑一匹。狄爷仍令马夫牵行，好生喂料。

且说王县丞带上府衙而去，短叹长吁，恨着庞太师。暗想："方才若不说明，险些性命活不成了。"只求府尊申详上完，闻达朝廷。庞、洪、胡闻此，更加纳闷道："狄青、石玉皆与吾作对，今石玉已经中了毒计，定遭妖魔伤害了。只有狄青仍在，只望他在潼关中计，不知可成否？"是日君王一看表文，龙心大怒，着将仁安县丞王登，定议处决。当日庞洪力与分辩保免，私下传旨命复职不表。

再说勇平王得知大恼，郡主母女，苦切万分，深恨庞贼施设奸谋，害了年少英雄。郡主呼道："母亲，去年白蟒摄去了女儿，多亏丈夫救脱，收除怪物。不意今被庞贼所害，妖魔摄去无踪，还有何人救拔，定然凶多吉少了。"王爷夫人终日安慰女儿，也且不表。

却说潼关总兵官名马应龙，前日接得庞太师来书，想来立心要害狄王亲、石郡马，本总定然依命的。但关外地方，乃本总所属，如行刺他，也须百里之外，方可下手。但此事唯飞山虎刘参将前往方妥。马总兵打算定当，传齐大小将官，明日起程候接钦差大人。

是日，狄爷来至潼关，马总兵与大小官员迎进关中坐下，众员参谒过大人，上请金安毕，竟日盛筵设款，也不多叙。当下马总兵问副使石御史，因何不见到来。狄爷将在仁安县驿中被妖魔摄去说明。马应龙听了道："有此奇事？但今潼关外面，也是地广人稀，空荒之所，王亲大人须要小心。"狄爷道："这也何妨？如今天色尚早，即速启关，待本官赶路。"总兵领命放关，车辆纷纷出关而去。马应龙送出关外而回，即日邀传参将刘庆计议。

这刘庆年方二十四岁，身高九尺，面玄黄而光彩非常，从幼得异人传授席云奇技，来去如飞，故他混号飞山虎。以前当兵出身，勤勇协力，性情刚强，先已拔为千户，今又升为参将，随同马总兵保守潼关。年少父亡母存，一妻二子仗着席云本领，常想征西，却不知西夏总兵雄将勇，只靠席云之技，怎能抵当？是日遵召进见，打拱道："不知总爷传召，有何吩咐？"总兵即将庞太师与狄青作对，今他来书，要结果他一命，一一说知。参将道："总爷，既云庞太师要取狄青一命，何不方才设宴时，将他弄醉，一刀砍下头颅，有何难处？"马总兵冷笑道："你乃粗笨之徒。哪里得知？若在关中弄死,也要执罪本官。况他有三千兵丁,十分凶勇,岂肯甘休?故特让他出关,在百里之外,你前去行刺了他,才不致归咎我们。倘谋事成了,庞太师喜悦,你我官爵定有加升了。"刘庆听了笑道:"这也不难,且末将至落雁坡,等待他来,结果他一命便了。"马总兵闻言大悦,道:"须要小心!"刘庆允诺,藏了利刃,驾云而去。

　　不知刺杀得如何,且看下回分解。

第二十四回

出潼关刘庆追踪　入酒肆狄青遇母

话说刘参将奉了马总兵之命,驾上席云,离了潼关,向前途落雁坡而来。一程追上,将已七十里,在空中缓缓随着狄青。不料他金盔上一对宝玉鸳鸯,有霞光冲起,刀斧不能砍下,故难伤狄青之命。

当日日已沉西,天色昏暗。狄青与张忠、李义三人并马而行,催军前进,意欲找了好地头安扎。张忠偶然抬头观看,连忙抽勒丝缰,叫道:"大哥,你看空中这朵乌云,倏①上倏下,正对着你头顶上,这是何缘故?"李义道:"果然奇怪,莫不是妖云?"狄青道:"不必论它妖云妖物,且赏它一箭吧。"即向皮囊中取一箭,搭上弓弦,照定乌云,嗖的一声放去。只见这朵乌云像流星飞去。原来这一箭已射中飞山虎的左腿,好生疼痛。兄弟三人因天色乌暗,到底不知此物是什么东西,又见天晚难行,只得在平阳大地安扎,屯了军马。是夜,军士埋锅造饭,马匹喂料。张忠、李义巡管征衣,点起灯烛,四野光辉。狄爷一人步行四野,离得平阳地,远远见有灯火光辉,再跑数十步,乃丁字长街。对面左侧有酒肆一间,店主正在将上好美酒小缸倾转大缸,香浓浓的顺风吹送来。

大凡爱酒之人,见了酒总要下顾。狄青想:此刻夜静更深,还不闩门,夜来还做买卖,不免进内吃酒数杯,然后回营,也未为迟。想罢,徐徐举步而进。店主一见,吓得慌忙跪下。但见此位将官,头戴金盔,身穿金甲,想来不是等闲之人,故店主跪地叩头,呼声:"将军老爷!小人叩头,不知驾临何事?"狄青道:"店主不必叩头,你店中可是卖酒的么?"酒保道:"将军爷,此处乃卖酒馔之所。"狄青道:"如此,有上好酒馔取来,本官要用。"酒家喏喏连声道:"将军爷且请至这厢上座,即刻送来。"狄青进内一看,见座中并无一客,当中一盏玻璃明灯,四壁四盏壁灯,两旁交椅,数张花梨桌,十分幽静,狄青看罢,倒觉心开,拣了一桌,面朝里厢,背向街外。坐定

---

① 倏(shū)——极快的意思。

半刻,酒保已将美馔佳酿送上,狄爷独自一人斟酌。吃过数杯,偶然瞧着里厢西半边之内,坐着一个妇人,年纪有二十三四,面庞俊俏,淡淡梳妆,目不转睛地观看。狄青见了,心中不悦道:这妇人真乃不识羞惭,因何只呆呆将本官瞧着?父母家若养了这等女儿,大大不幸!娶她为妻子,必然家运颠倒。原来狄青乃是一个正大光明,不贪女色的英雄,故见女子目睁睁看他,恼她不是正性妇人。

当下妇人呼唤酒保进去,便问此位英雄姓名住居,多少年纪。酒保道:"奶奶他是无意到店中吃酒,过路的官长,你盘问他何事?"妇人道:"你不要多管,快些问个明白。"酒保应诺,暗言:小奶奶真奇,吾在她店中两载,一向谨细无偏,今教我问此位将军姓名住居年纪,定然看中了少年郎了。不觉行至桌边,口称将军爷:"请问尊姓大名,住居何处?乞道其详。"狄爷见问,遂答道:"本官乃世籍山西,姓狄叫青。"酒保道:"多少年纪?"狄爷听了,问道:"你因何问起年纪?"酒保道:"我这里奶奶请问。"狄爷心想:奇了。即言:"吾年方十六岁,你好不明礼仪。"酒保道:"将军休得见怪,吾回报奶奶去了。"酒保进内言知,那妇人听了,喜形于色,还要再诘。酒保道:"奶奶还再问什么?"妇人道:"问他世籍山西哪府,哪县,哪乡,哪保?速问他来!"酒保强着应允,一路摇头道:"我们奶奶好蹊跷,但想青春女子,谁不欢乐风流,怪不得见了少年郎君,春心发动。我看此位将军,生来性硬无私,他决不来就你。"又到了桌边,呼道:"将爷,休得动气,小人还要请问,贵省既是山西,请问哪府,哪县,哪村庄?"狄爷想道:为什么盘问我的根底?即说明与你知,且看你这妇人怎奈我何!即道:"我乃山西太原西河小杨村人,快去通知!"酒保欣然去了,将情达知。妇人听了,急忙转身进内,叫道:"母亲,外厢有一位年少将军,乃是我弟狄青,女儿不敢造次轻出,母亲快出去看来。"孟氏听了,又惊又喜:"想起前七载水淹太原,骨肉分离,多人波涛之内。只道你弟死于水中,为娘时时感伤,暗暗忧思,今日万千之幸,孩儿还在世间!"狄金鸾道:"母亲休得多言,快些出外厢,认明是否。"孟氏急步行走道:"女儿且随娘出外!"

孟氏来至店前,金鸾在后,轻指将军道:"母亲,此地不便观看,你可近前认来。"孟氏近前细看少年,点首大呼:"孩儿,你可知娘在此否?"狄小姐忙呼:"兄弟,母亲来了。"狄青停杯一看,立起来,抢上前,双膝下跪,呼道："母亲，姐姐！可是梦中相会么？"孟氏夫人手按儿背，开口不出，泪珠滚流。狄青呼道："母亲休得伤怀，只因不孝孩儿，自那日大水分离，已经七八载，儿得仙师援救，无时无刻不挂念生身之母。今宵偶会，好比花残复发，月缺重圆。"老太大道："孩儿，你多年耽搁在何方？且起来说与娘知。"狄青道："不孝孩儿，多年远离膝下，至累老亲愁苦，罪重非轻，待儿叩禀，哪里敢起来！"孟氏道："这是天降奇灾，说来话长，且起来再谈吧。"小姐悲喜交集道："兄弟，休言自罪，且起来相见。"狄青道："方才我认不得姐姐了。"金鸾道："兄弟同胞一脉，焉有不记认的？"狄青道："只为多年离别，不期相会，一时记认不来。今日实乃天遣母子姊弟重逢。"小姐听了含笑道："也怪不得兄弟，只因水灾分离之日，你才九岁。"转身又对老太太道："且到里厢，然后言谈心事吧。"又吩咐酒保，收拾残馔闭门。

当时母子三人进内坐了，老太太道："你一向身在哪里，怎生取得重爵高官？"

狄青道："母亲听禀。"就将被水灾之日，得仙师王禅老祖搭救，习艺七年，思亲之念难止。太太听到此处，说道："为娘遭此水难，几乎性命难存，幸得你姐丈张文驾舟救了，奉养在家。你姐丈前去潼关得功，故藏身在此，不料你姐丈去年被马总兵革了职，因在此开个酒肆。"狄青道："如今姐丈哪里去了？"老太太道："他往顾客家收账去了。"狄青道："母亲，姐丈曾经作过武官，何妨乐守清贫，因何作此微贱生意？"老太大道："此乃素其分位而行，不得不然呵。"狄青道："姐姐乃女流之辈，又是官宦之女，如何管理店内生理，岂不被人议论？"狄青乃直性英雄，是以有言在口，便按捺不住，信口而出。金鸾小姐却想：因何兄弟初会，就怨言着奴？便对狄青道："此乃妇人从夫而贵，从夫而贱，事到其间，也无可奈何了。"说完，抽身往厨中再备酒馔。狄青见姐姐去了，心甚不安，反悔失言，招姐姐见怪。老夫人呼道："孩儿，你性直心粗，埋怨着姐姐。但今久别初逢，不该如此。"狄青道："母亲，这原是孩儿失言了。姐姐见怪，怎生是好？"孟氏道："不妨，待娘与你消解便了。但你方才将分离始末，才说得半途，再将怎生得官受职，明白述来。"狄青将别师下山时起，一长一短，直说到目今领旨解送征衣。孟氏闻言，心花怒放，喜道："前闻姑娘已归泉下，岂知今日仍存，身作皇家母后之尊相认孩儿，乃情深义重，何幸玉鸳鸯，也有会合之日。但儿呀，你奉旨解送征衣，身当重任，不可耽搁了程途。倘然违误了，罪责非轻。"狄青道："母亲这事不妨，姑母娘娘恐孩儿耽搁程途，过了限期，特宣到佘太君授书一封与杨元帅。还有韩叔父、包大人密书相保，倘孩儿过此限期，杨元帅也要谅情，决不加罪于我。"孟氏听了，深感姑娘用情，并各位忠良厚爱。母子谈谈说说，不觉已交二更，狄金鸾烹庖好佳肴美酒，排开桌上，请母上坐，姐弟对面，细酌慢斟，按下不表。

再说飞山虎幸而本领很好，身躯强壮，左腿带箭，忍着疼痛，缓缓落下云头，在无人之所，拔出箭头，挤出淤血。再驾云一探，知狄青落在张文酒肆中，便又缓缓落下，坐在一块顽石之上，想道：张文是我同僚好友，待我与他商量好了，去了结这狄青吧。刘庆正在思量，只见火光之下，有人一路跑来，原是张游击。刘庆欣然招手道："张老爷哪里来？"张文住步一看，笑道："原来是刘老爷，缘何一人深夜至此？"刘庆道："有话与你相商，但你从哪里回来？"张文道："收些账目，被友人款留，是以这时才回。但有何商量？快些说知。"刘庆道："非为别故，只为朝廷差狄王亲解送征衣到三关，现今已出潼关。但此人与庞太师作对，故大师有书来与马总兵，要害钦差一命，教我刺死，即加升官爵。方才驾上云头，正欲下手，不知他盔甲顶上两道毫光冲起，大刀不能下，反被他一箭射在我左腿上，十分疼痛。如今打听他进了你店中吃酒，你回去若用计劝酒灌醉他，待我前去解决此人性命，将你之功，上达太师，管教起复你的前程。"张文听了道："刘老爷，你能包定我的前程，即助你一臂之力便了。"刘庆道："都在我身上。"张文道："如此，你在此候着，一更鼓时，方好来复。"刘庆允诺暗喜，在此等候张文回音。

这张文急匆匆来至家中，将门上叩几声，酒保早已睡熟，被他梦中惊醒，起来开了店门，道："原来是老爷回来了？"这酒保为何称张文是老爷？只因张文前年作过游击，人人皆以张老爷呼之，即近处的百姓或朋友，也是称惯张老爷的。当下酒保揉开眼睛，道："老爷今早有亲眷来探访你了。"张文道："是什么亲眷？"酒保道："老爷你不知缘故，待小人说知。此人威风凛凛，气宇轩昂，穿戴金盔金甲，好一位武官。太太说是她儿子，今进内与太太、奶奶三人一同吃酒谈心，老爷还该进去陪他吃数杯。"张文道："此人姓甚名谁？"酒保道："姓狄名青，老爷认得他否？"张文道："如此,果然是我舅子了。"方才刘庆在张文面前,只说狄王亲,并不说狄青,是以张文全然不知。如若他说出狄青之名,张文自然晓得是郎舅,也不担承刘庆之计了。

不知张文会到狄青,如何处置刘庆,且看下回分解。

第二十五回

设机谋智拿虎将　盗云帕巧伏英雄

当晚张文一路进内，万分喜悦，到了中堂，果见一位金甲将军，坐于妻子左侧，丫环侍立两旁，当中老太太一同举杯。又闻妻子道："兄弟再饮数杯酒，包你姐丈会回来的。"言未了，张文进来，言道："待我来陪伴一杯可否？"金鸾登时站起，呼道："相公，我家兄弟在此。"狄青见姐姐起位，也站起来，抬头一观，呼声："姐丈。"太太也道："贤婿，我儿到此。"张文喜道："岳母呵，你今眉锁得遇钥匙了，真乃可喜。"郎舅二人，殷勤见礼，对面坐下，丫环又添上杯筷，重新吃酒。饮了数杯，张文又问起狄青别后之事，狄青将前后事情一一告诉。张文听罢，大喜道："不料兄弟少年英雄，早取高官，人所难及。"又问狄青道："你在前途，可曾遇有刺客否？"狄爷道："我前途并未逢什么刺客，姐丈何出此言？"张文道："如此，还算你造化，险些儿一命送于乌有了。"

当时老太太母女闻言大惊，狄青道："是什么人行刺，你何以得知？"张文听了冷笑道："都是庞贼起了风波，致书马总兵，要将你的性命结果，故差飞山虎在前途等候。"狄青道："我在途十多天，并未遇见什么刺客，如今姐丈既知刺客，在哪方埋伏？"张文道："你出关后，可曾发一箭么？"狄青道："途中果见乌云当头，或上或下，不知何物，故发箭一枝。这团乌云，犹如鹰鸟飞去，到底不知什么东西，正在狐疑。"张文冷笑道："你有所不知，此段乌云乃是马总兵手下的参将，姓刘名庆，诨号飞山虎，曾遇异人传授席云之技，来去如飞，算得绝技。方才刘庆对吾说知，身驾乌云，要来行刺，不知何故，你头盔上两道红光冲起，大刀不能砍下。又说反被你一箭伤了左腿，如今打听得你进我家中，叫我灌醉你，待他来取首级。事成之后，许复我前程。当时他说狄王亲，我不知何等之人，岂料竟是舅弟！"狄青听罢，大怒，母女亦深恨奸臣恶毒。老太太道："这玉鸳鸯原是一件宝贝，若非姑娘好意，将此物配于盔上，早已身赴黄泉了。"狄青道："姐丈，这奸臣如此恶毒，数番计害。待飞山虎来，小弟有宝剑先结果此人，后回关斩马总兵,他也是一班奸臣党羽。"张文道:"贤弟且慢,休得动恼,这飞山虎虽有行刺之心,乃是希图官高爵显之故。此人秉性坚刚,最有胆智,虽人非出众超群,也算得一员英雄上将,只可用计将他降伏,不可伤其性命。"狄青道:"倘或不肯服我,便当如何?"张文道:"不妨,他平日与我相交,不啻同胞之谊,吾说话无有不从。须用如此如此计较诱引他落在圈中,还忧他不降服么?"狄青听了喜道:"姐丈真乃妙算!"孟氏母女,也觉欣然。

当时母子四人,酒已不用,金鸾命丫环收拾去了。张文将狄青藏在前楼阁中安睡。若论张文曾作过武官,所以正室宽大,就是厅堂书斋楼阁,内外都是幽雅洁净,不染尘俗之气。不比庸俗酒肆,灶旁是床帐,堂中是堆柴之所。当下张文秉烛,命丫环将方才余馔搬出堂中,两双杯筷,一壶冷酒。这是张文的设施,只因要收服这刘庆,故设此圈套,只言与狄青二人一同对饮,酒未完而狄青已先醉了。又唤醒酒保,吩咐道:"少停刘老爷来时,不可说出狄老爷是我郎舅至亲,不要先去睡,犹恐要你相帮之处。"酒保应诺。

张文即开了门,提了火把,来至街中。一见这飞山虎,只言狄钦差已沉沉睡去,如今睡于后楼中了。刘庆闻言,心头大悦,呼道:"张老爷,既然狄钦差被你灌醉,待我前往赏他一刀,你的前程即可起复了。"张文道:"刘老爷,且慢慢的,倘或被他得知了,你我不是他的对手,如何是好?"刘庆冷笑道:"张老爷,不是我夸口,只一刀,管送他性命,若再复刀,不为好汉了。"张文道:"既如此,与你同往便了。"

二人进了店中,将门闭上,引刘庆至方才摆列酒馔之所,呼酒保收拾杯筷残羹,吩咐再取几品好馔,上品美酒,说:"吃个爽快,再下手不迟。"飞山虎等至三更,腹中饥乏了,况是好酒之徒,心中大悦道:"张老爷之言有理,果是肺腑兄弟,说得吃酒二字,是我意中所喜。但一到你家,便吃酒叨扰,小弟有些过意不去。"张文道:"刘老爷,你若说此言,便不是知交了。"刘庆喜道:"足见厚情,但方才收拾的余馔,可是狄钦差食残余的么?"张文说是。当有酒保排开几品佳肴,一大壶双烧美酒,备办的如此速捷,皆因店中尚有余多,二人对坐,你一杯,我一盏,张文是有心算他,酒多虚饮。飞山虎一见酒,便大饮大喝,顷刻一连饮了三大瓶。张文加倍殷勤,不一刻时间,飞山虎吃得醺醺大醉,心内糊涂,喃喃胡说,睡于长板凳上,呼呼鼻息如雷。张文连呼不觉,即唤酒保取到麻绳,将他紧紧捆牢了。

张文自言自语道:"刘参将的本领,我却不怕,只防他一个席云帕厉害,不免搜出来便了。"言下即解脱衣襟,内有软布囊一个,裹着席云帕子,即忙取了,腰间一把尖刀,也拿下来,一一收拾停当,然后加了一道麻绳绑着,犹恐他力挣得脱,便拿了尖刀帕子,回到后楼中,对狄青说知。狄青接过尖刀,怒气冲冲,说:"可恼这伙奸臣,必要害我一命,我却不怪刘庆,他不过奉命而来。只有庞洪、孙秀这两虎狼,行此毒计,今生不报复此仇,枉称英雄了!"将尖刀撩于地下,又将席云帕拿起一看,道:"姐丈,此物取他何用?"张文道:"吾弟有所不知,飞山虎的一生本领,全仗此帕来去如飞,今夜盗了他的,就不是飞山虎了,且待他醒来降服他,然后送还。"狄青笑道:"果然算无遗策,非我所及。"郎舅二人,言谈不能尽述。

时交四鼓,四唱鸡声,飞山虎悠悠酒醒了,呵欠一声,一伸缩,动弹不得,叫道:"哪个狗囊,将我捆绑了!"用力一挣,身躯一扭,挣扎不脱,便高声:"哪个狗奴才,将我捆绑,还不松脱我么?"旁边酒保笑道:"刘老爷哪个教你贪杯,吃得昏迷不醒的。那狄王亲是我们老爷的亲舅子,我们老爷是他亲姐丈,你今落在他圈套中,只怕今夜要一命呜呼了。"刘庆听了,怒目圆睁,大骂张文。郎舅二人同跑至外厢,张文抚掌笑道:"刘老爷为何如此?"刘庆骂不绝口:"我与你平素厚交,不异同胞,何以哄骗我来,将我捆绑了,莫非欲陷害我性命么?"张文道:"非也,刘老爷,休得心烦,这狄钦差原与小弟郎舅之亲,他是当今太后嫡侄,贵比玉叶金枝。况他奉旨解送征衣,身担王命,职任非轻,你今害了他性命,一则狄门香烟断送了,二来征衣重任何人担当?即你害了他,圣上追究起来,太后娘娘怎肯甘休,即庞太师也难逃脱。你与马总兵难道脱得干系么?"刘庆道:"张文,既有此言,何不明说?将我弄醉,捆绑身子,是何理说?"张文道:"我不下此手,谅你不依,活活一位狄王亲,岂不死在你尖刀之下么?"狄爷又唤道:"刘参将,你既食君之禄,须要忠君之事,不应该听信马应龙的恶意要伤害于我。况我与你平素非冤非仇,并无瓜葛,你今夜依着奸臣,害我一命,天网恢恢,奸党有恶贯满盈之日,臭名扬播,千秋难洗。即庞洪作奸为恶,我也深知,他日还朝,定不姑饶,必要削除奸党,肃正朝纲,即马总兵也难脱斧钺①。你莫怨别人,要怨那大奸大恶之徒。"张文又呼道:"刘老爷,你

---

①　斧钺(yuè)——古代酷刑中的一种,意思是用斧钺劈开头颅,使人致死。

与我相交已久,何殊兄弟。但你立心不正,妄思图害钦差,即杀你不为过。惟念昔日交情,不忍加诛,劝狄王亲收录麾下,随往边关,倘得立功,何难封爵。你原乃一位烈烈英雄,何必依奸附势,受奸人牵制?不见古今来作奸犯科,难得善果,若听愚言,便是你知机之处。"飞山虎听了,想道:已入圈套,况他郎舅串通,将我捆绑,不依他也不能。狄青是太后嫡侄,官高势重,年少英雄,虽太师身为国丈,焉能及得此人?况太师为奸作恶,立心不善,张文之言,果也不差,后来必无善报,莫若听他之言,随钦差到三关,倘若得立战功,岂不强于在此为副性武员?想罢,便道:"张老爷有此美意,何不同我商量?"张文笑道:"刘老爷,若不如此,你未必肯丢此参将。"狄爷又笑道:"可惜你乃堂堂七尺之躯,不与国家效力,反附和奸臣,欺天害理,真乃愚人了。"飞山虎呼道:"王亲大人,原是小将差了。"张文又呼道:"刘老爷,如今果愿随从我家舅子否?"刘庆道:"固欲与狄王亲执鞭左右,只忧马总兵忿恨,要害我的家属。且待我回去,搬取家眷便了。"张文听了言道:"所见不差,接来我家中同住,未知尊意何如?"刘庆道:"张老爷若肯相容更妙,但今狄王亲有王命在身,料难耽搁,请先自登程,待小将安顿了家眷,随后而来便了。"狄爷道:"你言是也。"

当时张文跑过来,将绳索轻轻解脱了。飞山虎上前见礼毕,又将怀中一摸,不觉呆了,即呼道:"张老爷,吾这席云帕子被你收藏了,快些交还我,回关去回复马总兵。"张文冷笑道:"若将席云帕交还,你回去只恐不来了。"飞山虎道:"君子一言,驷马难追,哪有食言爽约之理?况乃兄弟之间,何用多疑?刘某乃愚鲁之夫,岂是奸诈之徒?"张文道:"这也不相干,你且回去,携了家眷来,方能还你。"飞山虎无奈,只得别了狄王亲,辞过张文,向潼关而去。

话分两头,单表刘庆徒步而走,一日回至潼关,不觉天色已明。当日早晨,马总兵起来升帐,坐于大堂,自言道:昨日飞山虎一去,狄青性命定已完了。正在思量,忽见小军报道:"启禀大老爷,今有参将刘老爷进见。"马总兵传命,请他进来相见。小军领命来到关前,请进飞山虎。

不知飞山虎怎生回复总兵,如何脱身逃走,且看下回分解。

第二十六回
军营内传通消息　路途中痛惩强徒

当下刘庆传进，参见过总兵大人。马应龙一见开言道："刘参将，承办之事成功否？"飞山虎道："马大人不要说起，昨夜白跑一趟。小将一驾上席云帕，追赶至三四十里外，已赶上狄青，方欲下手，不想他头盔上有什么宝贝，一程追去，刺杀不成，反被他一箭射中左腿，只得不追而回。"马应龙道："果有此奇事么？但庞太师久有除谋狄钦差之意，若害他不成，被他看得我们是个无能之辈了。"飞山虎道："大人不须烦恼，待小将另设机谋，必要取他性命，才算小将不是夸口。"

当日马应龙点头喜悦。刘庆辞别，回至家中，将言告知母妻。刘妻道："妾无有不依，但我乃女流之辈，出关之事最难，况怎能瞒得马总兵共出潼关？"刘母也道："媳妇之言不差，须要打算而行，不可造次。"飞山虎笑道："母亲、贤妻，不必过虑，如今不用出关，明日只须如此如此。"母妻二人应允。

按下刘庆家属商量不表，且说张忠、李义，只因那夜狄哥哥一人信步去了，候至天色微明，还不见他回营，只得分途找寻。先说狄青是夜原恐二人找寻，辞别母亲。孟氏太君唤道："孩儿，我母子分离八九载，死中得活，难得今日天赐重逢，实乃万千之幸。你身承王命，为娘不便牵留，但今夜人马安屯了，不用趲程①，谈谈离别后事，到了天明，送你登程便了。"狄青不敢违背母命，是夜母子姊弟，说说谈谈，不觉天已发晓。狄青一心牵挂着征衣，又恐防张、李二弟找寻不着，故差张文姐丈，前往军营，通知信息。说明一红脸的名唤张忠，一黑脸的名唤李义，他二人是吾结义兄弟，有烦姐丈前往言明，以免他们找寻。张文领诺，登时抽身出门，行走不及三箭之途，将近军营，只见一位红脸大汉，踩步而来。张文迎上前欠身问道："将军可是姓张么？"张忠住步说："是也，你这人一面不相识，问我何

---

① 趲(zǎn)程——赶路。

干?"张文道:"将军可是张忠否?"张忠喝道:"你是何等之人,敢问我姓讳么?"上前一把抓住。张文道:"将军不必动恼,我奉狄王亲之命,前来寻你。"张忠听了道:"狄王亲今在哪方?"张文将情由一一说知。张忠听了,即忙放手不及,笑道:"多有得罪,望祈原宥①! 狄钦差一命,又多亏张兄保存,实见恩德如天,待吾叩谢便了。"正要下礼,张文慌忙扶定道:"张将军,小弟哪里敢当,且请到前边弟舍相见如何?"张忠道:"前边一带高檐之所,是尊府么? 如此,兄且先回,待弟找寻李义兄弟一同到府便了。"张文道:"李兄哪里去了?"张忠道:"亦因不见了狄哥哥,故我二人分途寻访,不知他找寻到那方去了,待我去寻他回来。"张文道:"如此,小弟回去等候二位便了。"

慢表张文回归告知狄青,却说张忠寻觅李义,东西往返,已是日出东方。只见前途远远有人叫喊哭泣,驻足远观,但见前面有三十余人,都是青衣短袄。又见后边马上坐着一人,横放着一个妇女,犹如强盗打劫光景,拥向前来,那女子连呼救命。张忠一见,怒气顿生,抢上几步站定,大喊一声:"狗强盗,休得放肆! 目无王法,抢夺妇女,断难容饶的!"一众闻言,犹如雷声响发,反吓了一跳。只见他一人,哪里放在心上,便蜂拥上前,动手打他,却被张忠一拳一脚,打得众人躲的躲去,奔的奔逃。张忠将马上人拉下,扶定妇女站立一边,一连几拳,打得那人疼痛不过。又喝道:"狗强盗,怎敢青天白日之下,擅抢人家妇女,难道朝廷王法,管你不得么? 打死你这贼奴才也不为过。"那人喊道:"大王爷,勿要打我,望乞宽饶。"张忠喝道:"你是什么样奴才? 说得明白,饶你狗命。"那人叫道:"大王爷,且容我说明:吾本姓孙,世居前面太平村,哥哥孙秀,在朝职为兵部。我名孙云,号景文。"张忠喝道:"你这奴才,就是孙兵部弟么?"孙云道:"是也,且看我哥哥面上,饶了我吧。"张忠喝道:"看你哥哥面上,正要打死你这个畜生!"孙云道:"大王,恳乞饶命! 不要打我,以后再不敢胡为了。"张忠冷笑道:"你没眼珠的奴才! 我不是强盗,为何呼我大王爷。我且问你,这女子是哪里抢来的? 说得明白时,便饶你性命,若是含糊,登时活活打死。"孙云未及开言,旁边妇人哭告道:"奴家在前面村庄居住,离此不过三里。丈夫姓赵,排行第二,耕种度日。这孙云倚着哥哥势头欺

---

① 原宥(yòu)——宽恕,原谅。

人，几番前来调戏，强要奴家作妾，丈夫不允，前数天请使几人，将我丈夫捉拿了去，如今还不知丈夫生死，今晨天色未明，打进妾家，强抢了我，喊叫四邻，无人援救。今得仗义英雄，援救奴家，世代沾恩！"张忠听了，怒气倍加，道："竟有此事，真乃无法无天了，可恼，可恼！奴才，你拿她丈夫怎样摆布了？"孙云道："英雄爷，不知何人捉她丈夫，休得枉屈我。"张忠听了，喝声："你不知么？"一拳打在他肩膊上，孙云叫痛，抵挨不过，只得直言道："收禁在府中。"张忠道："既在你府中，放他出来，方才饶你。"孙云哀恳道："望英雄放吾回去了，就将赵二放回。"张忠道："不稳当，放他出来，方才饶你。"孙云只得大呼躲在林中之人，急急回府，放出赵二。众虎狼辈，多已跑散，单剩得家丁孙茂、孙高远远躲开，吓得魂不附体，又不敢上前救解，探头探脑地听瞧。一闻主言，连忙跑回府中。

　　这边张忠拔出宝剑，喝道："孙云这畜生，你哥哥是个行为不法的大奸臣，与我等忠良之辈，结尽冤家，你这狗囊，应当行为好些，以盖哥子之愆①，缘何倚势凌人，藐视国法，强抢有夫妇女，该当斩罪！"孙云苦苦恳求，声声饶命。正在哀恳之间，孙高、孙茂拥了赵二郎前来，哭叫道："将军老爷，吾即赵二郎，请将军饶了孙二爷吧！"张忠冷笑道："你是赵二郎么？"那人说："小人正是赵二。"妇人也在旁边说道："官人，吾夫妇亏得此位仗义军爷救援，才得脱离虎口，理当拜谢。"赵二道："娘子之言有理。"登时下跪，连连叩首。张忠道："不消了，你被他拿到家中，可曾受他欺侮否？"赵二道："将军爷不要说起，小人被他捉去，不胜苦楚，将我禁锁后园中，绝粮三日，饥饿难熬，逼勒我将妻子献出。小人是宁死不从，被他们日夜拷打，苦不可言。今日若非恩人将军救拔，小人一命看来难保了。"张忠听罢，言道："你既脱离虎口，且携妻子回去吧。"赵二道："将军爷，今宵我夫妇虽蒙搭救，得免此祸，只虑孙云未必肯甘休，我夫妻仍是难保无事的。"张忠说："既是如此，你且勿忧，待我将这狗畜类一刀分为两段，为你除了后患。"

　　张忠将孙云大骂，方欲动手，只听得后面一声喝道："你得猖狂，我来也！"张忠回头一看，只见一长大汉子，一铁棍打来。张忠急用剑架开，左手一松，却被孙云挣脱了，孙云即呼孙高、孙茂道："二人在此打听，这个

①　愆(qiān)——罪过，过失。

红脸野贼,是何名字,哪里来的,速回报知。"二人领命。当时孙云满身疼痛,一步步跑回家中。

且说张忠一剑架开铁棍,大怒喝道:"你这奴才,有何本领,敢与我斗么?"那人大喝道:"红脸贼,你老子行不更名,坐不改姓,我名活豹,诨名飞天狼。你这奴才,本事低微,擅敢将吾孙云表弟欺弄么?你且来试试俺的铁棍滋味,立刻送你去见阎王老子去。"言未了,铁棍打来,张忠急将宝剑相迎,各比高低。赵二夫妻在旁,巴不得张忠取胜,方能保得夫妻无事而回,倘或红面汉有失,就难保无虞了。夫妇一边私言暗祝。若说张忠本领,原非弱与飞天狼,但这护身宝剑太小,不堪应用,飞天狼的铁棍沉重,势将抵敌不住,即大喝道:"飞天狼,我的儿,果然厉害。赵二郎,我也顾不得你了,快些走吧!"他便踩开大步,望前而奔。潘豹哪里肯放松,大喝道:"红脸贼,我定要结果你的狗命!"说着一程追去。这张忠飞奔而逃,喝道:"潘豹,我的儿,休得赶来。"

不说张忠被他追赶,且表当下赵二夫妻,心惊胆战,妇人说:"官人,你虽无力,也该相助,跑去看看恩人,吉凶如何。若有差池,我夫妻该避脱虎穴,方免后患。"赵二道:"娘子之言不差,你且躲于树林中,我即转回。"言罢,飞步赶去。

先说赵娘子躲在树林之内,遍身发软,早有孙茂、孙高看见,孙茂道:"你看赵娘子独自一人在此,我与你将她抢回府去,主人必有厚赏。"孙高听了大喜,二人向前,不声不响,背了妇人就走。这妇人惊慌叫救,那孙高背着他言道:"你喊破喉咙,也不中用的。"一头说,一路奔。可怜赵娘子喊叫连声,地头民家,知是孙家强抢,无人敢救。

此时将近太平村不远,真乃来得凑巧,前面来了离山虎李义。他与张忠分路去找寻狄青,寻觅不遇,一路看些好景,又无心绪。忽一阵风吹送耳边,只闻姣声喊哭,甚觉惨然。抬头一看,远远一人,背负了一女人,后面一人随着,飞奔而来。离山虎大怒,使出英雄烈性,大喝道:"两个畜生哪里去!清平世界,擅敢强抢妇女!"提拳飞至,孙茂喊声"不好",拔脚飞跑。只有倒运的孙高,背负女子走不及,丢得下来,被李义拉定,挣走不脱。妇人坐在地上痛哭。李义问道:"你这妇人,是哪里被他抢来的?这两个奴才怎样行凶?速速说明。"当下妇人住哭,从始至末一一告知。李义听了,怒目圆睁,大喝道:"奴才!仗了主人的威势,擅自行凶,今日断难容你,送你归阴吧。"说完,倒拿住孙高两条大腿,他还哀求饶命。李义哪里睬他,喝道:"容你这贼奴才不得!"双手一开,扯为两段,笑道:"爽快人也!"当时妇人慢慢上前,深深叩谢,李义摇头道:"你这妇人,何须拜谢,你丈夫哪里去了?"妇人道:"将军爷,奴丈夫只因红脸英雄斗败了,被飞天狼追赶,丈夫前去看他吉凶如何? 小妇人亦不知追到何方。"李义道:"如此说来,是吾张哥了。但从哪条路去?"妇人一一说明,李义听了,心中着急,抛了妇人,一程赶去。这妇人仍从旧路一步步地慢行,不免心惊胆战。

慢表孙茂逃回家中报信,且说当日张忠被飞天狼追赶得气喘吁吁,幸得李义如飞赶到,呼道:"前面可是张二哥否?"张忠只恨逃走得迟慢,哪里听得后头呼唤之声? 那赵二郎一程追去,慌慌忙忙,正在四方瞧望,欲寻个帮助之人。一见黑脸大汉赶上呼唤,心中大喜,说道:"好了! 救星到了!"

不知李义赶来,救得张忠否,且看下回分解。

第二十七回

因心急图奸惹祸　为国事别母登程

　　却说潘豹只顾追赶张忠，哪里顾得后面有人赶上，却被李义飞趱上数步，一刀望他顶门落下，喝道："贼徒狗命活不成了！"飞天狼喊了半声："痛死也。"一颗首级，砍落尘埃，头东身西。李义呼道："不中用的东西！强狠什么！"便将刀穿上飞天狼的首级，一路赶上来呼道："张二哥不要走！"张忠被飞天狼赶逼昏了，呼道："贼奴才，休得追赶！"口中喊叫，飞奔而逃，李义赶上，夹领伸手抓定，张忠回头，喝道："毛贼还不放手！"李义道："同伴合伙，还唤毛贼么？"张忠方知是李义，问道："三弟，你从哪里赶来？"李义放手道："二哥，你这等没用，日后如何出师对垒？"张忠道："三弟，我斗此人不过，只因宝剑太轻，不称使用，却被他赶得逃走无门。"李义刀尖一起，呼道："二哥，你观此物是什么东西？"张忠一看是首级，笑道："三弟，你的本事胜于愚兄了。"李义道："这一毛贼，如今凶不得了。"说完，将刀一撒，首级撩去丈余。李义又呼道："二哥，这班奴才如此凶恶，白日抢夺妇女，不知是何等样的恶棍。"张忠即将孙云借势为恶一一说明，李义听罢，带怒喝道："可恶奴才，借着哥哥势头，欺压善良，真乃目无王法了。"

　　言还未了，赵二到来，欣然道："二位将军爷，小人夫妻得蒙搭救，且请到茅舍，受我夫妻拜谢，尊意如何？"张忠道："这倒不消，我二人有国事在身，耽搁不得。但你的姓名，我却忘了。"他道："小人名叫赵二。"张忠道："马上挣逃去的人是孙云，乃孙兵部之弟，后来救孙云的是何人，你可认得此人否？"赵二道："他是孙云中表之亲，诨名飞天狼潘豹，平素如狼似虎，本事高强，与孙云交通为恶。倚恃官家势力，欺凌乡里，人人受害，个个生憎。"李义道："二哥，若论孙秀，是我狄哥哥仇人，他的兄弟如此不法，这还了得！不若我二人到太平村，杀尽孙家满门，方才出得这口怨气，好使百姓安宁，方显得我等胆量。"张忠道："三弟主见不差，去吧。"赵二道："二位将军，动不得的。若杀孙云，不独我们夫妻性命不保，即本地百姓,也要累及了。"李义道:"我们杀了孙云,乃与民除害,缘何反害了地头百姓,此何故呢?"赵二道:"若将孙云杀了,朝中孙兵部得知,二位将军已去了,他奏闻圣上,地头百姓,必然尽被其害。"张忠道:"不妨,我二人乃狄王亲部下副将,今奉旨解送征衣,前往三关。今日倘杀了孙云,禀明狄王亲,自然拜本朝廷。圣上知道为国除奸,保安黎民,必然追究孙兵部恶弟,在家借势横行,立时加罪,攀倒了孙兵部,地方上自然永保太平了。"赵二听罢,大喜道:"如此小人引路便了。"

当日张忠、李义随着赵二行了不上二里,驻足指道:"前面一带高大墙门,便是他的府第了。"李义道:"你且等在这里。"二人一人提剑,一人执刀,一同跑到孙府门外,喝道:"孙云我的儿,你仗了孙秀之势,强抢有夫妇女,这等无法无天。今特来取你脑袋!我二人名唤张忠、李义,随同狄钦差大人,解送征衣到三关上去,今日路见不平,拔刀相助。你这狗奴才,即速出来受死,若再延迟,吾二人就杀进来了。"当下守门人飞报孙云,孙云大惊失色,连说:"不好了!他杀了飞天狼表兄,料必厉害,众家丁哪里是他对手!"吩咐速速关门。家人大小吓得魄散魂飞。

幸得有位西席先生,名唤唐芹,乃教训孙云儿子孙浩的。唐芹道:"东翁不用慌忙,古言柔能克刚,待晚生出府,以柔制他,管叫两位粗豪,转刚为柔而退。"孙云道:"先生出去,倘被他们杀将进来,如何是好?"唐芹道:"晚生包得不妨。"便叫家人开了府门,一见就招呼道:"二位将军,请息雷霆之怒。"二人问道:"你是何人?"他道:"小人叫唐芹。昨闻狄钦差大人解送征衣,迤逦行来,不啻一路福星,更兼帐下张、李二位将军,乃英雄盖世,安民保国,相与布化,到处均沾德泽。"唐芹要解劝二人,自然要奉赞他几句。二人冷笑道:"我们原与国家效力,意在收除刁奸恶棍。"唐芹道:"二位将军之言是也。二位原是当世英雄,要到边关立战功的,那孙云没用东西,何足轻重,杀之不费吹灰之力。杀便杀了,但杀之污了器械,二位将军,饶了他如何?"张忠喝道:"休得多言!这孙云可恶,不守王法,强抢有夫之妇捉得丈夫,几乎弄死,岂得轻恕!不须多说,速叫他出来纳命!"唐芹道:"二位将军是明理之人,岂不知孙云是个村愚俗汉,不读圣书,不明礼法。皆因表亲飞天狼不好,教唆他行此坏事。如今这恶徒被二位杀了,谅孙云再不敢胡行了。望祈二位将军赦他,老汉再不令他蹈前辙了。"张忠道:"本当赦他强抢妇人之罪,但他哥哥孙秀,乃狄王亲仇人,断断饶他不得。"唐芹道:"二位不知其详,若说孙兵部与孙云虽是弟兄,岂知两不投机,犹如陌路一般。故兄官居兵部之职多年,孙云没有官做。况且冤有直报,德有德酬,狄钦差与兵部有仇,理该去寻兵部算账,若将孙云抵折,岂不屈杀他,请二位将军恕了他吧。"李义听了,道:"孙云果与孙秀不投机么?"唐芹道:"老汉怎敢欺瞒二位将军。"张忠道:"三弟,我们原与这孙云无冤无仇,不过一时气愤。况冤家乃孙秀,他既与兄不睦,且饶了他吧。"这时李义气已平了,便道:"走吧!"二人踩开大步走了。唐芹喜道:"好不中用的莽夫!来时雄赳赳的样子,不烦老汉舌尖几点,一阵烟去了。"

当时唐芹进内,将言对孙云一一说知,孙云听了唐芹之言,不觉怒从心上起,恶向胆边生,说道:"原来这班狗党畜类,与哥哥为仇,我孙云倘不害他,终有一日被他们害了。欲保全孙家免祸,不如先下手为强。"想定一计,暗弄机关,瞒着唐芹,回到书房,写下密书一封,取出五百两黄金,明珠四颗,打发一个心腹家人,名唤孙通,将书并金珠物件,吩咐如此如此,速去速回,不许泄漏,回来重赏。孙通领命而去。要知孙云用计,下文自有交代。

却说两位莽英雄不杀孙云,依原路而回,赵二一见问道:"将军,未知孙府中被杀得如何?"张忠想道,一盆火性承应去杀人,焉好说出一个也不曾杀得之话?只道:"孙云已被我一刀割下脑袋了。"李义接言道:"杀得干干净净,鸡犬不留,快些寻你妻子回去吧。"赵二称谢不尽,叩头起来,往寻妻子回家不表。却说李义道:"二哥,可曾寻着狄哥哥?"张忠道:"早已寻着了。"李义道:"既已寻着,方得心安。"张忠又将狄青会母,飞山虎行刺,反被降服,一一说明。李义听了此言,拍掌笑道:"原来狄哥哥母子重逢,姐弟叙会,真乃可喜。我二人同往拜见狄家伯母,不知你意如何?"张忠道:"且先回营中去,看看征衣,然后再去未迟。"

二人回营,见红日已有丈余高,是辰时中了。这时倏然黑云四布,日光顿蔽,李义道:"二哥,你看天色像要下雨,如何是好?"张忠道:"三弟,若非下雨,定然风雪,倘耽误在中途,征衣就过限期了。"李义道:"二哥,算来批文御旨上,限期十三日解至关前,今日已是初二了,还有十几天途程,不知可赶得及否?"张忠道:"前六载,吾曾由本省至陕西一次,若一刻不停步,决不致误了限期。"李义道:"限期过了无碍,有太后娘娘谕札,难道杨元帅不谅些情么？"张忠说道："倘迟三两天，杨元帅未必执责吾狄哥哥，只忧天下雨雪，军士受苦，我们去催促哥哥登程便了。"李义道："张文家中，我却不认得。"张忠道："贤弟勿忧，愚兄得知。"

当时吩咐军士造饭，好打点登程，弟兄一同来到张文家中，张文迎接进内，见了秋爷，两人同道："狄哥哥，你今天母子重逢，同胞完叙，弟等特来拜见。"狄爷道："二位贤弟，且先请坐。"遂进内禀知母亲。老太太大喜，传请二位英雄进内堂。狄青引路，张文在后，二人一见老太太，纳头叩拜，老太太双手挽扶道："二位贤侄请起，我儿前日飘荡到汴京，他乡落魄，得蒙二位周旋，使老身感激不尽。可恨众奸结党，设计施谋，今又保奏我儿解送征衣，在仁安县几乎被害。如今出了潼关，安保无虞，全仗二位贤侄照应，老身铭感殊深。"二人道："伯母大人言过重了。"当下二人告坐，狄爷与张文陪吃过茶，老太太道："贤侄，今日奉解三十万军衣，非同小可，我儿为正解，你二人本不相干，蒙结义为手足，全仗二位贤侄，一路上小心保护，老身才得放心。"张、李道："小侄自然关心检点，因程途不过所差十一二天了，老伯母且请宽心。"张文又对狄青道："贤弟久别初逢，理当谈谈别后事情，流连数日，无奈限期迫促。且待交卸了征衣，再来叙话便了。"狄青道："深感姐丈美情，母亲在府，全仗照管。"张文道："这也自然，何须挂虑。"狄青道："倘刘庆来时，教他早到边关。"张文应允。

言语间早膳到来，四人用过，只为行色匆匆，离别言辞，尚难尽谈，张忠、李义哪有工夫说出孙云的话来，是以当时众人尚未知情由。狄青又进内辞别姐姐，彼此谈几句分离之话，然后转出，拜别母亲、姐夫，张忠、李义也辞别老太太、张文，出门而去。当日老太太若不见儿面，倒也罢了，母子离别多年，才得相逢，即时别去，未免心酸。但因迫于王命，不得不天各一方，只有张文夫妇安慰不表。

单表狄钦差与张忠、李义二人回至营中，众将士纷纷迎接。狄爷传知众将兵，本官已用过早膳，如今立刻登程。众军士领令，拔寨起程，狄青仍是身披甲胄，骑上现月龙驹，张忠、李义也坐上高骏骓骝马随侍。两旁数十辆车，征衣在前，粮草在后。不想是日果然天昏地暗，雨雪霏霏，一连四五天，寒风凛凛，众军士着急。张忠道："我们大抵要停顿了。"狄爷道："贤弟，今天已将晚，寻个地头屯扎便了。"

不知路途上征衣有无阻隔，且看下回分解。

第二十八回

报恩寺得遇高僧　磨盘山险逸恶寇

当日众兵将三千军马,冒着风雪而走,张忠马上叹道:"苍天,何不方便数天!"李义道:"二哥,果然有此大雪,何不待我们到了边关再下,纵使下到明年也何害?"

次日,狄爷传知军士各换上油衣,并将油套裹在车辆之上盖好,弟兄三人也用上雨笼折子,仍复催趱前进。雨雪交加,狄爷思算程限不多,只得三四天,如若多耽搁一天,就违一天限期。虽有几封客书倚靠,到底以不违限期为妙。是以雨雪虽大,日则兼程趱赶,夜方屯扎,一连三天,众军士滑足难走,叫苦悲嚎,颇有怨言。狄青对张忠、李义道:"二位贤弟,今天雪比往常倍加,军士们声声呼苦,于心何忍。无可奈何,只得暂且停扎,待雨雪小些,再行前进便了。"张忠道:"此地一片荒郊,在此屯扎,恐有不测,须要寻个稳固地头安顿才好。"狄爷道:"二位贤弟暂且停车,待吾往寻个好地段安扎。"张、李允诺。李义道:"哥哥寻了地段,速速回来。"狄青点首,即提金刀拍马而奔,一瞧四处荒冈野岭,好似一片银河。计到三关,路途差不多有三百里,原望两天到得三关,交卸了军衣,消了御旨,方可了事。岂料连天雨雪纷飞,军士叫苦,目击情形,顿增愁闷,只得安屯,把限期耽误了。想来耽误了限期,杨元帅军法虽严,自然看太后情面,还有几封书暗助,料得杨元帅决不加罪于我。

一路思量,策马往寻,岂知龙驹跑得快捷,不知不觉已有二十里路程。隐闻远寺钟声传来,狄青见是一座寺院,十分高兴,不觉满心大悦道:"这个地方,可以停屯了。"想罢,迎着雨雪,复加鞭而走,奔至山门首,只见石狮东西对立,左种松,右栽柏,山门未油红漆,直竖金字牌,是"报恩寺"三个大字。狄青跑进头门,下了龙驹,内厢走出两位借人,笑容满面,年方四十上下,合掌曲背,呼道:"狄贵人老爷,我家师父知大驾到来,故打发贫僧在此恭候。难得果然是贵人到来,方见家师之言可信,且请至里厢叙谈。"当下一人牵马,一人引道,代狄青拿着金刀。狄青听和尚之言,觉得奇怪,素未晤面,先知姓名,真乃令人疑惑难猜。

　　到了内厢,就有一位老和尚下阶相迎,但见他貌古神清,三绺长须,双目湛澄,挂一串珊瑚念珠,手执龙头杖,身高九尺,腰圆背厚,宛似天神下凡。狄青见他前来迎接,想他定是有德行高僧,不敢怠慢,先打了一躬。那和尚只两手略略一拱,道:“王亲大人,何须拘礼。”狄青一想:本官深深打躬,这和尚只拱手而答,必然是个大来头的和尚了。便开言道:“请问老和尚法号、年纪!”老僧道:“大人请坐,待老僧上告一言,老僧法名圣觉,问年纪,自唐至今三百八十五年了。”狄青道:“如此,老和尚是一位活佛了。”和尚道:“王亲大人,老僧的父亲乃唐朝尉迟恭,吾俗名宝林。”狄青听了言道:“原来大唐天子驾下,尉迟老将军的后裔,小将不知,多有失敬之罪了。”和尚道:“王亲大人休得谦恭,贫僧失于远迎,望祈恕罪。”狄爷道:“哪里敢当! 老师父既然是唐朝大功臣之后,因何作了佛门弟子?”和尚道:“王亲大人,你也未知其详,只因大唐贞观天子跨海征东之日,老僧也随天子远征。岂料大海洋中,波浪大作,险阻无涯,君臣将士个个惊惶。当日天子志诚,祷告上天:若得波涛平息,能平服高丽,回朝情愿身入佛门,潜修拜佛。祷告才毕,果然波浪平静,安渡东洋。后来征服东辽,班师归国,我王不忘此愿,要去潜修佛道,有王亲御戚文武大臣,多方劝谏,万岁乃天下之主,臣民所瞻依,岂得潜修佛教,效愚民所为。我王说,君无戏言,况祈许上天之语,不依众臣所谏。当时老僧自愿代圣修行,我王大悦,即于此处,敕赐建造报恩寺,是如此来头。”狄青道:“原来有此缘由,足见老师忠心为主,真是万世流芳。今下官尚要请教老师。”和尚道:“大人意欲何为?”狄爷道:“下官只为奉旨解送军衣,前往边关。哪知这几天雨雪纷飞,军兵苦楚,又无地安营,特到此欲借宝寺安屯一二天,若得雨雪一消,即行前进。”和尚摇首道:“不须借扎此地了。你们数十万征衣,全行失去,休想此处安屯了。”狄青变色道:“倘失去征衣,下官性命就难保了。”和尚道:“大人,这征衣来时还未失去,此刻恐已被人劫去了。然此乃定数,你且在此权宿一宵,贫僧有言奉告,大人不必惊心。有失自然有归,从中因祸得福,老僧断然不误你的。”狄青听了,心下惊疑,看来此僧清高超群,又言有失有归,因祸得福,想必定有奇遇,不免在此耽搁一天,明早再行吧。

　　不表狄青权宿寺中,与圣觉禅师叙话,却说杨元帅自真宗天子钦命镇守三关,只因杨延昭弃世后,朝中武将只存几位王爷,但年纪高迈,少年智勇者却稀。唯杨宗保年二十六七，袭了父职。后至仁宗即位，加封为定国王，敕赐龙凤剑，主生杀之权，三关上将士，专由升革，先斩后奏。他为帅多年，冰心铁面，军令森严。是日升坐帅堂，言道："本帅自先帝时，已奉旨镇守此关，只因父亲去世，袭了父职，执掌兵符。此关平靖十余载，岂知近年来西戎连年入寇，兴动干戈，内有权奸当道，外有敌兵犯境，怎能坐享太平？屈指光阴，守关二十六载，自西戎兴兵，争战多年，本帅止有保守之能，而无退敌之力。目下隆冬冰雪之天，帐下军士数十万，专候军衣待用，连连有本回朝催取，不料此时还未解到。前日正解官有飞文到来，说在仁安县驿中，被妖怪将副解官摄去，本帅犹恐有弊端欺瞒，是以飞差查探，不料果有此事，已经奏本进朝去了。但限期一月，今日已是二十八大期，因何征衣御标不见到来。狄青既为钦命之臣，定知隆冬兵丁苦寒，早该急趱程途到关，为何耽误限期，可怜数十万兵丁寒苦，实是惨伤。"杨元帅公位在中央，左有文职范仲淹，官居礼部尚书。右坐武将杨青，年高七十八，仍是气宇轩昂，年少时已随杨延昭身经百战，两臂膊犹如铁铸之坚，曾经见二虎相争，被他力打而服，故人称打虎将，官封无敌将军。还有多少文官武将，都在帐外东西而列。当时范爷见元帅嗟叹，微笑道："元帅不必心烦，圣上命狄青解送军衣，决不敢在中途延误。况今限期未到，何须过虑。"元帅道："范大人，如此大气阴寒，兵丁惨苦，倘或被他再耽迟三五天，可不寒坏了众军。"范爷道："元帅，这狄青既为朝廷御戚，岂不体念军士寒苦，或于限内到关，也难定论。"元帅道："范大人，狄青既然奉旨，限了军期，莫非仗着王亲势力，看得军士轻微，故意耽误日期。"杨老将军笑道："元帅，说哪里话来？如此连天雨雪，三十万征衣，车辆数百，途中好生费力。定然雨雪阻隔行程，如要征衣解至，除非雨止雪消。"元帅道："老将军，若待雪消衣到，众军士已冻死了。"范爷道："元帅既不放心，何不差位将官，到前途去催，不知元帅意下如何？"元帅道："大人之言有理。"元帅正要开言，只见部下一将匆匆跑上帅堂，身长九尺，背阔腰圆，面如锅底，豹头虎目，上前打躬道："元帅，小将愿领此差。"一声响震如雷，此人乃焦赞之孙，名唤焦廷贵。元帅道："焦廷贵，本帅着你往前途催趱①征衣，限你明日午刻回关缴令，如违定斩不饶。"焦廷贵手持短刀，身

---

① 催趱(zǎn)——催促赶快走。

乘骏马,带上干粮火料,离关飞马而去。

此话暂停,且说三关之内,相离一百里之遥,有座磨盘山,山上有两名强盗,乃嫡亲手足。长名牛健,次名牛刚,强占此山已有一十二年,喽啰兵约有万余,粮草也足够三年之用,这两名强盗无非打劫为生,不想做什么大事,故杨元帅道他蝇虫之类,不介于怀。又有李继英自在庞府放走狄青,与庞兴、庞福,踞了天盖山为盗。只因庞兴二人,心性不良,只得一月,李继英见他残害良民,难以相处,分伙而去,路经磨盘山,又结识牛家兄弟,他二人向与孙云有事相通。是日清晨,孙云有书送来,二人看罢,牛健道:"原来孙二老爷要害狄王亲,叫吾劫他征衣,你意下如何?"牛刚道:"哥哥,孙大老爷乃庞太师女婿,并且孙云前时向有关照,我们岂可逆他之意?况有金宝相送,有什么劫不得?"牛健道:"劫是劫得,但这狄青与我们并无仇怨,劫了征衣,害他性命,于心不忍。"牛刚笑道:"哥哥,若狄王亲往日与弟兄相交,今日也原难劫他的,妙在一向无交,正好行此事了。"牛健闻言,只得回了来书,白银五两,赏了来人,立时召集众喽啰,吩咐已毕,忙着人请来三大王李继英,牛家弟兄起位迎接。牛健笑言道:"三弟,方才孙二老爷有书到来。只因孙大老爷与狄钦差有仇,如今狄青奉旨押解征衣到三关去,胡孙二老爷托着我们劫取征衣,使他难保性命。有劳三弟管守此山,我兄弟各带喽啰五千,下山去劫掠他征衣。"李继英听了,想了一番,摇首道:"不可劫他征衣,这是朝廷之物。二位哥哥,休得听孙云之言,莫贪此无义之财才是。"牛刚道:"三弟之言却像痴呆,哥哥不可听他之言。"继英又道:"二位哥哥,那孙家乃是奸臣一党,奉承着奸臣,非为英雄,你二位果要劫掠征衣,我等就断了结义之情便了。"牛健闻言,怒形于色,二目圆睁,喝道:"胡说,你是异姓之人,如何做得我们之主!"李继英想道:看他们如此,料想阻挡不住,不免待吾预先通个信息,叫狄公子准备便了。这继英带着怒容,气冲冲,单身上马,提了双鞭,匆匆而去。牛健弟兄也不相留,即时兴兵下山。

却说李继英到山入伙之时,只说是天盖山的英雄,牛家兄弟并不知他是庞府的家人,为私自放走狄青逃出来的。若知此缘由,必不对他说此事了。当日李继英冒着风寒雨雪,跑马如飞,岂知一来道途不熟,二来性急慌忙,走错了路途,故不能保得征衣。是以张忠、李义不知缘由,不得准备,这且不表。

　　却说牛健弟兄各带五千喽啰,留下二千守山寨,各执兵器,杀下山来。牛氏兄弟在此山为寇,已十二年,哪个僻静地头不熟,料想东京来必从此道经过,如今果然不出所料。原来上一天,张忠、李义等候狄钦差择地安营,岂知去久不回,张、李二人只得商量屯扎荒郊,埋锅造饭。

　　不知强盗杀来,是否劫得征衣,且看下回分解。

第二十九回
信奸言顽寇劫征衣　出偈语高僧解大惑

　　话说李义说道："张二哥,今天风霜雨雪已消了,但狄哥哥昨天往寻地方扎屯征衣,因何至今不见回来。待他一回,好赶到关了。"张忠道:"三弟,我想这狄哥哥实有些呆痴,前数天一人独出,险些被飞山虎结果了性命。今日又不知哪里去了。"正言之际,忽有军上飞报:"启上二位将军,前面远远刀枪密密,不知哪里来的军马,恐防征衣有碍,请二位将军主裁。"李义喝道:"有路必有人走,有人马必持军器。我们奉旨解送征衣,谁敢动它一动,轻事重报的戎囊,混账的狗王八!"军士不敢再多言,去了未久,又来报道:"启上二位将军,两彪军马杀近我营来了。"张忠、李义齐言:"有这等事!"一同出外观看,果有两校军马,分东西营杀进,刀枪剑戟重重,喧哗喊杀,大呼:"献出征衣。"牛大王五千喽啰,冲进东营,二大王五千喽啰,杀入西营,张忠、李义连呼:"不好了!"即速上马,取家伙不及,李义拔出腰刀,张忠抽出佩剑,喝令众军抵敌强人。岂知牛刚、牛健的人马,分左右杀将进来,好生厉害。但闻高声叫喊:"献出征衣。"张忠、李义心慌意乱,各出刀剑迎敌。张忠挡住牛健,李义敌截牛刚,东西争战,哪里顾得征衣,三千军士又不知喽啰多少,喊战如雷,早已惊慌四散,纷纷逃窜,各自保全性命去了。当下三十万军衣,及粮草盔甲马匹,尽数被劫上磨盘山而去。

　　再言张忠与牛健对敌,手剑短小,抵挡大砍刀不住,只得纵马败走。却被牛健追了三四里,幸得李继英遇见,一同奔来接战,张忠复回马,二人杀退牛健,也不追赶。

　　且说李义与牛刚大杀一场,亦因腰刀短小不趁手,放马败走。牛刚见他去远,不来追赶,带领喽啰回归山寨,却遇牛健,兄弟喜悦而回。先表李义败回,心中大怒道:"可恨,可怒! 不知哪里来的强盗,如此厉害。"又有败回军士聚集报道:"启上将军爷,征衣、粮草、马匹,尽被劫去了。"李义一听,连声说:"不好了!"又问:"张将军哪里去了?"军士道:"杀败而逃,不知去向了。"李义正在烦恼,张忠已至,又多出一个李继英,未明缘故。继英细细说知,方知磨盘山上的强盗受了孙云之托,来劫征衣。李义听了大怒,悔不当初杀却这奴才。又道:"二哥,不若我们带了军士,杀上山去,夺取军衣回来如何?"张忠道:"三弟不可,方才我二人已被他们杀败了,保也保不住,哪里夺得转来!"李继英道:"军衣果在他山中,且待狄爷来时,再行商量吧!"李义道:"你们且在此招集败残军士,监守空营,待我去找寻狄哥哥回来便了。"张忠道:"焉知他在哪里,何方去找寻?"李义道:"人非蝇虫之类,身长七尺之躯,藏得到哪里,有什么找寻不到? 待我去找回哥哥,将山中一班狗强盗一齐了决。"说完,怒气冲冲,加鞭而去。张忠与继英只得守了空营等待,也不多表。

且说磨盘山牛氏兄弟带了一万喽啰回到山中,将三十万军衣,收点停屯了,犒赏众喽啰,弟兄开怀乐饮,谈笑一番。牛健忽然想起,拍案说:"贤弟,不好了,此事弄坏了。"牛刚道:"哥哥,因何大惊小怪起来!"牛健道:"贤弟,征衣劫差了。"牛刚道:"到底怎生劫差了。"牛健道:"三十万军衣,乃是杨元帅众兵待用之物,被我们劫掠上山来,杨元帅岂不动恼么?他关内兵多将广,经不得他差出大军前来征讨,我弟兄虽有些武艺,哪里抵挡得过他,可不是征衣劫坏了么?"牛刚听了,顿然呆了,连声说:"果然抢劫得不妙。杨元帅震怒,必不甘休的,哥哥,不如今宵速速送回他,可免此患。不知你意下如何?"牛健道:"贤弟,这是你撺掇我去抢劫的,如今劫了回来,又叫我送回,岂不是害了我么?"牛刚道:"如今已劫错了。悔恨已迟。杨元帅大怒,他兵一到,这万把喽罗必不济事了。不若及早送还的妙。"牛健道:"我兄弟做了十余年山寇,颇有声名,劫了东西,又要送还,岂不倒了自己威名? 而且被同道中讥笑不智了。"牛刚道:"如若不然,怎生打算?"牛健道:"朝廷御标,杨元帅征衣,擅敢抢劫,还敢大胆送回,只可将脑袋割下送献,方得元帅允准。"牛刚道:"果然中了孙云之计了。"当时一个着急一个慌忙,思来想去,不住吃酒。到底还是牛健有些智略,呼道:"贤弟,我有个道理在此,我们不免连夜收拾起金银粮物,带了征衣喽啰,奔往大狼山,投在赞天王麾下,定然收录。若得西戎兵破了三关,西夏王得了大宋江山,你我做一名军官,岂不一举两得?"牛刚喜道:"哥哥妙算不差。"二人算计已定,传知众喽啰将征衣车辆数百,驾起推出山前,并粮草马匹,一齐载出。二人收拾财物,然后纷纷放火烧焚山寨,下山而去。

再说焦廷贵奉了元帅将令,匆匆来到荒郊,日夜马不停蹄,已是时交五鼓,寻觅钦差不到。他在马上思量:奉了元帅将令,催取征衣,岂知鬼也不遇一个。元帅限我明天午时缴令,如寻至天大亮,回关缴令,就来不及了。如今我不往远处找寻了,且进前边数里看看吧。于是他手持火把,不觉行了数里,猛然抬头一看,只见火光冲天,山丘一片通红。焦廷贵在马上道:"这座山乃磨盘山,山上两只牛,做了十多年强盗,从来没有一些儿孝敬我焦将军。如今山上放火,不免待吾跑上山去打抢他些财宝用用,岂不妙哉!"言罢,拍马加鞭,赶到山峰。只见寨中一派火光,哪有一人,便道:"两只顽牛都已走散,想是财宝一空了,下山去吧。"打从山后抄转,且喜明月光辉,天犹未亮,跳下山脚,有座驿亭,进内仍有明灯一盏。焦廷贵此时腹内饥饿,就将干粮包裹打开,食个痛快,解下葫芦,将酒喝尽,已是醉饱,且将马拴于大树下,打睡于驿亭中。

此言慢表,却说牛健、牛刚弟兄一路投奔大狼山,行至燕子河前,但无船只可渡,只得绕河边而进。到了大狼山,天色大亮,阳和日暖,雪弄冰散,吩咐众喽啰将军衣、车辆、粮草、马匹停屯山下,弟兄上山求见赞大王。有军士进内禀知其事,赞天王顿时升座金顶莲花帐,百胜无敌将军子牙猜对坐,还有左右先锋,大孟洋小孟洋坐于两旁。赞大王传令,速唤牛氏弟兄进见。牛氏弟兄进至山中帐下,同见赞天王已毕,仍然跪下。赞天王开言问道:"你二人叫牛健、牛刚么?"弟兄二人说:"然也。小人乃磨盘山上强民,乃同胞手足。"赞天王道:"你二人既然在磨盘山为盗,而今到此何干?"二人禀道:"启大王,小人久已有心要来投降麾下,愧无进身之路,幸喜得宋君差来狄青,解送军衣到边关,道经磨盘山,已被小人杀退护标将兵,劫掠军衣到来,投献大王。又有三年粮草,并财帛马匹,精壮喽啰一万二千,伏乞大王一并收用,小人弟兄,当效犬马之劳。"赞天王道:"孤打听得朝中狄青乃一员虎将,况三十万征衣,岂无将兵护送,你弟兄有多大本领,杀退得解官,抢劫得征衣,莫非杨宗保打发来的奸细,欲为内应么?"二人道:"大王,小人并非杨宗保打发来的奸细,现在磨盘山已火焚山寨,乃是有凭有据的。三十万征衣，余外金银，万余喽啰，马匹粮饷，都在山下，并没有丝毫隐瞒的。"赞天王听了，吩咐大孟洋下山去查明。大孟洋领命，立刻下山逐一检验讫，即回帐中禀知，赞天王方才准了，收录兄弟二人。一万二千喽啰兵注名上册，粮饷归仓，马匹归厩，金宝收贮了，又将三十万征衣散给众兵。这些西戎兵，多是皮衣裘裤，比了大宋军衣；和暖得多，是以众兵用不着，原封不动，待等狄青一到，原壁奉还。此是后话，也不烦言。

却说狄钦差上一夜在报恩寺安宿，至次日早晨乃十月十三日，红日东升，急忙忙洗漱用茶已毕，就去告别老僧，圣觉禅师微笑道："王亲大人，征衣昨夜已失，但愿有归回之日，大人也不必介怀。如今贫僧有偈言①数句相赠，大人休要见笑。此去便有应验。"狄青细思，这老和尚未逢面即知名姓，是个深明德性、潜修品粹的高僧，故一心恭敬，敬领偈言。当下这老和尚向袖中取出一束，递与狄青，狄青双手接过，口中称谢道："得蒙老师指示，感德殊深。"将出束来一看，有诗四句，诗曰：

> 匹马单刀径向西，高山烟锁雾云迷，
>
> 半途刺客须防备，莫教群奸逞意为。

狄爷看罢偈言，收进皮囊，又道："小将此去边关，不知吉凶如何？还求老师再指迷途，更见慈悲之德。"老和尚道："大人乃保宋大臣，纵有凶险，自能逢凶化吉，何须多虑。"狄爷听了道："老师妙旨不差，就此拜别。"早有少年僧牵出龙驹，狄爷坐上，执起金刀，出寺而去。

再说焦廷贵在驿亭中睡醒转来，一轮红日，早已出现东方，揉开二目，说道："不好了！"插回腰刀，拿起铁棍，急匆匆解下马，跨上征鞍。只为奉元帅将令，要是日午后赶回关中，杨元帅军令森严，一过期限回关即要领罚，是以焦廷贵睡醒，急忙忙地跑走。当时一心回关缴令，只碍着积雪结成冰块，一见太阳就消化了，马要快时，地滑难行。这焦廷贵生来性情躁急，说："不好了，我赶回关去，尚有七八十里路程，如今已是辰时，这马又行走不快，如何是好？罢了，不要坐这老祖宗，丢下它吧。"想完，忙跳下马，撇在路旁，不知造化何人，书中也难交代。

---

① 偈(jì)言——佛经中的唱词。

当下焦先锋一程踏冰跑走，反觉快捷，只见前面来了一位黑脸将军。原来此人乃是李义，一路找寻狄钦差，路逢焦廷贵，问道："黑将军可见狄钦差否？"原来李、焦二位英雄的尊容，黑得不相上下，所以李义称呼他"黑将军"。焦廷贵见问，喝道："你这黑人，擅敢与焦老爷拱手么？"李义道："不瞒将军，吾乃狄钦差帐下副将，名叫李义，诨名离山虎的便是。"焦廷贵道："离山老虎果然凶，吾今与你斗上三合，强似我者，才算你为离山虎，如怯弱于我，只算煨灶猫。且看铁棍！"言罢，当真打来。

不知二人如何交战，焦廷贵如何回关缴令，且看下回分解。

第 三 十 回

李将军寻觅钦差　焦先锋图谋龙马

　　当时李义见铁棍打来,短刀架过,叫道:"将军休得动手,吾要寻觅钦差老爷,哪里有闲暇与你交斗!"焦廷贵道:"说了半天闲话,你今要寻觅哪个狄老爷?"李义道:"便是正解官狄王亲。"焦廷贵道:"他与你一路同走,一营同住,何用找寻?"李义道:"只因他昨日单身独马,觅地安营,至今未见他回转,故往找寻。"焦廷贵听了,喝道:"胡说! 他既择地安营,怎说不见回转? 吾奉杨元帅将令,催取征衣,你反言不见正解钦差,莫非你得他钱钞,放他脱身走了么?"李义怒目喝道:"这狄钦差又没有什么罪名,怎说吾贪他财放走? 你这人言来太狂妄了! 莫非你暗中陷害了钦差性命,反向我们讨取么?"

　　当下两人一个言贪财放走钦差,一个言暗中图害他性命,二人都是狂妄粗蠢之徒,争论不休。少停,焦廷贵道:"吾今奉元帅将令,来催趱他军衣,怎说吾图害了钦差? 倘你这鸟人,激恼了吾焦将军,就要动手了。"李义微笑道:"你来催取军衣,休得妄想了。军衣三十万已被磨盘山的强盗尽数劫掠去了。"焦廷贵道:"此话当真么?"李义道:"吾半生未说谎言,为此往寻狄钦差,前去讨取回来。"焦廷贵道:"没用的饭囊,你还说去找那磨盘山的强盗么? 如今山鬼也没有了,不知走散在哪一方,且请拿下吃饭的东西,去见元帅!"李义听了,吓了一惊,道:"不好了! 既然强盗奔散,劫去征衣,不知藏在何处,狄钦差未回,怎生是好! 可恼强徒,狄钦差性命休矣!"焦廷贵见李义着急,便道:"李将军不用着忙,既失了军衣,只求焦将军在元帅跟前讨个面情,元帅决不会计较了。"李义道:"焦将军,你休得哄我。"焦廷贵道:"谁哄你!"李义道:"如此,不如分头去寻觅钦差,倘遇狄钦差,焦将军须要对他说个明白,征衣虽然失去,幸喜军兵未有伤亡,现驻屯荒冈,要他速速回营定夺。"焦廷贵应允,各自分途。

　　却说焦廷贵虽是个粗蠢之徒,心里倒有些主意,想道:这班强徒既烧了山林,毁了巢穴,又不见投到我关,定然劫了征衣,犹恐元帅发兵征剿,想来立身不定，投奔大狼山而去。正在一路思量，心中恼怒，忽然远远望见马上一员将官，真乃威风凛凛，金甲金盔金刀，盔顶上毫光隐现，便又想道：这员小将的坐骑，在冰雪堆中跑走如飞，更见马相如此奇异，一片淡赤绒毛，定是龙驹，不免打他一闷棍，抢夺此马，回关献与元帅乘坐，岂不美哉！焦廷贵打定主意，将身躲在一株大树背后，等待此将过来。

且说当日狄青别了圣觉僧，依他偈言，望西大道而奔，行了不觉二十余里。果见烟起路迷，封罩树林。狄爷自言道：老僧偈言验了，果然烟封林径。岂知此路是磨盘山后，山寨虽然焚毁，山后却顺着风，故烟锁山林。狄爷想道：既烟述道途，定然有刺客了。犹恐被他暗算，即发动大刀，前遮后拦，闪闪金光飞越。焦廷贵在大树后，闪将出来一看，不觉呆了，想道：此人好生奇怪，难道知吾要在此打他闷棍么？一路而来，舞起大刀，劈前挡后，做出几般架势来。他的刀法紧密，哪里有下棍之处？一闷棍也闷不得他，不免做个挡路神吧。若不抢夺他马匹，不见老焦的厉害。想罢，即跳出迎面横棍挡住，大声喝道："马上人休走，腰间有多少金银，尽数留下来！"狄青住马一观，原来乃一条黑脸大汉，手提铁棍，要讨金银。狄青亦不着恼，徐徐答道："本官只有一人一骑，并无财帛，改日带来送你如何？"焦廷贵喝道："你不遇我，是你造化，若遇了，路途钱定然要拿出来的。"狄青道："身边实在没有钱。"焦廷贵道："当真没有么？"狄青道："果真没有。"焦廷贵道："罢了！航船不载无钱客，你既经由我径，必要路途钱了。若果没有钱钞送我，且将此马留下折抵，便放你去路。"狄青道："要本官的坐骑么？倘若不送此马，你便怎样处置？"焦廷贵道："不容你不送。你若不送此马，我手中家伙强蛮了。"狄青道："吾固愿送你，只因同行伴当不愿，如若同伴允了，本官即送你了。"焦廷贵道："你伙伴在哪里？"狄青金刀一摆，大喝道："狗强盗，此是本官的伙伴，今无别物相送，且将金刀送你作路途钱。"金刀连连砍发，焦廷贵铁棍左右招架，哪里抵挡得住，震得双手疼痛，大刀已将铁棍打下地了，大叫："不好！真厉害！马上将军，饶恕了小将，休得动手。"狄爷冷笑道："你今要钱钞马匹否？"焦廷贵道："不要了，让你去吧。"狄爷道："速速与本官送来路途钱，好待趱程。"焦廷贵道："我既不要你的钱马，你反讨我的路途钱，有此情理否？"狄爷道："没有钱钞送上，定然不去。"焦廷贵道："我不知你这俊俏人如此厉害，如今真的没有钱钞携来送你。"狄爷道："既无钱相送，且将一件东西抵押，就趱程了。"焦廷贵道："没有什么东西，也罢，且将这副盔甲奉送如何？"狄爷道："不要！"焦廷贵道："朴刀、铁棍送你吧。"狄爷道："要它没用处，焉抵得你身上的好东西。"焦廷贵道："这不要，那没用，难道我身边还有什么好东西么？"狄青微笑道："休得胡说，只要你的脑袋。"焦廷贵喝道："这东西实乃奉送不得。"狄青道："这也何难，只消本官一刀撇下了。"焦廷贵道："这东西实难送的，倘拿下送你，教我拿什么物件饮食？"狄青喝道："既不肯将脑袋相送，本官伙伴强蛮了！"说着，提起金刀，正要砍下，焦廷贵慌了，高声喝道："你这人不要错认我为强盗，我乃三关上杨元帅麾下焦先锋，你若杀我焦廷贵，杨元帅要与你讨命的。"

　　狄青听了此言，住手想道：边关有个焦廷贵，乃是当初焦赞之孙。想他既为边关将士，为何作此奸歹之事。即喝道："你乃杨元帅麾下先锋，缘何在此做这般勾当？莫非你贪生畏死，假冒焦先锋么？"焦廷贵道："哪里话来！我乃一个硬直汉，哪肯假冒别人姓名！"狄青道："既非假冒，应当在关中司职，缘何反在此劫掠，这是何解！"焦廷贵道："我奉元帅将令，催取狄钦差军衣。只因此乃关中众兵急需之物，限期已满，还不见军衣到关，限我午刻回关缴令。跑近此山，见此匹坐骑，甚是不凡，急欲劫回关中，送与元帅乘坐，此是实言。"狄爷道："元帅差你来催取征衣么？本官乃是正解官狄青。"焦廷贵厉声喝道："你是何等之人，胆敢冒认钦命大臣，罪该万死！"狄爷笑道："一钦差官，有什么稀罕，何致冒认起来。"焦廷贵道："你既是狄钦差，缘何一人一骑耍乐，却何以不见征衣？"狄爷道："现屯在前途，不出二十里外的荒郊中。"焦廷贵听了大笑不已。狄爷道："你发此大笑，是何缘故？"焦廷贵只是笑而不言。狄青道："你这人莫非痴呆么？"焦廷贵道："我虽则半癫半呆，只是你们管的征衣尽行失去了。"狄爷闻言，着惊道："果然应了老僧之言了。"焦廷贵还在哪里呼笑不休，狄爷道："焦将军，你既知军衣失去，必知失在哪个地头所在。"焦廷贵道："你追寻失衣的所在，莫非要我赔还你么？"狄青道："非也，只要焦将军言明失却在哪方，我自有道理。"焦廷贵道："失在大狼山赞天王贼营里边。朝廷差你督解军衣，应该小心防守，怎么尽数失了，反来法问于我，还不割下脑袋来，往见元帅。"狄青道："失去征衣，原是下官疏失。既然失落大狼山，我即单刀匹马立刻去讨回，岂惧贼将强狠。倘若缺少一件，也不算好汉。"焦廷贵道："你这人好是痴呆的了！管也管不牢，还出此妄言，单刀匹马取回，你今在此做梦么？大狼山赞天王、子牙猜、大小孟洋，英雄无敌，且有十万精兵。杨元帅血战多年，尚难取胜，你这人身长不过七尺，一人一骑，不要说与他交锋，被他一唾，你也要淹倒了。休得痴心妄想，你若知权识变，早些听我好言，最好逃之夭夭，待我回关禀明元帅，只说强盗劫去征衣，杀了钦差，你即回去，隐姓埋名，休想出仕，以华天年，方保得吃饭的东西。"狄青听了此言，不觉动恼，双眉一耸，二目圆睁，叫道："焦将军休得小视本官。我岂惧怯赞天王等强狼，我自有翻山手段，管教他马倒人亡，才显得我狄青平生本领。"焦廷贵道："我今听你说此荒唐之言，真乃要河边洗耳，不堪听的。"狄青道："焦将军，难道你不知么？"焦廷贵道："岂有不知，固知你是太后娘娘嫡亲内侄，但太后的势头压不倒西戎兵将。"狄爷喝道："胡说！谁将势头来压制贼帅，本官在京刀劈王提督，力降龙驹马，赫赫扬扬，谁人不晓。今宵定必服了赞大王，单刀一骑，大破十万西兵。"焦廷贵道："倘你杀不得赞天王，讨不转征衣，那时一溜烟走了，叫我老焦哪处去寻，实信不得你。"狄爷道："我亦不与你斗弄唇舌，倘杀不得赞天王，愿将首级送你回关缴令。我倘讨回征衣，烦焦将军在元帅跟前与下官讨个情，将功折罪，可允准否？下官不知大狼山在于哪方，还要劳你指引。"焦廷贵道："你果除得西夏将兵，即征衣失去，元帅也不敢加罪了。大狼山路程，小将更为熟识，如今不必多言，就此去吧。"说完，拾起铁棍，踏开大步而走。一双飞毛腿，不弱于狄青现月龙驹。

　　却说那焦廷贵是个痴呆莽汉，说话牛头不对马嘴。方才李义明说被磨盘山强盗劫去征衣，是有凭有据实事。他并不提起，反说征衣现在大狼山赞天王营中，此是焦廷贵见磨盘山放火烧尽，随便猜度猜度。不想果然被他猜准了，反助着狄青立下战功，这实乃出于意外。当日二人迅速前行，已有数里，前面燕子河并无船篇可渡。若对河能走，只得五里之遥，倘沿河周围而走，却有十多里。狄爷勒马，二人商量，只得绕着河边而走。幸喜龙驹跑得快捷，焦廷贵两腿如飞，一连跑了十里，其时日交已刻了。相近大狼山不远，又只见远远一座高山，连天相接，密密刀枪如雪布，层层旗幡似云飘。又闻吹动胡笳，声声嘹亮，有巡哨的巴都军四山巡逻，许多番将驰骋如飞。狄爷看罢，呼道："焦将军，前面这一座高山，一派旗幡招展，莫非即大狼山么？"焦廷贵道："正是，只恐你今见了此山，魂魄已消了，还敢前往对垒争锋否？"

　　不知狄青如何答话，到山讨战胜败怎分，且看下回分解。

第三十一回

勇将力剿大狼山　莽汉误投五云汛

当下焦廷贵激消着狄青，狄青却不着恼，只道："焦将军，休得多言，你且看下官去讨转征衣，才见我言非谬。"焦廷贵道："你果能杀得赞天王，讨得回征衣，就算你有仙人手段。但我不能帮助你，只好远远在此树林之中等候。"狄青允诺，一连打马三鞭，飞跑到半山，高声喊道："叛贼赞天王，抢掠了征衣，速速送还，万事全休，有胆的出来会我，否则本官即杀上山来了。"早有巡哨军进寨报知。是日赞天王与众将同在帅堂吃酒寻乐，吹番笛，唱番歌，正在热闹之际，小番进行跪报："山下有一小将，单刀独骑，十分猖狂，要讨还征衣，与大王会阵。如无将士出马，他即杀上山来了，请速定裁。"赞天王道："宋将有多大本领，如此狂言。他若讨取征衣，且还他便了。"子牙猜道："不可，我自兴兵以来，威名远震，个把宋将，纵然强狠，岂可一朝示怯，还他征衣！"赞大王道："孤这里众兵原不用这些征衣，还了他也无所损失的。"子牙猜道："大王若将征衣还他，敌人只道我等惧战，畏怯于他，断然还不得的。"言未了，又闻报："山下小将自称解官狄青，必要与大王见个高低，若再迟延，他就杀上山来。"赞天王道："宋将如此猖狂，反要与孤家对敌，可恼，可恼！"传左右抬过兵器盔甲。

这黄天王生来面似乌金，两道板眉，豹头虎额，凛凛神威，狮子大鼻，口阔唇方，两耳长拖，眼珠碧绿而圆，海下花须，半如炭色。身长一丈二尺，声如巨雷，他乃圣帝跟前一大龟化身。穿挂上镇铁销甲，手持流金铛，骑上乌骓马，不异金刚神汉，实乃西夏国首位英雄。赞天王想道：孤家屡上沙场，未逢敌手，狄青单刀独骑杀来，取他首级，不费吹毛之力。如若多带兵丁，杀了他一人，反被宋人说我以众欺寡了。故赞天王不带一卒，拍马加鞭，一声炮响，冲下山坡。子牙猜、大小孟洋齐至山峰观看。

赞大王跑出山前，高持流金铛，大喝道："宋朝来的无名小卒，有多大本领，敢来大王额上捏汗么？速速回马，还可保全性命！"狄青道："番奴休得无礼，吾乃大宋天子驾前，官居九门提督，狄青是也。吾金刀之下，不斩无名弱将，快通上姓名。"赞天王道："孤乃西夏王御弟，今奉命为监军总督，赞天王是也。"狄爷大喝道："叛逆畜生，还不知我主嘉祐王，乃仁德之君，文忠武勇，屡次对你宽容，我主以悯惜生民为心，故不行征伐，是你造化。今又胆大将本官数十万军衣劫掠，今日断难饶你狗命。"赞天王喝道："狄青！休得妄夸大言，孤自兴兵七八载，百战百胜，杨宗保尚且不敢出敌，你乃黄毛未退的小儿，休来送死。况我国自唐末时，已世代称王，今日兵雄将勇，取你大宋江山易如反掌，且吃我一锏！"言未了，一锏打来，狄青金刀，毫光闪闪地挑开。若问赞天王身高一丈二尺，比狄青七尺之躯，虽则龙马高大，还比赞天王短了三尺多。他虽是刀法精通，然赞天王实力很大，狄青与他兵刃交锋七八合，觉得两臂酸麻，难以抵敌。斯时欲败而不可败，欲战又不能战，这焦廷贵在树林中，出头一瞧，高声大喊道："大狼山翻不转，赞天王杀不成，军衣讨不还，流金挡敌不过。"这几句话送到狄青耳边，激恼得他只得拖刀而走，赞天王拍马追赶。狄青心想：圣帝赠我的法宝，今日危急之际，不免试用起来才是。便勒住马缰，急向皮囊中，取出七星箭一枝，呼念："无量寿佛。"登时祭起一道金光，飞绕空中。赞天王眼昏神乱，兵刃低垂，七星小箭犹如流星一般，嘤嘤作响。焦廷贵大呼道："好个戏法来了！"只听得空中一声响，宝箭飞射下来，金光四射，向赞天王头盔心射下，复飞起空中。此时赞天王痛得难当，马上翻身跌下。焦廷贵一见，飞步赶上，拔出腰刀，将头砍下，把发束住在铁棍上，踏扁钢盔，收藏怀内。狄青将手一招，收回七星箭。焦廷贵好生喜悦，道："不想你有此妙法，来弄倒了赞天王。这等看起来，打破大狼山却是容易了。"狄青道："焦将军自去收拾番奴首级。"焦廷贵答应道："且再收了子牙猜，收还征衣，攻破大狼山，回见元帅缴令吧。"狄青允诺，大呼道："子牙猜，我狄青在此，速将征衣献还，倒戈投顺，便饶你等狗命，若再延迟，我即杀上山来，不饶一卒。"

　　且说子牙猜见赞天王被他杀下马来，大惊道："不好！"番兵扛来铁铠，即刻上马，提持兵器。这子牙请生得面方而长，淡青颜色，浓眉高坚，两耳张风，阔额大鼻，颏下根根赤短须，身高一丈余，臂力不亚于赞大王。只见他手执金楂�89，约数百斤沉重，乘上一匹追云豹，十分凶恶。当即带领一万番兵，一声炮响，飞奔杀下山来，大喝道："小小宋将，本事低微，用此邪术害人，有何稀罕！"狄青大喝道："来将可是子牙猜么？"子牙猜道：

"既知本先锋大名,还不献上首级,还敢多言猖獗,且看金楂槊!"当头打来,狄青大刀急架相迎。若论子牙猜力量,虽则次于赞天王,然而力气强于狄青。当日二员猛将,你一刀,我一架,杀得征尘四起,番兵喊声如雷。正在战杀之际,焦廷贵大呼道:"不要平战,再变一套戏法,我又要割脑袋了。"

当时狄青眼看抵敌不住,虽然未闻焦廷贵之言,然而却有此意。于是左手架架,右手向怀中取出金面牌带上,念声:"无量寿佛。"焦廷贵笑道:"如今不弄戏法,竟在此演戏了,狄钦差真乃趣人也!"子牙猜见了此法宝,登时昏了,目定口呆,手足低垂,金楂槊跌于地上。只听得半空中一声响亮,一阵霞光,子牙猜喊了一声,七窍流血,直僵僵地翻于马上。狄青一刀,枭去首级。焦廷贵大悦道:"妙妙!戏文做得果然高!"一万番兵,吓得四散奔逃,狄青也不追赶。焦廷贵又将首级拾起,悬于棍上,仍踏肩头盔,塞于怀中。大叫道:"狄大人已经收了二凶番,余人不足介意,快些杀散山番蛮将,取得征衣回转。"狄青收回宝牌,大呼道:"杀不尽的鼠辈,快下山来,会吾祭刀!"当有大小孟洋吓得神魂不定,登时提刀上马,尽领十万番兵,众副将杀下山来。犹如山崩海倒一般,将狄青团团围困,喊声连天。狄青纵然武艺精通,但数十员番将,十万番兵,究竟非同小可。狄青飞动大刀,连杀番兵数百人,无奈兵多将多,不能杀出重围。焦廷贵远远瞧见势头不妙,挑起两颗首级,如飞跑去,要先回边关报知元帅,添兵帮助,此话慢提。

却说狄青被番将密密围住,左冲右突,杀得血染征袍,番将坠马者不少,众兵亦不敢逼近他马前。那狄青跨下现月龙驹,乃一龙马,异于寻常,见势危急,忽然大吼一声,吓得偏将与两孟洋的坐马纷纷跌倒,反将众兵踏死甚多。狄青趁此持大刀急劈,杀出重围而去。两孟洋与众将都吓一惊道:"狄青这匹马,分明是马祖宗也。"只得吩咐小番,将两个尸骸抬上山去,令牛健弟兄好生成殓,保守山寨,自己带了十万兵,到八卦山去见伍大元帅,待他尽起大军与杨宗保算账,并捉拿狄青。当日一路旗幡招展,往八卦山而去,大狼山单剩牛健弟兄,一万喽啰兵把守。

且说狄青杀出重围,跑下山来,不见番兵追赶,放心住马。想来戎兵众盛,一人难以讨取征衣。息憩一会,又见大队军马,往山后远远去了,不知何故,即拍马又奔上山峰,大喝道:"鼠辈!还不送转征衣,必要杀尽了才送么?"正在痛骂,牛健弟兄觉得惊慌,吩咐一万小兵放箭。狄青正在观望,只见箭如飞蝗骤雨,纷纷射来,将金刀舞动,纷纷抛下山中,一支也近不着他。但此时日短夜长,早已黄昏天气了。狄青心想:今天料难讨还得征衣,不如回营,明日再来讨索便了。

慢说狄青回营,先说焦廷贵棍梢上挑了两颗首级,喜色洋洋,来到燕子河边,绕河而走。这焦廷贵虽然走得快,然绕河而走,将有二十里,到了五云汛上,已是初更了。此时月色光辉如昼,一路想道:到得关中,请到元帅救兵,已来不及了,狄钦差胜负已见,不必急走回关,也不用枉费气力,不免先到五云汛上李守备衙中,不忧这官儿不请我焦老爷吃酒。想罢,转向五云汛来。只见守备衙门关闭了,只有巡哨兵丁,在此敲梆打鼓。更筹已是一更天,一对守备府提灯,甚是光辉。焦廷贵到了府门,大呼小叫,将门敲得犹如擂鼓,大喝道:"门上有人在么? 快些叫李守备出来迎接我焦将军!"当下惊动了把守门兵,跑出一瞧,只见一位黑脸将军,手持腰刀铁棍,挑着两颗人头,鲜血淋淋,好不害怕。不敢怠慢,呼道:"此位哪里来的,到此何事相商?"焦廷贵开口就骂道:"狗王八! 我乃边关杨大元帅帐前先锋焦老爷,难道你不认得么?"这兵丁听了,惊吓不小,慌忙跪下道:"小役不知将军爷驾到,望乞宽容免罪。"焦廷贵道:"我又不来杀你,又不罪你,为何这等畏惧? 好个胆小之人! 只这两颗人头要卖,如今卖不去,速唤李守备出来买了。"这小兵诺诺而去,一重门一重门叩开,有丫头传进话来,守备李成听得大惊,忙与沈氏奶奶酌议道:"边关这焦廷贵,呆头呆脑,不知哪里将人杀害,拿人头来强卖诈银子,若不将他招接,必有是非寻扰。"

这李守备妻沈氏,虽乃一妇人,却有些胆识。她胞兄沈国清,在朝现为西台御史,拜在庞洪门下,也是不法奸臣。李守备单生一子,乃沈氏所出,名唤李岱,父子同守五云汛。这李岱年方十八,习学武艺,目下已为千总武职。当下沈氏听了笑道:"老爷休得惧怯,这焦先锋将人头发作,无非借端强取些东西。"李成道:"他若要我的财帛,这就难了。"沈氏道:"他是上司,老爷是下属,上司到来,理当迎接。如他来要财帛,你只说我是穷乏小武员,实难孝敬。闻得此人是位贪酒之客,你且请他吃个醉饱,管教他拿了人头,远远到别方去发利市,也未可知。"

不知李成如何打发焦廷贵出衙,且看下回分解。

第三十二回

贪酒英雄遭毒计　冒功宵小设奸谋

当下李成听了沈氏之言,大喜道:"贤妻高见不差。"即换衣冠,出至府堂道:"不知焦将军夜深到来,迎接不周,卑职多多有罪。且请将军至中堂落座如何?"焦廷贵道:"李守备,这两颗脑袋。你可认识么?"李成道:"实认不得。"焦廷贵道:"你真乃一个冒失鬼了,与我拿此宝贝去吧。"李成允诺,将双手接过铁棍、人头道:"焦将军请进来。"焦廷贵进至内堂坐下,喊道:"李守备,比如上宪来到你衙中,该当孝敬东西否?"李成道:"该当孝敬的。"焦廷贵道:"我今亲自到此,说什么周与不周的迎接,只明欺我好性子,难道你颈上多生一颗头么?"李成道:"焦将军请息怒,如若将军常常来惯的,自然不时伺候,但将军忽然而来,卑职其实不知,伏唯谅情宽恕。"焦廷贵道:"也罢,你既出于不知,不来多较。但我今夜杀尽大狼山敌人,如今要转回三关,尚有百里多路,未带得盘费,进不得酒肆,是以将两颗首级售与你,速将盘费拿出。"焦廷贵对李成说此蛮话,无非希图些酒食,李成心中明白,想道:他说什么杀尽大狼山,我想大狼山兵多将勇,他如此莽夫,焉有此手段。这两颗首级,不知哪个倒运的被他杀了,在我跟前夸张恐吓,即道:"焦将军,你身无坐骑,怎说杀尽大狼山强盗,莫非哄我的。"焦廷贵道:"好个不明白的李守备,你岂不闻将在谋而不在勇,兵贵精而不贵多。为将者于军伍中畏怯而退,乃庸懦之夫,非英雄将也。"李成道:"大狼山赞天王、子牙猜、两孟洋,英雄盖世,更有十万雄兵,杨大元帅尚且不能取胜,焦将军只得一人,如何杀得尽他将兵?"焦廷贵冷笑道:"你言我杀不得西夏兵将么?这是赞天王的首级,此是子牙猜的首级,乃本先锋一手亲杀的,难道是我偷盗来的?好个不识货的李守备!"李成道:"果然是焦将军亲除此二巨寇,立此大功劳,实乃可喜可贺。但不知怎生杀法?还望将军说明。"焦廷贵道:"不瞒你,我一箭射倒赞天王,割下首级,一朴刀砍死子牙猜,取他脑袋,杀得大小孟洋十万西夏兵四方巡奔,杀得好爽快。"李成道:"请问将军,并无弓箭,如何射得赞大王?"

焦廷贵喝道:"以下属盘诘上司么？多管闲账!"李成诺诺连声,不敢再问。焦廷贵道:"两颗人头,我要回关报功的,实不能卖与你。但我既到此,你是下属,今天怎生相待?"李成道:"卑职是个穷小守备,实难孝敬,只好奉敬三杯美酒,聊表微忱,且暂屈一宵如何?"焦廷贵道:"请我饮酒么？也罢,只要酒吃得爽快,便不深究余外的事了。"

李成诺诺连声,进内与妻相议道:"外厢焦廷贵说是箭射赞天王,刀砍子牙猜,现有两颗首级在此。我今欲思谋了焦廷贵,拿首级往见杨元帅,与孩儿李岱冒了此功。待杨元帅奏知圣上,定然父子加封官爵,岂不留名千古么?"沈氏听了大喜道:"老爷好高见!"即时传令众丫环,往东厨安排酒馔。那焦廷贵说话荒唐,哄着李成,将功冒认,称己之能,岂知弄出天大祸事来。

当夜李守备存心冒此功劳,故将蒙汗药放在酒中,焦廷贵是个贪杯的莽汉,见此美酒佳肴,畅饮大嚼,食尽不休,吃得东歪西倒,不一刻已遍身麻软,动弹不得。

李守备一见满心大悦,便对儿子说明,李岱是个胆怯少年,听了说道:"爹爹,此事行不得的,还要商量才好。"李成道:"我主意已定,还用什么商量?"李岱道:"爹爹,孩儿想这焦廷贵,乃是杨元帅麾下的先锋,倘或果然杨元帅差他出敌,立了功劳,而今爹爹弄死他,前往冒功,元帅不信,盘诘起来,一时对答不及,就要败露了。倘然机关一泄,此罪重大如天,那时父子难逃军法,反惹人耻笑,望爹爹参酌乃可。"李成听了冷笑道:"孩儿你真乃一痴呆人了。这是送来的礼物,焉有不受之理,我与你暗中杀了焦廷贵,神不知鬼不觉,拿了两颗首级到关,只言十三夜父子二人在汛巡查,只见赞天王、子牙猜在汛口上图奸百姓之妻,吾父子不服,吾一箭射死赞大王,你一刀杀了子牙猜,连夜拿了首级,特到辕门献功。杨元帅定然欢欣,自然申奏朝廷得知,稳稳一二品的前程,强如守备微员,无人恭敬,千总官儿,到老贫穷。"若问富贵荣华,谁人不妄想的,当时李岱听了父亲之言,竟如上梯一般的容易,其心已转,便道:"爹爹,此事要做得周密便好。"李成道:"有什么做不周密,杀了焦廷贵,便放心托胆,到三关去献功,轩轩昂昂,做位大员,好不快意。"李岱道:"爹爹既然如此,须要杀得焦廷贵暗秘才好。"李成道:"这也自然。你去取一条大绳,即将焦廷贵牢牢缚住。"李岱只是浑身发抖。李成骂道:"不中用的东西!这一点点的小事,就要发抖。"李岱道:"爹爹,这个勾当,孩儿实在没有做惯,故弄不来的。"李成道:"现现成成一人杀不来,如何上阵打仗交锋?"李岱道:"爹爹,所以孩儿只好做一个千总官儿玩玩。"李成道:"如此且闪开些,待我来!"李岱道:"爹爹,小心些,不要反被他杀了。"李成喝道:"休得多言!"即拿起尖刀,叫道:"焦廷贵,不是我今天无理;进禄加官,谁人不想,今日杀了你,休得怨我不仁。"

正言语间,不知为什么心也惊,胆也不定,两臂也酸麻起来。李岱在旁想道:我家爹爹有些硬嘴。便问道:"爹爹为何不下手杀他?"当时李成走上前两步,不觉胆破心寒,莫言下手杀人,连刀也跌下地了。李岱道:"爹爹何故呆呆不拾尖刀?"李成道:"我儿且来帮助我,一刻可成就此事。"李岱道:"儿已有言在先,此事我实在弄不来的。"李成道:"罢了,还是我来。"提刀不觉手软发抖,又是跌下,想道:莫非这焦廷贵不该刀上死,应该水里亡的不成?也罢,不免将他抛入水中便了。又等候了一会,已是二更时候,这李成恐防众人得知,事机泄漏,故待至夜静更深,丫环家丁睡去,外面兵丁人人睡熟,才叫守门的王龙开门,父子二人,取到棍索,把焦廷贵扛抬起来,出了府门。趁着月色,一路匆匆而走。沈氏在府中等候父子回来,想道:今夜害了焦廷贵,决无人知,倘明日父子辕门报此大功,杨元帅定然喜悦,差官回朝奏知圣上,岂不加官封爵,奴亦诰封,好不荣光。

慢言沈氏胡思乱想,却说李成父子急忙忙扛了焦廷贵,李岱道:"爹爹,将他抛在哪里?"李成道:"且到燕子河送他下去。"李岱道:"前面有山,洞中有水,抛他下去,纵使淹不死,也冻死他。"李成道:"此算倒也不差。"二人扛抬至山前,见这山涧,月光之下,约略深有丈余,却不知水之浅深。即将焦廷贵抛下,父子二人回转,岂期失手,连铁棍也跌了下去。

当时父子欣然跑归,仍是一轮明月当空。沈氏正在等候,且喜父子回来,尚有余馔,夫妻父子,吃过数盏,李成道:"夫人,这段事情,神不知,鬼不觉,我与孩儿拿了首级,连夜到关去献功如何?"沈氏道:"老爷,如此快些登程。"当夜李成拿了赞天王、子牙猜二颗首级,与儿子李岱上马出府。沈氏闭门安息。

话分两头,却说狄钦差杀出重围,走马如飞,来到燕子河边,已是月色澄辉。当夜狄青到了燕子河边时,乃焦廷贵束手待毙之际,故一事再分二说。这燕子河隔五云汛有十里程途,是日狄钦差下大狼山,不见焦廷贵,一到河边,方才想起大营在河那边。绕河边走,倒有十五六里,如何是好。

只因已有一更时候,心急意忙,要赶回营中。但大水汪洋,无船筏载渡。正要沿河跑走,加上几鞭。岂料这龙驹闻言,直立不动,狄青道:"奇了!莫非龙驹思渡水不成!"不意此马连点头三回,前腿一低,后尾竖起,嘶了一声,即要飞下河中。狄青扣定缰绳,便道:"马儿下不得水也!一下水,你我不能活命了!"此马闻言,倍加纵跳,早已飞奔于水波上了。狄青紧挽丝缰,身不由己,只得随马下水。但见此马发开四蹄,在水面犹如平地。月照河中,马蹄跃水,金光灿辉。狄青初时也甚惊惶,及至到了水中,不觉大悦,笑道:"妙妙!此马世所罕有,能浮水面,是奇见也。但是我在南清宫降妖,你出身原乃金龙化成马匹的,故仍善伏水性。"半刻工夫,已将狄青渡过燕子河,乘着月光,一程跑过数十个山冈。一到了荒郊大营扎屯之所,高声呼道:"张忠、李义,二位贤弟可在么?"

原来当晚张忠、李义与李继英找寻不见狄爷,三人正在烦恼,征衣被劫,又寻狄青不遇,粮草也尽被劫走,营中几千军兵,人人饥寒。忽闻呼叫之声,狄青人已到了营中来了。三人齐道:"狄爷虽然回来了,但征衣已被抢劫。"狄青道:"我已得知,粮草马匹全失,此乃小事也。"又问李继英缘何到得此方,继英见问,即将逃出相府后事一一说知,又要叩头参拜,狄青连忙扶起。继英接过金刀,带过马匹,付交小军去了。张忠、李义道:"狄哥哥,你去找寻地头安顿征衣,一日夜不见回来,却被磨盘山强盗劫抢了征衣,连夜放火烧山,逃走而去,如今只剩下一座空营寨了,看你如何到得三关,向杨元帅复命。"狄青道:"贤弟,征衣失去也不妨,乃是小事。"张忠、李义道:"失了征衣,还是小事,必要失了江山,才算大事不成!"狄青道:"贤弟不知其详,征衣虽然劫去,今日已立了大战功,杀却赞天王、子牙猜,退去十万西兵,到关也可将功赎罪了。"张忠道:"哥哥愈觉荒唐了。赞天王、子牙猜,英雄盖世,杨元帅尚且不能取胜,你虽是一员虎将,到底一人一骑,他有十万雄兵,十分劲锐,哪里杀得过他?休来哄着我们了!"狄青道:"我非谬言哄你们。"即将报恩寺内得遇老僧人,赠送偈言,路遇焦廷贵,方知磨盘山的强盗劫去征衣,献上大狼山。我单刀匹马,与焦廷贵到了大狼山,箭除赞天王,金面收子牙猜等情,细细说明。李义道:"哥哥你既收除得二贼首,也该割下他两颗首级,前往三关献功,难道无凭无据,杨元帅便准信了不成?"

不知狄青如何答说,如何到关,且看下回分解。

第三十三回

李守备冒功欺元帅　狄钦差违限赶边关

　　当下狄青闻李义之言，即道："贤弟，这两颗首级，由焦廷贵取下，难道他没有到营中?"李义道："并未有一人到此。"张忠道："不好了! 焦廷贵拿了首级回关，冒功去了。"狄青道："不妨，此人是杨元帅的先锋，乃一硬直莽汉，决非冒功之辈。"继英道："他先回关通知杨元帅，也未可知。"狄爷又问继英道："方才你言孙云早有书与强盗，劫去征衣，但不知此人是怎生来历，要害我们?"李继英道："小人自逃离相府，与庞兴、庞福同到天盖山落草存身，不料二人残杀良民，吾因劝告不听，与二人分伙。偶到磨盘山，又与牛健兄弟结拜为盗，不想孙兵部之弟名孙云，将金宝相送，要牛氏兄弟打劫征衣，陷害主人。我再三相劝，二人不允，只得与他们分手，一心想下山通个信息与主人，不料心急意忙，走错路途，来到营中，征衣已失。如今既立了大战功，料失去征衣之罪可赎，不须在此耽搁，趁此天色已亮，即可动身。"狄爷听了道："你言有理。"李义又将遇见孙云强抢妇女，二人搭救之事，一一说明，并道："可恨这奴才又通连两名狗强盗，将征衣粮草，尽数劫去，弄得我们众人，受饥忍寒，好生可恶。"狄爷道："这孙云抢劫妇女，又串通强盗劫征衣，理应擒拿定罪。但无实据，即今趱程要紧，不能追究，暂且丢开。计程急走，明日到关，过限期六天，幸圣上外加恩限五日，明日到关，实过限一天。"连夜拔寨，狄爷上了龙驹，张忠、李义、李继英三人，同上坐骑而行。三千兵丁人饥马渴，一同赶趱三关不表。

　　且说李成、李岱拿了两颗首级，趁着月光，一路飞跑，到得三关，已是巳牌时分。父子下了马，早有关上的参将游击等把守官员问道："你是五云汛的守备李成、千总李岱?"二人称是。参将道："你父子离开本汛，到此何干? 这两颗大大人头，哪里得来?"李成道："卑职父子射杀赞天王、子牙猜，此乃两寇的脑袋，特来元帅帐前献功。"众武员听了，又惊又喜说："妙，妙! 才智的李成，英雄的李岱!"二人连称不敢当。中军官道："你且在此候着。"父子应允。

　　再表杨宗保元帅是日用过早膳，端坐中军帐中，浩气洋洋，威风凛凛，左有尚书范仲淹，右有铁臂老将军杨青，下面还有文武官员，分列左右。杨元帅开言道："范大人，想这狄青，为钦命督解官，押运征衣，期限一月，又蒙圣上宽限五天，今天尚还未到，想他仗着王亲势头，故意耽延日期，他若到时，不即处斩，难正军法了。"范爷道："元帅，这狄钦差倘或不是王亲，故意急情迟延，也未可知。他乃朝廷内戚，岂敢迟延，以误圣上边兵，尚祈元帅明见参详。"杨青老将道："解官未到，只算故意耽迟，即迟到一天，不过打二十军棍，何致斩首？元戎的军法，也太严了。"杨元帅想道：范、杨二人，因何帮助狄青，莫非狄青先已通了关节，还是二人趋奉着当今太后？便道："杨将军、范大人，如若狄青心存为国，顾念全军冻寒之苦，还该早日到关。如今限期已过，况雪霜漫天，众军苦寒，倘遭冻死，此关如何保守？"范爷道："关中苦寒，未为惨烈，他在途中奔走，迎冒风霜，倍加苦楚。"杨青道："如若要杀狄钦差，须先斩焦廷贵。"杨元帅道："焦廷贵不过催趱之人，怎能归罪于他？"杨青道："元帅限他十三日午时缴令，今日十四还未回关，此非故违军令么？"杨元帅听了，默默不语。正在沉想之间，忽见禀事中军跪倒帐前道："启上元帅，今有五云汛守备李成、千总李岱同到辕门求见帅爷。"元帅道："他二人乃守汛官儿，怎敢无令擅离职守，又非有什么紧急军情来见本帅，且与吾绑进来！"中军官启道："元帅，那李成、李岱有莫大之功，特来报献。"元帅道："他二人又不能行军厮杀，本帅又未差他去打仗交锋，有何功可报，何名可立？"中军道："启禀元帅，这李成言箭射赞天王，李岱杀死子牙猜，现有两颗首级带至关前，求见元帅。"元帅道："有此奇事！传他二人进见。"范爷听了微笑道："元帅，吾想他父子二人，毫无智勇，如何将此二寇收除？此事实有可疑。"杨青道："如此听来，是被鬼弄迷了，元帅休得轻信。"杨元帅道："范大人，杨将军，且慢动恼。若言此事，本帅原是不信，但想李成父子，若无此事，也不敢轻来此报。况且现有两颗首级拿来，那赞天王、子牙猜面容，岂不认识？且待他父子进来，将首级一瞧，便可明白了。"

　　当时李成父子进至帅堂，双双下跪，口称："元帅在上，五云汛守备李成、千总李岱，参谒叩首。只因卑职父子，箭射赞天王，刀劈子牙猜，有首级两颗呈上。"杨元帅当令左右提近，还是血滴淋漓，元帅细细认来，点首道："范大人，老将军，看来两颗首级，果是赞天王、子牙猜的，请二位看明是否?"二人细认道:"果是不差。"心中却觉得李成父子一向无能,今日如何立此大功,有些蹊跷。范爷道:"元帅,那首级虽然是两贼首的,但不知李成父子怎么取来,也须问个明白。"元帅道:"这也自然。"便发令将两颗首级辕门号令。又唤李成道:"你父子二人,有多大本领,能收除得此二寇?须将实情说与本帅得知。"李成道:"帅爷听禀。前天卑职父子,同在汛岸巡查,已是二更天时候,只见二人身高体胖,踏雪步月而来,吃得酒醉沉沉,并无器械护身,询问卑职,此地可有姿色妓女。当时我们见他不是中原人声音,即动问他姓名,这黑脸大汉,自言是赞天王,紫面的是子牙猜。卑职父子,见他二人已经醉了,即发一箭射倒赞天王,儿子李岱顺刀劈下了决子牙猜,将二人首级割下。今到元帅帐前请功。"

这李成若言在疆场中交战立功,自然众人不信他,说是深夜了,观他酒醉,无人保护,手无兵器,趁此出其无意中下手,说得有理可凭。不但杨元帅,便是范爷、杨青俱已信以为真了,一同出位言道:"此乃贤乔梓①莫大之功,国家有幸,宁靖可期了,且请起!"李成道:"元帅,范大人,老将军,吾父子毫无所能,全仗天子洪福齐天,元帅雄威显著,是以二凶自投罗网。卑职父子,偶然侥幸,何敢当元帅如此抬举,实为惶恐。"元帅欣然扶起李成,礼部范爷挽起李岱,扶他们父子二人起来。元帅吩咐摆下两个座位,父子俱称不敢当此座位。元帅再三命坐,范、杨二人亦命他们坐下说话,李成、李岱只得告罪坐下。帅堂上吃过献茶,元帅又吩咐备酒筵贺功。元帅道:"难得贤乔梓除此二凶,大小孟洋,不足介怀了。待本帅申奏朝廷,贤乔梓定有重爵荣封。今日本帅先奉敬一杯,以贺将来。"李成、李岱道:"元帅爷虽有此美意,但卑职断然当不起的。"当日帅堂摆开酒宴,李成父子正吃得高兴,忽闻报进狄王亲奉钦命解到三十万军衣,现有批文呈上。元帅将批文拆开,上填三十万军衣,九月初八在汴京出发,圣上加恩限期五天,算今天十月十四,只是过限期一天。元帅吩咐,将狄钦差绑进。范爷道:"元帅,狄钦差此刻到关,只算差得半天,且念他风霜雨雪,路途劳苦,应该免绑才是。"杨青老将军也道:"元帅须要谅情些。护载数百辆车、三十万军衣,途中雨雪难行,昨天期到,今日方来,虽说过了限期,不过差得几个时刻,便要绑了钦差,元帅太觉无情了。"元帅暗想,二人定是受

---

① 乔梓——指父子。

了狄青贿赂,所以屡次帮他,便道:"既然如此,免绑,有劳二位出关点明征衣,倘差失一件,仍要取罪。"二人领命。一同出关。范爷东边立着,杨将军西边拱立,开言道:"足下是钦差狄王亲否?"狄青道:"不敢当,晚生狄青,请问大人尊官?"范爷道:"下官礼部范仲淹。"狄青道:"原来范大人,多多失敬了。"深深打拱,向锦囊中取出包待制书一封,双手递与范爷,言道:"此书乃待制包大人命晚生送与大人的。"范爷接过道:"重劳王亲大人了。"狄青道:"岂敢。"此地不是看书之所,范爷就将书藏于袖中,想着:包年兄料得狄青在途中必耽误限期,要我周全之意。又问道:"包年兄与各位王侯,近日如何?"狄青答说:"都很安康。"又向囊中将佘太君之书信取出,揣藏怀内。又向杨青打躬道:"此位老将军是何人?"杨青道:"某乃安西将军杨青。"狄爷道:"原来杨老将军,多多失敬,有罪了。"连连打拱,杨青还礼。狄青道:"吏部韩大人有书,命晚生带上。"打虎将军笑道:"原来韩乡亲不曾忘记我铁臂杨。"此间不便开书,揣于怀内。杨将军不问忠臣,反诘奸党情形,狄青便将冯拯、丁谓、王钦若、吕夷简、陈尧叟、庞洪、孙秀一班奸佞,倚势陷害忠良,恶似狼虎,君子退贬,小人日进的情形说了一遍。范、杨二人嗟叹一声道:"圣上原是明君,但太仁慈,致奸臣胆大弄权,滔天焰势,十分可慨。"范爷又道:"狄王亲,元帅如今正在着恼,只因天寒地冻,征衣待用,理该及早到关。限期在于昨天,今日方至,莫非你果有意延迟?"狄青道:"范大人说哪里话来? 晚生虽则愚昧少年,但岂不知天气严寒,征衣乃众将兵待用之物,况且仰承王命,焉敢故意延迟,以取罪戾。奈因途中风霜雨雪,兵丁寒苦,难走程途,不得已停屯,如今延迟一天,不过只差半日。"范爷又问道:"征衣可齐到了么?"狄青道:"到齐了,如今俱屯在大狼山。"范爷听了道:"是何言也! 元帅委我们点明征衣,方好散给众军人,如何反说屯于大狼山,此是何解?"狄青道:"大人不用查点了,谅也无差错的。"范爷道:"休得闲谈,速令众兵押车辆到来,方可查点给散。"狄爷道:"大人这些征衣已经失去了。"范爷道:"怎么说失去的?"狄爷道:"被强盗劫去,解往大狼山去了。"范爷道:"抢去多少?"狄爷道:"三十万尽数抢劫去了,一件也不留存。"范爷听罢,高声说道:"不好了! 如今是捆绑得成了。"杨将军道:"杀也杀得成了,有什么理论说情的? 快些去吧,勿来此混账,休得耽搁,且走回朝中,不要在三关上做孤魂怨鬼了。"

　　不知狄青如何答话,是否被杨元帅斩首,且看下回分解。

第三十四回

杨元帅怒失军衣　狄钦差忿追功绩

当时杨青、范仲淹都道:"军衣既然尽失,须要逃走回朝,方得保全性命。"狄青道:"二位大人,征衣虽失,明日定然讨还。"杨青道:"征衣失在大狼山,你还想讨得回么? 随口乱谈,休得多说,快些遁逃,埋藏姓字,方保得性命。"狄青道:"二位大人,晚生即未讨回征衣,如立下一战功,可以抵消此罪否?"范爷道:"征衣尚然管不牢,被强徒劫去,还有什么大功来抵此重罪?"狄青道:"小将匹马单刀,杀上大狼山,已经射杀赞天王,刀伤子牙猜,杀退西戎两孟洋,晚生虽然有罪,但此功可以抵偿。唯望二位大人明鉴推详,引见杨元帅,待晚生领些军马,克日讨回征衣。"范爷道:"缘何又是你收除此二贼了,吾却不信。"杨青道:"口说无凭,哪人相信,由你说得天花乱坠,且自去见元帅,由你分辩。"

当下三人进关,杨、范二人踱至无人之处,将书拆开,二人看毕,范爷道:"包年兄,若是狄钦差违了限期,本部便能一力周全,无奈军衣尽失,除非代补赔了,方得完善。"杨青也道:"大人,军衣一失,重罪难宽,叫我二人如何助他? 除非圣上有旨颁到,方可免得,不是朝廷赦旨,哪人保得此罪!"当时二人将书收藏过。杨青又道:"范大人,若在元帅跟前,说明失了军衣,定然绑出辕门,立正军法了。"范爷道:"这也自然。"杨青道:"且不要说明,待他自往分辩,我与你见景生情,可以帮寸者帮寸,不可帮寸者,再作道理,范大人意下如何?"范爷道:"老将军之言有理。"

二人进至帅堂,杨元帅离位言道:"二位大人,军衣可无差么? 怎查点得如此捷速?"二人道:"一一无差。"元帅道:"二位且坐。"范爷道:"元帅请坐。"当下传狄青进见。

书中交代,前日焦廷贵若说明狄青功劳,李成断不敢冒,只因焦莽夫随便夸口,故敢将焦廷贵弄死,前来冒功,以为死无对证。是时狄青到了,李成父子全不介意,只顾洋洋然在帅堂侧吃酒爽快。狄青见了元帅,弯腰曲背,口称:"元帅,正解官狄青进见。"杨元帅见他的盔甲,乃是太祖之物,想狄青虽是太后内戚,总为臣子,怎合用先王太祖的遗物,定然太后赐赠于他。其实此副盔甲,前已交代明白,狄青以臣下,不当用王家之物,故太后另行照式造了一副,赐侄儿使用。今元帅认为太祖之物,心头颇有不悦,即起位立着拱手道:"王亲大人,休得多礼。"又问道:"批文上副解官石郡马何在?"狄青道:"启上元帅,只因副解官石玉。在仁安县金亭驿中,被妖魔摄去,未知下落,小将已有本回朝,启奏圣上。"元帅道:"此事关中亦有文书到来。狄王亲解送征衣,本月十三日限满,如今十四日了,极应体恤众兵寒苦,及早赶趱到关交卸才是,为何违限? 本帅军法,断不徇私,你难道不知么?"狄青道:"元帅听禀,小将既承王命,军法森严,岂有不知。原要早日到关交卸,并非偷安延缓。无奈中途霜雪严寒,雨水泥泞,人马难行,故违限期一天,望元帅体谅姑宽。"范爷点头自语道:你言之有理,只恐说出不好话来,就要劳动捆绑手了,看你如何招架。元帅道:"若依军法,还该得罪王亲大人,姑念雨雪阻隔,本帅从宽不较。"即呼统制孟定国,速将征衣散给军中。孟将军得令,正要动身,范、杨二人摇首暗道:不好了! 不好了! 只见狄爷打拱告道:"元帅且慢。"元帅道:"却是为何?"狄爷道:"征衣已失,无从给散了。"元帅听罢,喝道:"胡说!"狄青道:"征衣果然尽失了。"杨元帅登时大怒,案基一拍,喝道:"你既管解三十万征衣,因何不小心,想是偷安懒怠。御标军衣,岂容失却,不只欺君,且貌视本帅了。"喝令捆绑手,卸他盔甲,辕门斩首正罪。两旁一声答应,刀斧手上前参报过元帅,如狼似虎,上前要动手捆绑钦差。

　　这狄青两手东西拦开,叫声:"元帅,小将虽然失去征衣有罪,还有功劳,可以抵偿。"元帅只做不闻。范爷接言道:"元帅,狄钦差既言有功抵罪,何不问他明白,什么功劳可抵此重罪? 待他可抵则准抵,不可抵再正军法不晚。"元帅将范爷、杨青一看,暗暗道:你二人说查点过征衣,一一无差,明是代他搪塞,如今还要多言插嘴。范、杨只做不知。狄青却道:"若说失了征衣,小将理该正法,但元帅的罪名,却也难免。如若要执斩小将,元帅理该一同正法。今独斩我一人,小将岂是畏死之徒! 元帅乃贪生之辈,没奈何将大罪卸在小将身上,只恐圣上知其情由,凭你位隆势重,天波府内之人,也要正罪的。"元帅闻言,心中着实怒恼,案基一拍,喝道:"你失去军衣,难以卸罪,故欲牵连本帅。"吩咐捆绑起来,不用多言。刀斧手应声上前。杨青问道:"你的征衣,在哪处地方失去的?"元帅道:"不要管他哪个地方失去。"杨青道:"元帅身当天下攘寇之任,附近各处军民,皆为元帅所属,失了征衣,元帅有失察捕盗之罪。况这磨盘山离关不过一百里程途,你既为各路督捕元戎,怎可不问? 缘何日久纵容,强盗竟敢来打劫征衣,这是杨元帅失捕近处强盗,比之狄青失征衣之罪,加倍重大了。"狄青听杨青如此说,便道:"小将在元帅关内地方失去征衣,理该元帅赔补,如何反将小将屈杀,军法上全无此理。待吾与你回朝面见天子,情理上看谁是谁非。你今不过势大相欺,小将乃一烈烈丈夫,岂惧你存私立法的。"范爷听了暗言道:此语却是有理有窍的正论,只怕元帅难以答话,便接口道:"你失去征衣,罪该万死,还来顶撞元帅么? 吾且问你,将功抵罪,有什么功劳于此?"狄青道:"收除西戎首寇赞天王、子牙猜,不是战功么?"元帅喝道:"胡说! 现有李成父子,射死赞天王,刀伤子牙猜,你擅敢冒认么? 不须多说,捆绑手速将解官拿下正法!"狄青冷笑一声道:"杨宗保,你真要害我么! 也罢,由你便了。"当即卸下盔甲,脱去征袍,刀斧手将狄青紧紧捆绑。

旁边礼部范爷,怒气满胸,打虎将气塞喉咙,狄青厉声大骂道:"杨宗保,吾明知你受了朝中大奸臣买嘱,串通了磨盘山强盗,劫去征衣,抹过本官战功,忘却无佞府三字,归附奸臣,辜负圣上洪恩,你虽生臭名万代,吾虽死百世流芳。"这几句话,骂得杨宗保几乎气倒帅堂,二目圆睁,骂道:"大胆狄青,敢将本帅屈枉痛骂,速速将他推出辕门斩首!"狄青道:"且住! 若要斩我,须将赞天王、子牙猜首级,拿来还我,便由你杀。"元帅道:"你有什么首级拿来,向本帅讨取。"狄青道:"交与焦廷贵拿来,已经你辕门号令,怎说没有?"杨元帅听了,顿觉惊骇,心中有几分明白,忙问左右道:"焦先锋可曾回关?"众将道:"启禀元帅,焦先锋尚未回关。"范爷听了,只是冷笑,杨青道:"既然狄王亲交首级于焦廷贵,须向他讨还,方得分明此事。"正说之间,偶见地下一书,拾起一看,上面写着:"长孙儿宗保展观。"杨青微笑道:"元戎的家书到了。"此书乃是狄青卸甲解袍时跌落下来。

当时杨元帅心中明白,哪里按捺得定,只得立起,一手还拿尚方宝剑,一手接过家书一瞧,乃祖母来的家书,只因在帅堂上,不便拆了观看,且收藏袖中。明知祖母要包庇狄青,一把尚方宝剑,发又发不出,放又放不下,正有些事在两难,便对范爷道:"礼部大人,狄青说焦廷贵拿回两颗首级,不知是真是假，须问焦廷贵才知明白，你道如何？"范仲淹听了，冷笑道："狄钦差过却限期，罪之一也；失去征衣，罪之二也；冒功抵罪，罪之三也；辱骂元帅，罪之四也。将他处斩还太轻，理该碎尸，立正军法。"这几句言词，说得元帅脸色无光，只得转向西边，呼问杨青道："狄青失去征衣，原该正罪，但有此大功，可以抵偿，须待焦廷贵回关，方能明白。不知老将军怎样主裁？"杨青道："死生之权，全在元帅手中，缘何动问起小将来了？倘我劝谏不要斩他，又赔补不起征衣，此事牵连重大。我实不敢担当。"杨元帅满脸通红，只得吩咐刀斧手推转狄青，问道："狄青你既能收除了赞天王、子牙猜，可将其情由细细言明。"狄青带怒，大呼道："杨宗保你且听着！"遂将在磨盘山失征衣后，往大狼山杀了二将，交首级于焦廷贵，先回关中报知情由，一一说明。又道："我立此战功，可以抵偿失征衣之罪，你今贪冒我大功，害我一命，却是何故？"元帅闻言，心中不安，杨青笑道："妙！妙！两颗人头，三人的功劳，这官司打起来，着实好看。"元帅即吩咐传进李成父子，二人闻命，齐来进见元帅，只因官卑职小，自然该当跪下。父跪东，子跪西，启道："卑职李成、李岱，谢帅爷赐宴。"元帅问道："李成、李岱，这赞天王、子牙猜二将，乃狄青箭射刀伤的，你父子二人为何冒认了他的功劳，该当何罪？"李成见问，惊吓不小，李岱更是慌张无措。李成心想：只道功劳是焦廷贵的，故立心冒认，希图富贵，岂知乃狄王亲功劳。也罢，事已至此，木已成舟，便抵罪不招，要冒到底了。便道："元帅，实是卑职射杀赞天王，儿子刀伤子牙猜，岂敢冒别人之功，以欺元帅？"元帅道："狄青，那李成、李岱现在这里，你且与他对质。"狄青道："既捆绑了本官，杀之何难，何必多言！"元帅吩咐放了捆绑，觉得面无光彩，尚方宝剑只得放下。

　　不知后事如何，且看下回分解。

第三十五回

帅堂上小奸丧胆　山洞中莽将呼援

　　当时杨元帅收回尚方宝剑，呼问："李成、李岱，狄王亲在此，你与他对质分明。"李成道："是卑职父子功劳，不消对质了。"元帅又唤狄青道："狄青，若是你的功劳，为何并无一言，与他对话？"狄青道："李成父子是何等之人，叫吾堂堂一品，青衣秃首，与他讲话！"杨元帅又吩咐左右还他盔甲。狄青穿好盔甲，怒目横眉，大言道："拿首级回关者，乃焦廷贵，若要弄明此事，须待焦廷贵回关，本官与这李成父子对质，总是无用。"范爷听了点头言道："钦差大人，如何与冒功的犯人理论，也失了帅堂之威。"杨将军喝道："将李成父子拿下！"左右刀斧手，答应一声，顿时将李成父子拿下，可笑他二人一念之贪，遂至弄巧成拙。元帅即差孟定国，将李成父子看守，又拨令唤沈达，速往五云汛确查，十三日晚间可有赞天王、子牙猜二人，酒醉踏雪私行。沈达得令，快马加鞭而去。再令精细兵丁查访焦先锋去处。又对范仲淹、杨青道："二位大人，且与狄钦差做个保人。"范、杨二人道："事关重大，保人难做。"元帅道："且做何妨？"言未已，也觉得面目无光，即退下帅堂，进里厢去了。

　　当时失去征衣的事情，却抛在一边，重在冒功之事，只等焦廷贵回关，就得明白。范仲淹见元帅退堂，笑道："元帅方才怒气冲冲，只怪狄王亲，却因理上颇偏，又有佘太君书一封，要杀要斩，竟难下手。"杨青道："方才险些儿气坏我老人家，我观王亲大人，像一位奇男子，说得烈烈铮铮，才思敏捷，只待焦莽夫回来，自有公论。且先到我行中叙话如何？"狄青道："多谢老将军。"杨青又道："范大人同往何如？"范爷应允，三人同往。这时关中众文武官员，你一言我一语，喧哗谈论，不关正传，毋容多表。

　　却说孟定国奉了元帅将令，收管李成父子，上了锁具。李岱叫道："爹爹，太太平平，安安逸逸，做个小武官，岂不逍遥，因何自寻烦恼？痴心妄想，今日大祸临身，皆由不安天命。"李成叹道："我儿，这件事情，都是焦廷贵不好，狄钦差功劳，他说是自己之功劳，若说明钦差狄青的战功，我也决不将他弄死,也不敢冒认此功了。"李岱道:"爹爹,明日追究,招也要死,不招也要死,如何是好?"李成道:"我儿,抵挡一顿夹棍,即夹断两腿,也招不得的。"

不言李成父子着急,且表元帅进至帅府内堂,拆展祖母来书,从头看完,想道:若是狄青过了几天限期,孙儿敢不从命周全,奈征衣尽失,罪难姑宽,连及孙儿,也有失于捕盗之罪。如若狄青果有战功,还可将功消罪,但不知焦廷贵哪里去了,想来定是李成父子希图富贵,谋害焦廷贵,混拿了首级,到来冒功的。倘焦廷贵果遭陷害,这件公案怎生结局?是夜元帅闷闷不乐,也且慢表。

再说副将沈达,奉了元帅将令,带了数十名兵丁,向五云汛而来。焦廷贵一夜昏沉,躺在山洞中,若讲水涧,差不多有二丈深,李成将他抛下去,跌也要跌死了,虽然跌不死,天寒大雪,也要冻死了。只为李成父子走得慌忙,连铁棍一同抛下,恰恰搭在洞旁的丛树上,竟是上不着天,下不着地。一夜好睡,已是天明,药力已醒,焦廷贵却忘了昨夜事,手足一伸,大呼:"不好了!哪个狗党,将吾身子捆绑了?哪个狗王八,要我焦老爷性命!"两手一伸,断了绳索,又将腿上麻绳解下,周围一看,说:"不好了,此方黑暗暗,是什么所在?"又细细想道:昨天要打闷棍,打不着。后同狄钦差往大狼山,一套戏法,射死了赞天王,弄死了子牙猜,番兵大队杀来,自己挑了两颗人头,往三关讨救兵,打从汛上过,有李守备请吃酒,怎吃到这个所在来?是了!定然吃醉而回,却被歹人盗劫了东西,捆绑身躯,抛在山涧里了。想到此处,想往上爬,却是几次爬不到岸上,离岸有二丈多远,难以爬上。山高广大,人迹稀少,直到下午时分,方得一樵子经过,只闻山涧中有人叫道:"救人哪!我焦老爷要归天了。"那樵夫住步,四下一瞧,道:"奇了!何处声声喊救?"不觉行至涧旁,原来跌下一人,又闻他喊道:"上面那人,拉了焦老爷上来,妙过买乌龟放生。"樵子道:"你是将烧焦的老人么?"焦廷贵喝声:"大胆的戏囊!吾乃三关焦将军,哪个不闻我的大名,岂是烧焦的老人!"樵夫笑道:"原来是三关上的焦黑将军,多多有罪了。"焦廷贵又道:"我不过面貌黑色,岂是煨老焦黑的么?不必多言,快些拉我起来,到衙中吃酒。"樵夫听罢,笑道:"原来是个酒徒!"即将绳索放下,焦廷贵两手挽住麻绳,双足蹬着铁棍,幸喜这樵夫气力很大,两手一提,把他吊将起来,大呼道:"像死尸一般的沉重。"焦廷贵上得来,喝道:

"不怕得罪我焦将军么？"樵子道："焦将军，你方才言请我吃酒，休要失信。"焦廷贵道："你要吃酒，这有何难，且随我来。"樵夫道："焦将军往哪里去？"焦廷贵道："且到李守备衙中，即有酒吃了。"樵夫道："我不去的。"焦廷贵道："何以不往？"樵夫道："李守备那个儿子李岱，前月来吾家中强奸我妻，被我取一缸尿撒去，他方才奔去了。我今若到他街中，此人岂不记恨前情，定然要报雪此恨了。"焦廷贵道："如此说来，你一定不去，那么焦将军一人去了。"说罢，踩开脚步，奔走如飞，樵夫见了，发笑不已。

不谈樵夫走去，书接前文，莽汉又来到守备衙中，高声呼喊，有管门的王龙出来一看，道："焦将军，昨夜哪里去了，为何今日又来？"焦廷贵喝道："来不得的么！快唤这两个官儿来见我！"王龙道："两位老爷出外去了。"焦廷贵喝道："狗奴才，无非怕我又要吃酒，虚言相哄。我今不吃酒，只要用膳了。"大步已踏到里边来，当中坐下，双手拍案，喧声大振，呼道："李成、李岱在哪里？"府内仆人免不得禀知沈氏奶奶，奶奶闻言，吃惊不小，说道："不好了！焦廷贵不死，即死他父子了。"只得吩咐备酒饭出去。奶奶思量要下些毒药，怎奈日间耳目众多，反为不美。

不表沈氏心如火焚，却言副将沈达，一路上查问，没有踪迹，只因李成说是初更已尽的事情，是以汛地众百姓军民都说不知。一程又到守备行中，查问众兵役，也说不知。只有守门王龙猜着，定然老爷害了焦廷贵，拿了人头，往三关上献功，这是胆大如天的行为。如若焦廷贵死了，倒也不妨，今焦廷贵现在，老爷公子俱有伤身之祸了。

慢说王龙自语自惊，且说那沈将军到守备衙中，进府堂内，见了焦廷贵，不觉大惊又喜，呼道："焦将军，你吃酒好有兴，还不快些回关去！"焦廷贵一见笑道："沈将军，因何你也到此处来？"沈达为人最是仔细，想事关重大，只有在元帅跟前方好说明，若在此处说知，倘被他癫性发作，恶狠狠弄出不好看来，不若暂瞒了这狂莽酒徒为妙，便道："焦廷贵，元帅差你催取军衣，到底军衣到否？狄钦差在哪里？为何你也违将令，耽搁限期？"焦廷贵道："沈将军，不要说起，我昨夜酒醉，跌下山涧，险些儿冻死，还顾得什么征衣、军令的鸟娘！"沈达道："元帅只因你违误军令，大为发怒，差我来抓你回去，如若延迟，取下首级回关。"焦廷贵道："延迟些即取首级回去，不好了！丢了首级，用什么东西吃饭？速速走吧！"沈达道："马在哪里？"焦廷贵道："失掉了，铁棍也跌下山涧了。"沈达道："不中用的东西！"焦廷贵道："若是中用的，不在山洞中过夜了。"

慢表沈达带着兵丁、焦廷贵一同回关，且说李守备府中王龙，当日受惊不小，只悄悄到三关打听消息去了。沈氏在内堂倍加着急，呼天叫地，只愿父子平安无事回来便好。但想此事，原是老爷欠主张，及早杀了焦莽夫，方克后患，因何将他活活地抛在山涧里，岂料他偏偏不死，又得回关，如今凶多吉少，如何是好？免不得父子同归刀下而亡。

不表沈氏心中惊骇，且说焦廷贵、沈达二人，马不停蹄，到得关来，已有二更，潼关已紧闭下锁。沈达只得邀他到自己衙中，吩咐摆酒，二人双双对饮。半酣之间，沈达说道："焦将军，如今此事要动问你了。"焦廷贵道："沈老爷，诘问我什么事？"沈达道："元帅差你催赶军衣，因何一去不回，反在山涧中过夜？又在守备衙中吃酒，是何缘故？"焦廷贵道："沈老爷不要说起，我焦廷贵真乃倒运。"即将来去情形，细细说明。沈达听了点首明白，又将李成父子冒功之事，细细说知，焦廷贵怒气直冲，咆哮如雷，叫道："沈老爷，我原想怎生在山涧中过夜，原是李成父子将我弄醉，抛在山洞里，拿了人头去冒功的，可恼！可恼！这还了得！待我连夜回去，将他狗男畜女，大大小小，齐齐杀尽，尚出不得我之气愤也。"沈达道："焦将军去不得的。"焦廷贵道："有什么去不得的？只消吾两足飞去，明天一早就到汛上了。"沈达道："不然，那李成父子，已经拿下，你今不知，只要你回来质询明白，李成、李岱的性命即难保了，何劳你去杀他，是是非非，总在明天了。"焦廷贵道："沈老爷，待我先往他家杀个痛快，留下李成、李岱！难道还没有凭证么？"沈达道："军中自有一定之法，他虽有罪，但罪不及于妻孥①。你若不奉军令擅自杀人，岂得无罪！断然动不得，不可造次。"焦廷贵道："实在气愤他不过，既沈老爷如此说，便宜了这班奸党了。"沈达道："焦将军，明日元帅审问起来，你怎生对待他？"焦廷贵道："吾只说狄王亲一弄戏法，斩杀赞天王、子牙猜，我代他挑了首级，道经五云汛，被李成父子用酒灌醉绑了，抛下山涧，拿了首级，前来冒认功劳，你道是否？"

不知沈达如何答话，且看下回分解。

————————

① 妻孥(nú)——妻子和儿女。

第三十六回

莽先锋质证冒功 刁守备强词夺理

当下焦廷贵道："沈老爷,小将明日证他冒功,管教李成父子,头儿滚下来。"沈达道："不忧他头儿不滚下来。"

是夜不表,第二天太阳东升,辕门炮鼓响鸣,文武官员穿袍披甲,兵丁刀斧如银明亮,杨元帅升了中军公位,身穿大红锦袍,背插绣龙旗八面,腰围宝带赤金缘,头上朝阳金盔戴起,双足战靴蹬踏,真乃浩气腾腾,威风凛凛,是宋朝一位保国功勋。左位有范礼部,右座有陕西杨老将军,文官袍服分班立,武将戎装序次排。

狄青上帐见礼毕,即于范仲淹肩下就座。昨天要正军法斩首,今天元帅却命人设了座位,实乃元帅心中明白李成父子冒认战功。当有沈达上帐缴令道:"启禀元帅,昨天奉令往五云汛上细细确查,据众军民说,夜深人静,并不知有无其事。但焦廷贵拿了两颗人头,道经五云汛上,被李成父子,灌得大醉,捆绑身躯,抛于山涧中一夜,直至昨天午牌时分,方得一樵夫将他救起,如今在辕门候令。"元帅道:"果有此事,李成父子冒功无疑了。"吩咐孟定国抓李成、李岱到来。孟将军奉令,展出虎威,抓拿到二犯,拜倒在地。父子不啻磕头虫一般,叫道:"元帅开恩,卑职父子实乃有功之人。"元帅大喝道:"该死的狗官,本帅已经差查明白,五云汛上并没有赞天王、子牙猜二人酒醉夜出之事,你敢无中生有,妄捏虚言,冒认功劳么?"李成道:"元帅,其时只为更深夜静,汛上军民均已熟睡,故无人得知。"元帅喝道:"佞口的狗奴才,本帅且问你,因甚用酒弄醉焦先锋,捆绑抛于涧中?一心希图富贵,将人陷害,取了首级来冒功,忍心害理,畜类不如。"

李成父子闻言,吃惊不小,好比头颅上打个大霹雳。李岱想:这件事情,料难抵赖,不如招了,免得夹棍之苦。哪晓得李成立定主见,抵死不招,李岱无奈,只得随着父亲抵赖。李成只管向着元帅连连磕头,呼叫不已,只说:"并不曾将焦先锋灌醉,抛下山洞中,岂敢在元帅台前,欺心谎

语。上有青天,下有地抵,焉敢将人谋害?"元帅闻言大怒,喝令传进焦廷
贵,焦廷贵一进帅堂,怒气冲冲,将李成父子踢打不已,大骂道:"好大胆
的乌龟李成、狗王八李岱,将我弄得大醉,捆绑了抛下山涧,害得我几乎冻
死。可恼你等丧尽良心,处死你两个狗畜类,也难消我气愤。"父子二人
呼叫不已,说道:"焦将军,卑职父子没有此事,怎敢斗胆陷害焦将军,拿
首级来冒功? 焦将军休得枉屈了人,卑职父子哪有此事。"焦廷贵大怒,
喝道:"狗官,还说枉屈么? 好畜类!"说罢,靴尖踢打不已,父子二人呼
叫将军,不住讨饶。范爷喝道:"帅堂之上,不许喧哗,焦廷贵休得啰唣,
失了军规。"杨元帅问焦廷贵道:"本帅差你催赶狄钦差征衣,为何反往五
云汛而去? 李成父子怎生将你弄醉? 且细细说与本帅得知。"这焦廷贵
乃一直性莽汉,从奉令来到军营,先遇李义,而又寻得狄青,直说到曾生心
图谋狄青龙马。焦廷贵乃一直性莽英雄,从来说话,有一句说一句,即做
强盗乌龟,也要说个明明白白,藏闭不住。元帅道:"蠢匹夫,身为将士,
立此歪心,真是个鄙陋小人。"焦廷贵道:"元帅,有些缘故。当时见此马
乃是一匹异色龙驹,意欲做个打闷棍人,抢了这匹龙驹回来,送与元帅乘
坐。"元帅喝道:"该死的蠢匹夫!"拍案大骂。两旁齐声喝住。焦廷贵慌
忙打拱,又说闷棍不进,相助得功,道经五云汛,腹中饥了,只得进守备行
中讨膳一饱,不想被他父子弄醉,捆绑身躯,抛在山洞中,几乎冻死。元帅
听了,冷笑一声,喝道:"李成、李岱,焦先锋说的有凭有据,你们还不招认
冒功么?"李成道:"元帅,这些虚言,何足为据,实乃卑职箭杀赞天王,儿
子刀伤子牙猜,现有两颗首级为凭。若是狄钦差之功劳,何故并无首级?
卑职现有首级为凭,倒是假的? 狄王亲没有首级可据,倒是真的? 只求元
帅将卑职父子,与狄王亲焦将军狠夹起来,便分真假了。"

　　焦廷贵听了怒气冲冲,抢上一步,喝道:"胆大狗畜生,首级被你盗
去,自然没有凭证。"然后叫道:"元帅,不必问长问短,快将两个狗官正法
便了。"元帅道:"李成,既是你父子功劳,可晓得赞天王、子牙猜头上戴的
什么盔,身上穿什么战袍? 须说得对准,才可以算你的功劳。"李成想来,
须要说得情形相配才好;又想焦廷贵只有两颗光光人头,没有盔甲,若说
酒醉踏雪,决无有盔甲在身的,便道:"元帅! 这赞天王头戴狐皮帽,身穿
大红袍,子牙猜身穿元色皂袍,头上红折巾。"李成说未完,焦廷贵高声大
喝道:"该死的狗囊! 什么狐皮帽子,明明胡说八道!"伸手向胸囊中取出

两个踏扁头盔呼道："元帅！这是赞天王的头盔,这是子牙猜的头盔,无意中带藏在此。人都说我痴呆,今日也不算痴呆了。"李成想道:若我知你有踏扁头盔藏在怀内,早已拿出来了。元帅道:"李成,如今还有何话说?"李成道:"元帅,不知道焦将军哪里寻来此盔,搪塞元帅。揆情度理①,实乃钦差失去征衣,故意买嘱焦将军为硬证,冒着功劳,欺瞒元帅的。"范爷道:"李成,本部且问你,二贼既有首级被你父子乘其不备所杀,岂无身体的? 倘二贼身体尚在,你父子找寻得来,也算你们之功。"范爷说话也诘得透,李成辩答也辩得妙,他道:"他二人,原有四个随从同走,已将身体抢回去了。"范爷道:"他马匹何在?"李成道:"他是雪夜步行,哪有马匹?"狄爷听了,不觉微笑,叹道:"辩得清楚,好个伶牙俐齿的恶贼!"

帅堂之上,正在审诘,未得分明,忽有军士报道:"启上元帅爷,今有八卦山伍须丰,会同大小孟洋,统领三十万兵,将四城围困,要与钦差狄大人会战,要报赞天王、子牙猜之仇,十分猖獗,请元帅爷定夺。"元帅打发报军去后,想道:西兵卷地而来,我也曾会敌过红须三眼将,身高丈余,十分凶勇,在八卦山屯扎,与赞天王大狼山相隔一百二十里,两边列成掎角之势,实称劲敌。今天尽起雄师而来,想因狄青杀了他二员猛将之故。当下便道:"李成,若果然是你父子二人功劳,为什么贼将伍须丰反不与你父子寻仇,偏偏要狄钦差会战?"李成道:"元帅,这个缘故卑职却不晓得,那段功劳确是我父子的。"元帅喝道:"佞口贼! 到此仍不招认么?"忽又报:"元帅爷,西兵攻打四关甚急,请令定夺。"狄青听了,起立道:"元帅,既是西寇猖狂,待小将出马,借元帅之威,以立寸功。"元帅正要开言,焦廷贵道:"且慢! 你的仙法奇巧,但如今用你不着。元帅,李成父子既能收除赞天王、子牙猜,叫他二人出马,与西戎对垒,倘然退得敌兵,便算他功劳,倘杀败了,是个无能之辈,休想此段功劳。未知元帅意见如何?"

且说那焦廷贵虽然鲁莽,却有些见识,倘他父子出敌,必被西戎一刀一个,岂不省了多少麻烦? 元帅却道:"匹夫说来,乃不知进退之见,倘或李成父子杀敌不成,必被番兵冲进关中,谁敢担此干系?"焦廷贵道:"不妨,倘他父子出敌,使小将随后掠阵,不许西兵冲进关来。"范爷道:"焦廷贵的话也有三分道理,如若狄钦差在大狼山收除了赞天王、子牙猜,这大

---

①　揆(kuí)情度理——按照情和理估量。

小孟洋，定然认识。他见了李成父子，自然说不是狄钦差，仍要觅他交战的。果然西戎两将，在五云汛被他父子所伤，大小孟洋定然有说，那时真假可分。"焦廷贵道："我愿往做个见证。"杨青笑道："范大人之言不差。"元帅听了点首，即差李成、李岱，领兵出敌。父子二人闻令，吓得胆战心惊，叩求无帅免差。元帅道："你父子身居武职，必为朝廷出力，且沙场对敌，乃武将之职，何得推诿？"李成恳告道："卑职父子虽云武职，只好查诘奸民，若要打仗交锋，实在弄不来的。"元帅喝道："身为武员，如何畏惧对垒交锋，许多将士，谁敢违我号令，你敢不遵将令么？"焦廷贵又喝："狗囊子，做了武官，全仗交锋对敌之劳，若你这般贪生畏死，朝廷何用养军蓄将？倘不遵将令，定要吃刀，你若杀不过敌人，自有我在此帮助的。"父子听了无奈，只得领了将令，道："元帅，卑职父子出关去便了。"当下给他盔甲马匹，父子二人手持抵敌兵器，带兵一万而出。焦廷贵在其后面，远远跟随。李成对李岱道："再不想冒功冒出这般事来，今日可以死得成了。"李岱道："爹爹，好好的守着汛地上，吃的现成俸禄，逍遥自在，岂不是好？只为贪富贵高官，拿了头来冒功，连膝盖儿也跪得痛破了，不想仍要死的。"

慢说父子一路出关，懊悔不已，这时关内狄爷起位道："元帅，我想李成父子，岂是西戎对手，不若令小将出马，帮助抵敌如何？"元帅道："伍须丰也是西戎一名头等上将，身为贼帅，本领不弱于赞天王、子牙猜二人，既你要出，必须小心。"狄爷口称领令，元帅复唤道："狄王爷，须带多少军马，乃可退敌？"狄爷道："须得二万兵丁，方才李成一万，共成三万尽够了。"当时元帅打发二万锐兵，与狄爷出关接应，杨青老将，同孟定国、沈达等，也带兵一万随后，另有一班武将，不须细述。炮响连天，冲关而出，杨元帅与范仲淹登城观看。

却说炮响一声，关门大开，李成父子心惊魄散。那李成提枪不起，李岱伏于马鞍，一万精兵，纷纷涌出关来。只见西戎兵将排成阵势，倒海推山一般，剑戟如林，西夏国大元帅伍须丰坐下花斑豹，手持铜铁金鞭，足长丈余，两目光辉灿灿，在阵前讨战。

不知李成父子如何迎敌，三关如何解围，且看下回分解。

第三十七回

守备无能军前出丑　钦差有术马上立功

却说西戎主帅伍须丰，列开阵势，左有大孟洋，右有小孟洋，三十万兵，旌旗密布，器械森严。李成父子未到阵前，惊慌无措，几乎坠于马下，枪刀早已落下尘埃。伍须丰一马飞出，大喝道："宋将何名，为何如此惊惧，莫非不是狄青么？本帅金鞭之下，不死无名之将，快些通下名来，好送你的狗命。"金鞭高举，吓得父子二人伏倒马鞍之上，叩首不已，连连哀求道："伍大元帅，我名李成，现为守备微员，原无计谋力量，无奈勉强临阵，望元帅饶吾一命，永沾大恩。"伍须丰听了，不觉发笑道："杨宗保气数已绝，打发这样东西出阵，也罢，饶你狗命！"李成道："多谢伍元帅。"伍须丰又喝道："马上倒伏的，要死还要活！"李岱道："恳乞元帅切勿动手，对吾开恩，吾名李岱，是五云汛的千总官儿，从来不会相争相杀的。"伍须丰道："你既不会上阵交锋，到来阵中何故？"李岱道："伍元帅，此是奉杨元帅所差，只因军令难违，无奈出阵，只求元帅开恩，留吾蚁命。"伏在马鞍，叩头不已。伍须丰道："果然不济，又是个没用的东西！杨宗保这般倒运，只打发此等废物来何用？本帅金鞭之下，只打有名上将，今日取了你小卒性命，岂不污了我的金鞭，饶你去吧！"李岱道："谢元帅大恩。"父子得命，暗暗心喜，焦廷贵一见，怒气冲冲，大喝道："两个狗官，为何如此畏死贪生，倒灭了我元帅之威。"李氏父子也不回话，只转身而回。焦廷贵只恐二人逃走，上前一手捞了一人，拿翻下马，交付与孟定国收管，复又带兵一万出关。

这边伍须丰带领众将兵，正待冲杀进关，早有焦廷贵率兵涌出，狄爷又带领二万铁甲军，金刀耀日，一齐飞出拦阻。狄爷高声大喝道："反贼奴，你是何人？且通报姓名来。"伍须丰道："吾乃西夏国赵王驾下，灭宋元帅伍须丰是也！你这无名小卒，可是狄青么，且报上名来，好送你归阴。"狄青喝道："反贼奴，既知本官名望，还不倒戈投降，献上首级，且看刀！"言未了，金刀砍去，伍须丰一闪，金鞭复又打来，狄爷还刀急架，拦腰复斩。二员虎将,大战沙场,西夏兵刀斧交加,宋将喝令数万雄师奋勇齐上,西兵势倒,各自退后,自相践踏,死者甚多。

且说狄青与伍须丰连人马相比,狄青还短四尺,交锋时,伍须丰低头,狄青仰面,所以金刀发动,只好在腰膊左右。伍须丰的力量强猛,狄青不过以刀法抵挡,冲锋十余合,觉得抵挡不住,只得一马退后半箭,取出人面金牌戴上,念声无量寿佛,只听得半空中雷声鸣响,金光一闪,伍须丰一马正在追去,忽然金鞭跌地,目定口呆,直僵僵地跌下马来,八窍流红,只为他多生一目,故是八窍流血。焦廷贵一旁看见,早已飞步抢来,将他砍为两段。大小孟洋,怒气塞胸,一持大斧,一提长枪,大喝一声,飞马奔来。狄青法宝尚未收回,连念无量寿佛,金光闪闪,雷声大起,二番将翻身跌下尘埃,七窍流血。焦廷贵仍复割下首级二颗,共为一束。笑道:"果是妙妙仙戏!"那三十万番兵,见主将已死,吓得四散奔逃,却被宋兵奋勇追杀,尸横遍野,血流成河。只逃走脱了数万残兵,跑回八卦山,与在山的数万兵卒同回西羌而去。

这里狄青收回法宝,焦廷贵大悦,拿了三颗首级,抛掷空中又接回,大呼:"狄王亲好戏法也。"狄青意欲带兵杀上大狼山,剿除番营,因天色已晚,只得收兵回关。杨元帅喜气洋洋,与范礼部、杨老将军齐步出关。迎接进去。四人见礼,坐了帅堂,狄青刀马自有小兵牵抬去了。元帅道:"狄王亲如此英年神武,今复尽除了敌寇,立此大功,本帅有何颜面执此兵权,居此重位? 当即告归,托付王亲。"狄青道:"小将哪里敢当,元帅重言谬奖了。"焦廷贵提了三颗人头叫道:"元帅,好一段戏文! 杀了三名番将,真是仙戏。"元帅喝道:"匹夫,休得戏言。"吩咐拿出辕门号令。

且说狄青到关已有两天,缘何张忠、李义与三千军马并不提及,原来昨天狄青性命尚且不保,故未对元帅说明,他一到了,即交归关内大营,张、李二人守候狄钦差回旨,故略按下。当日元帅又道:"狄王亲立此大功,实为可敬。"狄青道:"小将罪重如山,还望元帅大度包容,小将即感恩不尽了。"元帅吩咐排宴庆功,并犒赏大小三军众将,令沈达将被杀贼兵尸首,觅地掩埋,未死的马匹及器械一一收管。又将众将功劳,一一记录毕,另行升赏。又传孟定国道:"李成、李岱何在?"孟将军禀道:"小将收管在此。"元帅吩咐即速带来,孟将军领命,即拘李成父子至帅堂,双双跪在尘埃,父子二人齐呼道:"元帅,卑职是有功之人,如今不望荣华,只求元帅爷开恩复职，父子便深沾大恩了。"元帅大怒，拍案骂道："丧心毒贼！只为贪图富贵，便忍心伤人，如此心毒意狠，真乃畜类不如。"李成道："元帅，这功劳实乃卑职父子的。"焦廷贵喝道："万死的狗王八！差你出敌伍须丰，为什么一见番将，叩头不已，辱没了元帅的威名，可恶的狗官！"李成道："元帅，卑职原已说过，并不会出征相杀的。"

当下元帅喝令，将李成父子捆绑起来，推出辕门枭首，正了军法。父子二人求元帅开恩，休要屈抹父子功劳，元帅喝道："死在目前，还要强辩冒功么？"捆绑手将父子二人，剥去衣服帽子，刀斧手提起大刀，推出辕门，一声炮响，两颗人头落地，高挂辕门上号令，尸骸抛弃于荒野之外。李成衙中守门兵王龙，上日急赶至三关，不分日夜，在附近打听，方知杨元帅将父子二人一同正法。他即日如飞赶回，次日方到衙中，进内报知沈氏奶奶，沈氏闻得此言，魂飞魄散，痛哭凄凄，咬牙切齿，深恨杨宗保，发誓道："若不雪冤，不算我手段。"即日将父子的尸骸暗暗收埋，又收拾好细软物件，带了二名女仆，与王龙径回东京，与哥哥西台御史沈国清商量报仇，又是一番重大波澜，也且慢表。

却说杨元帅是日大设筵席，庆贺大功，犒赏众将士兵丁。心爱小英雄，欢叙闲言谈论国家政务，狄爷对答如流，范爷、杨将军也是大悦。四人你言我论，甚觉投机。元帅又道："失去征衣，如何上本奏明圣上？"狄青道："元帅，今日西夏贼兵虽退，但大狼山余寇未尽，且待明天，小将领兵前往，借着元帅虎威，或能尽除余寇，夺回征衣，也未可知。望祈元帅本上周全些小将之罪，便深感元帅用情之德了。"元帅道："如若夺得回征衣，免了众兵丁寒苦，本帅即行上本奏知圣上，抹去过失，只将狄王亲大功陈奏，请旨荐你执掌印令兵符，守保此关，本帅可以告退了。"狄青道："元帅休出此言，小将乃初仕王家的晚辈，全无才德，怎敢当此万钧重任？况有误失军衣重罪，只可将功消罪，元帅过奖，反使小将赧颜①。"元帅道："王亲少年具此英略，本帅足以放心，重托边疆重任。我领守此关，已将三十载，军务太烦，自思年迈，反不如英年精锐。如今交此任于王亲，我回京可奉年老萱亲，年高祖母，安度春秋，以终天年。"范、杨二人道："元帅主意已定，王亲休得推辞，有此大功为帅，何言赧颜？"言谈已毕，各归营帐。

---

① 赧(nǎn)颜——因害羞而脸红。

次日,元帅呼狄王亲道:"如今仍劳你往大狼山剿除余寇,夺回征衣,待本帅备本回朝。"狄青道:"元帅,小将如今有事要禀明了。"元帅道:"王亲有何酌量?"狄青道:"小将有结义兄弟张忠、李义二将带领三千士兵,现在关外。他们本领不弱于小将,令他二人带兵往大狼山,自然夺取征衣而回。"元帅道:"王亲既有二将随来,何不早说?"狄爷道:"昨天小将性命几乎不保,哪有心绪及此二人?"元帅听了道:"昨日错罪王亲,休得见怪。"言罢,拔令向焦廷贵道:"本帅着你出关,速传张、李二将,到本帅营中领兵二万,前往征剿大狼山余寇,夺回前失征衣,不得有违。"焦廷贵得令而出,传知关外两弟兄,张忠、李义领了二万雄兵,提了刀枪,杀气冲冲而去。

且说大狼山牛健、牛刚兄弟二人,闻知伍须丰已死,吓得惊慌不定,皆因一时之错,贪了些许金珠,误受孙云之托,劫掠征衣,思害狄钦差,岂知奔投至此,众贼兵尽行消亡。牛健道:"谅他们必来讨取征衣,倘他领兵剿除,我辈焉能抵敌?"牛刚闻言冷笑道:"哥哥说此没用之言,如被旁人知之,羞报难当。"牛健道:"兄弟,据你之见如何?"牛刚道:"有何难处?如今打发喽啰,在山前山后,山左山右埋伏,倘有兵来,四边发箭,他兵一退,即不妨了。"牛健道:"能有多少箭,倘放完了,便吃亏了。如劫了别的东西,还是小故,如今劫的征衣,杨元帅怎肯甘休? 他兵精粮足,被他经年累月,征剿不休,我山中兵微粮寡,怎与争锋相持?"牛刚道:"哥哥,如此怎生算计?"牛健道:"我也算计不来的。"牛刚道:"罢了,我二人不若即日带兵,到西夏投奔赵元吴,或能博得一官,即可永远安身,未知哥哥意下如何?"牛健道:"贤弟,若要做官,还在本邦故土为美。据我之见,弃此大狼山,亲到辕门叩见,送还军衣。想杨元帅乃宽宏大度的英雄,倘不究前非,收录麾下,军前效力,要做小小武员又有何难,想来强如在此落草为盗,终无结局收场。况我又不思九五之尊,无非靠着喽啰在山前打劫小民,既非善行,有日年高老迈,打劫不了,岂非全无结果! 我兄弟不如趁此机会,往投三关,倘杨元帅收录了,这是正路行为。"

不知牛刚如何回答,且看下回分解。

第三十八回

思投效强盗送征衣　念亲恩英雄荐姐丈

却说牛刚听了牛健之言,气昂昂道:"大哥,你如此胆怯,称什么英雄?既为男子汉,须要敢作敢为,奈何一心畏怯杨宗保,要往投降?"牛健道:"贤弟,你休存偏见,听我之言,方是见机。"牛刚道:"哥哥,你言无有不依,如要投顺三关,却断不依从,哥哥立意要往,弟亦不敢强留。"牛健道:"既然贤弟不愿同往,别有良图,也罢,与你分伙便了。"牛刚道:"倒也不差。"当时牛健将在山的喽啰兵,带了三千,尽将征衣装在车辆上,出山而去。余外物件,牛健一些也不取,留与牛刚受用。牛刚道:"哥哥此去,须要做个大大的官儿,荣宗显祖,荫子封妻才好。"牛健道:"贤弟,你做强盗,也要做得长久称雄方妙。"牛刚笑道:"且看谁算的高。"当下牛健吩咐喽啰三千,推押三十万征衣并劫来粮草,一同推下,炮响三声,离山望三关路途而去。牛刚亦不来相送,摇头长叹一声道:"哥哥,你缘何如此怯惧杨宗保,劫抢了征衣,又去交还,悄然不允收录于你,那时一命难逃,反吃一刀之苦了。"

书中不表牛刚之言,且说张忠、李义领了元帅将令,带领精兵二万,将近燕子河,只见前面一标军马,直望而来。李义道:"二哥,你看前边那支人马哪里来的?"张忠道:"此路军马,定然是杀不尽的余寇。"李义道:"狄钦差立了大战功,我二人也立一点小小功劳,你道可否?"张忠道:"说得有理。"即吩咐军士杀上前去,张忠、李义刀枪并举,雄赳赳地大喝道:"杀不尽的反贼,哪里走!"牛健一看,认得是护守征衣的二将,知他们是杨元帅麾下之人,今既去投降,必先向二人下礼,方是进见之机。即马上欠身打拱,口称:"二位将军,我不是西夏反徒之党,不必拦阻。"二将道:"既不是反徒,莫非强盗么?"牛健道:"我原强盗,如今不做强盗了。"张忠道:"你是哪方的强盗,今欲何往?"牛健道:"二位将军听禀,我本在磨盘山落草。"话未说完,弟兄一齐重重发怒,骂道:"狗强盗,劫抢征衣,险些儿使钦差被害,连累及我众将兵,叫关中四十万兵丁俱受冻寒之苦。今日仇敌相遇,断不容饶!"言未已,长枪大刀,齐砍刺来。牛健闪开刀,架过枪,即

打拱道："二位将军,请息雷霆之怒,且容小的奉告一言。"张忠、李义道:
"你有话快些说来!"牛健道:"二位将军,且听禀,念小人一时不合,误听
孙云的言语,唆弄劫抢征衣,罪该万死,那日劫了上山,悔已不及,恐防连
累钦差有罪,原要即日送还到关,不想牛刚兄弟不明,言已误劫征衣,如要
送还,料杨元帅执罪不赦,不如献上大狼山。是日我心慌意乱,见事不明,
就依了他。即晚放火烧山,投奔大狼山,献于赞天王,给赏众军。岂知西
夏士兵所穿的都是皮袄毛衣,与我中国征衣有天渊之隔,和暖各异,故征
衣原装不动。我今连劫来粮草,送还元帅,立志归投效力,伏望将军引见
元帅。"张忠道:"你唤何名?"牛健道:"小的名叫牛健。"李义道:"还有一
人在哪里?"牛健心想:若说在大狼山,他二人必是寻牛刚去了,因道:"他
与我已经分散,不知去向了。"张忠喝道:"胡说,想你们已经投顺赞天王,
即为敌国反寇,今将征衣为由,其中定有计谋,莫不是差你来作奸细,探听
消息不成?"言罢,大刀砍去。李义长枪又刺。牛健是有心投顺,故仍不
敢动手,几次架开刀枪,呼道:"二位将军,小人实有投顺之心,望勿动
疑!"张、李道:"你既有投降之心,且立下誓来,方准你来投降。"牛健开言
道:"天地昭然共听,我牛健立心投降杨元帅麾下效力,若有丝毫歹意,口
是心非,上遭神明责谴,在阵过刀而亡!"张忠、李义原是直性英雄,见他
立下重咒,即放下刀枪言道:"我二人留些情面,但做不得主张,且带你回
关,候杨元帅定夺。如若元帅允准收留,是你的造化。倘然不准投降,便
与我二人不涉了。"牛健道:"深谢二位将军高义,还乞周全些。"张忠吩咐
众兵丁就此回关,牛健随后押着征衣车辆,仍从燕子河道而行。

　　这李义打算立功,因道:"张二哥,我与你到元帅帐前,须说些谎话,也
可立些功劳。"张忠道:"三弟,怎生谎话,可以立得战功?"李义道:"只说奉
了元帅将令,杀到大狼山,杀得二牛大败,牛刚被逃脱了,牛健被擒,取回征
衣,夺转粮草,如此岂不是立得大功?"张忠道:"元帅案前,且勿谎言,方见
光明正大,即拿回强盗,讨回征衣,也不算什么功劳。且待血战沙场,敌人
授首,定国安邦,显标名姓,方为英雄,假功劳有何稀罕的!岂可效着昨日
李守备父子行为!"李义道:"二哥这句话深为有理,到底不说谎话好。"张忠
道:"这也自然。"路上二人谈谈说说,已是红日西沉,早已封锁关门,只得在
城外屯扎一宵。次早,元帅升坐,中军文武官员都来参见,有焦廷贵上帐,
启禀元帅道:"今有张忠、李义带领大军前往大狼山,路逢强盗投降,送还征

衣,现在辕门外候令。"杨元帅喜色洋洋,连称妙妙,吩咐即传二人进来。焦廷贵领令,不一时张忠、李义报名进至帅堂,参见过元帅,站立两旁。元帅虎目一瞧,二将一人面如枣色,一人面如淡墨,体壮身魁,凛凛威风,真是两员勇将。元帅开言道:"张忠、李义,你二人带兵往大狼山讨取征衣,事体如何?且细告本帅得知。"二将齐禀道:"元帅,小将奉令,带兵未到大狼山,在燕子河遇着牛健,将原劫征衣粮草送回,他自愿投降军前效力。小将只得带同牛健而来,不揣冒昧,准其投降与否?伏祈元帅定夺。"元帅闻言点头,又唤孟定国将征衣检点明白,散给众军兵,粮饷贮归军库。狄青点首自言道:今朝才应圣觉禅师之言,有失有归,祸中得福,毫厘不差。

当日,杨元帅吩咐捆绑牛健,进至帅堂,跪于帐前,低头伏地。元帅大怒,喝道:"牛健,你占据磨盘山为盗,本帅一向全你蝼蚁之命,故未来剿灭。今日擅敢劫抢御批征衣,连累钦差,本帅都有罪名,你又投入敌人麾下,今见贼人倾尽,进退无门,方来投顺。本帅这里用你不着!"喝令刀斧手,推出辕门,斩首号令。牛健道:"元帅开恩听禀,只因孙云有书,投到磨盘山,叫我兄弟将征衣抢劫,原该如山罪重。劫上山后,悔已不及,料得元帅震怒,大兵一至,我兄弟休矣。当时原思送还,都是我兄弟牛刚不明,只恐元帅加罪,教唆我发火烧山,投归赞天王部下。但今粮草征衣原装未动,今日小人改悔前非,特来献降,愿在元帅军前牧马效力,以盖前愆,伏乞开恩,留残躯于一线,足见元帅宽仁之恩。"元帅问道:"孙云是何等样人?与你书信往来,且直禀上来,休得隐瞒。"牛健道:"元帅,那孙云的胞兄名叫孙秀,在朝现为兵部之职。"元帅道:"如此是孙秀之弟了。"又叫道:"王亲大人,那孙云与你有仇么?"狄爷细将情由说明,元帅方知其故,又问牛健道:"那孙云的来书何在?"牛健道:"放火烧山,其书未存,亦已烧毁在山中了。"元帅道:"狄王亲,如若有书留存,本帅可以上本奏明,收除此贼了。怎奈凭证全无,言词不足为据,如何是好!"狄爷道:"元帅,孙秀、孙云虽然有罪,但如今没有书信为凭,是他的恶贯未盈之故。且慢除他,小人立心不善,下次岂无再作恶之时,待他犯了大关节,再行除他,尚未为晚。"元帅笑道:"狄王亲海量仁慈,非人可及。"

一旁有焦廷贵半痴半呆叫道:"元帅,小将有禀。"元帅道:"你有何商议?"焦廷贵道:"牛健是个信人,断然杀不得。"元帅道:"你怎知他是信人?"焦廷贵道:"他误听孙云之言,劫了征衣,来害钦差。如今劫去又送还,从来只有拿到的犯人,没有自来的犯人,元帅是明理的,杀这自来贼寇,岂不是元帅欺着信实之人?"元帅大喝道:"匹夫,休说乱语。"又问范大人怎生处置? 范爷道:"想大狼山余寇尽除,饶了他谅亦无妨。"杨青道:"他来投顺,并无歹心,何须杀却。"狄青见焦廷贵讨饶,料与牛健有些瓜葛,便道:"元帅,牛健也是一念之差,恕彼已知罪,送还征衣,免其一死。"元帅道:"狄王亲既如此洪量大度,本帅未便执法,死罪饶了,活罪难宽。"吩咐松绑,打二十军棍,发在军前效力。当时打了牛健二十军棍,他忍痛起来,谢了元帅之恩。元帅道:"牛健,你还有弟牛刚,如今何在?"牛健道:"逆弟不愿投降,如今分散,不知去向了。"元帅道:"何须猜测,定然在大狼山,少不得发兵征剿。"牛健道:"启上元帅,小人尚有三千兵,求元帅一并收用。"元帅命焦廷贵将兵点明上册,焦廷贵得令而去,牛健随后而出。

这时孟将军上帐缴命,已将三十万军衣给散毕,并三千押征衣兵补归元帅麾下,粮饷亦贮归军库。狄青道:"小将有言告禀。"元帅道:"王亲大人,有何见谕?"狄爷道:"五云汛守备现经空缺,小将有一姐丈,名唤张文,向为潼关游击,被马应龙无故革除,望元帅着他暂署此缺。"元帅允准,拔令差孟定国前往起复张文。

此事慢提,当日张忠、李义经元帅命做三关副将。原来三关上官员,要升要革,要活要死,悉凭元帅定夺,先行后奏。只因先帝真宗时,杨延昭守关之日,已敕授斧钺生杀之权,至宗保袭职,复赐龙凤尚方宝剑,专授官爵,执掌兵符。当下杨元帅要备本回朝,商量荐举狄青拜帅,只因失却征衣之事须要周全。范爷道:"若言失了征衣,其罪非小,大狼山破敌功劳虽大,只好功罪两消,焉得圣上准旨拜帅?"杨青道:"征衣虽失,不过三天,即复还了。将此抹去,有什么证据? 本上只言钦差押送征衣,依限而至,进城数天,立下战功,岂不省却许多麻烦。"元帅听了,准依此拟,修起本草,即日差将登程。吩咐回到汴京,勿与众奸党得知,须要亲至午朝门,通知黄门官传奏。另有书信一封,送回天波府祖母佘太君、母亲王氏夫人;狄青一书,送至南清宫狄太后;范爷一书,送至包待制府中;杨将军一书,送交韩吏部府上;别无言语,无非关照狄青征衣解至,并破大狼山立下血战大功。

是日只有狄青思念生身母在张文姐丈家,一心牵于两地,今日起复张文为守备,母亲定然到此,使我晨昏侍奉,为子方得安心。

不知后事如何,且看下回分解。

第三十九回

临潼关刘庆除奸　五云汛张文上任

　　当晚狄青思亲之际，杨元帅退了帅堂，众将各自归营，狄青一切无差，单单忘却一位活命恩人，此人乃是庞府上逃出的李继英。他与张忠、李义一同到此，是日元帅只令张、李进见，狄爷已忘却他在外营。忽一天继英得遇张忠，他只说要见狄爷，张忠反觉骇然，道："狄哥哥忘怀了活命恩人，待我与你传知。"这日狄爷正与杨元帅对坐，论说圣上增送岁币，与北夷契丹的失算，有张忠上帅堂，向狄爷禀知，李继英求见。狄爷听了，忽然醒悟道："怎么遗忘了他，倒显得我无情了。"传命速请他进来相见，张忠领命而去。元帅忙问："那李继英是何人？"狄爷细将得他搭救前情说明，元帅与众将都言，此等义侠之人实为可敬。正说之间，李继英已至，参见过元帅，又拜见狄爷，他即扶起李继英，再参见范礼部、杨老将军、孟、焦等一班文武官员。众将士敬他是侠烈士，不便轻慢，元帅又与他一座位，在狄爷位下。谈论数说，元帅吩咐赏酒一桌，狄爷命张忠、李义陪宴。狄爷又道："元帅，五云汛上还缺一千总官，可否命李继英补了此缺？"元帅道："狄王亲既荐他，本帅自当依命。"即着李继英莅任五云汛，李继英叩谢而往。

　　此事暂停。且说前文飞山虎刘庆依了张文之言，归随狄王亲。但碍着妻子，又不能逃出潼关，当日计算，收拾起细软物件，将家眷送暂在一所洁净尼庵安顿了，又来见马总兵。马总兵道："庞太师一心要害狄王亲，不想前月一连几次，你不下手，莫非你与他有什么瓜葛？"飞山虎道："小将与他毫无交情，焉有不下手的？但他盔上甚奇，日夜放光，冲开大刀，不能下劈。不如待小将再至三关走一遭便了。"马应龙道："狄青到关已久，你今此去更难下手了。"刘庆道："不妨，此去定取狄青首级回来，断不再误。"马应龙道："如此，速速前往！"飞山虎退出。刘庆不往别处，只往张文家去。

　　且说孟氏太君，自与孩儿分别，终日悬念。只因时值三冬，霜雪交加，倘道路延搁，违了限期，只恐杨元帅执法无情，虽有佘太君家书一封，不知杨元帅能否遵依宽宥。金鸾小姐时常安慰母亲，张文也道："狄兄弟乃烈烈英雄，定然无碍的。"忽一天报进杨元帅差官到来，反吓得张文一惊，只得接进来。两人见过礼，杯茶已毕。张文问道："孟将军到此，有何公干？"孟定国道："只为钦差英勇，杀退敌人，即于元帅前保举张老爷为五云汛守备之职，元帅有文书在此，请看便知明白。"张文道："有此奇事么？"张文虽做过游击，但前程已被革去，因何孟定国仍称他为老爷？只为张文是狄钦差的内戚，今已起复为守备，孟定国所以才恭敬于他。当下张文看了文书，满心大悦，要备酒款待，孟将军坚辞而去。张文进内堂报知岳母，孟氏闻言大喜道："难得孩儿立此大功。"金鸾欣然道："母亲，兄弟果然胆大志高，具此奇能，如今愁尽闷消了。"太太道："此乃苍天庇佑，吾儿年纪虽小，却能立此奇功，真不容易。"当下张文选了吉日登程赴任，预早收拾物件，不用细言。

这日又来了刘庆参将，说道："那马总兵必要谋害狄王亲，但我已将家口安顿在尼庵中，心无挂念，张老爷可收容我了。"张文微笑道："刘老爷，真乃言而有信之君子。"刘庆道："为人言出如山之重，岂容更变？"张文道："我家兄弟虽然年轻，实乃英雄骁勇，方到边关，即立下大功。"刘庆道："立下什么大功？"张文道："首寇赞天王等五将，数十万敌兵，被杀个净尽，今又保荐我去做五云汛守备，你道奇妙也否？"刘庆道："可惜，可惜！追悔已迟了。我悔不及早跟随狄钦差，若能早到三关，也立些战功了。孰知间阻来迟，有何面目往见钦差？"张文道："刘老爷，何须着恼，你今未建小功，还有大功待你建立。"刘庆道："张老爷，还我席云帕，待我克日往见狄钦差。"张文道："你今日即是要往三关，总也迟了，如今何须性急。小弟再隔两天，也要动身，同往如何？"当时张文款留飞山虎，堂中排开酒宴一桌，二人对坐，吃得尽欢。

酒至半酣之际，谈论庞洪奸恶，马应龙附和权奸，要陷害狄钦差，张文呼道："刘老爷，吾想庞洪、孙秀、胡坤，与狄钦差结下深仇，要图陷害，也不去说他。但马应龙与狄钦差并非宿怨，不该深信其言，竟要紧紧图害于他，比之三奸，倍加狠毒。他命你往杀狄钦差，不若你反去杀这奸贼，取他首级，拿到边庭，方显得你是为国除奸的英雄，但不知你有此胆量否？"飞山虎听了，冷笑道："要杀奸臣不难，速还我席云帕，管教取到首级来此。"

张文道:"刘老爷果有胆去么?"飞山虎道:"畏怯不去的非是大夫。"张文暗想道:"我不过是戏言,岂知他认作为真,待我索性将他激恼,可以除却奸党。"即呼道:"刘老爷,下属刺上司,罪名甚大,倘或杀害不成,反为不妙。"刘庆道:"你休戏弄于我,如一允诺,即赴汤蹈火,亦所不辞。这些小事情有何难处! 若无首级回见于你,即将我脑袋割送于你。"张文道:"如果杀此奸臣,也算除一大患了。"

当日饮酒已毕,不觉红日归西,张文取出帕子,交还了飞山虎。又谈了一番,已交二鼓,刘庆将腰刀紧紧束系,驾上席云帕,在潼关马总兵府前降下,向府内四面观望,想道:马应龙这奸贼,谅已睡卧了,不若唤他出来,赏他一刀,即大呼道:"马应龙,我乃上界速报神,今奉玉帝旨到此,即速接旨。"马应龙正在内室与夫人饮酒闲谈,二更已过,夫人先醉了,这马应龙还不住杯。想起飞山虎的本领,但愿此去一刀两段,收拾了狄青,其功不小,庞太师定然升我的官爵。正在心中思想,忽闻庭外呼唤之声直达室内,忙唤丫环小使,但时已夜深,都熟睡了。只得自持银灯,来至庭前,那飞山虎看得明白,即厉声大喝道:"马应龙身居武职,当为国除奸,今不念君恩,反附奸臣,图害狄青。今我奉玉旨,斩却奸臣,断无轻赦。"这马应龙早已吓得魂散魄飞,浑身颤抖,即忙跪下埃尘,叫道:"尊神在上,我实无此事。"方说得无此事,刘庆已飞身而下,顺手一刀,血淋淋头儿,滚将下来,提了人头,腾空而去。当时刘庆犹恐牵连近地官民,又驾云飞到临潼府衙内,按住云头高呼道:"临潼府太守何在?"是晚太守还在灯前,批阅下属详文,忽闻空中呼唤,不觉吃了一惊,抽身出外,喝问:"那方呼唤本府?"又闻高空有人叫道:"临潼府听我吩咐:我乃上界速报神,奉了玉旨所差到此。只因潼关马总兵应龙,听信庞洪奸佞之言,打发刘参将,前往边关,行刺狄钦差,此等狠恶奸臣,趋权附势,今已上干天怒。我神奉差先往边关取刘参将首级,又回潼关斩却马总兵,拿了首级复旨。我神知你是位爱民清官,是以特来报知,此非盗杀,不要累及近地官民。"说完,嗖的一声去了。府太守闻言,并不惊慌,仍又回进了书房。

原来这位临潼府太守,姓白名山,字峻高,乃是公正无私的清官。原籍江西人氏,两榜出身,年近五旬,办过多少案件,经历有年,岂不明白此事。自言道:什么上界速报神,本府闻边关参将刘庆善于席云,想必马总兵差他行刺狄青,刘庆反回刀杀了马应龙,只恐累及他人,故来本府跟前,说此谲诈之言。想罢,长叹一声道:"刘庆,你不附奸臣党羽,是你正大光明的立品,但不该胆大擅杀上司。况且杀害官员,事关重大,岂不干连近地头百姓及本府官员,教我如何处置? 即此无凭无据之论,实难申详上宪,有此件重案,如何了得?"想来思去,只得请刑名、幕宾两人商酌。幕宾道:"太尊,这种案件倘不据此而办,恐一府文武官员都有干碍。依晚生愚见,只可据此申报,并差快马赶回汴京,密禀冯、庞二相,送副厚礼,要求他周全,方保本府官员无碍。但太尊仍要连夜进关,查看有无此事,方好播扬众官员得知,要先说明神人责备之言方妥。"白太守听了点头,顷刻传知众衙役打道,随从白太守,一路来至马总兵衙内,查看果有此事。即速差人,分头往报城厢内外各官。此时文武官员都已熟睡了,一闻此言,大为惊骇,不一刻齐到马府,进了中堂,只见尸骸,不见了首级,众官员嗟叹称奇。当时府内夫人哭得肝肠寸断。众文武纷纷议论,都说:"非白太守连夜查明,是神圣显灵,有此天谴,哪里去捕拿凶手? 此件大事,如何完决?"候至天明,众官员各自散去,少不得商量厚礼,申备文书本章,投达东京去了。这马府夫人只得收拾无头尸首,哭泣哀哀,不须多表。

却说飞山虎席云来到荒郊之外,将首级埋藏于泥土中,然后回见张文,细言其事。张文抚掌欣然道:"刘老爷果然胆量包天,真乃英雄。"此时天色已亮,金鸾母女又惊又喜,惊则惊杀人如儿戏,喜则喜除了一奸臣,免了后患。次日,张文已收拾齐备,带同家眷,来至五云汛,汛上的兵役,纷纷迎接进衙,又有李继英也来参见上司张守备。一言交代,不须烦言。

却说飞山虎到了边关,将此情由启知狄青。狄青一闻此言,还怪他目无王法,他虽是附和奸恶之臣,纵使有罪,但非你可擅杀,又恐连累此处官民,只得将情由禀知杨元帅。元帅反称他义侠刚烈英雄,授他副将之职。又使制成四面大旗,旗上称狄青为出山虎,张忠为扒山虎,李义为离山虎,刘庆为飞山虎,四围辕门,高高竖起。此时方得四虎将,后来石玉到关,加上一面大旗,名笑面虎,又成五虎将了。

且说张文上任后,有文书到帅堂,狄青即日到五云汛见了母亲,喜色欣欣,又与姐丈、姐姐重逢。一堂欢叙,话长难述。

不如后文如何,且看下回分解。

第 四 十 回

庞国丈唆讼纳贿　尹贞娘正语规夫

　　慢话狄青母子姐弟重逢，且言杨元帅身居边关主帅二十六七载，从无半点私曲彻情。唯独如今本章一道，周全狄青之罪，抹过失去征衣，单提到关即退大敌，立下战功，将李成父子冒功之事，一概不提，只候圣上准旨，拜狄青为帅。岂料偏偏有李沈氏要与丈夫儿子报仇，致使征衣事情，仍然败露，又有一番大大波澜兴出，搅扰一场。

　　那沈氏比杨元帅本章早到汴京三天，一路进城到沈御史衙中，进内拜见哥哥，又与嫂嫂尹氏贞娘殷勤见礼，东西而坐。叙谈各问平安毕，沈国清道："贤妹，你今初到，为何愁眉紧锁，满面含悲，是何缘故？"沈氏当下叫道："哥哥，妹子好苦！"未出言词，泪先坠下，将丈夫儿子尽死于钢刀之下的情节一一说明，故特来告诉亲兄做主。沈御史听了，吃惊不小，呼道："妹子，且慢悲啼，这段冒功事情，原是妹丈差处，叫我也难处决。"沈氏道："哥哥，妹丈虽错，但杨宗保太觉狂妄，即使冒功，也无死罪。"沈国清道："怎言无死罪，简直是死有余辜！"沈氏道："哥哥，他父本招，子未认，不画供，不立案，如何可擅自杀人？故妹子心有不甘，抵死回朝，要求哥哥做主，总要报雪此仇，他父子在九泉之下，也得瞑目。"沈国清呼道："贤妹，你且开怀，罢手为高，何苦如此？"沈氏道："哥哥，若不出头，枉为御史高官，赫赫有名，反被旁人耻笑你是个没智量之人。"尹氏夫人听了这些言辞，想来这等不贤之妇，不明情理之人，世间罕有，不嫌己之恶行，反怪他人立法秉公，言来句句无理，不愿再听下去，转身回入内室去了。沈国清道："妹子，我还要问你，古言木不离根，水不脱源，你言狄青失去征衣之事，须要真的，方可说来。"沈氏道："乃磨盘山上的强盗抢劫去的，众人耳闻目见，不只妹子一人知晓。"沈国清道："你要报仇，事关重大，为兄的主张不来，待我往见庞国丈商量方可。但有一说，这位老头儿最是贪爱财帛的，倘或要索白金一二万之多，你可拿得出否？"沈氏道："妹子带回金珠白镪约有五万两，如若太师做主，报雪得冤仇，妹子决不惜此资财。"沈国清道："如此，待我去商量便了。"吩咐丫环，服侍姑太太进内，众丫环领主之命，扶引这恶毒妇人进内。沈氏心下暗忖道：缘何嫂嫂不来理睬于我，难道没有三分姑嫂之情？便命自己带来两侍女去邀请尹氏，这夫人勉强相见叙谈，排开酒宴，面和心逆，二人对坐饮酒，不必多言。

　　且说沈国清匆匆来到庞府，家丁通报，见过国丈，即将妹子之事，细细言明。庞国丈想道：老夫几番计害狄青，岂料愈害他愈得福，此小贼断断容饶不得。即杨宗保恃有兵权，目中无人，做了二三十年边关元帅，老夫这里无一丝一毫孝敬送到来，老夫屡次要搅扰于他，不料他全无破绽，实奈何他不得，今幸有此大好机会，将几个奴才一网打尽，方称吾怀。但人既要收除，财帛也要领受，待吾先取其财，后图其人，一举两得，岂不为美？盘算已定，便开言道："贤契，你难道不知杨宗保，乃天波无佞府之人，又是个天下都元帅，兵权很重，哪人敢动他一动，摇他一摇。除了放着胆子叩阍①，即别无打算了。"沈国清道："老师，叩阍①又怎生打算？"国丈道："叩阍是圣上殿前告诉一状，倘圣上准了此状，杨宗保这罪名了当不得，即狄青、焦廷贵二人，也走不开。杀的杀，绞的绞，他即势大，封王御戚，也要倒翻了。碍只碍这张御状无人主笔，只因事情十分重大，所以你妹子之冤，竟难申雪。"沈国清道："老师，这张御状，别人实难执笔，必求老师主笔方可。"国丈道："贤契，你说笑话了，老夫只晓得与国家办公事，此种闲事，却不在行，且另寻门路吧。"此刻庞洪装着冷腔，头摇数摇，只言"难办"。沈御史明知国丈要财帛，即道："老师，俗语说得好，揭开天窗说亮话，这乃门生妹子之事，只为门生才疏智浅，必求老师一臂之力，小妹愿将箧②中白金奉送。"国丈冷笑道："贤契，难道在你面上，也要此物么？"沈御史："古言，人不利己，谁肯早起？况此物非门生之资，乃妹子之物，掂物无非借脂光，秀士人情输半纸。今日仍算门生浼求③老师，谅情些便足见深情了。但得妹子雪冤，不独生人感德，即李氏父子在九泉之下，亦不忘大德。"国丈道："此事必要老夫料理么？"沈国清道："必求老师料理。"国丈道："御状词究用何人秉笔？"沈国清道："此状词正求老太师主

———————————

①　叩阍（hūn）——官吏、老百姓到朝廷诉冤。

②　箧（qiè）——小箱子。

③　浼（měi）求——请求，拜托。

裁,除了老太师,有谁人敢担当此重事?"国丈道:"也罢,既如此说,也不必多虑了。但还有一说,御状一事,非同小可,守黄门官、值殿当驾官,一切也要送些使费,才肯用情,至省也要四万多白金。劝令妹且收心为是,省得费去四万金。"沈国清道:"即费去四万金,吾妹亦不吝惜,休言御状大事要资财费用,即民间有事,也要用资财的。"国丈笑道:"足见贤契明白,但不知你带在此,或是回去拿来?"沈国清点头暗说,未知心腹事,且听口中言,这句话明要现银了。便说:"不曾带来,待门生去取如何?"国丈道:"既如此,你回去取来,待老夫订稿。"沈御史应允,相辞而去。

当时国丈大悦,好个贪财爱宝的奸臣,进至书房坐定,点头自喜自言:老夫所忌的是包拯,除了包待制,别人有何畏怯?今幸喜他奉旨往陈州赈饥,不在朝中,说什么天波无佞府之人,天下都元帅威权很重,说什么南清宫内戚,只消一张御状达进金阶,稳将那两个狗贼一刀两段。杨宗保啊!不是老夫心狠除你,只因你二十余年没有一些孝敬老夫。庞洪犹恐机关泄露,闭上两扇门,轻磨香墨,执笔而挥,一长一短,吐出情由。写毕,将此稿细细看阅,不胜之喜,不费多少心思,数行字迹人头落,四万白金唾手得。

国丈正在心花大放,外厢来了沈御史,已将四万银子送到。国丈检点明白领受,即呼道:"贤契,你是个明白之人,自然不用多嘱,只恐令妹不惯此事,待老夫说明与你,你今回去,将言告知令妹。"沈国清道:"我为官日久,从不曾见告御状,还望老太师指教的。"国丈道:"这一纸,乃是状词稿,只要令妹誊写。"沈国清道:"幸喜我妹善于书法。"国丈道:"又须要咬破指尖,沥血在上,她虽有重孝,且勿穿孝服。"沈国清道:"此二事也容易的。"国丈道:"又须着一身素服,勿用奢华,装成惨切之状,一肩小轿,到午朝门外伺候。黄门官奏称李沈氏花绑衔刀,然而此事可以假传,并不用花绑的。"沈国清点首称是。国丈又道:"主上若询问时,缓缓雍容而对,不用慌忙,切不可奏称你是她的胞兄,她是你的妹子。倘圣上不询,也不可多言答话,必须将状词连连熟诵,须防状词不准,还得背诵。这是切要机关,教令妹牢牢记住为要。"沈国清听了言道:"谨遵吩咐。"即时接过状词,从头看罢,连称:"妙,妙! 老太师才雄笔劲,学贯古今,此状词果也委曲周详,情词恳挚。"说时,轻轻藏于袍袖中,国丈早已命人排开酒宴,款留一番。少顷辞别归衙,便将状稿付交妹子,将国丈之言一一说明。这沈氏听得一汪珠泪,辞别哥哥,还至自寓内室中。若论沈氏,虽则为人蛮恶狠毒,然而夫妻情深,立心要与夫儿报仇拼得一死。即晚于灯下书正状词,习诵一番,待至明天五鼓,要至午朝门外进呈不表。

　　沈御史夜深回至内室,只见灯前静肃无声,尹氏夫人一见丈夫进来,起身呼道:"相公请坐。"沈御史答应坐下,问道:"夫人还未安睡么?"尹氏道:"只为等候相公,故而未睡。"沈国清道:"夫人为什么愁眉不展,面有忧色,莫非有什么不称心之事?"尹氏道:"谁人晓得妾的忧怀!"沈国清道:"是了,定然憎厌姑娘到此,故夫人心内不安。可晓得她是我同胞妹子,千朵鲜花一树开,也须念未亡人最苦,夫人,你日间冷淡她是不应该的。"尹氏听罢,叹道:"相公亏你也说此言,妾之不言,无非假作痴聋,我不埋怨于你,何故相公反倒来埋怨于妾?"沈国清道:"今日姑娘非无故而来,她是个难中人,姑夫甥儿都死于刀下。你为嫂嫂,当看我面上,多言劝慰,方见亲戚之情,何故这般冷落于她,反要埋怨下官怎的? 夫人你却差了!"尹氏道:"相公,妾非冷落令妹,可她为人不通情理,不怨丈夫儿子冒功,反心恨着杨元帅,强要伸冤。这事是她夫儿荒谬,冒了别人功劳,希图富贵,将人伤害,自然罪该诛戮。她如是个知情达理的妇人,即应收拾夫儿尸首,闺中自守,才为妇道,亏她还老着面颊,来见相公,打算报仇,岂非丧尽良心之人? 只因她是相公和母同胞妹子,妾才勉强与她交谈。相公官居御史,岂有不明此理,实不该助她报仇,倘然害了边疆杨元帅,大宋江山社稷何人保守? 奉劝相公休得为私忘公,及早回绝了她,免行此事才是。"沈御史听了笑道:"你真乃不明事理之人,杨宗保在边关,兵权独掌,瞒过圣上耳目,不知干了多少弊端。"夫人道:"相公,你知他作何弊端?"沈国清道:"圣上命他把守边关,拒敌西戎,经年累月,不能退敌,耗费兵粮,不计其数,其中作弊之处,不胜枚举。纵然我妹丈甥儿干差了事,重则革职,轻则痛打军棍,为什么没一些情面,竟将他父子双双杀害? 况且既不画供,又不立案,杀人杀得如此强狠,别人哪个不忿恨,我妹痛夫念子,焉得不思报冤仇? 即铁石人心上也不甘的,夫人你错怪她了。"

　　不知尹氏夫人作何答话,且看下回分解。

第四十一回

逞刁狡沈氏叩阍　暗请托孙武查库

当时尹氏夫人听了丈夫之言，即道："不知相公如何料理伸冤大事？"沈御史道："下官也料理不来，故与庞太师酌议，费去四万银子，做御状一纸，待妹子于驾前哭告。但愿得上苍默佑，若天子准了状词，天大冤仇得翻雪了啊。夫人，是亲必顾从来说，哪管江山倒与坍。你是一个妇人，休得多管，我自有主意。"尹氏夫人自语道：奸党弄此伎俩，众忠良虽是凶多吉少，但沈氏终属女流之辈，如何起此恶毒念头。纵然奸雄主谋，御状做得狠毒，看你弱质裙钗，怎到五凤楼前，岂不是画饼充饥，惹人笑话！沈御史见夫人自言自语，便说："夫人休得多言，冤仇伸与不伸，日后自见，且请安睡去吧。"

不表东边却说西，庞国丈收领沈御史四万两白金，喜色洋洋，即往见黄门官言道："明日万岁临朝，有一妇人在午朝外叩阍呈御状，断断不可拦阻她，劳你奏明圣上，一切言语间帮寸些。"黄门官道："国丈盼咐，定当效劳。"只因庞太师女为庞妃，把持朝纲，赫赫有名，二品上下官员，十有其七在他门下。如今他对黄门官说了一声，哪有不遵的，是以李沈氏叩阍，名为费了四万银子，而庞太师一厘一毫也不曾破费，实乃一人受惠了。

次日五更三点，东方未明，已有文武官员齐集，天子登殿，香烟霭霭，晓雾腾腾，又是一番景象。朝罢，圣上有旨："文武众臣，有事出班启奏，无事即此退朝。"有黄门官俯伏启奏道："有一妇人于午朝门外，自称李沈氏，花绑衔刀，手呈御状，俯伏哀惨，称言身负沉冤，无门申诉，冒死而来，乞求万岁爷做主。小臣即将该氏驱逐，该氏称言杨宗保误国欺君，不知是真是假，小臣不敢不奏明万岁定裁。"班中国丈暗暗点头，黄门官果也能言。当时众文武个个心惊，不知真假，独有庞洪、沈国清心头坦定。嘉祐君开言道："妇女之流，泼天胆子，敢到此间，不知有何海底极深之冤，敢于午朝门外呈此御状。寡人非地头官，恕她妇女无知，从宽免究，逐出午朝门，不许再奏。"黄门官听了万岁之言，焉敢再奏，即称"领旨"。正待抽身，只见庞太师执笏当胸，俯伏金阶奏道："臣思李沈氏乃一妇人，据称身负大冤，无门申雪，故敢于吾主驾前求伸。更言杨宗保误国欺君，此事必因国家而起，陛下若不究询虚实，而该氏果有重冤，何忍听其申诉无门。如杨宗保果有误国欺君之弊，亦不便置之不理，伏唯陛下睿鉴参详。"君王道："朕思杨宗保世沐君思，为将多年，只有保邦，从无误国，此事定然是妇人听了别人唆使而来，朕必不询究，卿勿多言。"天子果乃英明，参透此事，众位忠良大臣俱都无言，独有庞国丈满面透红，沈御史心如火炙，眼睁睁只看着庞国丈。这庞洪只得又奏道："臣思地方有司衙署，或有刁民藐视国法，以假作真，以曲作直，捏情诬告，刁讼唆弄。但万岁驾前，若非沉冤重枉，焉敢冒死而来以身试法？况有误国欺君大款，谅非海市蜃楼之虚，伏望陛下准收此状，以免此妇有屈难伸，而重臣弄法，实碍朝廷纲纪，臣戴罪宰阁，不得不冒死启奏。"嘉祐王看着国丈，心想：此事必是他从中主唆，故如此着力，也罢，寡人且看状上情由如何便了，便道："依卿所奏，着黄门官取状进呈。"黄门官口称领旨，去不多时，取到李沈氏状词，呈于龙案上。嘉祐王御目一瞧，状曰：

　　诚惶诚恐，稽首顿首，冒死上言。诉冤妇李沈氏，现年三十五，江南松江府华亭县原籍。诉为冒功枉法，贪赃徇私，斩宗绝嗣，屈杀害民事：氏夫李成，原任五云汛守备，仅有独子李岱，是汛千总。冤于本年十月十二日，钦差狄王亲颁解征衣，已至关外荒地屯扎，悉被磨盘山强盗抢劫。至十三夜，氏夫经汛巡查，偶遇胡人赞天王、子牙猜醺醉逡巡，踏雪履霜而至。氏夫思二人乃西戎巨寇，中国大患，父子私算，乘其醺醉糊涂，有机可乘，即箭射赞天王，刀伤子牙猜，二首并枭，双功望奖，父子共赴边关，献功帅府。岂料狄钦差尽失征衣，难弥其罪，重行贿赂于焦先锋而为硬证，得以冒功卸罪，而杨宗保徇情枉法，混将氏夫及子枭首辕门，痛思氏之夫子功凭级证，奈杨宗保恃职司权，凌属如蚁，嗟呼，人心何在，国法奚彰①？既掌三军司命，职司生死之权，理应秉公报国，乃竟有罪得功，因功惨死。在氏冤屈沉沦，绝嗣斩宗；在杨宗保昧法欺君，专权屈杀。至彼兵符统属，势大藩王，故氏申诉无门，不得已冒死午门，沥血金阶，倘黑天翻白，虽死之日，犹

---

　　①　奚彰——奚为疑问词，做何讲；彰，显扬。国法奚彰，国法如何显扬呢？

生之年。衔刀上恳，乞天皇电鉴，不胜哀惨痛切之至！

嘉祐帝看罢，将信将疑，想到：若说狄青征衣尽失，依照国法，原该有罪，如无此事，这沈氏妇人怎敢轻告此词？也罢，寡人且自准她，将情由一询，看是如何。传旨："李沈氏放绑卸刀，着进金銮。"黄门官领旨，这沈氏低着头，一身淡色服饰，步至金銮殿前俯伏，两泪交流。当时圣上诘她情节，沈氏照依状词上，句句对答无差。天子想来，这款状词，十有七八是国丈专主的，故不诘问是谁人代笔主谋。只降旨道："将李沈氏发往天牢，此案未分皂白，着令九卿四相公同酌议办理，三日内复明定夺。"当时退朝，群臣各散，不必多表。

单言李沈氏，天子虽说降发她在刑部天牢，沈御史即日弄了些手脚，只与司狱官知照，说了数言，李沈氏仍归御史行中。因姑嫂二人不甚相得，沈御史又差人悄悄将妹子送至一尼庵内暂住。一言交代，也不多提。

当日九卿四相文武大臣，奉了圣旨，在朝房公议。当初忠义重臣首相寇准、毕士安，仁宗即位元年已卒，次后相继而亡者有李太师、沈待制、孙爽，如今冯太尉、庞国丈、吕夷简秉政，欲拟狄青中途失去征衣，贿证冒功，杨宗保混昧不察，妄杀有功，误国瞒公之罪。却有左班丞相富弼、平章文彦博、吏部天官韩琦三位忠贤驳论道："那妇人乃一面之词，岂得为凭？若因此伤边关望重之臣，依私昧正，焉有此法律？如若力办此事，须当严审根究李沈氏，方得分明真伪。"当天商议不定，第二天仍复如此。次日五更将晓，天子设朝，正在君臣议论此事，忽有黄门官人奏道："有边关杨元帅差官赍表①呈进，现于午朝门外候旨。"圣上传旨宣进。赍表差官进阶俯伏，三呼万岁，有侍官取上本章，在龙案上展开。天子观看，其表上叙及狄青征衣限期到关，力除西戎国五员骁将，杀败十数万敌兵，解了边关围困，特请旨荐保狄青为帅，他要告假回朝之意。天子看完，欣然大悦，开言道："庞卿，你且将杨宗保奏招看来。"庞国丈道："臣领旨。"一看本章，惊吓不小，顷刻满面通红，再不想狄青有此本领，如今杨宗保又保荐他为帅，如若狄青做了边关主帅，老夫休矣！即忙俯伏奏道："陛下明并日月，臣思杨宗保荐狄青为帅，但现据李沈氏控他失去征衣，贿证冒功，希图抵罪，而杨宗保本上却于失征衣之事一字不提，即李成父子冒功正法，因何

---

①　赍(jī)表——持捧奏表。

也不陈明。是沈氏所呈确切，而杨宗保弊端显然。昧法欺君，理当究本穷源，仰祈陛下明察。"君王听罢，想道："此事叫寡人也推测不来，怎生是好？"首相富弼怒气不平，出班奏道："老臣有奏。"天子道："卿家有何奏闻？"富相道："臣思此妇，敢于叩阁，必有主唆奸臣。而李成父子若不冒功，杨宗保岂有屈杀无辜？狄青果然无功，他焉肯欺君，请旨拜帅。陛下如要究明此件重案，先将李沈氏发交包拯，严究何人主唆，则李成父子冒功真假，必可彻底澄清。"

　　这一番话弄得君王心无定主，明知富弼所奏合理，但想此事定然国丈主谋，碍在贵妃情面，如何深究，颇觉左右两难。却见庞洪又奏道："臣思该氏冤大如天，无门申雪，到午朝门外上呈御状，实为情极冒死而来，还有哪人不畏死的与她把持。如要究李沈氏，须先究杨宗保，祈陛下降旨往边关，即将杨宗保、狄青、焦廷贵等扭解回京，发交大臣勘问，便可以水落石出了。"有吏部韩爷出班奏道："边关重地，岂可一天无帅，若将他等扭解回朝，一有泄漏，其祸非轻。契丹尚在未平，西夏叛攻未服，此事万万不可！"天子闻奏喜道："韩卿所言合理，江山为重，非同小故，三位卿家且平身。"三位大臣谢恩而起。天子道："朕思杨宗保失察征衣，狄青疏忽被劫，焦廷贵贪赃硬证，朕亦未能深信。李沈氏诉雪夫冤，亦不便置之不办，寡人差一大臣密往边关，名为清查仓库，实则暗访此事真伪，众卿以为何如？"富弼、韩琦都言道："陛下之旨甚善。"庞太师也无可奈何，不便再奏。天子看看两旁班列，即下一旨，着工部侍郎孙武前往边关。庞太师自言道：此人差得有机窍了。当时富弼、韩琦、文彦博几位忠贤，虽知孙武亦是奸臣党羽，料想杨宗保等立于不败之地，畏他什么？是日只因功罪未分，天子于杨元帅本章，也不批旨，狄青的元帅，也未封赠，且待孙武回朝，再行定夺。

　　不知孙武往边关如何复旨，且看下回分解。

第四十二回
封仓库儒臣设计　打权奸莽汉泄机

群臣朝罢回衙,俱各不表。单提国丈回归相府,自语道:只说几个畜生易于翻倒,岂知这昏君心中不决,反差孙武往边关查盘仓库。你这昏君主意虽好,但这差官已错用了,孙武乃孙秀从弟,又是老夫的心腹,不免请他到来,嘱咐而行,岂不善哉! 想定主意,吩咐备酒席于暖香楼,然后差人请到孙侍郎,进相府拜见庞太师,二人即于暖香楼中对酌,细细商量一番。国丈道:"孙兄,老夫请你到来,非为别故,一则与你饯行,二来有事相托。"孙武称谢,又道:"不知老太师有何吩咐?"国丈道:"狄青乃老夫不喜之人,又与你哥哥和胡坤二人切齿深仇,孙兄谅所深知。"孙武道:"晚生也深知的。"国丈道:"几番下手算计,不独害他不成,反被他取高官,封显爵,又得此重大战功。这冤家如此得意,实是孙、胡二人不甘心的。即杨宗保身居二十六七载边关元帅,眼底无人,不看老夫在目中,从无一些孝敬送来,私囊独饱,亦是容他不得。你是我的心腹厚交,今日圣上差你到边关,古言明人不用细说……"国丈说到此处,孙侍郎即打了一拱道:"此事都在晚生身上。"国丈笑道:"孙兄乃明白之人,我亦不用多言,只消回朝如此如此,便可收拾此党。"孙武连连应诺。再复把杯一刻,至晚辞别而回。道经孙兵部府,顺即进见,谈说之间,孙兵部与庞国丈不约同心。是日,胡坤亦在孙府把盏,心中大悦,总要算计狄青、杨宗保二人。孙武见二人如此,即说:"庞国丈方才已说过,小弟自必当心,决不差误。"孙秀道:"若得如此,愚兄感激无涯。"孙武道:"哥哥,弟兄之间,些小之事,何足介怀。"孙、胡二人听了大悦,孙武告别回衙,打点动身。

不表孙武出京,且说边关赍本官尚在汴京,将杨元帅、狄钦差各书,分头送达,还有一书要送包待制,岂期包拯在陈州赈饥未回,故将书投送包府。是日韩爷将杨青来书展阅,果然狄青功劳浩大,只恨庞奸贼兴此风波,主使沈氏叩阍。当日备酒款了差官,又修书一封,带回边关,说明钦差孙武到边关明查仓库,暗访失征衣的缘故。

　　再言天波无佞府佘太君是日接得边关来书，与孙媳穆氏及众夫人等拆书一看，方知狄青初到，即杀退敌兵，众位夫人一同羡美，不用烦述，然佘太君与众夫人俱不上朝，故不知孙武奉旨出京之事。

　　又说南清宫狄太后得接侄儿回书，母子大喜，难得建此大功。那潞花王是朔望上朝，故今沈氏叩阁与孙武出京之事，也不得而知。

　　此言不表，再说庞国丈、冯太尉这天接了几封密报，方知潼关马应龙被神圣所诛，说出他用计恶处。冯太尉不知其故，只庞国丈心下大惊，二人不敢陈奏圣上，即私放一官赴任潼关总兵。

　　不表二奸欺君昧法，却说边关杨元帅见狄青力退敌兵，除灭五将，解了边关重围，一心敬重他乃当世英雄，国家有赖，随时设宴款叙，每日谈论军机，觉得两相投契。忽一天赍本官回关，元帅细问，圣旨缘何不下？赍本官回禀道："朝廷未有加封拜帅旨意，但不日之间，却有钦差孙传郎到关盘查仓库。"元帅道："孙侍郎到关盘查仓库么？本帅守关二十余年，从未有人盘查仓库，莫非又是奸臣的计谋？"赍本官又将韩爷的回书送与杨青，然后叩辞元帅而出。杨青将书拆展，细细看明，冷笑道："可恼庞洪老贼，弄此奸谋恶计，将此美事又弄歪了。"细细说知三人。元帅道："纵有钦差到来，我何畏哉！况仓库历年无亏，岂畏盘查？"范爷道："这孙武乃孙秀族弟，庞洪心腹，料这老贼定然有计作弄，他亦必需索金帛。回京复旨，只言失征衣是真，李成父子冒功是假，我众人亦不在朝与辩，必中奸计。不妙了！须要预早打算，不着他圈套为高。"元帅道："礼部大人才高智广，如何打算才是？"范爷冷笑道："只略用半点小功夫，可先将仓库封固，只说钱粮亏空过多，要求钦差回朝周旋。想孙武乃贪婪财帛小人，送他三五万银子，求他在万岁驾前，只言仓库无亏无缺之语。孙武得了银子，自然应允，待他转身后，预差一精细将官，在前途埋伏拿下，以赃银为证，备本劾他。他即陈奏李成冒功是假，失征衣是真，圣上也不准信，自然扳顶出庞洪来，此为诈赃据赃之计，未知元帅尊意何如？"元帅听了笑道："范大人智略高明，非人所及，所虑者，孙武倘然不上此钩，如何再处治这奴才。"范爷道："定然中计的，老夫稳稳拿定他。"狄爷点首道："这众奸臣见了财帛，岂肯放脱，元帅休得过虑。"言谈已毕，时已日落西山，堂上安排夜宴，四人就席把盏。范爷又道："孙武一到关，即依计而行，但焦廷贵跟前说明不得，倘被他痴痴呆呆泄漏机关，事便不成了。"元帅道："范大人高见是!"是夜不表。次日元帅发令,将仓库悉皆封固,不许私开。

不表边关安排妙计,却言孙武一自离却皇城,自恃钦差,所到地方,文武官员多来迎接款留,厚送程仪食物。如若馈送得轻微,孙侍郎便不动身,一路耽耽搁搁,发获大财。孙武想道:这个生意果也做着了,但本官一到边关,必要将仓库查得清清楚楚,料想杨宗保领边关二十余年,亏空的谅也不少,不忧他不来买求本官!路上非止一日,到得边关,报知杨元帅,排开香案,孙侍郎气昂昂下马进关,开读诏书罢,方见礼坐于帅堂,闲言一番。元帅道:"本帅职任此关二十余年,圣上从无盘查仓库旨意,如今忽差大人到来查察,莫非又是庞国丈的主见?"孙武冷笑道:"元帅之言说得奇了。下官奉了朝廷旨意,只因圣上常忧仓库空虚,是以差下官到来盘查明白,岂是国丈从中起此根由?"元帅道:"果是朝廷的旨意,本帅失言了。敢问大人,本帅有本还朝,请旨荐狄王亲为帅,不知何故至今没有旨意下来?准旨与否,大人必知其由。"孙武道:"圣上览表之后,并不语及准与不准,下官却也不得而知。"元帅冷笑道:"竟不得知么?"当时元帅也不多言,少不得酒筵盛款,只为天色已晚,是以仓库尚未盘查。

次日,孙侍郎先要暗察失征衣之事,有关内的偏将兵丁,自然护着元帅,多言征衣未有疏失。即城中百姓内有知识的,知他来访察杨元帅的底蕴,亦言不失,故孙武未能查访得的确。又访查到李成父子冒功之真假,众人都言冒功是实。这孙武又亲往打探仓库,岂知尽皆封固,自言道:杨宗保,不知你亏空得怎样,你若是个在行知事的,早在我跟前说个明白,送吾三五万两,也不为过多。本官看这银子份上,自然在圣上驾前替你掩饰,只言仓库并不空缺,还将误杀瞒公之罪,抹过几分。

是日,又进来见杨元帅,帅堂上早已安排早膳,席间孙武开言道:"元帅,下官原奉旨盘查仓库,不知为何悉皆封固,难道不许盘查,违逆圣旨不成?"元帅道:"孙大人有所不知,只因本帅领职二十六七载,无有一载不亏空钱粮的。向来圣上不曾降过旨来盘查,本帅也便糊糊涂涂混过去的了,岂知圣上今次忽然要盘查起来,特命大人到关,本帅千方百计打算,难以弥补得足,亏空多年,一朝败露了。"孙武想了想,道:"据元帅主裁,教下官不盘查了么?"元帅道:"盘查是悉凭你的,但本帅亏空之处,仰仗大人周全些为妙。"孙武一想:这话我又出不得口,但他既要我周全,不免一肩卸在国丈身上,便道:"元帅若要下官回朝遮饰,事是不难,圣上可以瞒得过,独有国丈瞒他不得。"元帅道:"国丈如何不能瞒?"孙武道:"吾实告元帅得知,国丈明晓库仓有缺,故教下官彻底清盘。"元帅道:"国丈既然如此,怎生料理得好?"孙武道:"下官断没有不肯周全的。"元帅道:"如此,国丈那边送他二万两,大人处奉送一万,有劳大人与本帅在国丈那里说个人情如何?"孙武道:"下官一厘也不敢领元帅之惠,但国丈那边还要商量。"元帅道:"还嫌微薄么?"孙武道:"国丈也曾言来,元帅二三十载从无些小往来,此是真否?"元帅道:"果然历久并无丝毫往来,再增一万如何?"孙武道:"元帅,你在此为官二十余年,职掌重位,即一年计来三千,只管二十五年,合总也有七万五千两。如依下官之请,便可不查仓库。"元帅闻言微笑道:"奈本帅乃边城一贫武官,七万五千两实难措得来。也罢,国丈三万,大人二万,共成五万,再多也不能措置了。"孙武笑道:"既元帅如此说,下官从命,如数五万两,不用查仓库了。"

正说之间,不防焦廷贵在左阶班部中,听了大怒,跑上帅堂,不问情由,将孙武夹领一抓,啪嗒一声,摞在地上,喝道:"贪财图利的狗王八!吾元帅在此多年,从无亏空仓库!庞洪奸贼要元帅的银子,想是他做梦么!"将孙武撤按地上,哪管什么钦命大人,将拳擂鼓一般打下。孙武大骂道:"无礼匹夫!你殴辱钦差,该得何罪,无非杨宗保暗使你等奴才如此的!"当时杨元帅气得二目圆睁,大骂焦廷贵,离位上前拉开,孙武方得抽身而起,还是气喘吁吁,纱帽歪斜,怒气冲冲,叫道:"杨宗保你纵将行凶,可知国法!"杨元帅想道:好个妙计,被这莽夫弄坏了,早知如此,不瞒他也好。今日此计不成,范公的机谋枉用,只落得纵将行凶,辱打钦差之罪。只得骂一声道:"孙武!你不该如此,圣上命你到来盘查仓库,本帅仓库每年无亏无缺,如何你反听信庞贼奸谋,图诈赃银五万两。你乃奸贼党羽,欺君误国,王法已无,本帅容你不得!"说着喝声:"拿下!"与焦廷贵用两架囚车禁了,连忙写本章一道,差沈达押解到京,悉凭圣上做主。另修书一封,教沈达到京,悄悄送交天波府达知佘太君。沈达领命,带了十名壮军,押了两个囚笼,离了边关,向汴京城而去。

不知后事如何,且看下回分解。

第四十三回

杨元帅上本劾奸　庞国丈巧言惑主

却说沈达进京去了,杨元帅心头气恼,又觉可笑。笑的是范礼部设成妙计,孙武已上了圈套,恼的是不遂其谋,被莽夫弄歪了,不得不将焦廷贵一并解回朝中。纵有朝廷议罪,也必怀念开恩,又有祖母佘太君周全,管保无碍。范爷长吁一声道:"都是这莽匹夫将机谋泄露,虽有太君包庇无妨,只忧老奸贼又要兴风作浪了。"杨元帅道:"事已至此,纵然朝廷治罪,只可听其自然。"狄爷也点头长叹道:"内有奸臣,实难宁靖的。"杨青道:"从今大事,不可重用此莽夫了。"

不表边关一番忠良话,且说沈达趱程,沿途无阻,到得东京地面,未进王城,先想道:若将二人解进王城,圣上未知,奸臣先晓,倘或被他谲弄^①起来,便不稳当了,即于相国寺将二架囚车悄悄寄放僧房内,着令兵丁看守。其时天当中午,处置停妥,先往天波府内投递了元帅家书。佘太君拆书,从头细阅,冷笑一声道:"庞洪何苦施此毒计,虽则如此,只好将别人播弄我府中人,休得妄想下手。"太君吩咐备办酒席,款待沈达。当日众夫人也知此事,即差人到朝中打听消息,倘有干系情事,即要报知。

且说焦廷贵将孙武大骂奸贼不休,一程出关,也是大骂喧喧,是日在相国寺中,更吵骂得厉害。孙武欲待通个消息于庞府,无奈随行家将人等,都被杨元帅留在边庭,并无一人在身边,只得忍耐,由那焦廷贵痛骂,且待来朝庞太师自有打点,这且按下不表。

至五更三点,万岁登殿,百官入觐,朝参已毕,文站东边,武立西侧,值殿官传旨已毕,忽有黄门官奏知万岁:"今有边关杨元帅特差副将沈达赍本回朝,现在午门候旨。"天子闻奏,想道:朕差孙武往边关查察,尚未还朝,杨宗保缘何又有本章回朝?即传旨黄门官取本进览。不一刻已将本章呈上御案。圣上龙目细细观看完毕,又向文班中看看庞国丈明白他贪

① 谲(jué)弄——欺诈之意。

财诈赃,便道:"庞卿,杨元帅有本,你且看来。"国丈领旨上前在御案侧旁细看,只见上面写道:

　　原任太保左仆射、统领粮饷军机大臣、兼理吏、兵、刑三部尚书罪臣杨宗保奏:恭仰先帝洪恩浩荡,职任边关,将近三十载;复蒙吾主陛下加恩,奚啻天高地厚,虽肝脑涂地,难补报于万一。臣铭心刻骨,颇效愚忠,敢替先人余烈,以紊六律章程;兹奉钦差工部侍郎孙武至关盘查仓库,臣即遭旨将仓库悉行封固,恭候稽查。孰意孙武阳奉阴违,诈赃索贿,仓不查,库不察,称系庞洪嘱托,言每年应得馈礼五千两,共合银十二万五千,而孙武索送七万五千,有即以二十五年计每年三千两不为过多之语。依允即不予盘查,不允则回奏仓不亏为亏,库不缺为缺。当时臣不遂其欲,在帅堂吵闹一番,部将焦廷贵忿忿激烈,不遵规束,殴辱钦差,与臣例应并罪。唯臣职领边疆重地,不敢擅离,先将孙武、焦廷贵着沈达押解回朝,恭仰圣裁定夺。臣在边关待罪,恭候旨命。谨奏。

　　庞国丈看罢大惊,想道:只说孙武材干能员,岂知是个无用东西,今日驾前文武众多,叫我如何对答当今?只得奏道:"陛下,臣伴驾多年,深沐王恩,岂肯贪图索诈。前蒙陛下差孙武出京,何曾有言嘱托?况今孙武现在,只求万岁询他,便知明白。杨宗保刁诈异常,自知有罪难逃,诬告谎奏,无证无凭,希图搪塞,况他纵将行凶,将钦差辱打,显系恃势欺凌,伏唯我主明鉴参详。"天子道:"庞卿平身。"即传旨焦廷贵见驾,当驾官领旨宣进,焦廷贵昂然挺胸,踩开大步,直至金銮殿,全然不懂三呼万岁见驾之礼,高声道:"皇帝在上,末将打拱。"天子见他如此,也觉可笑!早有值殿官喝道:"万岁驾前,擅敢无礼,还不俯伏下跪么!"焦廷贵道:"要我下跪?也罢,跪跪何妨。皇帝,我焦廷贵下跪了。"天子倒也喜他耿直,知他不会说谎,便想先细细盘诘他失去征衣之事。

　　当日圣上缘何不问殴辱钦差,倒盘诘起失征衣之事?原来法律重在起因,殴辱钦差原由却为失征衣而起,故先问征衣失否,为的是向呆将讨个实信。如若失征衣事真,是孙武诈赃事定假,诈赃事假,则焦廷贵殴辱钦差之罪不免。天子想罢,便问道:"焦廷贵,狄青解到征衣究竟怎样?且明言上来。"焦廷贵道:"征衣到也到了,因不小心被强盗抢去,险些狄钦差吃饭东西都保不牢。"国丈在旁,心头暗暗喜欢,难得圣上问失征衣事,更喜这莽夫毫不包藏。天子听了失去征衣,点头又问:"焦廷贵,失在哪里?"焦廷贵道:"离关不过二百里,是磨盘山强盗抢去,哪人不知,谁人不晓?"天子道:"失去多少,存留多少?"焦廷贵道:"抢得一件不存。"庞洪想道:圣上若再问下去,射杀赞天王、子牙猜事情必败露了,须要阻当君王诘问为妙。即俯伏金銮奏道:"臣启陛下,那焦廷贵乃杨宗保麾下将官,今日已经认失征衣,此事既真,事事皆实了。狄青冒功抵罪,杨宗保屈杀无辜,李沈氏呈他冒功屈杀之语,实为确切,孙武诈赃显无此事了。焦廷贵如此强暴,岂无殴辱钦差之事?此案内情委曲,诚恐有费陛下龙心,伏祈陛下发交大臣细加严审,询明复旨,未知圣意如何?"天子道:"依卿所奏,但此事非小,不知发交何人?"国丈道:"臣保荐西台御史沈国清承办,必不误事。"

当时圣上准了国丈奏议,发交西台御史审讯。沈御史口称"领旨",早有值殿将军拿下焦廷贵,他还是高声大骂道:"你如此真乃糊涂不明的皇帝了!怎么听了这鸟奸臣的话,欺我焦将军么!"国丈大喝道:"万岁前休得无礼!"焦廷贵乃一莽汉,怎知君上的尊严,还不断大骂好贼狗畜类,当有值殿官急将焦廷贵推出午朝门外,押回囚车而去。国丈奏道:"押解官沈达不可放归边关。"天子问道:"何故?"国丈道:"臣启陛下,倘然回关,杨宗保得知,自觉情虚,恐生变端。且将沈达暂行拘禁,待询明之后,方可释放。"天子准奏,着将沈达暂禁天牢,值殿官领旨,登时将沈达押下天牢去了。

天子退朝,当有一般大臣见天子事事准依国丈,一个个敢怒而不敢言,只有庞洪、孙秀一退朝,便命人打开孙武囚车,同至庞府。若问孙传郎是犯官,因何沈御史既领旨审办,又不带去?只为一班奸党相连,私放了孙武,独欺瞒得朝廷耳目,仁宗时奸臣势焰滔天,大抵如此。这且不表。

当日孙武随着庞洪、孙秀至相府,胡坤亦来叙会。国丈道:"出京之日,一力肩担,怎生倒翻杨宗保之手,几乎累及老夫,实乃不中用的东西!"孙武道:"非我不才,他们早已暗算机关,装成巧计。"孙秀道:"岳父大人,且免心烦,如今埋怨已迟了。但这焦廷贵已招出尽失征衣,只要沈御史用严刑追逼他招出狄青冒功之事,不惧杨宗保刁滑势大,即狄太后、余太君也难遮庇。"四人正言,沈御史也到了,说道:"晚生特来请教大师,这焦廷贵如何审办?"国丈道:"这些小事还来动问么?只将焦廷贵严刑追究,失征衣之事,已经招出,还要他招出李成父子功劳被狄青冒去,焦廷贵又受贿硬证,杨宗保不加细察,反将李成父子糊涂屈杀。再审得孙武诈赃是假,焦廷贵殴辱钦差是真,审明复旨,将这狗党斩的斩,杀的杀,岂不快哉!"胡坤道:"太师,想那焦廷贵乃铮铮烈烈硬汉,倘然抵死不招,怎生弄法?"国丈道:"他抵死不招,何难之有? 做了假供复旨即可。"沈御史喜悦应诺。此时堂上已排列酒宴,五奸叙酌言谈,宴毕各各告归回府。

却说沈御史进到内堂,时早过午,尹氏夫人一见问道:"相公,今天上朝,因何这时候方回,莫非商议国家大事?"沈御史道:"与你夫妻,说也不妨。"即将始末情由言明,尹氏夫人听了,心中不悦,顷刻花容失色,叫道:"相公,此是他人之事,别人之冤,且妹子适人,已为外戚,何况李氏父子死有余辜? 凡人既出仕王家,须望名标青史,后日馨香,何以入此党中,将众贤良一网兜收? 此事断然不可,万祈老爷三思。"沈御史冷笑道:"此言差矣! 下官若非庞太师提拔,怎能高陞御史,夫人你也哪有此凤冠霞帔?"夫人道:"国丈今日势头虽高,但他刁恶多端,等他势倒之日,料这老奸,必然遗臭千秋。"沈御史听了这"奸"字,怒气直冲,连连骂道:"不贤泼妇,出语伤人,因何风平浪静惹出闲气来?"夫人道:"相公,不是妾身凭空惹你动气,不过将情度理,劝君以免灾祸罢了。"沈御史道:"哪见我有灾祸来?"夫人道:"老爷这般趋奉奸相……"言未完,御史喝骂道:"不贤泼妇,他为何是奸相,奸从何来? 你且说知!"夫人道:"妾是谏劝老爷忠君为国,何须动恼? 我想国丈作尽威福,陷害忠良,贪财误国,即妾不呼他奸臣,也难遮外人耳目。"御史道:"你知他害了哪个忠臣?"夫人道:"怎言不是? 即今要扳倒杨宗保就是一桩。杨宗保乃是世代忠良,保护江山的元勋,即提督狄青,乃当今太后内戚,在边关立下大功,亦武勇之臣,为国家所倚赖。若灭害了这等英雄,君王社稷哪人撑持? 老爷食了王家厚禄,须当忠君报国,方得后世流芳,趋炎附势,千秋之下,臭名难免。倘不入奸党,妾便终身戴德了。"御史听罢,怒道:"可恼贱人,你一无知女流,休得多言,如再饶舌,定不饶你!"

不知尹氏夫人如何答他,且看下回分解。

第四十四回

骂奸党贞娘自缢　捏供词莽汉遭殃

当时尹氏夫人叫道："老爷，妾是一片忠言谏劝，岂料你仍甘心作奸臣党羽，还防日后有倾家之祸，那时方悔不听妻谏之言，反落得臭名与后人笑话！"沈御史大喝道："不贤之妇，日后纵然有倾覆之祸，与你何涉何干！"伸手两个巴掌打去，旁边众丫环趱近，扯住老爷袍袖，劝道："老爷万勿动手！"众丫环扶持主母，共归内房，夫人坐下，呼唤丫环素兰，往外堂屏后打听老爷将三关将官如何审断，即回来复知，丫环领命而出不表。

且言沈御史怒气冲冲，不听夫人劝谏，一出外堂，立即传话升堂，早有差人带着焦廷贵，浑身刑具，来到御史堂上。那焦廷贵高声大喝沈御史的诨号道："沈不清！你休得妄自尊大。"沈御史拍案大喝道："蠢奴才！法堂上还敢如此无礼，要怎的？"焦廷贵道："焦老爷要回边关去。"沈御史道："焦廷贵，今日本御史奉旨，审讯杨宗保乱法欺君之事，速将狄青失征衣、冒功劳，杨宗保屈斩李成父子，你受了狄青多少财贿，怎生殴辱钦差，杨宗保妄奏财贿事，细细供来，以免动刑。"

焦廷贵大喝道："沈不清，你这鸟御史，说的什么话，我焦老爷一概不知，休得多问！"沈御史道："本官也知不动刑法你怎肯招认！"便吩咐将他狠狠地夹起，差人领命，即将焦廷贵卸下脚镣，一双赤足，套入三根木中。焦廷贵道："这个东西倒甚有趣。"沈御史拍案喝道："焦廷贵招认否？"焦廷贵道："我焦老爷招取你狗命。"御史再呼役人，将那夹棍一连三收，两棍头又加数十锤，焦廷贵愈加大骂，大声喝道："沈不清，乌龟官，狗奴才！敢如此欺侮你焦老爷么！"御史道："焦廷贵，本官劝你招了吧。"焦廷贵大骂道："沈不清，割下我脑袋才算你的本领。"沈御史想道：焦廷贵乃一硬汉，谅来不肯招认，不免做个假供。吩咐左右，将他松了刑棍，上了镣具，发回大牢，待明天取他脑袋。

不表焦廷贵发下天牢，且说御史退堂，回进书斋，做备假口供。当有丫环素兰在屏后打探得分明，进至后堂，细细达知主母。尹氏夫人听了，

登时脸上无光,珠泪汪汪,打发丫环众人都出房外,夫人独自一人将房门闭上,长叹一声,浓磨香墨,题绝命诗道:

　　安身一殒有谁怜,虚度光阴三十年,

　　但愿夫君偏性改,纵归黄土也安然!

题罢,泪如泉涌,哭道:"可怜十余载恩爱夫妻,一旦分离,未免情伤。但今日劝谏不从,日后亦不免杀身之祸,反要出乖露丑,与其生,不如死了。"言罢,自缢身亡。

众丫环见夫人进房已久,闭门不开,众人说:"老爷从未与夫人叹气,今朝言语驳斥,骂了一番,又动手打两个巴掌,为着外人之事,夫妻惹起气来。如今夫人闭门不开,不知吉凶如何?"众丫环商议,甚觉慌忙,只得一齐动手打开房门,一见吓得惊慌无措,都说:"不好了! 夫人当真寻了短见。"素兰叫:"金菊姐姐,你等看好夫人,待我往报老爷得知。"言罢急忙去了。内房丫环将汗帕解下,啼哭呼叫,灌下姜汤,夫人身体早已冰冷,哪得复醒。

不表众丫环惊惶,当时沈御史在书斋中正做完假供,写就一本要来朝奏帝,自笑道:"此一本上去,哪管你天波府势头高,杨宗保性命难存,即使狄青是太后娘娘内戚,也逃不掉狗命。"写就此本,正要去见庞国丈,只见素兰丫环跑得气喘吁吁而来,叫道:"老爷,不好了!"沈国清喝道:"贱丫头,何故大惊小怪?"素兰道:"不是小婢惊怪,只为夫人死了。"沈御史喝道:"小贱人! 敢来谎我! 夫人毫无病症,怎言死了?"素兰道:"夫人自缢身死,现有众人尚在房中救唤夫人。"御史道:"此不贤妇人,应该死的。"素兰听了,流泪道:"老爷,难道口头上争闹几言,就断了夫妻之情不成? 可惜夫人乃一位贤良诰命,翰墨名家之女,死得如此惨伤,老爷还不速往看看夫人能救活否?"沈御史喝道:"贱丫头胡说! 你们自去救她,我不管了。她如此可恶,口口声声只骂我奸臣,还有什么夫妻情分!"言未了,又见两名丫环飞奔进来,啼啼哭哭道:"老爷,夫人缢死惨伤,我们多方解救,只是不能还阳了。"沈国清趋奉权奸,厌恼夫人谏阻多言,竟将夫妻之情,付于流水,见丫环都来禀告,只得进内房,走近身旁,立着冷笑道:"尹氏,谁教你多管我的闲事! 是你自寻死路,实乃口头取祸,你死在九泉,也怨恨不得丈夫。"又回身吩咐丫环道:"速唤家丁掘土埋她。"众丫环道:"老爷,不知怎生埋法?"沈国清道:"即在后园亭中掘个土窖,以掩尸骸罢了。"众丫环齐道:"老爷差矣!主母夫人曾受皇封诰命,是老爷结发夫妻,今日寻了短见,死得如此惨伤,理应开丧超度,然后棺椁入土为安才是。"沈国清喝道:"贱婢!休要你们多管。"众丫环道:"老爷,这是理该如此,算不得我们丫环多言。"沈国清喝道:"这是不贤之妇,死何足惜,有什么棺椁成丧!哪个再敢多言,活活处死!"说罢,出房而去。众丫环听了,不敢再言,珠泪纷纷,人人悲苦,恨老爷心肠太硬,全无半点恩情。只得遵命,唤来几名家丁,带备锹锄,在后园中丹桂亭旁,掘开泥潭数尺。众丫环服侍夫人,沐浴了身体,更换新衣,头上戴些花细钗环之物。时鼓打初更,前后有提灯引道,将夫人扛起,是日乃三月初三,新月早沉,来至后庭,家人丫环悲啼惨切,已将夫人埋入土窖中,上面仍用土泥浮松盖掩,以免压腐体骸。这是众家丁丫环怜惜夫人受屈,不忍之心,不然,日后怎生全尸,这是后话不提。是夜众家丁丫环人人叩首,个个含悲,都道:"夫人受过王封,金枝玉叶之躯,惨死了不得棺椁安葬,皆老爷薄幸不情之过。"那沈国清亲至亭心,看见夫人埋于土中,说道:"尹氏,你如今死了,是你命该如此,勿怨着我丈夫无情。待我来朝奉旨杀了焦廷贵,公事一毕,然后用棺埋葬便了。"说罢,回进书房,头一摇道:"罢了,哪有这等多管闲事的女子,竟不畏死的,还恼她留下诗词四句,要本官改什么偏性!"说罢,命家丁手持火把,前往国丈府中,令人通报,进内相见,即将本章假供与国丈观看。国丈灯下看毕,大悦道:"此本甚是妥当详明,待明朝呈进便了。"沈国清道:"夜深如此,告退了。"当日算得神差鬼使,有关尹氏自尽的缘由,御史并不说明,是以国丈全然不晓。

次日,沈国清来到朝房,少停,万岁登殿。文武朝参分列,值殿官传过旨意,有沈御史出班俯伏奏道:"臣奉旨审断焦廷贵,初则倔强不招,次后用刑,招出:狄青失去征衣,冒功抵罪,焦廷贵受贿为证,李成父子除寇有功,杨宗保竟不察而屈斩,钦差孙武又被他封固仓库,不许盘查,纵令焦廷贵殴打钦差,反劾孙侍郎诈赃。"又将本意供状上呈,天子看罢,龙颜大怒,骂道:"泼天大胆的杨宗保,朕只道你是边疆大臣,今日看来乃一大奸臣。深负国恩,目无王法,狄青等失去征衣,不该冒功抵罪,屈杀有功,着一并押解回朝治罪!"国丈一想,如若押解回朝,必被狄太后、佘太君出头,仍是杀不成,即出班奏道:"臣庞供有奏。"天子道:"卿且奏来。"庞国丈奏道:"杨宗保久镇边关,兵权统属,如若押解回朝,诚恐被他风闻准备,万一途中生变,为祸非小。"天子道:"卿之见如何?"国丈道:"臣思焦廷贵招认罪名,无庸再问,莫若密旨一道,赐其刑典,着杨、狄二臣即于边城尽节,焦廷贵即于王城处决。未知我主龙意若何?"天子准奏,仍命孙武赍旨一道,即行密往边关,着令杨、狄二臣速行受命,孙兵部监斩焦廷贵复旨。二奸得差大悦。众贤臣人人惊恐,一同出班保奏,有富太师、韩吏部与天子面争辩驳,天子只是不依。众臣只落得气愤不悦,无奈此时随驾在朝,也不能往南清宫、天波府通个消息。那孙兵部奉了圣旨,一刻也不停留,即往天牢中调出焦廷贵。这位黑将军还是骂不绝口,大骂奸臣乌龟,一程骂到西郊,早有天波府家丁打听明白,飞奔回府报知。佘太君闻言大怒,即时上了宝辇,亲自上朝面圣,犹恐搭救不及,先命杜夫人、穆桂英往法场阻挡,不许监斩官开刀。若问天波府几位夫人,十分厉害,这孙秀虽乃权奸,见了二位夫人也惧怯三分。只听穆桂英喝道:"奉太君之命,刀下留人!"这孙秀哪里敢动,焦廷贵高呼道:"夫人速来搭救小将,不然活活的人要分作两段了。"二位夫人道:"焦廷贵,不要怕,如若杀你,自有孙兵部抵命。"焦廷贵道:"如此方妙!"

　　不知佘太君上殿见驾,救得焦廷贵否,且看下回分解。

第四十五回

佘太君金殿说理　包待制乌台审冤

却说佘太君进至金銮殿中俯伏见驾,天子即命内侍扶起,赐坐锦墩。太君开言道:"未知陛下因何处斩这焦廷贵?他乃边关效力之将,又是忠良之后,即便有罪,圣上亦须念他祖焦赞有血战大功,略宽恕几分,免得断了忠良后裔,方见陛下仁慈。"天子听了,觉得难将此事原委说出,国丈暗道:君王不善言辞,何不说君要臣死,臣不得不死。我亦不敢多言辩驳,只因这位佘太君不是好惹的。当下天子不言,太君又道:"陛下,臣妾夫儿都是为国捐躯,苗裔止存一脉。即我孙儿领守边关,亦将卅载,尽心报国,并无差处,乃陛下所深知。这焦廷贵随守边关,也有战功,未知犯了何罪,要处斩他?"天子见太君又问,只得说道:"朕差孙武往边关查库,焦廷贵不该殴辱钦差。殴辱钦差,正如殴辱朕身。如此目无王法,理该处决。"太君道:"孙武既奉旨盘查仓库,乃仓库不查,反诈取赃银七万五千两,钦差诈赃,犹如陛下诈赃,也应该将这孙武执法惩处是。"天子又道:"孙武并未诈赃,处决他岂不枉屈?"太君道:"焦廷贵殴辱钦差,并无此事,杀之无辜。"天子听了,微哂道:"焦廷贵殴辱钦差,已经明白招供,岂是枉屈斩他!"太君道:"既重办焦廷贵,孙武何得并不追究?殴辱钦差,理该罪究杨宗保,如何独执焦廷贵?如此岂非陛下立法不当么?"天子听了太君之言,略一点头道:"你孙儿果也有罪,难以姑宽。朕念他是功臣之后,守关二十余年,不忍身首两分,已特赠三般法典,全其身首了。"太君听了大怒,道:"臣妾夫儿,十人死其七八,俱乃为国身亡,不得命终。即我孙儿杨宗保,守关有年,辛勤为国,陛下轻听谗言,一朝赐死,其心何忍!即如民间讼案,也须询诘分明,两造谁是谁非,方能定断,何况如此大事。不究孙武,不问宗保、狄青亲供,只据焦廷贵狂妄之言,便杀的杀,赐死的赐死。倘果是奸臣作祟,一死固不足惜,但忠良受此冤屈,一生忠义之名化作万年遗臭,岂不冤哉!沈御史与庞国丈是师生之谊,孙武是孙兵部手足,内中岂无委曲情弊?伏祈陛下暂免焦廷贵典刑,且将杨、狄二臣取到,陛下亲自审讯。如果是实情,非但宗保之罪难免,臣妾满门亦甘愿受戮。如若陛下不分明四人罪端,先将焦廷贵处斩,是立志存私,非立法之公,何能服众臣之心!"

这时庞国文一旁暗暗想道:今天稳稳地杀了焦廷贵,以假作真,死无对证,那边关上两名奴才易于收拾。不知哪个畜生大胆,往天波府通知消息,这老婆儿来到朝堂,说出一段狠言恶语。可笑昏君,犹如木偶一般,老夫这一段计谋又枉用了! 当下又有文阁老。韩吏部、富太师等听了老太君之言,理明而公,道破奸党心肠,无不大快。那天子闻太君之言,想来有理,只得传旨道:"焦廷贵暂免开刀,仍禁天牢;孙武免责朝廷刑典,另颁旨意,召取杨宗保、狄青回朝,询明定夺。"太君又奏道:"恳陛下将焦廷贵赐于臣妾收管,决不有碍。"天子准奏,又着太监四名送老太君回归天波府内。

当时圣旨一到法场,焦廷贵不用开刀,旨上又着令孙兵部送回天波府,有杜夫人、穆桂英冷笑骂道:"奸臣佞贼,你敢向老虎头上捉虱么?"孙秀被骂得默默无言。当日焦廷贵到府,拜见老太君并列位夫人,太君道:"边关之事,实乃如何?"焦廷贵道:"狄青失征衣、立战功是实,李成父子冒功是真。孙贼一到,即诈赃数万,是以小将将他殴打。"太君道:"都是你打了孙武,中了庞洪之计。"焦廷贵道:"太君不妨。庞洪这奸贼断断容他不得,待小将往取他首级,方消此恨!"太君喝道:"休得闯祸,谁是谁非,且待元帅回朝,再行定夺。"当日,太君犹恐焦廷贵出府招灾闯祸,故意将他款留在府中,不许私出。又差人往天牢吩咐狱官,待沈达细心供给,此话不表。

话说尹氏夫人死去,寿算未终,向阎君哭诉惨死之由。阎君查阅夫人年寿有八句以外,目下虽亡,实属屈死,应得还阳。沈国清注寿三十六,本年三月初八,应死于刀下。阎君开言道:"尹氏夫人虽冤屈了,但你丈夫本年该凶死于朝廷法律,夫人可速回阳世,到包待制那边告诉,他自有救你还阳之法。"夫人上禀阎君道:"包大人往陈州赈饥未回,尹乃一亡女,如何越境远奔,岂无神人阻隔?"阎君听言,即备碟文,差鬼卒二名,吩咐送夫人往陈州城隍司管收留,好待夫人告诉冤状回阳。鬼卒领旨,送护尹氏夫人到陈州城隍那边交代。却说包拯上年奉旨赈饥,尚未回朝,前书说陈州地面,连饥数载,众民度日维艰,岁岁粟价倍增。只因蝗虫大盛,稻麦被食,十不存一。有产业之民,稍可苦度,更有贫乏之家,老弱之辈死于沟壑之中,实为可悯,故本府官员,是年申详上完,督抚文武拜本回朝,圣上恤民,敕旨包公调取别省米粮,到陈州低价而粜①,济活多少生命,人人感沾皇恩,个个爱戴包公大德。包公又命不许强横土豪积聚,倘查出有囤粮抬售的,即要拿究,施与贫民。是以恶棍土豪不敢积聚图利;官吏粮差不敢作弄卖法,人人惧怕着包拯厉害。

当日乃三月初三日,包公督理饥民粮粟,正在转回来,三十六对排军,前呼后拥。包爷身坐金装八抬大轿,凛凛威严,令人惊惧。其时日落西山,天色昏暮,忽一阵狂风,风声响过,包爷身坐轿中,眼前乌黑了,众排军也被怪风吹得汗毛直竖。包公想道:此风吹得怪异,难道又有什么冤屈情事不成? 想罢,即吩咐住轿,开言喝问:"何方鬼魂作祟。倘有冤屈,容你今夜在荒地上台前诉告。果有冤情,本官自然与你力办。如今不须拦阻,去吧。"言未了,又闻呼一声,狂风卷起沙石,渐就静了。包公吩咐打道回衙,用过夜膳,即命张龙、赵虎道:"今夜可于荒郊之外,略筑一台,列公位于台下,不得延迟!"两名排军领命去讫。是晚立刻在北关外寻了一所空闲荒地,周围四野空虚,邀齐三十余人,搭了竹棚,中央排列公案一位。

其时初更将尽,二人回禀包大人。包公赏了众人,只携两对排军,董超、薛霸,合了张、赵二人,提灯引导。街衢中寂静无声,只闻犬吠嗥嗥。钩月早收,只有一天星斗。约行二里到了北关,包公停了坐轿,但见周围多是青青的草,又是乱丛丛的砖瓦,坍棺古冢,破骨骷髅,东一段,西一段,包爷见了,倒觉触目惊心。包爷上了台,焚香叩祝一番,然后向当中坐下,默默不言。四名排军,遵包爷命,立俟台下。包爷昂昂然坐定,听候告冤。其时远远忽有一阵怪风吹来,寒侵肌肤。四排军早已毛骨悚然,昏昏睡去。当下包爷也在半睡半醒,朦胧中只见一女鬼,曲腰跪下,呼道:"大人听禀,妾乃尹氏名贞娘,西台沈御史发妻。"包爷道:"你既云沈御史妻,乃是一位夫人了,且请立起。"当下包爷道:"夫人,你有甚冤屈之情,在本官跟前不妨直说。"尹氏道:"丈夫沈国清与国丈众奸臣欺君,审歪了杨元帅、狄青,要为沈氏翻冤,要沫杀杨元帅三人。只为妾一心劝谏丈夫不要入奸臣党羽,须要尽忠报国,方是臣子之职。不料丈夫不听,反是重重发

---

①　粜(tiào)——卖出谷物。

怒,诡骂殴辱妾身。心想丈夫既归奸臣党中,日后岂无报应?倘累及妻孥,出乖露丑,不如早死以了终身。妾身自愿归阴,亦别无所怨,唯有丈夫不仁,妾虽死有不甘心之处,今已哭诉阎君,言妾阳寿未终,故求大人起尸,倘可再生,感恩非浅。"包公道:"夫人,你却差了。古有三从之道:出嫁从夫,理之当然。你因丈夫不良,不依劝谏,忿恨而死,不该首告夫君,既告证丈夫,岂得无罪?"夫人道:"大人,妾自求身死,有何怨恨丈夫?但妾身冒叨圣上之恩,救赠诰命之荣,丈夫即不念夫妻之情,亦该备棺入殓,入土方安,何以暴露尸骸,仅盖泥土,辱没朝廷命妇,岂无欺君之罪?妾若不伸诉明白,则世代忠良将士危矣。如今有钦差往边关调杨、狄二臣回朝。一众奸臣究问二臣,二臣犹比釜中之鱼,若非大人回朝,擎天栋柱登时倒,宋室江山一旦倾。妾今告诉,一来为国,二来诉明委屈。但大人须速回朝,方能搭救二位功臣。迟了二臣危矣。"

包爷听了,不胜赞叹道:"你一妇人,尚知忠君爱国,兼有惜将之心,真乃一位贤哲夫人了。"转声又问道:"你今玉体现在沈御史衙署中么?"夫人道:"现在府中后庭内东首桂树旁边,掘下泥土数尺,便见尸骸了。"包爷听罢怒道:"果有此事,可恼沈御史糊涂,不通情理。你妻乃一诰命夫人,缘何暴露便埋土中,欺天昧法,莫大于此!更兼行私刑,做假状,欺瞒圣上,陷害忠良,以假作真,实在死有余辜。夫人且请退下,待本官星夜赶回朝便了。"夫人拜谢,冉冉而去。这时包公已悠悠苏醒,耳边仍觉阴风冷冷,想来似梦非梦,十分诧异。

不知后事如何,且看下回分解。

第四十六回
行色匆匆星夜登程　狂飙飒飒中途落帽

当晚包公醒觉起来，甚为惊异，觉得还是早日回朝为妙。下了台棚，四名排军，服待包大人坐进轿中，持灯引道，一路回归衙署。坐下思量，定了主意，发下钦赐龙牌一面，差两名排军，将奉旨到边关拿调杨、狄的钦差阻挡住，不许出关，待本官进京见驾，候圣上准旨如何，再行定夺。两名排军奉了钧谕，持了龙牌，连夜往边关而去。

包爷即晚传进陈州知府，嘱咐道："本官有重大案情，即要进京见驾，所有出粜赈济一事，目下民心已靖，且交贵府代办数大，必须依照本官赈济之法，断不可更易存私；如有作弊，即为扰害贫民，贵府有不便之处，本官断不谅情，必须公办。"陈州府道："大人吩咐，卑职自当力办，岂敢存私自误，以取罪戾？大人休得多虑。"是日，包公将粮米册子，存粮多寡，粮金贮下若干，一一交代清楚，然后连夜动身。有陈州知府州县文武得知，齐齐相送，纷纷议论道："这包黑子做的事，俱是奇怪难猜，不知又是何故，不待天明竟是去了。包待制在本州粜赈饥民，众百姓人人颂德，如今我们接手代办，比他格外加厚，有何不可。"众官言语，不烦多表。

且说包公是夜催促行程，一心只望早回王城，一路思量道：庞洪一班奸党，妨贤病国，弄出奇奇怪怪事情，别人的财帛，你或可以贪取，杨宗保是何等之人？你想他财帛，岂非大妄人么？吾今回朝，究明此事，不由圣上不依，扳他不倒，也要吓他个胆战心寒。行行不觉天色曙亮，再走一天，将近陈桥镇不远，天已晚了。包爷吩咐不许惊动本镇官员，免他跋涉徒劳，不拘左右近地寻个庙宇，权且耽搁可也。薛霸启禀道："大人，前边有座东岳庙，十分宽敞，可以暂息。"包公道："如此且在庙中将息便是。"

原来一连二夜未睡，一天行走，众人劳苦，是以包爷此夜命众军暂行歇止。当夜包爷下了大轿，进至庙殿中，司视道人多少着惊，齐齐跪接，同声道："小道不知包大人驾到，有失恭迎，万乞恕罪。"包爷道："本官经由此地，本境官员尚且不用惊扰。只因天色已晚，寻个地头夜宿，明早即要登程了，不须拘礼。况你们乃出家之人，无拘无束，何须言罪。"众道人道："大人海量，且请到客堂小坐，只是地方不洁，多有亵渎。"包公道："老夫只要坐歇一宵，不费你们一草一木，休得劳忙。"道人道："小道无非奉敬些清汤斋馔，还望大人赏光。"包公道："如此足领了。"

包爷进内，只见殿中两旁四位神将，对面丹墀两边，左植苍松，右栽古柏。包公进至大殿，中央东岳大帝凛凛端严。道人早已点起灯火香烛，包大人沐手拈香跪下，将某官姓名告祝，礼叩毕起来。是时道人等备了上品蔬斋一席，与包公用晚膳，众排军轿夫另在别堂相款，不多细表。

当晚众道人只言包大人在此安宿，连忙预备一所洁雅卧房，请他安睡。包公反说他们厌烦，定要坐待天明。又吩咐众排军役夫，一概将息，五更天即要启程。众排军人等连日劳累，巴不得大人吩咐一言，各各睡去。单有包公在大殿上或行或坐，庙内道人紧紧陪伴，不敢卧睡，包公几次催促他们去睡，众道人道："大人为国辛劳，终夜不睡，恐妨贵体。小道等乃幽闭之民，焉敢不恭伴大人？"包公道："老夫路经此地，只作借宿，你等何必过谦。"众道人见包公十分体贴，人人感激，不一会，又恭奉清茶。至五更天，众军役择日抽身，道人早已设备烧汤梳洗。此地近离王城不远，用膳已毕。包公先取出白金十两，赏与道人，作香烛之资，即打轿起程。众道人齐齐跪送，都道："包大人好官，用了两顿斋饭，却赏了十两白金。"

不表道人赞叹，却说包公行了一程，已是陈桥镇上，方到一桥中，忽狂风一卷，包爷打了个寒噤，一顶乌纱帽被风吹落。原来包公由西而东，这顶帽子在轿中吹出，落在桥口上。张龙、赵虎连忙抓抢，岂料四手抢一冠，也抢不及，竟滚落于桥下，露出包公光头一个。包公喝道："什么风，这等放肆！"旁立排军呆呆，有些答道："这是落帽风。"包公笑道："如此就是落帽风了。"说时，张龙、赵虎将乌纱与包公升戴好，包公一想，唤张、赵道："着你二人立刻拿了落帽风回话。"二人一想，不好了，如今又要倒运了，忙启上大老爷道："落帽风乃无影无踪之物，何处可以捕拿？乞恳大人详参。"包公喝道："狗才！差你这些小事，竟敢懈俯退避！"二人道："并不是小人们贪懒畏避，只因无根之物难以捕拿，求乞大人开恩。"包公喝道："该死奴才，天生之物，哪有无根之理，明是你们贪懒畏劳，限你们一个时辰，拿落帽风回话。"言罢，吩咐仍回转东岳庙中等候。

　　却说张龙、赵虎吐舌摇头,赵虎道:"张兄,吾二人今番倒霉了。一连几天,路途劳累,如今又要拿什么落帽风,这是天上无形之物,哪得捕拿,实乃我二人倒运。"张龙一路思量,又道:"赵弟!此事我们办不来的,不免去觅陈桥镇上的保正,要在他身上将落帽风交出,若还交代不出,即拿这保正去见包大人,你意下如何?"赵虎听了笑道:"这个主见,倒也不差。"

　　当下二人昏昏闷闷,去寻镇上保正,逢人便问,内中有人说,保正家住急水乡。二人又即查诘至急水乡,正值保正在家。二人动问姓名,此人姓周名全,便问二人到此何干,张龙道:"吾二人乃包大人排军,只因包大人在桥上被狂风落帽,大人差吾二人找陈桥镇保正,立刻将落帽风拿回究罪。"此人道:"二位上差既奉包大人差遣,岂无牌票,今既无牌票,只恐真假莫辨。如无牌票,恕吾不往。"二人道:"这句话说得有理,如此你且在家中候着,待吾请了大人签牌,再来找你。"周全应允。

　　二人一程跑回东岳庙中,上禀包大人道:"保正要签牌,方肯将落帽风拿出。"包公听了大怒,二目圆睁,喝道:"两个奴才!老夫经由的地头,向不惊动别人。如今差你往些些小事,即要惊动保正,十分可恼!"二人启禀道:"大人凡要拘拿,只须凭牌票交与地方保正,便可交出犯人。"包爷喝声:"胡说!地方上保正只管得地头百姓,落帽风不是保正管领,何由惊动他们。况你二人还未知落帽风下落,擅敢妄扰保正么!"二人随即再禀道:"大人,落帽风实乃无影无踪之物,教小人如何捕捉?望大人开恩见谅,饶赦落帽风,早些赶路为是。"包爷喝道:"胡说!凡为承当衙役,总要捕风捉影,今日有了风,还捉不着么?也罢,老夫念你二人是个不中用的,准赏差牌一面,不许惊动保正,滋扰地方,再限你们二个时辰,即拿落帽风回来问究。若再推诿,文武根一顿打死。"二人领诺,拿了牌票,垂头丧气跑出庙中。

　　且说包公不是当真要拿落帽风,只因这狂风来得奇怪,身坐轿中能卷出乌纱,料有些奇异之事。这包公是爱管事的官员,又知张、赵是能干差役,故着他二人捕风捉影,又不许他们惊扰地方,既免了一番周折,又免得差吏扰民之害。当下张、赵二人一路上心烦意闷,想:"如大人差我二人捉霜拿雨,也还有形可取,偏偏要捉落帽风,这就难了。"二人跑上陈桥,立定了左顾右盼,有过往多人,见二人睁目而视,不明其故,有多言的人询他二人。二人说是奉包公所差,捕捉落帽风,只为俟候得久了,竟不知落帽风在何处。内有一少年道:"只有桥西侧药材店一人,名骆茂丰,且去拿他看看。"有几个老成的道:"多言乱说!此人乃一良善人,守分营生二三十载,并不招非作歹,你这人好没分晓。若不是此人,岂不冤屈了他!"张、赵听了,倍加烦闷,手中摩弄牌票,站得足都酸了,只得坐于桥栏上自言自语道:"包大人差我二人捉拿落帽风,如今寻抓不着,回去定然受责,如何是好!"二人想不着路,如痴如呆。忽见呼的一阵狂风,迎面卷将过来,二人急忙立起,四手抢拿,只呼提风,岂知捉不牢,反将牌票一纸吹卷过桥,犹如高放风筝一般,已卷起半空中。二人齐道:"坏了,风捉不牢,反将牌票吹去,如何回复得包大人!"

且说陈桥镇东角上有一街衢,名曰太平坊,是一所小市头。对街两厢店铺,来往行人不少,这阵狂风,实来得怪异,卷起牌票,吹至太平坊上,落在一副菜担之内。那贩菜的人见了,说道:"为什么这纸当票宽大,不知何处吹来的?"遂将担子停住,双手拾起来看,早有张、赵急忙忙赶来,大呼道:"落帽风在此地了!"张、赵二人赶近了,要抢夺回那牌票,此人拿牢不放,反叱喝二人狂妄。张、赵也不争辩,只双手并挽道:"落帽风,你可知包大人在东岳庙宇中等候你讯问么?快些走吧!"那贩菜人吓得发抖,即大呼道:"我是小本经纪,并不为非作恶,无端将吾拘扭作甚?"张龙道:"不管你犯法不犯法,且到包大人跟前分辩。"不问情由,二人扭住,推推拉拉,一同走了。太平坊上众百姓一见,七言八语地喧吵,忿忿不平,一齐跟在后面,看他将贩菜的抓往哪一方去。

不知此人可是落帽风,包大人如何审究,下回分解。

第四十七回

郭海寿街头卖菜　李太后窑内逢臣

却说张龙、赵虎扭捉了贩菜小贩，有太平坊上众百姓道："这贩菜人郭海寿，清贫度日，每天肩贩些菜韭小物，进得分文养母，虽因穷而不失孝顺，是以近处地头上人，多呼他为郭孝子。素知他是个朴质守分人，又不犯法招非，包大人何故捉他，我等众人不服，也到东岳庙中看看。"一刻间拥闹得成群结队，何止二三百人。又有人代郭海寿挑了菜担，一同前往。

不表众民拥来东岳庙，先说张、赵扭拉此人，进至庙中，启道："大人，小人已将落帽风拿到了。"包公吩咐带上。二人牵他当面，喝声下跪，此人道："小人并不犯法，此二人冒捉良民，何须下跪？"包公将此人细细一看，倒也生得奇怪，年纪约二十上下，脸色半黑半白，额窄陷而两目有神，耳珠缺而贴肉不挠，鼻塌低而井灶分明，两额深而地角丰润。当下包公细看此人，哪里是什么落帽风，老夫只因风吹落帽，疑有冤屈警报，如今定然张、赵二人难以查办，竟混拿此人来搪塞，也未可知。包公装着发怒喝道："这人还不知法律么？本官跟前，胆大不跪，且细说明你的来历。"此人禀道："大人在上，小的乃经纪小民，并未犯法，故胆大不跪。"包公道："你名叫落帽风么？"此人道："小人是郭海寿，并不是落帽风。"包公道："你是何等人，居住何方？且说与老夫得知。"郭海寿道："小人乃陈桥镇上一个贫民，方出娘胎，父亲已丧，母亲苦守破窑，街衢乞食，抚养小人。我年交十五，娘亲双目失明。如今小民年纪长成十九，一力辛勤，积蓄得铜钱五百，终朝贩卖蔬菜为生。岂知近二三载，饥馑并至，家家户户日见凄惶，米价如珠，每升售至三十文。小人生理淡泊，日中只有一饭两粥，与娘苦度。幸上年十一月，圣上差包大人开皇仓平粜，方得米价如常，连及本地头官吏也好了，不敢索诈良民，恶棍匪盗远遁潜踪。本府数县，人人感德，个个称仁，但小的乃一贫民，并不犯罪，大人拿我来作落帽风，未知何故？恳大人明言下示。"包公想道："听此人说来，竟是个大孝之人了。"正要开言动问，只见众百姓老少二三百人，成群拥进庙来。早有排军三十余人，阻挡呼叱，不许拥入庙宇中堂。包公远远瞧见，吩咐众役不须拦阻，容众人进来，不许喧哗。众人遵着吩咐，进至廊下，包公问道："你们许多人有甚事情？老夫在此，敢来这里胡闹么？"内有几个老人道："大人在上，这郭海寿乃一经纪之民，勤劳良善之辈，家虽贫困，而不失孝道供亲，是个孝子。况他向来安分守己，并不惹是招非，我等小民人人尽知，今日不知大人何故拿他？若是错捉了他，不能做小生理，母在破窑，必致饥饿。故吾众民到此，恳大人开恩释放他回去。倘大人不信，现有他贩卖菜担为凭，祈大人明鉴。"包公道："众民休得喧哗。"众民遵诺。包公即唤张龙、赵虎，喝道："狗奴才！老夫着你往拿落帽风，怎么混拿郭海寿来搪塞？可恶！"喝令责打，二人连忙启禀道："大人，我等有个情由启上。"包公道："容你言来。"二人道："小人们奉了牌票，四下找寻落帽风，忽于陈桥又遇狂风，来得奇怪，已将牌票吹卷起半空中，只恐回不得命，一程追赶至太平坊上。只见有个挑蔬菜担人，手中拿住牌票一纸，奉大人命捕风捉影，故将他拿来。"包爷喝道："胡说！风吹落帽，风卷牌票，都是狂风作怪，只要拿风，你二人故违吾令，妄捉良民，应该重处！"二人道："大人开恩，待小的再往拿落帽风，如若打伤小的两腿，难以行走，怎能奉命去拘拿？"包公道："也罢，限你午刻拿回，如违重处！"二人谢了起来，一同跑出庙门。赵虎道："张兄，我二人今日糟了。"张龙道："赵弟，这件事情叫我们实难处置，且与你再至陈桥观望一回，同归禀上，实办不出落帽风，让他革除身役罢了。"

不表张、赵之言，却说包公叫道："郭海寿，你既然乃善良之民，本官且释放你回去，你等众民，也不必在此耽搁喧哗。"众民都说："大人开恩释放海寿，他母亲可以活命了。"包公又对郭海寿道："老夫念你是个行孝贫民，赏你五两银子，回去做些小买卖，也好供养母亲。"董超早已交他白银五两。郭海寿好生欢喜，叩谢大人，挑回菜担而行。众民都自散去，皆言包公仁德清官，也且不表。

却说郭海寿回至太平坊，将菜担寄放在相识处，还至破窑，将茅门一推进内，大呼母亲。那瞎目婆子唤道："孩儿，你去了未久，何故即回？"郭海寿道："母亲，方才孩儿挑担出了大街，未有人与儿采买，方在太平坊上，忽一纸官家牌票被大风吹来。儿方拾起，早有两位公差拉扭儿至东岳庙，有位官员，浑身黑色打扮，面色亦黑。我初不晓他是何人，只道本处官员,妄拿我的,故不肯下跪。他又查问我。有众人禀我行孝,此位官员甚为喜悦,赏我白银五两,做小经纪供亲,真乃大幸,故特回来安慰母亲。"婆子道:"他如此爱民,是什么官员?"郭海寿道:"母亲,你幸双目失明,如若好目,见了此位官员,只恐吓坏了你。他面貌十分凶恶,谁知竟是朝中包待制大人,名包拯,难道母亲不闻人说包公是个朝上大忠臣,为国爱民的清官?"婆子道:"原来此官是包拯。孩儿,你且去请他来,做娘的有一重大事与他面诉。"郭海寿道:"母亲,有何事告诉?且说与儿知晓,代禀包公。"婆子道:"孩儿,我身负极大奇冤,满朝大臣除了包公铁面无私,无可伸诉。我几代诉,终必无益,必要与包拯面言方可。"海寿笑道:"母亲之言,也觉奇了,我母子居住破窑,虽然贫苦,但无一人欺侮母亲,有甚极惨之冤?"婆子道:"孩儿,此乃十八年前之事,你哪里得知?速去请他来,为娘自有言告诉。"海寿道:"原来十八年前事,果然孩儿不得而知,倘或包大人不来,便怎生是好?"婆子道:"你去说我母有十八年前大冤,要当面伸诉,别官不来,包拯定然到的。"海寿道:"既然如此,孩儿往请他来,母亲且将银子收好。"言罢,奔出破窑。

且说张龙、赵虎二人奉令商议,若等候到明日也不中用,不如回去禀复大人,悉听处治也罢。两人垂头丧气,战战兢兢,回转庙宇中下跪,禀道:"大人,小的奉命捉拿落帽风,实乃无影无踪之物,难以搜来,恳大人开恩。"包公想了一想道:"狂风落帽,原道有什么冤情警报,所以强押二人去搜求,既无别事,也只得罢了。况尹氏之事要紧,不如且先回朝。"当下便吩咐起轿,这张、赵二人才放了心。正要喝道出门,忽来了郭海寿,叫道:"大人,我家母请你去告状。"众排军喝道:"该死奴才,你莫非疯癫,还不速返!"海寿道:"我家母有极大冤枉,故来请大人前往告诉,你们不须拦阻。"包公听见便道:"不用阻他。"原来包公性情古怪,办事也是与人迥异。今日一听郭海寿之言,想他为什么反要本官去告状,想这妇人说得出此言,定有缘故,即道:"郭海寿,你母亲在哪里?"海寿道:"现在破窑等候。"包公听了,吩咐打道往破窑去。

当下郭海寿引道前行,告诉众人到门,不可叫喝,犹恐惊坏娘亲,包公也命不用鸣锣喝道。郭海寿当先,即从太平坊上经过,旁人唤道:"海寿,缘何不往买卖,只管往来跑走?"海寿道:"我母亲要包公到门告状。"众人道:"但不知包公来了么!"海寿道:"后面来的不是包公么?"众人一看,果然排军蜂拥而来，都笑道："这桩奇事古今罕有，这婆子久住破窑，双目已瞎，年将五十，财势俱没，莫非犯了疯癫？谅她没有什么冤情告诉，又少见告状的子民，妄自尊大，反要老爷上门告状，想来原是包公痴呆。"你言我语，随走观看。海寿一至茅门，停足叫道："大人，这里就是了。"回头又叫道："母亲，包大人来了。"婆子道："孩儿，且摆正这条破凳在中央，待我坐下。"海寿领命摆正。婆子当中坐下。海寿站立旁边。包公住轿，离茅屋半箭之遥，命张、赵前往叫妇人速来告诉，有甚冤情。二役领命到门大呼道："妇人知悉，包大人亲自到此，有甚冤情，速速出来诉禀。"妇人答道："叫包拯进来见我！"张、赵大喝道："贱妇人，好生大胆，擅敢呼唤大人名讳，罪该万死！"妇人道："包拯名讳，我却呼得，快叫他进来，有话与他商量。"张、赵二人又觉恼，又觉好笑道："大人目今官星不现了，遇到这痴癫妇女。"二人只得禀知包公道："郭海寿的母亲，是个痴呆妇人。"包爷道："怎见她是痴呆？"二人禀道："她将大人的尊讳，公然呼唤！要大人去见她答话。"包公道："要本官往见她？"二人称是，包公道："这也何妨？"言罢，吩咐起轿，有众排军暗言，包公真是呆官，如孩童之见。更有闲看之人称言奇事。

当时包公到了门首，张龙跑进茅屋，叫道："郭海寿，包大人到来，何不跪接？"妇人接言道："包拯来了么？唤他里厢讲话。"张龙喝道："贱妇人这污秽所在，还敢要大人进来，休得做梦！"妇人喝道："胡说！我也在此久居了，难道他却进来不得？必须他到里厢来，方可面言。"张龙听了，不住摇头道："大人今日遇鬼迷了，回到京中，乌纱也戴不稳了。"又来启禀道："大人，这妇人要大人进里边讲话。小人说，此地污秽，不可以请大人进去。她说，她居住已久，难道大人进去不得？岂不可笑！"包公听了，想道：这妇人定然不是微贱之辈，故有此大言。也罢，且进去，看他有什么冤情。

包公想罢出轿，张龙、赵虎二人扶伴。包公身高，故低头曲腰入屋内，细将妇人一看，约有四旬七八的年纪，发髻蓬蓬，双目不明，衣衫褴褛，面目焦瘦，而风度似非等闲之辈。郭海寿道："母亲，包大人来了。"她说："在哪里？"包公道："老夫在此。"她说："包拯，你来了么？"包公听了，又气恼，又好笑，便道："妇人，老夫在此，你有什么冤情？速速诉明。"妇人道："你且近些！"包公又近些，那妇人两手一捞，摸不着包公，又将手一招道："再近些！"包公无奈，只得走近，离不上三步，被她摸着了半边腰带，叫道："包拯，你见了老身，还不下跪么？"包爷瞪目自语道："好大来头妇人，还要老夫下跪，是何缘故？"妇人道："你依我跪下，我可诉说前情。"包公无奈，说道："也罢，老夫且下跪。"张、赵二役见大人下跪，也同跪地中。郭海寿见了倒觉好笑起来。

当下妇人将包公的脸上左右遍摩，摸至他脑后，偃月三叉骨，将指头揿了揿，捻了几捻，连说两声道："正是包拯了，一些也不错。"包公好生疑惑，倒觉不解，忙问："你这妇人，果有什么冤情？速速说明！"只见那妇人泪珠如线，呼道："包卿！我有极大冤情，十八年来无处可诉，前夜梦神人吩咐，想必今日伸冤有赖。只求大人与我一力担当，方得一朝云雾拨开，复见日月。"包公听他叫"包卿"，惊得目瞪口呆，忙问："不知上座果是何人，有何冤情？还请见告。"这妇人呼道："包卿且先平身。"包公果然跪得两膝生疼，连忙立起身来。

不知妇人诉说出什么冤情，且看下回分解。

第四十八回

诉冤情贤臣应梦　甘淡泊故后安贫

当下妇人道："包卿，你乃铁面无私的清官，审明过多少奇冤重案，只忧我此段冤情，审断不明白。"包公道："到底什么冤情，且细细说来。"妇人道："我原乃先帝真宗天子西宫李氏，正宫即今刘后。十八年前，吾与刘氏同时怀孕，正值真宗天子与寇准丞相往解澶州之围，御驾亲征，尚未还宫。我在宫中产下太子，宫娥内监已有知者。过了一刻，正宫刘氏忽又报生公主，谁知就此祸生不测。"包公听了，想道：若是真情，此是李宸妃娘娘了，便道："你在宫中有何人起祸？"妇人道："只为正宫刘氏心怀妒毒，与内监郭槐同谋。忽一日，刘氏自抱公主到我碧云宫来，只言乏乳，要吾乳娘喂乳。当时刘氏假装美意，怀抱太子，又邀我到昭阳宫饮宴。我即同行，有内监郭槐抱持太子同往。岂知他们早把太子藏过，我也不知他等竟施毒计。后来饮宴已毕，要取回太子，她说，郭槐已送太子先回碧云宫去了。我并不多疑，回至内宫，有宫娥说，郭槐方才将太子放下龙床，已是睡熟，不可惊他，又用绫罗袱盖了。我只道是真情，揭开罗袱，要看太子，不料床上睡的乃血淋淋的死狸猫，吓得我昏了过去。方知刘氏、郭槐计害。是时天子兴兵未回，怨海仇山怎生发泄，岂知是夜刘氏、郭槐泼天大胆，又生恶计，谋害于我。即晚放火毁我碧云宫，幸得寇宫娥通知，盗取金牌，悄悄教我打扮太监，腰挂金牌，连夜逃出后宰门。临去时说明，太子已付陈琳抱去，并又指点我别无去路，且往南清宫八王爷府中，狄娘娘乃心慈善良之人，定然收匿，且待万岁回朝，然后奏明此事伸冤。当日心忙意乱，只得依此而行。"包公听了，连忙又跪下道："未知狄太后收留否？"妇人叹道："我乃女流之辈，自入深宫，从不曾到街衢一行，焉知八王爷府在哪方，故寻觅不到南清宫。可怜黑夜中孤身只影，灯火俱无，步行步跌，顾影生疑。忽觉后面似有人追迫，胆战心惊，晕跌在民家门首。岂料此家是一寡妇，姓郭，夫君上年身故，此妇中年，却已身怀六甲。当夜救我苏醒，问及来由，我亦不敢说明露迹，伪言夫死，翁姑逼勒改节，不从，私行逃避。

此妇为人厚道,收留作伴,后来生下遗腹子,仅得半载,可惜此妇一命归阴,只得由我将此婴儿抚育。不到一载,又遭回禄,可怜一物未携,只逃得性命,出于无奈,远出京城。后来闻得圣上班师,岂知八王爷上年已归仙界,未及半载,又闻颁诏先帝归天。老身自知还宫无望,守此破窑,屈指光阴,已经十八载了。"包公道:"请问娘娘如何度日?"妇人道:"言来也觉悲惨,守此破窑,哪得亲情看顾,只得沿门求乞,以度残年,抚养孤儿长大,取名海寿。年交十二,即知孝顺娘亲,母子相依,实难苦度,幸得他一力辛勤,寻下些小生意度日。不料连年米价如珠,夏天身受蚊虫毒噬,天寒不得暖服沾身,苦挨苦度,直至今日。近数载双目失明,若非孤儿行孝供养,一命呜呼久矣。"言未了,嚎哭起来,咽喉噎塞,语不成声。

　　郭海寿在旁听得呆了。原来我身不是她产下的,嫡母早归泉世。包公吃惊道:"娘娘,你儿子既已长成,何不教他引你到南清宫去,何以甘心受此苦楚?"妇人道:"包卿有所未知,古言'画虎画皮难画骨,知人知面不知心',倘做了蝇投蛛网,欲脱便难了。"包公道:"请问娘娘,当年太子后来怎生着落?"妇人道:"方才说至寇宫女通线来救,我尚未说明。那日狸猫换去太子,刘后差寇宫娥将我儿抛下金水池,幸她不忍加害,奈何欲救难救,幸遇陈琳进宫,始抱太子到南清宫,由狄氏收养数年。后八王爷归天,先帝班师回朝,颁诏立八王长子为皇太子,故我知当今是我亲儿。只可怜母在破窑挨苦,受尽凄凉,弄得双目失明,母子无依。昨夜三更偶得一梦,只见一神圣自言东岳大帝,言我国今灾星已退,有清官可代明冤。我即问清官是谁,神圣言龙图阁待制包拯,乃忠梗无私清官,教我将此段情由诉知,许我散开云雾,得见光明。我又问陈州地面,多少官员来往,哪知谁是包拯?大帝又言,要知包拯不难,他脑后生成慳月三叉异骨,是以方才摸有异骨,方肯吐露十八年前之冤。若得卿家与我断明此案,感德如天了。"言罢,泪下不止。

　　郭海寿想道:可笑母亲,既然是当今太后,有此大冤,遭此磨难,对我并不泄出,值到今天才知她不是我生身嫡母。但太后遭此大难,不孝要算当今圣上了。又有张龙、赵虎闻得此言,吓得魂不附体,俯伏地中,不敢抬头。包公又请问道:"娘娘,那当今万岁,不知有什么凭认否?"妇人道:"何尝没有记认?手掌山河,足踹社稷,隐隐四字为凭,乃是我嫡产的儿子。"包公叩伏尘埃,吐舌摇头,道:"可怜娘娘遭此十八年苦难,微臣也罪该万死!"妇人道:"包卿言差了,此乃是我该有飞灾,若究明此事,断饶不得郭槐,还要卿家为我表白重冤,虽死在破窑,也可瞑目了。"包公道:"娘娘且自开怀,微臣今日赶回朝中,此顶乌纱不戴,也要究明此冤。望祈娘娘放开愁绪,且免伤怀。"妇人道:"若得大人与我申明冤屈,我复何忧?"包公道:"娘娘,且耐着性等候数天,待臣回朝将此事究明,少不得万岁也排銮驾自来迎请。"妇人应诺。

当日包公差人,速唤地方文武官来朝见太后。宫院赶办不及,须寻座雅静楼房,买几名精细丫头。时当三月初,天气尚寒,赶办些暖服佳馔供奉。太后双目不明,速即延医调治,若有怠慢,作欺君罪论。两名排军如飞分报。太后道:"包卿不必费心,老身久处破窑,落难已久,又有孩儿侍奉,不必麻烦地方官吏。孩儿,且代娘叩谢包大人。"海寿领命上前道:"大人,我家母拜托于你,祈代伸冤。"包公道:"自有老夫担承。"海寿道:"如此我代娘叩谢了。"包公想道:此人今虽贫民,但与太后子母之称,倘圣上认了母后,也是一个王弟王兄了。当时还礼起来,连称:"不敢当,为臣理当报效君恩。"太后道:"包卿,快些请起。"包爷道:"谢娘娘千岁。"起来立着,细看娘娘发髻蓬蓬,衣衫褴褛,实觉伤心。丢下龙楼凤阁,御苑王宫,破窑落难十余年,幸得孤儿孝养,实乃圣上救母恩人。慢说包公思想,众排军惊骇,窑外观看众民也交头接耳,都称奇异。再不想这求乞妇人,是一位当今的国母。一人言道:"曾记前十载到门讨食,孩儿尚幼,哭哭哀哀,被我痛骂方才走去。早知她是当今太后,也不该如此轻慢她,果然海水可量,人不可量。"众人听了,皆是叹息,这且不表。

此时来了众文武官,将闲人逐散,不许啰唣。只见破窑门首立着包大人,众官员都来参见,说道:"太后娘娘破窑落难,卑职等实出于不知,罪咎难逃。"包公冷笑道:"老夫道经此地,即知太后在此,可怪你们在此为官,全然不知。少不得回朝,奏闻圣上,追究起来,你们官职可做得安稳么?"众官员皆躬身恳道:"大人,格外开恩,卑职等不知太后落难,实有失察之罪,求大人海量姑宽。"包公闪过一旁道:"你等到此,理该朝见太后。"众官应诺,即于窑门外,文东武西通名道职,三呼千岁朝见。海寿远远瞧见,叫道:"母亲,外厢许多官员在此叩见。"妇人道:"叫他们回衙门理事,不必在此伺候。"郭海寿踱出道:"众位老爷,听我家母吩咐,各请回衙办事,不必在此叩礼。"众官员虽听如此说,却不敢动身,共启包公道:

"卑职等方才奉命,已差人速办雅室,挑选丫环,预备朝服。"包公道:"如此才是!"忙进内道:"臣包拯启禀娘娘。"太后道:"有甚商量?"包公道:"臣为国家大事,即要还朝速办,故抛下赈饥公务回朝。不想偶遇娘娘一段大冤,更不能耽搁,已着地方官好生安顿娘娘,臣即别驾,还望娘娘勿得见怪。臣回朝奏明万岁,理明此事,即排驾来迎请了。祈娘娘且放宽怀,屈居几天。"太后道:"我久居破窑,何用奢华?且本地官员政务太繁,有烦包卿传知众官,一概俱免,日中不必到来。"包公辞出窑门,传谕众官道:"太后吩咐日中朝见问安,一概俱免,以省烦劳。此皆太后仁慈体恤之意,但凤凰岂可栖于荒草之地?方才我言必当依办。"众官连连共诺。包公言罢,即吩咐起程,众官相送,众差役一路喝道而去。

不表包公回朝,当有众官见包公已去,不敢进窑门,只在门外侍候。少刻,有几位夫人各带婢女进内朝见请安,请娘娘沐浴更衣。岂知太后也不沐浴,也不更衣,说道:"在窑中居住十余载,已经惯了,不必你们费心,各自请回。"众夫人俱觉不安,哪知太后执性如山,众夫人只得退出。又有承办役人,禀道:"众位老爷,已经觅了雅室一所,可权为宫院。"岂知太后又说:"破窑久住,不劳众官多请,且各回衙。"众官再三恳求,太后只是不允,众官无奈,只得于破窑前后,立刻唤工赶造房宇。众官商议,太后不愿更衣,只得来求郭海寿,郭海寿道:"既我娘亲不愿更衣,也非众位老爷之咎,且请回衙,不然反激恼她了。"众官无奈,只得听其自然。太后百味珍馐不用,母子只是恢复淡饭清汤,仍居破窑,丫环一人不用,仍打发回去。

不言太后诸事,却说包公赶回京中,一进开封府,天色已晚,到了内堂,夫人迎接坐下请安,复问道:"老爷奉旨赈饥,如今回来,莫非完了公务?"包公道:"赈饥公务,尚未清楚。但本官因国家大事而回。"夫人又要诘问情由,包公道:"国家政事,非你所知,不必动问。"夫人不敢再言,只命人备酒,与老爷洗尘。

欲知包公来日面圣如何,且看下回分解。

第四十九回

包待制当殿劾奸　沈御史欺君定罪

次日五更，包公进朝，先到朝房，众文武顿觉惊骇，内有几位忠良问道："包大人赈饥事已毕了？"包公回言尚未。有老奸庞洪问道："既然赈饥未完，大人何以还朝？"包公道："有要事还朝，少停便见分晓。"庞国丈心中不悦，暗想：这包黑子忽而还朝，不知何故，只愿他月月年年不在老夫目前，我便心安。

少言国丈不喜，时当五更，只听得景阳钟撞，龙凤鼓敲，圣驾登殿，文武官金阶入觐已毕。黄门官启奏万岁道："有龙图阁待制开封府尹包拯，由陈州还朝，现在午朝门候旨。"天子传旨宣进。黄门官领旨，宣进无私铁面贤臣，三呼万岁。朝参已毕，天子欣然问道："朕命贤卿赈饥，公务完毕否？"包爷道："臣赈饥未了。"天子道："卿公务未了，何故忽回见朕？"包公道："臣启陛下，臣无事不敢私回，只为奸臣欺君瞒法，国家大事，非同小故，岂容狠毒众奸，暗里误国。是以不分昼夜，奔走回朝，要奏明陛下，削奸除佞，以免江山摇动之忧。"天子道："据卿所奏，奸佞出于何方？即奏朕知。"包公道："臣知奸佞出在朝中！"君王闻奏，看看两班文武，不知又是哪人动了包黑子之怒。有几位不法奸臣都是面面相觑。天子道："满朝文武，个个赤胆丹心为国，卿家知道谁是奸臣？"包公双目直视沈御史，奏道："臣启万岁，沈国清乃是奸佞之臣。"沈御史听了，不觉大骇。君王听了，问道："包卿，怎见国清是奸臣？"包公道："沈国清是个欺君误国、藐视法纪之臣。"君王正要开口，有庞国丈出班奏道："臣启万岁。"天子道："庞卿有何奏闻？"国丈道："臣奏包拯欺瞒陛下，藐视国法，因何赈饥未完公务，又非奉旨，私离陈州，忽地回朝，摇唇鼓舌，欺压朝臣，望我王不可听他。原命他往陈州赈饥，完其公务，饥民方得沾恩。"天子听罢，正待开言，却激恼了包公，即道："国丈，此事与你无干，何故多管？"国丈被他一说，也觉无颜，只是敢怒而不敢言。君王想道：包拯原乃正直之臣，不奉旨召，一旦忽回，想必因国家有重要事情。即呼道："包卿有奏，速即言明!"包公道:"臣启陛下,杨宗保领职边关二十余秋,辛劳佐国,我主亦所深知。即狄王亲失去征衣,旬日讨回,又有大功,可以抵罪,五云汛李守备父子谋害虎将,冒功被戮,乃按照军法而办。岂料李成妻沈氏,不守妇道,胆敢前来告呈御状,冒犯天颜。我主未明刁唆之弊,委曲多端,差孙武前往边关,谁知不查仓库,图诈赃银,真乃欺君佞臣。又被莽汉愤怒诈赃,打辱钦差,犯了法律。"

包拯尚未奏完,吓得国丈魂不附体,急奏道:"陛下,包拯乃无凭无据之言,他陈州远离边关数千里,焉能一一概知? 况他不奉宣召,赈务未毕,众民岂不仍受饥苦? 望我王令他仍往陈州救济饥民,方不误公务。"包公道:"国丈何须多言,我非为国家大故,必不舍公务而私回。特为国除奸,与你何涉!"当时君王点首道:"包卿,你在陈州,果然怎知边关委曲情事,也须细言朕知。"包公道:"臣启陛下,臣在陈州,不但边廷之事明晰,即朝中奸权欺君坏法之事,一一尽知,容臣细奏。前数天朝内奸臣主唆匪人,叩阍上呈御状,我主但听一面之词,准状发交沈国清审办。圣上哪知他心存私意谋害功臣,不究孙武诈赃,独究失去征衣,严刑焦廷贵,不能成招。胆大沈国清假造口供,以欺陛下,若非佘太君进朝分辩,焦廷贵固难免死,即功勋元老也要一旦倾殒。此等欺君昧法之人,留为国患,必须彻底澄清,才是国家之福。"

一番言语,吓得沈御史、孙侍郎暗暗惊怕,连国丈也觉心怯。君王大呼道:"包卿,你果能明其内中原由,且细细奏来。"当时包公将三月初三在陈州路逢怪风冒体,疑有冤情,是夜在北关筑台,听候申诉,恍惚间只见女鬼称言尹氏名贞娘,说丈夫是西台沈御史沈国清等情说了一遍。君王听了此言,向沈国清道:"此姓名可是卿之妻否!"文班内有内阁大臣文彦博欣然出奏道:"尹氏乃臣中表之戚,少有贤德,素称坚贞,正是沈国清所配发妻。"当时君王听了点头,再问沈国清。但他方才闻听包公之言,已听出神了,不禁毛骨悚然,心胆战兢,不敢抬头,君王询他,答言不出。君王见此,满心疑惑,因问他何以口也不开。旁首国丈好生着急,想来机关定然败露了。君王又问道:"包卿,这尹氏可有枉屈告诉于你?"包公道:"据尹氏诉说,丈夫沈国清,食君之禄,深负君恩。沈氏是他胞妹,只因妹丈李成父子冒认了狄王亲功劳,被杨元帅所杀,故特来京要为其夫报仇,沈国清挑唆她告御状。圣上准状,差官查库,孙武欺君诈赃,丈夫身入奸党,向他劝谏,不特不从,反遭其殴辱。又思丈夫作此亏心之行,日后终无好结果,故气愤自缢,只望丈夫改善离奸。此等贤妇,可以留芳青史。臣得此一信,赶速回朝,分辨清白,奏闻陛下,速办众奸。倘或忠良被其一网打尽,圣上江山谁与保守?"君王听了包公之言,便道:"朕知道矣!"三个奸臣听了,心中摇摇,不知如何是好。却听君王呼道:"包卿,唯据鬼魅之言,作不得真,算不得凭。况前数天寡人已差官前往边关,召取狄、杨二臣回朝了,且待寡人亲自问供,不必卿家费心,且不要耽搁在此,速回陈州赈救饥民,待完公务回朝,厚报卿劳。"包公道:"陛下,若杨元帅领守边关,无事平宁之日,尚且不可一无离职,何况目下兵临城下之秋,若杨、狄二帅召取进京,边疆重地,万一有失,江山即难保守,这是断然动不得的。臣斗胆已将御赐龙牌,阻拦奉旨钦差止步,恭候圣命追转。若论陈州赈饥,赈济普遍,不日即可功竣。故臣敢于交与州官代办,决无误民之虞。兹有此警报,陛下勿云鬼魅之事,尽属虚妄,臣曾历历见之于梦,只有自裁自忖。臣拿得定是真情,故敢力辩,以分清浊。伏乞我王发臣司办,是非公私,断不误的。"

君王还未开言,沈国清忍耐不住,进阶俯伏道:"臣也有奏言。"君王道:"卿家有何奏言?"沈国清道:"臣妻尹氏乃急病身亡,并非怨忿自尽,何来鬼魂警报,求请伸冤之幻事?此乃包拯与臣有隙,狂妄诬言,伏乞我主,睿圣天聪,勿准包拯妄言诬奏,仍命他速往陈州赈济饥民为上,免他在朝妄生枝节。"包公道:"臣也有奏,前时臣借圣上三件活命的宝贝,曾救了不少民命。今尹氏身死,望我主再借三般宝口与臣,将尹氏救活,然后细细审询,定知内中委曲之事,免叫忠良受屈。"沈国清道:"臣妻身亡多日,已经备棺成殓,掩埋坟中,皮骨已消化了,焉有死而再生之日?包拯强言妄奏,无非思害臣一命。望我主勿降此旨,方免死者不安。"这一番话激得包公怒气勃勃,呼道:"沈国清!休得谎言,你妻子尹氏,曾经诰命,现受王恩,死了尚不备棺成殓,将尸掩埋泥土中。你乃一刻薄之徒,今日驾前尚敢诳奏,说什么备棺成殓,什么尸体消化!"沈国清听了此言,心中犹如火炙,浑身发抖,不敢复辩。

当日尹氏身亡时,沈国清在国丈前未曾言及,如若庞洪得知此事,定然要叫他备棺埋土的。此时国丈气得面色青红,呆呆看着沈国清,想道:不该土掩这王封诰命的夫人,实乃欺君辱爵,倘被包拯起了尸,实是罪名重大,怎能轻赦!

不表庞洪自语,当下包公驾前请旨起尸,君王准旨,即道:"依卿所奏,可将尹氏起尸,召回钦差,免取杨、狄二臣。此案重大,卿须严加细究,审明复旨定夺。"包公道:"臣领旨!"天子又命内侍取出先帝时高丽国入贡三件还魂活命宝贝,付赐包公已毕,忽班中闪出孙兵部启奏。他一来不服包公多事,二来帮助着孙武兄弟,连忙俯伏金阶道:"臣兵部尚书孙秀有奏,据包拯所说,尹氏的尸骸,埋于土中,如若起不出尸,包拯也该有诳奏欺君之罪。"包公道:"臣也有奏,臣据尹氏告诉之词,已知其尸骸在于沈府后花园内桂花树旁泥土之中。伏祈我主询问沈国清,便知真否。"嘉祐君道:"包卿之言甚是。"又问道:"沈卿此事有否?"沈御史听了,心中又惊又乱,身发寒战,料想也瞒不过,只得奏道:"臣妻尹氏,果是埋掩于后园桂树旁土内。"嘉祐君听了,龙颜大怒,喝道:"无礼欺君的贼臣!断难赦恕,王封命妇,不肯备棺成殓,全无夫妇之情。伦常倒置,败坏三纲,莫此为甚!"喝令值殿将军将此欺君贼臣之辈拿下,登时剥削冠带,即国丈也难开口求饶。一班奸党尽吃惊慌,满朝文武唯有骇笑。

是日包公领了三般法宝,别了圣驾,带了沈御史出朝而去。天子退朝,文武各散。

不知后事如何,且看下回分解。

第 五 十 回

贤命妇获救回生　忠直臣溯原翻案

当时朝房内与沈御史厚交的官员,你言我语,都说沈国清不通情理,将上封诰命夫人不备棺成殓,暴露尸骸于土中,原是欺君重罪。今被包拯拿定破绽,倘或起尸,被他救活,沈国清难免过刀而亡了。

不言奸党纷纷议论,且说包拯自己忖度,倘将孙武纵回,只恐他情虚要寻短见,反为不美,即令张龙、赵虎领了三般国宝,又邀了孙侍郎带同沈御史往他府衙而去。只有孙兵部倒也心上不安,不知包拯果能起尸与否,又见他邀了孙武兄弟,以故放心不下,便同至沈府而来。

当日包公缘何抹杀李太后之事不提,单奏杨、狄、孙、沈之事,只因尹氏的尸骸过不得七天,倘至七天,就难以还阳了,故以救活性命为先,将李太后之事暂且丢下。

且说包公进了御史衙,孙家兄弟并至,沈御史只得引至里厢,大小衙役房吏人等吃惊不小,议论纷纷,不明大人犯了何法,包公来抄没家产。当日沈御史指明埋尸之所,包爷与孙家兄弟,一同举目,果见一丛月桂,是新种植之象。包爷立差排军,将泥土扒开,扒去泥土,仍觉阴风惨惨。穴内女尸,面目如生,略不改色。包公叹息道:"可怜一位贤德夫人,遭此一难!"二孙兄弟,也觉骇然。沈御史见了,心中烦闷,默默不言。包爷又道:"这尸骸是你妻否?"沈御史说:"是。"包公又吩咐董超、薛霸二役,小心细细起尸。两个排军领命,即将尸骸悠悠扶起,安放僻静所在,又命张、赵二人,将温凉帽子戴在夫人头上,还魂枕扶置首下,返魂香放在身上,令四排军远离,令丫环侍女近前。

二孙兄弟心中焦闷,不想包黑之言完全应验。正要别了包拯回衙,只见包公冷笑道:"排军速将孙侍郎拿下!他是朝廷重犯,哪里放得?此法律当然。"排军领命,即上前将孙侍郎拉定。孙兵部见了大怒,挺胸直前,喝道:"包拯!你非奉旨,怎生胡乱拿人?快些放了吾弟,万事全休,若不依时,与你一同面君。"包公冷笑道:"这案子有你令弟在内,他原是朝廷犯人,是非且待尹氏活了,再分皂白,若询问后有罪时,应该究办,倘若错拿无辜,定罪下官。大人且请回衙,休得多管。"原来孙兵部仗着庞洪之势,党羽相连,横冲直撞,欺侮同僚,单惧包拯的硬性,当日含怒不言,吩咐打道回到庞府,另有一番忿话,不提。

单表包公令排军两人,押了孙武、沈国清一同收禁天牢。但侍郎不上刑具,只因未奉君命,止拘阻他不得回衙,恐众奸党等又生枝节。当日沈府家人仆妇,个个吓得惊慌无措。包爷在御史府中,只待救活了尹氏,然后回衙门供。又吩咐公堂上面,炷上名香,包爷下跪,叩礼当空,告视上苍,过往神祇,地府阎君,本都城隍,伏唯鉴察,说明奸臣误国之由,立心秉公报国之意。祷告已毕,仍起而坐于公堂。自有沈府家丁递送茶汤。是日天晚,将近黄昏,另行佳酿美肴送与包公用毕。不表。

且说孙兵部来到庞府谒见国丈,庞太师闻言呼道:"贤婿你到沈府去过,可知事情怎办?"孙兵部道:"岳丈大人,休要提起,可恼这包黑全无半分情面,一到沈府,果然于泥土内起出一女尸骸,面目如生,并未腐消。又将吾弟拦阻留下,说他是案内之人,难以释放,因与沈兄一并收禁了。倘若尹氏果被这包黑贼救活还阳,只忧究明此事,吾弟与沈兄即难逃遁了。"庞太师听罢,不胜烦恼。又深恨包拯不往陈州,特赶回朝,偏究此事,老夫也有干系,日夕使吾不安。便道:"贤婿,吾想沈国清平日之间,十分精细能干,今此事愚呆了。妻死缘何不备棺椁埋葬,胡乱埋于土内?况属冬天,自然肉体不消化了。圣上三般还魂活命宝贝,出在东洋高丽,太宗时入贡,留传至今。前者包拯曾救过被冤两命,今尹氏又经包公领办,必能复活还阳。被他究出真情,二人正法,难免一刀之惨,连老夫也有碍的。今日事情破绽尽泄,即深宫通线,也难解救得两人之命。"孙兵部听了,长吁一声道:"可怜吾弟一命断送于包黑贼之手!"

翁婿之言慢表,且说包公是晚用膳毕,已有一更将残,只觉得寒风惨惨,青灯一明一暗。家人侍女在旁,将尹氏夫人声声呼唤。少停初交二鼓,包爷早已传命他家人于夫人睡处,远远用火盆四围烘暖,不一刻,只见夫人手足微微转动,一呼一吸。有张、赵二人远远瞧见,启上包大人道:"尹氏夫人转活还阳了,手足已有活动的情形。"包爷听了言道:"她还阳好了,然她在土数天,身体定沾了寒土之气,速备姜汤,与她吞下才好。"二役传言,有侍女忙往取姜汤倾灌夫人喉中。包爷复叩礼上苍已毕,已有三更时分。尹氏夫人身体移动，双目微张。包公离位远远观瞧，心头喜悦，又命取回三般宝贝，道："夫人身负冤屈，归阴数日，今幸喜还阳，皆圣上宝物之功。"又吩咐沈府家人小心扶起夫人。又叫众侍女殷勤守护，不要卧睡。众侍女遵着包公吩咐，挽夫人进内，小心服侍沐浴更衣。又有家丁妇女不下百人，都说包大人神手清官，将我家夫人救活，交头接耳，不胜喜欢。

且说当夜包公又唤役人将后庭土穴填平，吩咐从役一同回府，已是四更时候。至天将黎明，带了三般法宝，要缴还圣上复旨。这时天色尚早，君王尚未坐朝，文武官员都在朝房候驾，尹氏夫人复活，文武官知者很多，都说包公是位异人，将人救活，莫非他不是凡间之人？不拘忠佞都有话说。只有孙秀、庞洪心中纳闷，有什么心思来答话呢！不一刻圣上登殿，文武大员呼拜已毕，分班侍立。有包爷执笏当胸，俯伏而奏道："老臣包拯见驾！"圣上先询问尹氏之事。包公奏道："臣启陛下，那尹氏已于昨夜二更时候还阳。再生之德，皆叩陛下洪恩。今臣复旨，并缴还三般法宝。"天子听了，喜气洋洋，言道："活人之命，功德弥天，今包卿数次救活枉死之人，乃代天活人，其功不小，上帝赐福无涯，如此朕也难及了。但以后如有被屈身亡者，又请此宝，如此拿来拿去，岂不周折费事？如今就将此三般宝贝赐与卿收藏，以后若逢冤屈枉死，便宜行事搭救可也。"包爷谢恩，又奏道："昨蒙陛下命臣审究李沈氏呈状重案，伏乞陛下将边关杨元帅本章，并沈氏御状，一并赐交于臣，核对分明，并求敕发焦廷贵与臣，方能面质详明。"嘉祐君道："依卿所奏。"命内侍速取来边关本章，并李沈氏的御状。又下旨天波府，立取焦廷贵，一并敕交包公究明复旨。包公领旨，收接了本章御状，吓得庞洪浑身汗下，手足俱麻，想道：昏君主见不善，发交本章犹可，这纸御状关系不小，包黑好不厉害，非比别位官员可以用些情面的。李沈氏乃妇女之流，倘究查起御状来，何人代写，那沈氏纵生铁口钢牙，也难抵他刑法厉害。倘招出状词是老夫做的，那时乌纱帽子戴不牢了！

不表国丈着急，且说包公将本章御状一一看毕，又启奏道："杨宗保的本章上，只有狄青一人退敌。"包公又说："孙武到关，不查仓库，只诈赃银多少，并未询及失衣冒功的缘由，与李沈氏所呈状上情节毫不相关，此是破绽机窍。况杨宗保身居边关主帅，执掌兵柄二十余载，数世忠良将

士,朝中栋梁,即圣上也知他是尽忠报国之臣,他怎会私庇狄青,而伤害有
功!他既非奸贪之辈,断无欺君之行。从来妇人告状,定有主唆之人,臣
问案多年,屡试十有九验。那沈氏乃妇女之流,哪有此泼天胆量?内岂
无胆大势狠之人唆拨她?故敢放胆叩阍,来冒犯天颜。当此之际,陛下也
须追究主唆之人,若非尹氏诉冤,险些被奸臣以假作真,而忠良反遭诬陷
了!"天子听了,说道:"当时原是朕未细究,包卿可知主唆呈状者是谁?"
包公推测,十有八九是国丈专主,但想,这奸人非别人可比,女在宫中做贵
妃,得君宠幸,料想今日扳他不倒,我且留些地步,也罢。倘若不提出唆状
之人,反被这老奸言我无知识没用了。不免说出机窍之言,恐吓他一番便
了。因开言道:"臣观此状词,句句厉害恳切,平常人吐达不出,定然是朝
中大臣主笔,方得有此狠烈之词。待臣严究出其人,定不轻饶,只求陛下
准臣严究。"国丈听了包公之言,面色由红而白,又插不得言。天子又道:
"包卿,朕思朝内大臣,尽是忠良,李沈氏又在边关,去此数千里,小小武
员之妻,怎能结识朝内大臣?据朕思来,还是边关上书吏挑唆,卿也不须
深究其人了。"包公道:"臣启陛下,并不是臣定要追究主唆之人,但这主
唆者,看得法律甚轻,居心太狠,要害尽忠良,方得称心。据臣愚见:其状
定必朝内奸臣所做的事情。此等奸佞,全不顾名节,只贪财帛。李沈氏虽
不认识朝内大臣,然只用了财帛,不结识也可结识了。"国丈当时浑身流
汗,暗恨包黑贼当驾前挑起老夫的心病,巴不得君王不再询问,立即退朝
散去。岂知君王偏偏不会得国丈之意,即道:"包卿,既知朝内大臣主笔,
可知何人?"包公又奏道:"此状词是一品大臣,权势很重的御戚所写。"国
丈欲待插言辩驳,又因涉及自己,多有不便;欲待不言,又怕这包黑说出他
事来,实是进退两难,懊悔错干此事。君王听了包公说到朝内一品大臣,
又是御戚,心中岂不明白!倘或被他说出来,朕亦无法处分,不如及早收
场为是。因道:"包卿,朕思主唆之人,非是正案所关者,卿不须多究了。"
包公也猜得君王之意,定碍国丈之故,只得做个人情,称言:"领旨。"当下
退朝。

　　不知如何审办群奸,且看下回分解。

第五十一回
包待制领审无私　焦先锋直供不讳

君王退驾，文武官员各散，只有庞国丈回归府内，心烦不悦，恼恨包公。孙兵部也是愁闷沉沉。国丈只因做御状主唆人事，关系非小，孙兵部只因兄弟难免国法之诛，两人都是心环鬼胎，坐卧不宁。当时国丈即差家丁两名，前往打听包拯如何究办，好歹也要报知。这且按下慢表。

且说包公回转衙中，将君王所赐宝贝之物，敬谨收藏，即差张龙往天波府请发焦廷贵，又命赵虎速往沈府去请尹氏夫人，薛霸立拘李沈氏，董超带上犯官沈御史、孙武前来候审。各各奉差而去。

单表天波府内先有旨意敕发佘太君，众夫人得知大喜，焦廷贵闻知心中更是快活，正要打点抽身，又有包公差人邀请。当下焦廷贵别了佘太君和众位夫人，与张龙径往包衙而去。有赵虎往御史衙请至尹氏夫人，一肩小轿，抬至包府。单有原告李沈氏并无下落。薛霸禀明包公，带出沈国清，问他沈氏现在何处。沈御史想道：此件案情，经了包黑子之手，必要追究唆讼之人。吾妹子乃女流之辈，被他恐吓，用起刑来，可当熬不起，而且还要招出国丈来。也罢，吾今拼着一命，以免牵连国丈，又可出脱了妹子。主意已定，因道："包大人，那李沈氏本非汴京人氏，犯官讯问后，即行释放了，目今不知去向，犯官哪里得知？"包公听了冷笑道："你还想瞒谁？"沈国清道："包大人，犯官哪有欺瞒？果然释放她不知去向了。"包公喝道："胡说，这李沈氏是你同胞妹子，况且此案未曾完结，你如何将她释放，显见是你将她藏匿过，少不得严究起来，不忧你把她藏到哪里去！"立即吩咐坐堂。一声传令，衙役人等列于两行，肃静威严。当时包公坐于法堂上，传令请尹氏夫人上堂。当时若问呈状，李沈氏乃是原告，论阴告，要算尹氏是原告。凡听审情由，先要问原告，只因尹氏是位诰命夫人，更兼谏夫保国，甘心自尽，不是罪犯，乃是贤良德妇，是以包爷不敢怠慢她，随即传请一声。尹氏一至法堂，低首曲腰，早有左右两丫环将蒲扇与夫人遮脸，尹氏道："大人在上，再生妇尹氏叩见！"包爷起位，双手一拱道："夫人身叨诰命,本难亵渎尊严,因在法堂之上,权且告罪有屈了。"夫人道:"贱妾已登鬼录,今得余生,皆叨大人洪恩。"包爷道:"夫人乃沈御史之妻,沈御史是你丈夫,夫君有过,妻难控告,此乃越理之事,岂非夫人先有不合么?"尹夫人道:"大人听禀,妾虽女流,颇知礼节。岂不知今日之事,有失为妻之道。唯今日之事,乃国家之事,贱妾略去夫妻小节,而就君臣大节。妾少适沈氏,承叨诰命一十三载,夫妻从来和顺无差,是非只为边关之事而起,容妾再行诉明。"包公听说出为国家大事、夫妻小节、君臣大节之言,不胜赞叹。像这样懂得大体的,不独妇女中所罕,即男子汉不易多寻。尹氏夫人随将丈夫帮扶李沈氏呈御状事,一长一短诉明,只因此事上回书已经表白详明,不用重复。包公听罢,请夫人暂退后堂。夫人告退。随即吩咐带上焦廷贵。这位莽将军,在金銮殿上见君,还是没有规矩,当时他大步上阶道:"包大人,吾在边关,闻你在陈州赈饥,不胜劳忙,怎的又有闲工夫来办此段案情?"包公见他如此,想来这焦廷贵乃是鲁莽匹夫,只装假怒,二目圆睁,案基一拍,喝道:"焦廷贵,在本官法堂上,擅敢没规矩,令人可恼!"焦廷贵冷笑道:"我在杨元帅白虎节堂,也是横冲直撞,即前在君王殿上,也是跑来奔去,何况你这小小地段,有什么稀罕!"包爷喝道:"胆大匹夫,休得胡说!"张龙、赵虎二役喝道:"中央供万岁圣旨牌,速速下跪!"焦廷贵道:"你这官儿要我下跪,无非为着圣旨牌,可发一笑!"一面叨叨,一面下跪。包爷道:"本官今日奉旨追究此案,在别官跟前,可以将真作假的胡言,在本官案下,丝毫作弊也作不成的,须要据实直言。倘有半字虚诬隐瞒,一刀两段。我且问你,狄青如何失去征衣,如何冒认功劳,反将李成杀害,你在边关,又怎样殴辱钦差?即速从实招供!"焦廷贵听了包公几句言词,激恼他性急火发,高声嚷道:"老包!黑炭头!人都称你是位大忠臣,清白之官,原来是个假名声诬人耳目的。我也知你入了奸臣党羽,贪了金银,有忠良不做,要做奸臣。"包公听了,不觉笑恼参半,喝道:"焦廷贵,不得胡言,到底钦差征衣失去否?快快言明,不许啰嗦!"焦廷贵道:"征衣之事,待我从头说来,你且恭听!"焦廷贵由奉帅令催取征衣起,说至被磨盘山劫去。包公听至此间,不觉摇首自语道:狄青果也失去征衣,缘何本上并无一字提及?莫非狄青果也冒了功劳?即道:"焦廷贵,狄钦差既然失去征衣,因何杨元帅本上并不提及?难免欺君之罪,据李沈氏所呈冒功屈杀,定然情真了。"焦廷贵听了,怒道:"你言差矣!

我元帅秉公报国,并无私曲,焉肯庇着狄青屈杀有功之人,况与狄青又无瓜葛,岂肯欺君昧己,以益他人?"包公道:"据李沈氏御状上,李成箭杀赞大王,李岱刺杀子牙猜,凿凿有据,你言狄青之功,莫非你受了他财贿做见证?"焦廷贵挺胸道:"你这包黑炭,真不是个清官了!我怎肯受他财贿,西夏将岂是李成杀的,实乃狄钦差的好仙戏,好手段。"包公道:"什么仙戏,什么手段?你且说明。"焦廷贵便从强盗劫去征衣,与狄钦差中途相遇,同至大狼山讨战起,说至自己挑了首级,在五云汛上守备府,李成问及首级来历,说至其间,这焦廷贵住口一想,他倒也粗中有细,直里有勾,想如若说明自己有冒功之罪,断断说不得的。谁知包公见他迟疑,双目一瞪,喝道:"焦廷贵!因何不说,其中必有隐情。若有丝毫瞒昧,以假作真,且看铡刀!"焦廷贵道:"老包你也欺人太甚,难道说了半天,不许停一停么?"包公道:"如此须速说来!"焦廷贵听了,即卸脱哄瞒李成之言,冒功在己之语,却将被李成父子灌醉,抛下山涧,得樵夫相救等情一一诉说,并道:"李成父子投关冒功,小将回关,方得对质,故元帅将他枭首。哪晓得沈氏有此胆量,呈告王状,我元帅众人在边疆,哪里得知,元帅天天排宴庆贺狄钦差功劳,分外敬重他英雄。忽一天韩吏部书到,沈达回关,方知此事。孙武来盘查仓库,元帅早将仓库封固,候旨盘查,只因历年无缺,任何盘诘,有何俱怯?不料孙武这狗官,妄自尊大,一至边关,今日不查,明日不盘,反要诈取赃银七万多,不用盘查,即要回朝复旨。当时只气得我焦将军火气攻天,忍耐不住,将这狗王八一掌打倒。元帅登时大怒,说什么殴打钦差,国法难容,将孙武与我一齐拿下,打入囚车,备本着沈达押解回京见驾。岂知这昏皇帝不公平,听了老奸臣乌龟官问供,将我一味夹打。但焦将军怎肯以假作真?听凭他们夹打,这奸贼也无奈何,将我送入天牢,想必阴谋私念,妄做假招供,不然这昏皇帝不会将我处斩,幸得佘太君上殿,保我回归无佞府,方保下这吃饭的东西。"包爷道:"你说狄钦差收除二敌人,用什么仙术戏法呢?"焦廷贵道:"说来也觉好看。他与赞天王厮杀,不上数合,只听得空中一声响亮,飞出一枝两头尖小小箭儿,高起云端,半空中雷鸣一般,小箭溜下,金光围绕,已将赞天王打扑在地。难道这不是戏法?他又与子牙猜交战,取出金脸儿盖在脸上,像跳加官一样,念一声无量寿佛,恶狠狠的子牙猜,已双目呆瞪,身体不动,如泥的跌于马下。难道这不是仙戏?"包爷听了一番言语,想道:这莽夫之言,三不对四,究竟是什么仙戏?然料狄青有此仙术,故得立除敌将。当时吩咐焦廷贵下堂。焦廷贵便道:"老包没有什么盘问,我且站在一旁,看你审询公正否。"包爷命取孙侍郎上堂。

这孙武奸贼,平日恶狠奸贪,如今在老包法地,也自心惊胆战,打一躬道:"包大人,犯官孙武当面。"包爷道:"孙武,你食了朝廷俸禄,受了圣上恩典,理该秉公报国。即你平素作歹,我也尽知。今也不多问你,只问奉旨到边关去,为何仓库不稽查,而反索诈赃银数万!你这贼臣不念君恩,只图利己,欺瞒君上,结党陷害忠良,倘然屈害了焦廷贵,连那无数边关宿将也遭此害。若是擎天玉柱被砍折,锦绣江山岂不塌隳①?可恨群奸结党,真乃蛇蝎一般。但今在本官法堂,须直白招供,倘一字支我,刑法也难宽饶。"孙武心想:包拯是个硬官,难以情面央恳。纵然王亲国戚,也都畏惧此老。他又审究过几番奇迹异形的事,即当今曹国舅如此势力,尚已被他扳倒,何况吾今做了宠中之鸟?如在别官手中,尚可强辩,如今落在活阎罗手中,倘糊涂抵赖,定必行刑。不如及早认供了诈赃,以免刑楚。况赃未人,谅无死罪。但焦廷贵殴辱钦差,不怕包拯不究治其罪。又思卸脱了庞太师,好待他从中庇助,岂不甚妙?

原来凡事福至心灵,灾令智昏,若孙武牵连出国丈来,仁宗定碍着国丈,纵然大罪,也要从宽办理,孙武未必置于死地。庞太师福运很好,是以孙武立下此意,想卸脱他帮助于己,结果反得斩罪。想罢即道:"大人,我奉旨到关,岂料杨宗保将仓库悉已封好,说二十多年岁岁亏空,难以彻查,若奏明圣上,还防执罚,要犯官格外周全。只恨我一时错见,心利他数万之银,故不盘仓库,回朝复旨,只言仓库不空。当时杨宗保恳求我,愿送数万白金。正说之间,焦廷贵已抢了将来,扭着下官殴辱不休。包大人,但念犯官赃未入手,从宽免究,才见大人洪恩。但杨宗保若无亏空,何故将仓库预先封固行赂,以免盘查?杨、焦二人岂无欺君之罪?"焦廷贵听了,大声喝道:"狗官孙武!"说着又抢进一步道:"该沫的狗囊!我元帅领守边关二十余载,一切军需仓库粮饷,按例开销,何曾有丝毫亏缺,他乃忠君报国大功臣,耿耿无私烈汉。犯了罪时,不分至厚至亲,将士不废刑罚;有了功时,不论至微至低,小军定必奖赏。你这狗官一到,即索取赃银数万两,我元帅焉肯送你银子,奸贼休得妄言!"

不知孙武如何答话,包公如何分断,且看下回分解。

---

① 隳(huī)——毁坏。

第五十二回

复审案扶忠抑佞　再查库假公济私

　　当下孙武听了焦廷贵之言，即道："胡说！前者乃你们元帅自送银子与我的。"焦廷贵喝道："好刁滑的狗官！我元帅乃世袭侯封，兵权秉属，岂惧你一群宵小鼠辈，送你丝毫银子，狗官休得妄言欺人！"孙武又道："包大人，前日焦廷贵殴辱钦差，也该问罪，今日在大人法堂上，原来也如此没规矩的！"包公喝道："焦廷贵！不许胡闹！"即令左右逐他出堂，焦廷贵下阶去了。包公道："孙武，今未动刑，招认了诈赃之罪，也算你造化，得免行刑。"喝他下堂，又吩咐带上沈国清。奸臣初时抵赖不招，次后熬煎刑法不过，只得从头招认，独卸脱了庞太师这奸臣，虽是他念平日师弟之情，也是庞洪恶贯未满。

　　当下包公又问道："李沈氏实藏哪方？"沈国清料想瞒他不过，不免招出，一同死吧，只得言明在尼庵中。包公立遣张龙、赵虎往拿沈氏，岂期这刁妇早已闻风。她虽躲在庵内，天天差王龙打探消息，正候着与夫、子报仇。是日忽见王龙气喘吁吁，进内报说："尹氏夫人被包大人起尸救活，万岁又发交包大人审问，孙大人、沈大人一口招认，今即差张。赵二役来拿捉叩阍告状人，倘奶奶去时，定然凶多吉少，反不如速速逃生为妙！"沈氏听了，吓得魂飞天外，发抖道："不好了！不想今日大难临头，也罢，丈夫、儿子都已死尽，我即留此残生，也不中用了。"即打发王龙出外，急急忙忙，正要自缢，又见七八名女尼进来，齐说："包大人差人在外，立刻要夫人至案，快些去吧，不要于连我们。"沈氏道："妾已知了。吾犯国法，决不连及你们。"可怜沈氏上吊也来不及，即回头向墙上狠狠两撞，撞破了天灵盖，脑浆迸出，鲜血漂流，仆于地下而死。女尼数人，要救已来不及，只得齐奔出外，说与张龙、赵虎得知。二役闻言，进内看过，回衙上复包大人。包公如闻别人之言，自然要相验分明，只因张龙、赵虎二役乃包公得力用人，历次试测，秉直无差，谅也无弊，故免亲到相验。包公当堂拟判：

　　　李沈氏如若情真，立于不败之地，何不挺身出堂？如今撞壁身

死,情弊理怯,畏罪自杀。李成父子冒认功劳事已显然。足见得杨宗保并无屈杀有功之人。然而焦廷贵殴辱钦差,应得革职摘参之罪。念所殴系诈赃之人,忿邪嫉奸,姑予从宽免议。据孙武供称:杨宗保库仓常缺,尚应差官复往查明,倘果亏空,照数处分,依律定议。狄青失衣是真,幸已不日讨还,且有血战军功抵罪,未便即封受帅。李沈氏所呈三状,按律定须严究主唆之人,存案定罪。但该氏早经毙命,无从根究,唯该氏生性习恶,妄呈王状,有碍朝廷雅化。虽已畏法殒命,然典刑未便苟且以从,应请戮尸,以彰国法。孙武藐违旨命,不稽仓库,私图婪赃,虽赃未现获,律当斩首。沈国清身居御史,享朝廷厚禄,不念君恩,专顾私恩小惠,而图网尽忠良,假供欺主,例应处斩,罪及妻子,幸妻贤良,可免坐及之愆。唯其受夫耻辱,从容自尽,死后尚图忠君报国,略私恩而存大节,当代贤淑,亘古无双,应叨旌奖。鸣呼!五刑不立,何以惩奸?功懋①不赏,何以劝善?臣不胜待命屏营之至!

包公分断已毕,吩咐将犯官孙武、沈国清严加绁锁②,收禁天牢,焦廷贵仍归杨府。又令家丁护送尹夫人回转御史衙中。焦廷贵回转天波府,佘太君众夫人甚喜,此话不提。又有庞府家人,打听明白,回归相府报知,庞国丈心头纳闷,孙秀也是一般着急。只为素知包拯是个硬烈之官,即王亲国戚,亦畏惧于他,而当今天子,也怕他硬直性情,奈何他不得。

次日早朝,将审案本章呈上,天子看毕,怒道:"可恼贼臣暗欺寡人,若非包卿先行回朝,险些害了边疆栋梁之将。朕今依议。"仁宗当即降旨说:

尹氏乃一女流,岂期具此贤惠,割却夫妻私恩,深明君臣大义,保国除奸,忠良免祸,朕也钦敬,询为万古女师,合当表行,即于御史府,改赐旌表流芳,加封恭烈元君,每岁额加俸禄二万两,俱归沈国清夫人尹氏收管。每逢朔望之日,文武官代朕一月两谒,以示荣异。生则永叨厚禄,死则附葬皇陵,享其荣祭。而边关仓库也要依本复查定夺,狄青功罪两消,未得拜帅,着于边关效力,日后再行封赏,焦廷贵

---

① 懋(mào)——盛大。

② 绁(xiè)锁——用绳索捆牢。

虽殴辱钦差有罪,姑念先祖功臣一脉,又是出于忿邪嫉奸,情有可原,宽恩免究。沈达跋涉被羁,升加一级,以补其无辜受累,并令回关,不得久留。二奸正法,即着卿施行。

包公领旨,当日国丈心头放下,他初时只恐案内定有牵连,如今并不提及,想必包黑也畏惧着他。若问包公,岂不知庞洪主唆的?然沈氏既已殒命,死无对证,非但扳他不倒,反被奸人取笑。二者圣上也自明白,谕他不必追究主唆,这个人情不得不从权做的。

不表国文得意,只恼得孙秀满面涨红,可怜兄弟一朝差见,依了丈人之计,免不得身遭国典。当日退朝,包爷奉旨正法两奸,一刻难留,回衙吩咐吊出二奸捆绑,来至法场。众军人押了犯人,排军扛抬铡刀,哄动多少百姓闲人,远远观看,纷纷言论。那沈、孙二奸,押至西郊,犹如呆子,魂魄飞扬,顷刻铡刀分段,鲜血淋淋。包公打道回衙,闲人散去。

次日设朝,包公复旨,圣上传旨排赐筵宴,命富大师、庞太师、高太尉、韩吏部相陪,包公俯伏谢恩。就宴毕,复奏君王,差官往边关再查仓库。君王瞧看两旁文武,问道:"包卿,你欲哪位官员前往?"包公尚未开言,庞太师出奏道:"臣有启奏。臣思狄青失去征衣,杨宗保本上缘何并不提明?亦有瞒君之罪,未便置之不究,伏乞圣裁。"包公想:老夫放脱你,你反气不过他人。随即奏道:"国丈保荐孙武盘查仓库,故违主命,仓库不查,反替国丈诈赃起祸,他罪比杨宗保大加数倍,也该枭首正法。伏乞圣裁!"天子看看国丈,暗想:你多言插舌,反使朕难于分断。当下君王因碍于国丈,免不得两面周全,即道:"都是些小之事,一概宽免了。"国丈谢恩,又要复奏。天子道:"庞卿不须奏了。"国丈道:"臣非奏别事,乃是荐员复查仓库。"天子道:"卿荐哪官?"国丈道:"臣荐兵部尚书孙秀可往。"天子听了道:"包卿,你知孙兵部可往否?"包公道:"孙兵部果当其任。"天子即传旨,着孙秀往边关复查仓库,须要实力奉行,不得徇私,回朝复命,另有升赏。兵部领旨。国丈又道:"臣有复奏。"天子道:"卿又有何奏?"国丈道:"陛下不准封赠狄青为帅,也须降旨,莫若使孙秀一并赍诏,以免又复差官,徒劳往返,不知圣上主意如何?"天子道:"此算倒也可准。"即诏交孙秀,包公暗想道:好不知利害奸刁,还思作弄,孙秀此去,倘有丝毫作弊,管教他又尝钢刀美味。

当日群臣别无章奏,君王退朝。

且说包公一日到赵王府内,拜见潞花王母子,关于陈桥遇李太后之事,并不提及,只将狄王亲失征衣,立下战功之事,详细奏明。狄太后微笑道:"包卿你太薄情了。我侄儿立下如此大功,理上还该加升重职,杨元帅上本自让为帅,你何故反阻挡圣上?"包公道:"臣启娘娘,狄王亲有此武功,该得升职。但他失去征衣,罪也重大,这是朝廷律例,有功得赏,有罪必罚。倘不计罪而计功,不独废弛国法,且难服众奸党之心如若被他参奏,反觉无趣了。臣为国秉公,倘要徇私,宁断头难依,伏乞娘娘鉴察。"太后听了,欣然道:"包卿若不说明,我倒错怪你了。已略饮数杯淡酒如何?"包公道:"多谢娘娘,臣不敢当。"登时告别,潞花王也留款待,包公力辞,只得由他拜别而去。包公暗想道:可哂太后,不明道理,错怪别人。只我将狸猫换主事究明,你也蒙着欺君之罪。一路无言,到了天波府内,焦廷贵闻报,出来迎接,请出佘太君。包公见礼坐下,杯茶叙谈。太君道:"我家孙儿被奸臣算计,多蒙大人一力周全,使老身感激不尽,尚未到府拜谢,反劳大人光降,心有不安。"包公道:"此乃下官与国家办事,哪敢当太君重谢?"太君又道:"我孙儿既无亏空仓库,今又往盘查,是何缘故?"包公道:"告禀太君,下官当审究时,孙武称言元帅也有亏空之说,倘经别官领审,已将此言抹杀,也未可知。唯下官出仕朝廷二十八载,由做知县官案历万千,只依法律公办,故孙武所供,也要奏知圣上。今天庞洪又荐保孙秀前往了。"太君听了,愈觉骇然,呼道:"包大人! 老身久晓孙兵部是奸臣党羽,如今奉旨往查仓库,此贼心不秉公,只忧波浪兴翻,怎生是好?"包公道:"太君且请放心。孙秀此去,倘有徇私作弊,自有国法与他理论,下官岂肯轻饶纵放? 只祈太君早日发遣焦廷贵转回边关,不可稽延于此,以免元帅不安。"言罢告辞。太君道:"大人再请少坐,水酒粗肴相款,望祈勿却。"包公道:"虽承太君美意,唯贱冗太烦,改日叨领。"

　　按下包公回府而去,只言佘太君即日告知孙媳穆氏夫人,修备家书一封,取出白金百两,交付焦廷贵、沈达二将。克日用膳罢,拜别老太君与众位夫人。家丁早已牵出两匹骏马,鞍辔整齐。二将欣然骑上。老太君又吩咐二将,路程小心,休得恃勇闯祸招灾,孙兵部不日奉旨又到,复查仓库,此贼定然诡计多端,说知元帅众人早为防备,勿坠奸人之计为要。二将诺诺答应,一径出了杨府,马不停蹄,径往边关而去。

　　这孙秀奉旨复查仓库,可能又要谋害狄青、杨宗保二人,不知后事如何,且看下回分解。

第五十三回
孙兵部领旨查库　包待制惊主伸冤

这一天，庞国丈排下酒筵，差家丁请至孙兵部。国丈开言道："贤婿，不想此事愈弄愈糟了。但杨宗保、狄青二畜，断断不能容留，你今奉旨复查仓库，我特备酒钱行，你一到边关，须要见机而为，算计二贼，也须弥缝破绽，免被包黑贼放刁才好。"孙秀道："有劳泰山大人费心，小婿至关，定然在意，设法雪报弟仇。"言罢，用宴已毕。次日孙秀离京，亲友众官送行。包公趋近呼道："孙大人，你今奉旨到边关，须要秉公着力而行，权奸嘱托行私，你切不可依从，倘存私作弊，下官定然秉公处理。"孙秀道："包大人，你太多心了！此行哪有旁人唆嘱徇私，我此去定必秉公，不负君恩。"包公道："如此方好。"

不表孙秀离却汴京，且说是日天子设朝，包公主殿谢君赐宴。天子道："包卿赈济未完，速宜打点登程，免使万民悬望。"包公道："臣还有一桩国家大事，也要理明，方往陈州。"君王道："包卿还有何重大事情？且奏知寡人。"庞太师巴不能包公早早动身，不啻拔去眼中钉，即出班奏道："臣有奏。"仁宗一想，国丈真乃多管闲账。只得问道："庞卿，你有何本奏？"他道："臣奏非为别故，无非为国保民，今陈州赈济未完，包拯中途不往，万民仍不免饥寒苦楚，望乞我主不要留他在朝。若说朝中有事，有何难处，自有多少朝臣可办，伏乞陛下准奏。"君王听了，正要开言复问，包公接言道："这是一件天大之事，上干天子，下干人民，即臣身受陛下隆恩，亦不能为陛下讳失察之愆。"当时众文武大臣听了此言，心内忧疑不定。君王急道："包卿，是何大事，即速细奏分明。"包公道："今陛下不是真天子，故臣要理论分明。"仁宗听了，不觉诧异，两旁文武大臣更是惊骇。庞国丈即出班俯伏奏道："包拯仰叨圣上隆恩，不思报答，反敢戏谤君王，冒渎天颜，不敬莫大于此。乞陛下将他正法，以为慢君者戒。"嘉祐君王道："庞卿平身！"

天子虽然不悦，但想到包公，为官日久，一向无错无差，丹心耿直之臣,何故发此戏言?便呼道:"包卿,寡人这天子缘何非真,你且奏明。"包公道:"陛下,若还说得出凭据,方是真的。"君王听了,微晒道:"包卿,朕是君,你是臣,缘何臣与君讨凭据!寡人临御已有七八载,在朝多是先王旧臣,并无一人说朕是假的。包卿何故发此戏言?"包公道:"陛下若是真天子,定有凭据。"君王道:"这玉玺岂不足为凭?"包公道:"陛下既接领江山,岂无印玺,这算不得为凭。只问陛下龙体有何记认,才是真凭据。"君王微晒道:"此语包卿说来真奇,要讨凭据犹可,缘何又讨寡人身上之凭?若问朕身上之凭,只掌中有两印纹'山河'二字,足中央也有'社稷'两字,可得为凭据否?"包公听了山河社稷,却准对了李太后之言,即奏道:"陛下实乃真天子,只可惜宫中并无生身国母。"君王道:"包卿之言差矣!现今南清宫狄太后,是寡人生身母,安乐宫中刘太后,是寡人正嫡母。包卿妄言寡人无母,也该有罪。"包公道:"国母本有,只是不见了陛下生身国母。狄太后只生得潞花藩王。她并非陛下生身母,只可怜生母远隔别方。"嘉祐王骇然,忙道:"包卿,你出言不明,令朕难以推测。既然明知寡人生身之母,何妨直说,缘何吞吞吐吐,欺侮寡人?"包公道:"只今郭槐老太监未知现在哪宫?"君王道:"若问内监郭槐,现在永安宫静养,卿何以问及于他?"包公道:"陛下要知生身国母,须召郭槐问他,便明白了。"天子听了,愈觉离奇,想道:包拯说话蹊跷,料此大事他断非无中生有。又思道:南清宫狄母后,既非寡人生身,如何又冒认寡人为子,此事叫寡人难以推测。他又言郭槐内监得知,只有宣召郭槐来问明缘故。即传知内侍往永安宫宣召郭槐去了。天子又问:"包卿,既知此段情由,也须细细奏知根底。"包公道:"陛下,臣若奏出情由,即铁石肝肠也令他堕泪。可怜陛下生身国母,屈居破窑,衣衫褴褛,垢面蓬头,乞度光阴将二十载,苦得双目失明。陛下身登九五,娘为乞丐,尊为天子,尚且孝养有亏,自然朝纲不立,屡出奸臣乱法。"嘉祐王听了包公之言,色变神惶,叫道:"包卿,破窑之妇,你曾目击否?"包公道:"臣若非目见查明,焉肯妄奏,以诬陛下?"天子道:"如此可细细奏明。"包公即将道经陈桥,被风吹落帽,疑有冤屈,因命役人捕风捉影,至郭海寿请去告状,当日太后将十八载被屈破窑,长短情由,尽皆吐露等事一一奏明。并道:"太后言非臣不能代为伸冤。臣当时惊骇不小,不意拿落帽风,拿来此天大冤情,实乃千古奇案。臣思前十八年,臣官升开封府二载,尚未得预朝政,即火焚内官,臣亦不得而知。因此将信将疑,故又反诘她既知太子,即今现在哪方?她自言,得寇宫女交陈琳送往八王府中,后闻养成长大,接位江山,当今天子即是吾亲产太子。当时臣一再盘诘,她有何为证。她说,掌上印纹是'山河',足下有'社稷'二字,回朝究问郭槐,可明十八年前冤抑。陛下请想,儿登九五之尊,享天下臣民之福,岂知生身母屈身卑贱苦楚之境,闻者如不伤心,非孝!见者如不恻然,非仁!若非郭海寿代养行孝,李娘娘早已命丧黄泉,身负沉冤,终难大白了。"

君王闻此奏言,吓得手足如冰,呆呆坐在龙位,口也难开。两旁文武官员,目定口呆,暗暗称奇,未明真假。内有几位大人想道:"十八年前,我们还未进位公卿。"有国丈想道:只怕是非涉及老夫,原来是朝廷内事根由,不干我事,我即心安了。

慢言殿上君臣语,先说瞒天昧法人。那郭槐乃刘太后得用之人,是以仁宗即位,太后即传旨当今,加赐九锡。时年已八旬,奉旨在永安宫静养,随侍太监十六名,受享纳福,其乐无穷。仗着太后娘娘势力,人人趋奉,倘或宫娥太监服侍不周,即靴尖打踢,踢死一人,犹如捽死一蚁,厉害无比,凶狠已极。人人对面,自然要逢迎九千岁,背后众人咒骂,怨恨他不已,巴不得此凶早日灭亡。偏偏郭槐精神满足,虽则八旬之人,健旺胜于少年,身体肥腴,生得两耳扛肩,头尖额阔,眉长一寸,鸳鸯怪眼,两颧半露,莺哥尖鼻。多年安享于永安宫内,福寿双全,快乐不异于神仙,即当今皇上也无此清闲之福。每日闲中无事,与刘太后下棋着双陆,或抚琴弄瑟。

这一天,他正在安乐宫中与刘太后饮酒谈心,忽闻内侍进来,报说圣上在殿上相宣。若是郭槐平日做人良善,结好上下,自然内侍官肯帮助些,说明李后陈桥之事,也可使郭槐早些打算如何脱身的计谋。只为他平日凶狠,故人人蓄恨。内侍今得此消息,心中大悦,恨不能将他早日根除,因此只说"万岁旨宣"四字,并不提及别的机关。郭槐听了冷笑道:"从来万岁并不宣吾,今有什么闲账?咱家今日不得空,改天出殿也罢。"内侍暗想:万岁爷都宣他不动,太觉狂妄自大了。只得去复旨,将此言禀知万岁。天子听了,龙颜发怒,可恼贱畜逆旨,即唤内侍道:"且再往宣,只说有国家大事,文武百官不能妥议,宣他上殿,做个主见,看事体如何?今天必要奉宣,再不许逆旨!"内侍领旨而去。若论君无戏言,只因当时郭槐不肯奉旨出殿,是以将他哄出殿来,这是事到其间,暂且从权。当有内侍复至安乐宫道:"臣启太公,万岁爷有一国家大事,文武各大臣不能妥议,必得要老公公出殿,定个主见,万岁爷在殿候久了。"郭槐听了道:"厌烦得紧!咱家不喜出殿,何故两次相宣?有何大事,别改一天也罢。"刘太后微笑道:"郭槐,当今既然两次宣你,你若不往,岂不失君臣之礼?难免朝臣多话。"郭槐道:"娘娘,朝臣曾说我什么来?"太后道:"只言君王宣不动,太觉狂妄欺主了。理上还该出见,以免朝臣多生是非。"郭槐冷笑道:"娘娘可知,满朝文武谁敢言我一声不是!"太后道:"你说哪里话来,虽然对面无人说,背后难免把你暗加批点。况国务非同小事,无人妥议,政令难行,当今宣你,定然说你年高智广,有政同商,劝你再不可推辞。"郭槐听了道:"娘娘既如此说,吾且走走何妨。"太后道:"出殿回来,吾还等候共宴。"郭槐允诺,叫左右扶他出殿,内监应诺,挽扶道:"九千岁慢些走。"太后道:"众人且小心挽扶。"郭槐并非年老难行,只因身躯肥胖异常,若独自行走,多有不便之故。

四名内监,绰绰拽拽,到了殿上,内侍先禀明万岁,郭槐朝见毕,对君王道:"陛下在上,奴婢见驾。"君王道:"寡人宣你上殿,非为别故,只因内廷事有不明,故特宣你究明奇事。"郭槐道:"未知陛下内廷有何不白之事?"君王道:"只因十八年前,狸猫换主,火烧碧云宫,何人为首,李太后如何被害,今已尽泄机关,你须将实事细细言明。"郭槐听罢此语,吓得目瞪口呆,想道:因何今天一时提及十余年前之事?不知哪个狗王八从中捣乱?但这件事只有天知地知,刘娘娘与咱家得知,余外别无一人可晓。我只推不知,几句言语撒开便了。君王见他不语,即喝道:"郭槐,今日机谋尽露,还想隐讳不言?"郭槐道:"奴婢实不知什么狸猫换主,大火烧宫,休来下问奴婢。孩子们,扶我进宫!"四名太监正待左右挽扶,有包公怒目圆睁,跑上金阶,伸手当胸扭定,喝道:"郭槐慢些走!"郭槐喝道:"你这官儿,怎敢无礼!"

不知包公如何捉下郭槐,且看下回分解。

第五十四回

宋仁宗闻奏思亲　王刑部奉旨审案

当下包公喝道："郭槐！你既不认识本官，如我说出姓名，只怕吓死你这老奸！我乃龙图阁待制兼开封府尹包拯。"郭槐听了道："你是包拯么？人称你是忠烈贤臣，即我内官也仰慕清名，当今万岁加恩宠眷，你不该胆大将咱欺貌！你太觉狂妄了！"包公冷笑道："郭槐，你还不知么？"郭槐道："咱家知道什么来？"包公怒道："恨你为人凶刁狠毒，十八年前将幼主换作狸猫，又纵火烧毁碧云宫，陷害李宸妃娘娘，瞒天昧地，只言永久遮瞒，岂期今日奸谋败露，在圣上驾前，还不直供！"郭槐听了失色，只得喝道："包拯！休得含血喷人！你缘何造此无形无影之言，妄唆圣上，欲害咱家！这火焚碧云宫，狸猫换主，我作内监数十秋，未闻此事，你何得无端寻衅蛊惑，擅敢当驾无礼，扭住咱家！"即喝令小监道："拈他去，我还宫去也！"包爷喝道："郭槐，你今休想还宫！"扭住郭槐不放，四名内监只好呆呆看着，只因惧怕包黑子，未敢妄动。众文武大臣并无一人答奏，君王心上也觉焦烦，喝道："拿下！寡人定须追究阴谋陷害真情。"有值殿将军凶狠如虎，即拿下郭槐，捆缚捺定。郭槐慌忙呼道："圣上，可怜奴婢，今已八十二岁，静处闲宫，并无差，伏乞我主勿听包拯无踪无影之言，令奴婢还宫，深沾陛下天恩。"君王道："郭槐，你将十八年前之事一一奏明，即放你回宫安养。如有一字支吾，定决不饶。"郭槐一想：若将此事说明，我必抵罪，又怎好害却刘太后娘娘？罢了，我也拿定主意，自愿抵死不招。即道："陛下，说什么狸猫换主，火焚碧云宫，奴婢确实不知缘由，焉有凭据上奏？"包公奏道："此事关系重大，想郭槐是泼天大胆之人，方能于此伤天害理之事。若将言词盘诘，岂肯轻轻招认，伏乞我主将他发交与臣，待臣严加细究，方能明白。"君王道："依卿所言。"庞国丈暗想：不好了！发交包黑审究，郭槐危矣！审明又增他之威。惺惺自古惜惺惺，奸臣只是为奸臣，并忌包拯之功，即出奏道："陛下，这郭槐发不得包拯究审。"君王道："庞卿，缘何发交不得包拯审讯？"庞洪道："此事关系重大，谚语云：'来言是非者,即是是非人。'今此事乃包拯所言,焉知真假? 倘被他一顿极刑,郭槐乃八旬以外之人,哪里抵挨得重刑? 倘假事勘成真的,即大不妙了。"君王闻奏,头一点言道:"庞卿此论,却是秉公而言,朕今不发交包拯,即交卿家审究,是必秉公而办。"包公道:"如将此案与国丈究断,必不秉公力办。他若存了三分私弊,十八年之冤,终于不白,却将诞育圣躬之母,永屈于泥涂中了。"君王听了两人之言,细思一刻,只得对包公道:"包卿,据你主见,还须发交与你审办么?"包公道:"国丈如此一说,臣也涉嫌疑,不敢承办了。"君王道:"卿既不领办,可于文武两班中挑选一人出来。"

包公称"领旨",立起身来一看,左班首是富弼老太师,他是一耿直大臣,然而老耄高年,不便烦劳于他。包公又看看支部韩琦,韩琦一想,此案重大,一位是刘太后,一位是狄太后,两人是被告,叫我如何审法,只得摇头示意。包以又看了阁老文彦博,他却对自己瞧也不瞧,分明也有些怕事。包公想道:你们众臣也称是忠良之辈,如何这等胆怯畏死? 只须秉公而办,亦有何妨碍,如何人人不愿领办。如此你们徒有忠节之名,算不得铜肝铁胆之人了。包公又望至西边,看见刑部尚书王炳,二目相照,包爷一想:王兄与我是同居里井,同科出仕,他平素秉性贤良,此段事情,如交他办理,谅得妥当。此时包公一照面,头一摆,王刑部即出班奏道:"此事微臣领办,伏乞陛下降旨发交。"君王道:"包卿,王卿领办如何?"包公道:"王刑部果能领办,必不误事。"君王道:"既如此,朕将郭槐发交王卿,限三天内究明回奏,须要小心着力公办。如有半点私弊,断不姑宽。"王刑部领旨。当日散朝,王炳家工带出郭槐。

君王还宫,庞贵妃迎接王驾,即请安问道:"君王何故龙颜不悦?"君王一闻动问,不觉感触孝行有亏之心,言道:"早朝据包拯所奏,朕不是南清宫狄母后所生,也非安乐宫刘太后所产,尚有生身母亲在别方。"言毕,不觉珠泪一行。庞妃闻言,不觉骇然,即道:"圣上既据包拯所奏,亦必有因,我王何不询明他生育圣躬嫡母太后在于何方?"君王道:"贵妃,朕也曾详诘他,包拯言还朝时,道经陈州,有白发老妇,诉说十八年前之冤,言来确据分明。"当时君王将前言一长一短,惨言尽吐,更觉感伤,纷纷泪下。此时庞妃听罢,更觉心惊,想道:不意有此弥天大事,未知真假,若还果有狸猫换主之事,郭槐罪重千钧,狄、刘二太后亦有欺君之罪。只愿当初并无此事,两宫太后方保无虞,郭槐也可无罪,只将包拯处以欺君妄奏之罪,正了国法。若除了包拯,我父独掌朝纲,畏惧何人?想罢,开言道:"我主且自放心,虽则包拯如此言来,臣妾细思此事,谅非真情。破窑市井中老妇,非是癫狂之疾,定是妖言惑众,可笑包拯为明察之官,听信妄词,特犯君上。倘无此事,两宫太后一怒,则黑脸官儿岂活得成!况乎谎奏君王,谗污国母,罪该万死,我王乃至聪天子,岂能任他如此作弄。"庞妃虽然狡猾,唯君王心下分明,知包公乃是正直无私,清官岂是轻信无凭谎奏。且破窑妇人说得有凭有据,岂是疾犯疯癫?因此仍自闷闷不乐。庞贵妃见君王恼闷,传旨排宴,百般娇媚,趋奉君王。

慢言宫中夜宴,且说安乐宫中刘太后,见郭槐久去不回,想道:不知外廷有何疑难国政,两次宣召郭槐,去得许久,尚未还宫。正盼思之际,忽有太监四人急匆匆报进宫道:"启上太后娘娘,不好了!"刘太后在宫闱三十余秋,从未闻"不吉"二字,今闻此急言一不觉大怒,骂道:"狗奴才,何事大惊小怪!"众内监禀道:"只因当今万岁爷,已将九千岁拿下。宣去非为别事,乃是包大人奏明圣上,为十八年前狸猫换主、火焚内宫之事。"刘太后听了,吃惊不小,连忙立起道:"万岁怎生分断的?"内监道:"万岁爷要九千岁招出真情,九千岁只言并无此事,万岁爷即喝值殿将军登时拿缚了九千岁,发交刑部尚书王大人审断去了。"刘太后闻言道:"果有此事,你们且退外去。"四内监遵命出宫,刘太后惶恐无主,自念:十八年前将太子换去,暗害李妃,但机关秘密,无一人得知,因何今日泄露,有人告诉包拯?又值君王偏听他言,将吾心腹人拿下,若还究出当时情事,郭槐固不免重刑处决,即老身也难免有欺君害主之罪。幸喜当今不是发交包拯审断,还有挽回之机。想王刑部虽是一位清官,不贪财宝,谅来及不得包拯铁胆铜肝之硬,且将密诏行下王炳,将金珠宝贝重赏他,岂有不受?难道他惧怯包拯,反不畏我?倘王炳肯周全郭槐,私留一线,郭槐无罪,我也无虞了。刘太后定下主见,登时修密旨一道,外有马蹄金五十锭,明珠三百颗,打发心腹内监三人,另遣王恩赍了密旨,将晓时候,潜出后宰门,往刑部衙门而去。

按下慢提。再说王刑部是日将郭槐暂禁天牢,进归内衙,有马氏夫人出来迎接坐下,夫人开言道:"相公今日退朝甚晚,又有不悦之容,不知何故?"王炳道:"夫人,兹因领了圣旨,为圣上内廷一大异事,想来实在难办。”马氏道：“老爷官居司寇,只管得顽民匪盗刑务事情,如天子内廷大事,都有富太师、范枢密、文阁老、韩吏部等办理,老相公不该管涉,何用心烦?”王炳道：“夫人,你有所未知,此事如不尽忠办理,不免斧钺之诛,不是五府六部人人可领办的。”当日王炳将包公还朝,在陈州遇妇人诉冤之事,一一言知,马氏道：“既然陈州有一贫妇冤屈,自有地方官伸理。”王炳道：“夫人,你休将破窑中老妇人小视,她乃先帝李宸妃,产育当今圣上至尊之贵。”马氏夫人听罢,冷笑道：“老爷,莫非包拯道途中逢邪祟? 不独妾女流不信,即满朝大臣岂不知当今乃狄氏所出,经先王所立? 只有包拯一人偏执妄言。”王炳道：“包年兄乃刚正无私的硬汉,岂有诬毁君上之理?”马氏摇首道：“老爷,你向来明理,为官二十余载,难道不明此案如天重大。且交还包拯办理为上,你何必自寻烦恼。”王炳道：“夫人,并非下官多招烦恼,只因没一人敢于驾前领旨,我因思当今国母枉屈当灾,于心何忍! 况我与包兄是同年同科,一殿之臣,故在驾前领办此事。”马氏道：“妾思满朝文武,多少官员,尽食君王俸禄,人人皆可效劳,何独老爷一人? 想他众官知事关重大,故无一人承办。他们是明人,老爷是呆人。”王炳道：“你说哪里话来! 倘我将此案办明,难道圣上不见我情分,即不厚加升爵,下官只愿留个美名。”马氏道：“老爷,你且拿稳些! 妾劝你休得痴心妄想,要安稳时,须当依妾之言,不结患于上,又无旁人嗔怪,久远安妥为官,岂不甚妙!”王炳道：“据夫人主见如何?”马氏道：“此案即云是真,却是口说无凭。况且内监郭槐威权太重,外交党羽,内结太后,事如天大,郭槐岂肯轻轻招认? 他如不招,定必动刑,如此他立下一留头不留脚主意,一定抵死不招,老爷怎奈他何? 事既不完,先结怨于刘太后,倘被他执一破绽,暗算起来,实难防避。那时包拯决不来看你是同里同科之谊,破窑中贫妇,也难搭救于你,古云‘识权达变者为豪杰’,老爷也须三思。”

　　不知王炳是否依从马氏,且看下回分解。

第五十五回

刁愚妇陷夫不义　无智臣昧主辜恩

王刑部听了妻言，默默不语。原来王炳生平有二畏惧，上畏君王，下惧夫人。

当时虽则怪着马氏，然而不敢回言，只得长叹一声，侧身呼侍环进茶。夫妻用过，马氏又道："老爷你今缘何像痴呆一般，一言不发，此叹声无非怪着妾身而已。"王炳闻言道："怎敢见怪夫人，下官只是想到朝廷的事实在难办。"马氏道："老爷既然不怪妾，只依着吾言便了。"王炳道："夫人还有什么商量，你且说来。"马氏道："老爷我劝你多一事不如省二事，一动不如一静。岂不闻达者千人缘，懵懂者结万人怨？若将郭槐认真严审，不过奉承包拯，包拯无非说一声'劳动年兄了'。这也不足为老爷增荣，却惹得刘太后、狄太后两位娘娘，将你恨死，正是福不来而祸先至。如今老爷既然领旨承办，已是卸肩不及，莫若假混瞒真，虚张声势，审讯几堂，只说并无实据，复了圣旨，一只只由圣上主见，是两不失其情。包拯危与不危，我也不管，唯有两位太后娘娘，深感你之用情，定然暗中提拔。倘老爷不依妾言，犹恐祸生不测。"王炳道："此言差矣！下官若将此案严审断明，圣上既得母子重逢，满朝文武人人钦敬，好不荣光，即无极品偿劳，亦扬名于当世了。"夫人道："你乃斗筲①之见，全不想彼破窑中贫妇，乃是随口胡说，或犯癫狂之疾，只有包拯听她谎哄。如若果有此事，为何一十八年之久，她甘心受苦，况天下官员甚多，平日之间并不提起，直至如今，才冷灰复热，岂有是理？想这包拯十分昏聩②，妄奏当今，也有这般昏君，听此狗官之言。老爷是一向明白，今日为何却愚呆了！现现成成一位刘太后，威风凛凛的九千岁，不去奉承，反因一真假未分的贫妇，与大势力结

---

① 筲(shāo)——用竹子或木头制成的水桶。在此文中'斗筲'指有限的容器，斗和筲，来比喻人的见识短浅。

② 昏聩(kuì)——比喻头脑糊涂，不明是非。

仇,岂非颠倒!你若力办此事,只忧今生今世也究不明的。反做了灯蛾扑火,自惹焚身,还要累及妻子。若待死在钢刀之下,悔恨已迟,不若为妻先别了丈夫吧!"说着立起身来,将茶盏一抛,假装撞死。此番吓得王炳一惊,飞步赶上,双手抓定道:"夫人死不得的!"马氏道:"妾身这一命定死在你手中,倒不如早死,岂不干净!"王炳道:"夫人且慢慢酌量,你若一死,下官也活不得了。"马氏首一摇,泪下纷纷,王炳却像奉敬神明一般,将夫人鬓发一一理好,带正珠冠。

且说这王炳当初原立下美意,要与李太后鸣冤,今被不贤马氏放刁弄坏心术。是以人生有贤良内助,关乎一生名节,今王炳犹如遇鬼祟昏迷了,一片铁石心肠,化为绵软,以致欺君误国,污名当世。当下王炳安慰马氏道:"夫人,你一向智慧,只因性情急躁,不分好歹,便将性命来抵当,难道你性命如蝼蚁之贱?我劝夫人休得急恼,忍耐一些才好。"马氏道:"老爷,妾劝你万语千言,皆因欲你免遭灾祸。岂知你反怪妾,呆呆不语,怒目睁睁。倘依包拯之言,两位太后娘娘不免有罪,即为妻也难逃脱,故先死于老爷眼前,以免遭别人之辱。"王炳听了道:"夫人,你说来句句金玉之言,岂有不从之理,如今且依夫人高见。"马氏喜道:"妙,妙!老爷如肯听妾之言,管教你指日之间,定有福禄高增之荣。"王炳又道:"此重案已经领旨,怎生办理,倒要夫人出个主意,以便下官照办如何?"马氏想了想,道:"老爷一些不难,只须如此如此,神不知,鬼不觉,便能奏知圣上了。"王炳听了笑道:"夫人倒有此机谋,下官已依计而行。"

夫妻闲谈之际,早有侍环将筵宴排开,两人坐定,畅叙细谈,无非商量此案情由。少顷,日落西山,月儿渐起,又有家丁报进道:"有王恩内监三人,奉太后娘娘密旨前来。"王炳连忙请至私衙,开读诏书,密旨上大意要他审得郭槐并无此事,罪在包拯,便可加官增禄,厚赏金珠。如不遵旨意,定将王炳治罪,决不姑宽。当日王炳收下金珠,令二内监先回,又对王恩道:"公公你且先回,上复太后娘娘,下官遵旨而办便了。"王恩道:"王大人,你依太后娘娘旨意而办,太后娘娘不独赐赠金珠,指日还可高升。"王炳诺诺,登时送别王恩,复进后堂,命家丁扛拾金银珠宝,将情说知夫人。马氏闻知,喜色洋洋道:"老爷!妾是不会差的。你之智见,反不如妾,如今皂白未分,太后娘娘便有许多厚礼相赐,后又得显爵高官,封妻荫子。若还依了你的主见,顷刻间即有灭门之祸,破窑中贫妇,岂见你之情,怜你遭殃!"王炳闻言,拍掌喜道:"夫人智见高明,不必多说了,请用酒膳吧。"是夜酒膳已毕,王炳又道:"太后有赤金五十锭,明珠三百颗,夫人且一并收拾。"

马氏欣然应诺,又道:"老爷,我想九千岁爵位尊隆,不该收禁天牢,速差家丁请至内衙用酒膳才是。"王炳道:"夫人果也周到,理该如此,但时候尚早,还防众人耳目,且待至夜深寂静,方可邀请他。"

话分两处,当初真宗先帝在时,包公已内调二载,然庞洪出仕在先,早包公有五六年。包公自升朝内官,正值庞洪当道,一向恐奸臣有什么诡谋不测,故日夜留心稽查,弄得群奸及庞洪有权难弄。前时喜得包公往陈州赈饥,众奸正在快活,岂知他忽又还朝,庞奸党好生不悦。这夜包公夜膳毕,不骑马,不乘轿,不鸣锣喝道,青衣小帽,只带了张龙、赵虎、董超、薛霸四健汉,于通衢大道上,暗地查访。只见街衢寂静,路少人行,一轮明月,光辉灿灿,不觉走近刑部衙门,忽遇王恩内监。当时他认不出包公,包公亦不知是王恩,一人过东,一人向西。包公见他是名内监,即迎上去问道:"你奉何人差使,往哪里去?"王恩闻言,犹如做贼心虚,并不回言,只管飞步跑去。包公道:"此人定有蹊跷。"忙喝拿下,张龙、赵虎飞跑上前,却如鹰抓小鸡一般拿定。这王恩未曾被拿倒也罢了,一被擒抓,他倒凶狠起来,喝道:"该死的奴才! 何等之人,擅敢将咱家拿下?"张龙道:"包大人问得一声,你何故一言不发,急急跑走?"王恩听说是包公,吓得涨红两脸,一时呆着,对答不来。包公越发动疑,即道:"你奉谁差使?"王恩道:"吾奉万岁差遣。"包公道:"差遣你往哪里去?"王恩道:"差往刑部衙中。"包公道:"差办什么事情?"王恩道:"圣上命刑部认真办理狸猫换主之事,速放咱家回复圣旨。"包公听了冷笑道:"你言语支吾,岂是圣上所差,今日机关已经败露。"即吩咐带回衙去。当时张龙勇赳赳押着王恩,赵虎、董超、薛霸三人随伴回至府衙。

更敲三鼓,包公换了冠带坐堂,堂上四边灯烛,两旁排军三十二名,带上王内监,他立着喝道:"狂妄包拯! 咱奉圣上旨意,你有多大胆子,擅敢拿我!"包公喝道:"胡说! 如若圣上旨差,何不日间前往? 岂有夜静更深,并无火把,见本官问得一声,并不回答,一溜烟而遁,难道圣上差你是这般光景? 我早已明知刘太后娘娘差你暗中行贿于王刑部,命他不须严审郭槐,你须将实情招说,免教动刑!"王恩听了,胆战心惊,想道:包拯果然厉害,我所行之事,被他一猜而破。但只要不供认说明,他焉能罪我?即道:"包拯休得乱言,咱家明天奏知圣上,管教你头颅滚下!"当时包公捉得定,他决非奉圣上所差,喝令左右将夹棍夹起,王内监痛楚得死去还魂,三番两次,暗想:久知包拯执法无情,即圣上也畏他三分,谅今也瞒不过他,不如招了,免受惨毒。况且我是奉差,是非自有太后娘娘在,与我何干? 主意已定,呼道:"包拯,你好刑法,只算咱家今日让了你,待我实招。"包公喝道:"招了供,便饶你狗命。"王恩只得将奉懿旨情由一一招明。包公吩咐录了口供,松了夹棍,上了刑具,不禁牢狱,就锁在衙内一间空房,用四名役人看守,不许外面走漏风声,待等审明此案,然后释放。

役人领命不必细表。包公暗想:如今不是口说无凭了。刘太后反行贿赂于臣下,这是凭据。我想王炳往日为官,却无差处,故而由他领办,我也放得下心。岂料刘太后竟将贿赂暗行,古人云:"财帛动人心",倘若王炳从中作弊,不独老夫遭害,即李太后十八年之冤,亦必难明。或另有一说,刘太后行贿于他,王炳不便推却,暂时收领,以待日后抱赃呈首,也未可知。王炳你若有此心,才算你与老夫是同僚年交故友;你若贪婪贿赂,欺瞒君上,暗弄弊端,管教你钢刀过颈。也罢! 是非曲直,且不声张,暗察他机关为要。

不表包公神算,且说王刑部是夜差心腹人到天牢,悄悄将郭槐扶引至内衙,王炳鞠躬迎进内堂,见过礼,当中南面摆下一位,请郭槐坐下,王炳朝上面东而坐。当日泼天胆狠的郭槐,虽被拿禁天牢,却也安然无虑,自知虽被禁天牢,太后得知,定然竭力周全,不用心烦。今见王刑部相请,心头喜悦,知道太后娘娘已有关照,即开言道:"王大人,今日既不审问,请咱家到来是何缘故?"王炳道:"千岁老公公,只因包拯无风起浪,要陷害于你,下官心有不平,即满朝文武亦皆着恼。若非下官领办,圣上定必发与包黑,倘经他之手,老公公必定吃苦。"郭槐道:"这也不妨,由他放我在钢刀之下,也决不招认。"王炳道:"老公公如受他之刑法,不如下官不得罪的更妙。"郭槐称是,又问道:"太后有什么话来?"王炳即将太后行密旨,并赐金珠,一一说知。又道:"下官未得密旨,已存庇护之心,今既承懿旨,何敢不遵? 但日间犹恐耳目招摇,故乘此夜静更深,方敢来请,待下官上敬薄酒,以当负荆。"郭槐大悦,道:"王大人是明白快士,且拿酒来,我与你细叙谈情。"当下郭槐公然正坐,王炳侧坐相陪,传杯把盏叙谈。

不知二奸如何叙话,且看下回分解。

第五十六回

王刑部受贿欺心　包待制夜巡获证

却说是夜王炳与郭槐开怀畅饮,酒酣耳热,便对郭槐说:"老公公,下官断案之法,早已算过,照计而行,万无一失。"郭槐喜道:"你且将审法说与咱家得知。"王炳道:"下官并不怕别人,只忧包拯,他久惯搜人破绽,涧^①人罅漏^②,须防他暗里来探着机关,又不好用刑审讯。如要瞒人耳目,用刑审讯,须要觅一人面貌和老公公相像的,待他当起刑来,公公且躲避一旁,大声哀喊,糊糊涂涂审了一堂,便去复旨,那时包拯妄奏朝廷之罪非轻。"郭槐听罢,满面喜悦,叫道:"王大人,你若将此案办得妥当,不但咱家感你之恩,即太后娘娘也见你之情分。今赐些小金珠,有甚稀罕,还要升个极品之荣。"王炳道:"全仗老公公,且用酒吧。"你一杯,我一盏,甚是相投。郭槐又对王炳面上一观,呼道:"王大人,你因何忽然呆呆不语,何故似有所思?"王炳道:"老公公有所未知,你事容易妥办,只难觅一人像老公公的体貌,下官是以内心踌躇。"郭槐想了一想,道:"王大人,方才咱家下狱时,只见一犯人生得身材肥胖,差不多与我一样。咱家也曾问他姓名,他言蓝姓,排行第七,人人呼他为蓝七,乃是汴京人氏,只因打死人问成死罪。你若弄得他来,即可顶冒了。"王炳听罢欣然。

次早,王炳差人到狱中,唤到司狱,说明此事,又许赏以金银,加封官爵。这狱官朱礼,乃是刑部的属下,怎敢违逆,立将蓝七带至。王炳一瞧,果然生得身长肥胖,面貌与郭槐也有几分相似,即将此情由告知蓝七,许他事完之后,定然开脱死罪,还有赏赐。蓝七听了禀道:"大人,小人已是釜中之鱼,苦受了些苦楚,得开脱此罪,实乃大人之德。"王刑部命取过新鲜服色,与蓝七穿起,又赏赐酒食。那时蓝七穿的服色与郭槐穿的一般,且躲在内衙一个闲静所在候审。这是王炳做成计策,一则忌着包拯探察,

---

① 涧(jiàn)——探视。

② 罅(xià)——事情的漏洞。罅,缝隙。

二来刑部衙役人多,只有二名心腹家丁,一名钱成,一名李春,与狱官朱礼得知此事。

且暂停此话,再说刘太后打发三名内监,到刑部衙中,有那扛拾金珠的内监两人回来,却不见王恩回话,不知何故。当晚刘太后心乱如麻,倒睡牙床,不能成寐。

不表是夜太后心烦,且说次早天子坐朝,文武参谒毕,君王开言问王刑部道:"王卿!朕昨天发交郭槐审办,未知审断如何?"王炳奏道:"还未审供。"君王道:"缘何还不审勘?"王炳道:"臣思此事关系重大,未便草率从事,况圣限三天,待臣细细严加勘究,依限复旨。"嘉祐王道:"卿家,寡人知你是忠良之臣,此事须认真办理,休得疏忽。曲直须当分明决断,受不得贿,容不得情,若究明此事,寡人得母子重逢,王卿即有天大之功;若是存了私,欺瞒于朕,定加处斩,决不轻饶!"王炳道:"领旨。微臣深受王恩,当思报效。有此重案,自当秉公办理。"天子点首退朝。百官纷纷轿马归衙。有包公出至朝门,叫道:"王年兄,乞念多年故旧之情,务必诚心着力而办,弟便感激不尽。"王炳道:"年兄何出此言?"包公道:"王年兄,此事与小弟所关非浅,年兄如若审坏了,小弟难免谎奏欺君之罪。"王炳冷笑道:"年兄此言差矣!小弟与你是同里故交,一殿同僚,相与伴驾多年,岂可欺君自污,以害年兄?但有一说,如果此事假伪,我也难审作真情复旨。"包公道:"这也自然,只要年兄秉公审断,无欺无隐就是了。但今天不审,明天定然要审明复旨,倘明天仍不审断,小弟要劾奏你故违钦限之罪了。"王炳应诺,又道:"年兄言之甚公,明天定然审明不误。"说罢,二人拱手而别。

不言包公自去,却说王炳回衙,进内堂见了夫人,不谈别话,只言领审之事。马氏道:"老爷,你此事既然安排妥当,何不今天即刻审讯一堂,也好放心。缘何应承着包拯明朝审断?闻这黑炭他最把细明察,如一泄漏些风声,却麻烦了。"王炳笑道:"你不明白,下官亦非尽愚呆,今故意诓哄他明天审断,使他今夜不加提防。我却审过一堂,明朝即上朝复奏圣上。你道这妙算如何?"马氏听了大悦,道:"老爷福至心灵,算计极是。"

不表夫妇闲谈,且说是晚日落西山,王刑部尚未升堂,先将郭槐藏在案桌下,然后传谕夜堂候审。一班衙役,俱已齐集,在天牢内吊出假郭愧。法堂上只挂一盏玻璃灯,又传谕出来,说事关重大,须当秘密,衙役吏员等须要站立远远候着，不许近听审词。这是王刑部怀着私弊，只恐灯烛一多，看出桌下真郭槐，听出他口诉之音。当时众役人哪里知此弊端，只依着王大人吩咐远远排班。

当下王刑部带到郭槐，案基一拍，大喝道："郭槐！你可将十八年前狸猫换主之事，明白招认，若有半字支吾，难当夹棍之刑。"蓝七只不开言，郭槐在桌下口口声声叫屈道："王大人，休听包拯妄奏谎言，要咱家招出什么狸猫换主来。"王炳喝道："本部也知你倔强，不动刑怎肯招认？"喝令上刑，早有左右两名排军，一声答应，恶狠狠提起生铜夹棍，将假郭槐夹起。可怜蓝七痛得死去还魂。若问蓝七犯罪已经定案，只候一刀了决，余外没有一些苦痛，岂知今夜又在刑部堂中再尝铜棍滋味，这是他倒运，祸不单临。当时只夹得悠悠苏醒，但闻郭槐轻轻叫屈。一人真痛，一人假喊，其声音却是差不多。不独站立衙役听不出真假，即行刑的排军也难辨其喊叫之声。

且说包公是夜又带四名健汉，青衣小帽，夜出巡查。侧耳听得街上两个行人，其中一人说："事关钦案，非同小可，但不知审得如何。"一人道："既然开了衙门审讯，缘何不许闲人走进观看？"一人道："刑部衙门威严赫赫，岂容闲人喧集？"包公听了，满腹狐疑，心想：王炳约吾明日听审，因何今夜晚堂即审？其中必然有弊。急急忙忙带了张、赵、董、薛四人向刑部大街而去。但见门首大灯笼点得光辉，包公进内，即问管门人道："你家王大人可是审夜堂否？"有把门官认得包公，跪而答道："正是。"包公又问："审讯何案？"把门官道："启上包大人，审讯狸猫换主之案。"包公道："且待本官进去看看。"把门官道："如此且待小的通报，迎接大人。"包公道："不消通报，老夫与你大人同年故交，无庸拘礼。"把门官称是，请大人进内。包公便呼张、赵、董、薛随后，一同进内，直至中堂。只见差役远远排班，只因灯光之下，又值正在讯夹郭槐，这些行役人等面向刑部大人，只望堂上，不顾堂下。王刑部也只顾问供假郭槐，哪里有眼目看瞧堂下？包公主仆五人，悄悄打从堂侧黑暗中走上，远离刑部半丈之隔。只闻王炳呼道："郭槐，速将真情承认！"只闻哭叫之声，喊声不绝。王炳喝道："还说冤屈！"喝令再收。包公天性聪明，况又分外留神，听其声音，不甚惨切，不是犯人喊苦。即踩开大步，跑上堂道："三年兄，下边夹者是何人？"王炳侧身一看，吓得魂也失去，犹如烈雷轰顶，立起身硬着头皮言道："小弟在此审讯狸猫换主之事，下边受刑的是郭槐。"包公道："据小弟看来，此人非是郭槐。"即持案烛东西一照，伸手将桌帷一撩道："在此了！"夹领将郭槐一把抓定，叫张龙、赵虎连忙把他拖出。包公更不急慢，扭住王刑部，两个巴掌，夹面打去，不问长短，即命董超、薛霸将王炳锁住。

当时一堂差役吃惊不小，如别位官员犹可，一见此位黑阎罗拿了王大人好不惊骇，大家一哄而散。包爷当下坐了王刑部的公位，吩咐放起犯人夹棍，大喝道："你这奴才是何人，听信何人来顶冒当刑？招出情由，本官决不罪你。若不明言，即上铡刀分段不饶。"蓝七听了，心想：久仰包黑大名，不是好惹的，如今料想瞒不过了，只得将情形一一禀知。包公听罢，冷笑道："王炳，你果然弄得好神通，岂料事有凑巧，我包拯又无通风密报，自来戳破机关。老夫不与你多言，明日面圣再议。"王炳心中着急，只得恳告："年兄，小弟一时差见，望兄大德周全，宽容于弟，再不敢欺瞒了。"包公全然不睬，命张龙将蓝七发回原狱，赵虎带领王柄，董、薛带了郭槐，回衙管束，明朝见驾。好一位堂堂刑部官，皆因听了愚妇之言，欺君贪财，今已鱼投缯网①。

慢言包公带去犯人，且说王府家丁慌忙进内报知夫人。马氏一闻，吓得战战兢兢，咬牙切齿，恨包公将丈夫拿去，定然凶多吉少，怎生是好，一众使女丫环也纷纷谈论不表。却说包公回归府内，已是四更漏下，不去安睡，停一会命四健丁，持了提灯，带了两名犯人到朝房。众官也觉惊骇，庞洪道："包大人，两名犯人是哪个？"包公道："国丈，你去认认，像是何人？"庞洪免不得走近前一瞧，骇然道："这是王炳，此是九千岁。"包公道："你身居国丈之尊，还要逢迎奸佞，呼他九千岁，自倒威权！"庞洪还要诘问，只听得钟鸣鼓响，天子临朝，各官无甚奏章，只有包公出班道："臣有事启奏。"天子道："包卿有何奏闻？"包公即将昨夜三更左右，稽查奸宄②凶民，偶到刑部衙左近，有街衢往来之民私语，方知刑部审询夜堂。自己前去察看，方知暗弄机关等情，逐一奏闻。又道："臣已将二钦犯拿下，带至午门外，恭候圣裁。"嘉祐君王闻奏，不觉龙颜大怒道："可恨王炳如此欺瞒！"即差御前校尉速拿王炳上殿，校尉领旨下去。

不知王炳进殿性命如何，且看下回分解。

---

① 缯（zēng）——古代对丝织品的统称。缯网，丝织的网。

② 宄（guǐ）——奸宄，即为坏人。（由内而起叫奸，由外而起叫宄。）

第五十七回

勘奸谋包拯持正　儆贪吏王炳殉身

当时庞国丈想道：这包黑是难以瞒昧的，他在朝中，任谁有些破绽，都被他揭破，实在可怕。正想着，早有王炳带到，俯伏阶下道："罪臣王炳见驾。"嘉祐君王龙颜发怒，骂道："胆大王炳，寡人待你并无差处，因何不念君恩，欺瞒昧法。朕也曾再三叮嘱，如断明此事，朕自然知你之劳，见你之情，缘何日是心非，贪婪财宝，辜负朕恩，实乃畜类！你今有何分说，只管言来。"王炳伏倒御前道："陛下开恩，罪臣原立定主见，即将十八年屈事伸理明白，只因不合听信了旁人之言，故今做出误国欺君之事，悔恨已迟了。"君王道："你听了哪人撺唆①的？"王炳道："陛下，臣不合耳软，误听臣妻马氏之言，唆臣趋奉刘太后娘娘为上，破窑内贫妇日久年多，不知她果是李太后否。或是此妇乃痴心妄想，审不明白时，即招二位太后娘娘嗔怪，官也做不成，命也活不得。误听妻言，实乃罪臣志气昏迷，万望我主念臣一向无差，法外从宽，赦臣重罪，深感天恩。"君王听了王炳之言，不觉笑怒交半道："亏你身居刑部，听信妇人之言，作此欺君坏法之行。你妻比之尹氏，真有天差地远之别了。"当时君王想道：妇人断没此胆量，也许是王炳推却之词，无凭之言，不能深信。便命将马氏拿下，交与包公，与郭槐一并审讯。当有庞国丈道："臣有奏，此案发不得包拯审问。"君王道："此是何故？"庞洪道："如今包拯是个有罪之人，如何还发他审讯？"君王道："包卿有何罪可指？"庞洪道："臣启陛下，这王炳乃包拯保荐的，岂非包拯先有大罪？"君王一想，还未开言。包公道："臣误荐王炳，原甘待罪，念臣有一功，可以将功赎罪，仰乞龙心鉴察。"君王道："包卿有何大功，可奏朕知。"包公道："臣前夜二更天，微行访察，路遇一人，月下看得清楚，乃是内监。臣即诘他何往，他不回言，逃走如飞，启臣疑心，即拿他回衙审问明白，方知他名王恩，是刘太后娘娘着他行贿赂于刑部。贿赂是黄金五

---

①　撺唆——从旁鼓动挑唆。

十锭、明珠三百颗,此是狸猫换主之实据,十八年前之冤可以大白,伏唯陛下龙心详察。"国丈道:"臣还有奏,臣思包拯前夜拿了内监,何不昨天奏明陛下,直至今天启奏,内监不见拿到,乃是口说无凭,希图卸罪。伏乞我主鉴察。"

当下你一言,我一语,反弄得君王分辨不清,只见左班中一位老贤臣俯伏奏道:"老臣富弼有奏。"君王道:"老卿家请起,有何奏言,与朕分忧。"富太师谢恩已毕道:"臣思包拯乃是忠肝义胆之臣,众民人人感德,个个称能。目今此案所关重大,非比等闲,乃是我主内廷重事,况此事乃包拯得据而来,他怎敢存私,自取罪戾。万望陛下休听国丈之言,如发交别员究断,已有王刑部前辙可鉴,不如放开龙心,发交包拯,方可明白十八年前之冤。如今王恩已被他拿下,看来不是无凭无据的谎言,再差官往刑部衙中,捉拿马氏,并搜出金珠行贿之物,正如拨开云雾,复见青天,一事考真,诸疑可白,望我主聪鉴参详。"天子听了此奏,点首道:"老卿家之言,甚属有理。"又向包拯问道:"包卿,内监可曾捉下否?"包公道:"臣即晚已将王恩拿下。"君王道:"现在囚于何所?"包公道:"未发天牢,现押于臣署中。"君王即降旨着学士欧阳修往府行将王恩押至金銮,欧阳修领旨而去。

又差国舅庞志虎往刑部衙收检金宝,并拿马氏到来。庞国舅正要领旨,有阁老文彦博连忙出班道:"老臣有奏,如今此案这庞姓一人也用不着,陛下如差国舅去搜,倘存一线弊端,谎言贿物未获,即天大事情,又属狐疑不决了。"庞家父子暗暗生嗔,又不能强辩,却有知谏院杜衍俯伏道:"微臣愿往,如有徇私,即与罪臣一同正法。"君王道:"二位卿家平身,即差杜卿前往便了。"文、杜二臣谢主,领旨而去。殿上君臣还在议论,已是红日东升,又有黄门官启奏道:"欧阳学士已将王恩拿到。"天子宣进,王恩犹如万箭攒心,战战兢兢地俯伏金銮,连呼:"万岁开恩!"嘉祐王道:"王恩,你今奉着何人差使,缘何在包拯署中?——奏与寡人得知。"王恩道:"太后娘娘差奴婢往刑部衙署赐送赤金五十锭、明珠三百颗,密诏一封。此是太后娘娘懿旨,奴婢如何敢违逆不往,还有二人同去,交卸了金珠,二人先回复旨,只有奴婢后回。道中却遇包拯,被他拿下。"君王正要开言,早有杜爷带了从人,将马氏押至午门以外,金宝贿物扛至驾前,一一交代,当时天子也觉无颜,面色转红。只得命王恩速速还宫,懿旨金珠,一并携回。刘太后得知，心中倍加慌忙着急。

按下休提，只言殿上君王命包公将男女钦犯，尽行带去审断，须要严加细究，不容少缓。分派已毕，带着羞怒，圣驾回宫。群臣各散。单有包公领旨，将犯人带回衙门，刑部狱官朱礼吓得寝食皆废，恐事有干连，身入网中。

慢言朱礼惊惧，却说包大人转回衙中，立刻坐堂，公位排开，差役两行伺候，吆喝威严，真乃是：

法堂好比森罗殿，公位犹如照胆台！

包公当中坐下，一拍案桌喝道："带钦犯！"王炳只叹昨天是堂堂刑部之官，今日做了犯人，一到法堂，心中惊烦，当圣旨位，双膝跪下。包公道："王炳，你难道不知食君之禄，必忧君之忧。领旨之时，圣上何等面谕，即本官也再三嘱托，倘皂白分明，国母离殃，君王母子重逢，你没有加恩升爵，也可扬名后世。因何口是心非，欺君卖法？若非本官勤查，岂不混浊难分！金珠是宝，妇言是从，你还有何话说？"王炳闻言，低着头哀告道："原乃犯官痴愚，听不贤妻唆惑之言，实无颜面，只求大人法外从宽，足感大德。"这王炳若念夫妇之情，不攀出马氏，只言刘太后行贿，也可脱卸马氏之罪。偏偏王炳恼恨马氏，心想：我原要做个好官，却被你言三语四，弄得我变节行歹，如今害得我如此光景，如我王炳一死，将此贱妇留存，乃是一生未了之事，何不一同死去，岂不干干净净！是以一口咬定马氏。包公听了冷笑一声道："亏你堂堂刑部，七尺男儿，偏听妇言。为民上者，家既不齐，焉能治国？欺君误国，犯法贪赃，国法森严，岂容私废？死有余辜，还望什么法外从宽！况你既身居刑部，知法岂容犯法！"王炳只是叩头，苦苦哀求道："犯官果然昏聩。"求情不已。包公吩咐将王炳押过一边。又唤马氏上堂，低着头跪下，一双媚眼，两泪交流，包公问道："你也曾叨诰命，应念君恩，何故不守妇道，挑唆丈夫于此不法欺君之事？今日罪有所归，皆你不贤起祸，且直言与本官知之。"马氏道："大人，休得听信王炳之言，我妇女之辈，怎敢唆惑男子？只因他不明事理，一心贪贿，欺瞒圣上，妾曾将良言劝谏，不独不依，反嫌多言，要将妾处治。如今见事已泄，仍然怀恨于心，实欲牵连在案，害我一命。"包公听此诉词，冷笑一声，叹道："好一个伶牙俐齿的妖娆刁妇！"即呼王炳对质。当时夫妻情面俱无，一个怨她多言唆耸，一个骂他妄扳牵连。包公见他夫妻二人对质不明，吩咐将王炳夹起，又将马氏拶①起，一人夹，一人拶，夫妻二人哪里抵挡得住，只得直供，招出真情。包公命人松了夹棍、拶子，又问王炳道："你妻唆耸在前，还是太后行贿在先？也要说个明白。"王炳道："实是马氏唆耸在前，太后行贿在后。"包公又诘马氏，口供原是一般。包公得了口供，判道：

> 刘太后既为天下母仪之尊，不应行贿于臣下，倒置尊卑，失于礼体。即陛下不知内宫邪弊，又焉知天下之邪正，亦不免失察，且俟审明郭槐，然后定夺。

当日包公指出太后、圣上也有不合之处，失察之由。又上本劾奏王炳，职司刑部之权，身居司寇之任，不能报效君恩，混听妻言，并贪财宝，误国欺君。马氏身为妇女，不守闺阁之条，唆耸丈夫欺君大恶，此等刁恶妇人，一者瞒欺君上，二者惑陷丈夫，一刻难容，应与王炳一同腰斩，以正国法。当时审断已完，仍将犯人一并发下天牢，连郭槐也押去，待次日上本奏明圣上再审。按下不表。

次早五更初，天子临朝，圣上准依包公定断之法，就命包公斩决王炳夫妇。众奸党人人畏惧，庞国丈吐舌摇首，道："多有包拯一辈之人，连老夫的乌纱也保不定了。"当日包公押出男女二犯，捆绑至法场中，王炳怨着不贤妻唆耸于她，至今一命难逃；又有不贤马氏，深恨丈夫何故没一些夫妻之情，牵扳于她。当时你怨我恨，有闲民远远观看，涌道填街，内有百姓道："包大人回朝，不上半月之间，斩了数位官员，今日杀一位，明日杀一双，岂非不消一年半载，众官被他杀戮尽绝了！"又有一人道："杀的是奸臣，是妙不过的，灭绝奸臣，使忠臣致太平之治。"

住语众民闲谈，且说时辰一到，包公吩咐开刀，王炳夫妻二人已是了决性命，即命家人备棺成殓，运回故土，此是包公存心忠厚之处。次日早朝复旨。缺了一官，自有挑选补缺，不用烦提，只有嘉祐君王因此案未明，龙心抱闷。

不知发交哪官申办，且看下回分解。

------

① 拶(zǎn)——拶子，旧时夹手指的刑具。拶，此处作动词用。

第五十八回

怀母后宋帝伤心　审郭槐包拯棘手

当日嘉祐王龙心不悦，只因生身母后屈于泥涂之中。初时据包公陈奏，还属将信将疑，费心推测，岂知刘太后暗中行贿于臣下，又得包拯机智，察出原赃，情真事实无疑。不意果然落难贫妇，竟是生身之母，子为九五之尊，母后屈身市廛①乞丐，难道有此奇闻？意欲即往陈州迎母后还宫，但郭槐尚未亲供招认，须待审讯明白，方可前往迎请。因此，即敕旨包公审办郭槐。包公奏道："微臣不敢领旨。"君王道："卿如不领办，谁可领办？"包公道："臣保荐国丈，可以承办此案。"庞洪心想：这包拯昨天言老夫办理不得，今日反荐我承办，不知想什么诡计来算计老夫？他为人厉害，不可上钩。即忙奏道："前日包拯言臣领办不得，望吾主另委别人办理。"君王复问包公道："如此发交何人方可？"包公道："国丈既然辞却，别员总是力办不来。"君王道："据卿所言，难道此事即罢了不成？"包公道："罢不来的。莫若陛下当殿亲询，此冤必可大白。"当下君王烦闷，呼道："包卿你自己所办多少离奇异案，一片丹心，为国勤劳，今日国母遭此灾难，因何不与朕分忧，何以故意推辞不办？"包公奏道："臣启陛下，并不是微臣故意力辞逆旨，只因国丈曾经有言，来说是非者，即是是非人。微臣不承办此案则已，若将此事发交于臣，总要办到彻底澄清，据法律，此案连及安乐宫刘太后娘娘，如若定了太后娘娘之罪，岂非臣有藐君犯上大罪？国丈劾奏于臣，臣即有口难分，望乞我主开恩，免发此案。"君王见奏，想来此论不差，即道："包卿且免多忧，如若太后娘娘应得定罪，亦难掩饰，依卿定断。倘国丈多言，亦须拟罪，如今不须多虑了。"包公道："臣领旨。"国丈此时再不敢言，只在班中气得二目圆睁，众臣亦各议论纷纷，不表。

再说宫中太后心内着急，又打听明白，圣上发旨包拯审供，不如别位

---

① 廛（chán）——古代城市平民所居的房屋。

官员,可以行旨恐吓,行贿私传,看来大事不妙了。

不表太后心惊,宋君纳闷,只言包公退朝回衙,用过早膳,即传令吏役往天牢调出郭槐,顷刻间呼喝升堂,正门大开,书役左右分排,包公正中坐下,调出郭槐。此奸平日倚着刘太后恩宠,威权妄专,即当今天子,也因太后听政,让他自逞自尊。是以王刑部领审时,看得甚是轻微。今因包公看破王刑部,又着人禁守天牢,虽亦有些胆怯,然而心中主见有定,自思:太后娘娘待我恩深,今日平地起此风波,还送金宝与王炳相救,岂料包黑贼硬捉破绽,领旨审供。他比不得别官,免不得严刑勘断,他的刑法虽狠,咱家情愿抵死不招,以报太后娘娘厚待之恩。正想间,有四名军健,如狼如虎,将他往法堂当中啪嗒一声,撂掼尘埃,跌得头昏眼花。郭槐骂道:"包拯!你有多大的官儿,将咱家如此欺凌,圣上虽隆宠于你,只可压制下属卑官,即朝内众官也欺侮不得。今如此轻视于我,劝你休得如此猖狂,也须留情一二才好。"包公冷笑,大大喝道:"胆大奴才,图谋幼主,你欺瞒得人,湛湛青天焉可瞒昧。今日罪恶满盈,不期天理昭彰,报应有时,速速招出狸猫换主、放火焚宫的奸计,倘若半字含糊,生铜夹棍,做不得情的。"郭槐听了,叫道:"包拯!你真乃是愚人,世间多少刁民猾吏,将假作真,你既然为官清正,并无私曲,缘何今日混听破窑贫妇的胡言,竟来谎奏昏君,实乃无证无凭,无风起浪,比之刁民猾吏又加凶狠。你陷害咱家也罢了,又扳害太后娘娘,以臣下诬陷君上,岂非大逆不道,罪恶滔天!悉听你酷刑惨法,咱家断不胡乱招供,以害太后娘娘。"包公道:"郭槐,你这奴才,休得强辩,若说当年无此情事,贫妇焉能有此大胆,诉此大冤?刘太后暗中行贿,蓝七又替你受刑,再莫言口无凭据。又如那贫妇亲口言来,陛下手足有山河社稷四字为证,岂非是大大的凭据!本官也知你这奴才平素骄横,看得国法轻如鸿毛,今且尝此滋味!"喝令排军将他狠狠夹起,左右吆喝答应。头号生铜夹棍,非同小可,如换别人,早已痛得发晕了,唯郭槐精神倍于常人,一味抵挨疼痛,还不肯招认。包公又喝令收紧,郭槐连声喊痛,还喝道:"包拯!你之刑法虽狠,但咱家万难以假作真,休得错了念头。"包公暗忖:这奸贼果然挨当得刑苦,但我审断过多少奇难冤屈案情,都能审出真情,分断明白,难道此案便办不来? 如审不得口供,就难以复旨了。

大凡案情定有两造对供,询问了原告,再勘被告,又有见证推详,反反复复，三推五问，自然有机窍可寻。只有此案，原告乃是李太后，被告乃刘太后，二人皆不在法堂之上，故只将郭槐一人究问。如郭槐硬帮被告，原告难免输亏，因他是案中一犯，又是见证，所以包公一定要郭槐招供才能定案。无奈郭槐今日抵死留头不留脚，不愿死在他铡刀之下，只是不招，弄得包公也摆布不来，只得重新盘诘，细细推问。郭槐反是高声狠骂，包公吩咐将他上脑箍。若问脑箍这件东西，是极厉害之物，凭你铜将军，铁猛汉，总是当受不起。郭槐上了脑箍，略略一收，顷刻间冷汗如珠，眼睛突暴，叫一声："痛杀我也！"登时晕了过去。有健汉四人左右扶定，冷水连喷，一刻方得渐渐复苏。包公道："郭槐，你还不招么？"郭槐道："你若要咱家招供此事，除非红日西升，高山起浪！"包公道："郭槐，在本官案前，由你不招，难道你没有死的日期么？有日命归阴府，阴府也要对案分明，阳间做下欺瞒事，阴府犹有阎君明察，看你也胡赖得成否？"郭槐道："包拯，咱家实对你言，我若有一线之息，凭你敲牙碎骨，总只难以招认。除非归阴，在着阎罗天子殿前，方能说出。"包公听了，自忖道：原来这贼奴才是畏惧阎君的。点点首，即吩咐将他松刑，押回大牢，四名大汉把他扶下法堂，上了脚镣手铐而去。郭槐虽然精强神旺，唯生铜夹棍不是好顽要之物，且脑箍倍加厉害，一至狱中，两胫酸麻，头痛脑疼，竟觉身轻脚重，如痴如梦，日间不知饥饿，夜里不知睡眠，大不如往日强健。

　　不表郭槐在狱受苦，且说包公是日退堂，想道：这贼奴才，抵死不招，反说在阎罗殿下，方肯实说，我不如将机就计，进朝奏知圣上，就御花园改扮成阴府，等候夜静更深，然后行事，唯宫中刘太后和庞氏众奸党须要密瞒。包公定下计谋，便更换朝衣，即到午朝门对黄门官说知有机密事，面奏君王。黄门官深知包公是清白之官，皇上又将郭槐发交他审问，定因此事而来，故即允诺请驾。一重重传进内宫。君王一闻此言，龙心略觉开怀，即在便殿召见。包公遵召进殿。君王道："包卿，此地休拘君臣之礼，且坐下细谈。今见寡人，想必郭槐一案已审得机窍了？"包公谢主坐下道："上启陛下，只因事关机密，若待明朝启奏，朝臣人人得知。倘然机关泄漏，事更难明了。"君王道："卿既有机密，速奏朕知！"包公道："臣今天严究郭槐，奸贼抵死不招，反说在阎王殿上方招实言。故臣拟将机就计，将御花园改作阴府，如此如此，待到更深夜静，又如此作用，赚得他认不真，便可吐出真情了。"嘉祐君王巴不得早见生身国母，故于包公所言，无有不依，还呼包公道："包卿真乃朕手足心腹之人！"包公又道："陛下安乐宫中，休得走泄机关，倘太后娘娘得知，事便难成了。"君王允诺。计议已定，是晚忙差人将一座御花园装作森罗阴府，刘太后宫中既不晓，即众妃嫔处也都不知。

　　且说包公辞驾，回转衙中，用过夜膳，已是初更鼓响，即于阶下吩咐排开香案，当空祷告，禀道："当今国母身遭大难，将历二十年屈苦。信官道经陈州，得蒙东岳大帝梦中指示，太后娘娘向包拯诉冤，方知有此奇事。今夜奉君审断，只因奸邪郭槐抵死不招，只好将御花园改作阴府，以赚郭槐招供。但今夜月色光辉，狂风不起，伏乞苍天后土诸位神祇，威灵赫赫，大显神通，即夜施法，使狂风黑云四起，遮蔽星月，以瞒好恶，吐出真情，方得当今认母，仰感天恩。"包公祷告毕起来。天交二鼓，果然乌云四起，星月无光，顷刻间狂风大作，树木摇摆，呼呼响起，胆小者惊惶无措，皆言天公之变化莫测。

　　闲言休表。当夜包公吩咐众军役人等，如此如此，依计而行，各有重赏，如有一人抗令泄漏者，斩首不饶。众役人诺诺领命，依计而办。包公出衙，一人来见圣上。其时已是二更，有圣上扮为阎罗王，包公扮作判官，还有数名内侍，扮为鬼卒，列在两行，朝着阎罗天子；包公手下众健汉、役人，搽花了脸，扮作夜叉狱卒，四边绕立，排齐妥当，往拿捉郭槐。

　　未知可能审得郭槐招供，且看下回分解。

第五十九回

假丰都郭监招供　真惶恐刘后自裁

却说君臣人等装扮阴府事毕，众人或朱紫涂脸，或墨水涂面，披头散发，绕立四旁，正是阴风飒飒，惨雾纷纷，再加天随人意，助发狂风，吹得树木间一派凄凉，殿廷上烛光明灭，恍闻鬼声盈耳，顿觉阴气逼人。

当日郭槐罪恶满盈，该当报应，日间受刑，押下天牢时，已是神思恍惚，心下糊涂，夜半正在似睡非睡，又见奇形怪状，狰狞凶恶，催命鬼手执钢叉，跑进监牢，吓得仰面一跤，跌得昏迷，认做已死，只由他拘锁而去。押到一个去处，只见阴风惨惨，冷气森森，东也鬼叫，西也神嚎，黑暗中一披发长鬼，厉声喝道："鬼门关哪得私走？"有后边拘押众恶鬼，喝道："他有大罪在身，奉阎王之命，拿捉讯究，休得拦阻。"那长大凶鬼，呵的一声，闪去不见。这郭槐正在朦胧之际，悠悠醒转，说道："不好了果然我已死去，到了鬼门关了。"只觉黄泉路上，渺渺茫茫，行一步跌翻数尺，黑暗中隐隐鬼声嚎泣，又闻处处铜锤铁链之声，惊得魂魄离身。忽然拘至森罗殿中，郭槐微微睁目，见殿中半明半暗，阎罗天子远远南面而坐，两旁恶鬼，披头散发，一赤发红脸鬼将他抓提上阶，往当中一掼，郭槐伏在地下，再也不敢抬头，只低声道："阎王饶恕！"阎王厉声喝道："郭槐，你在世间干了欺君恶事，可知罪么？"郭槐发抖，只是求饶。阎王喝道："你在阳门希图将幼主谋害，烧毁碧云宫，谋害君嗣，罪孽深重。阳间被你瞒过，今阴府中断难遮瞒，如有半字虚情，定不饶恕，众鬼中，将此奸贼先撩入油锅之内。"早有青黄赤黑四凶鬼，"嗷"的一声，一把拖下。郭槐慌忙中哭喊道："乞阎王宽宥，自愿招实。悔我当初不该与刘太后设计，实是一时糊涂，身为内监，还望什么富贵荣华。只因先帝北征未回，李宸妃娘娘产下太子，适值东宫刘氏生下公主。是时刘娘娘起了妒忌之心，只恐先皇回朝，宠眷西宫，因思将他母子陷害，是我不该施谋宰杀狸猫裹好，那日刘娘娘亲往碧云宫，声言公主要哺乳，又值圣上亲征，实在寂寞，邀请赴宴。李娘娘不知计谋，将太子付与刘娘娘，转交于我，将此狸猫用锦帕遮盖，送还碧云宫,告知宫监,太子睡熟,不许惊动。是夜刘娘娘密差宫女寇承御,将太子撩弃于御花园金水池中。我对刘娘娘道:'先帝还朝,李娘娘将来上奏,恐有后患,不若斩草除根,才是稳妥。'我遂于是夜放火焚宫,不料寇宫娥早已通知李娘娘逃去,只烧死太监宫人百余名。后来寇宫娥尸首浮于金水池中,方知大事不好。她既通知李娘娘,谅来未必肯将太子抛于池中,因四下差人密察,李娘娘隐藏无踪。至今已近二十年,才知当今圣上非南清宫狄太后所生,实是陈琳当初暗将太子怀归八王爷府中,由狄后抚育长成。先帝回朝,只痛恨李后母子被火遭殃,哪知被我谋害。如今所供,句句是实,一字不讳,敢于哀恳阎王爷开恩免罪。”当时假扮阎王的嘉祐皇帝听毕,心如刀割,止不住泪下如珠。暗道:可怜母后遭此劫难,至今将有二十载,当初之时,暗如黑漆,朕哪里得知? 若非包拯明哲忠贞,冤屈沉沦,不孝之罪,何时得谢! 当下仍命将郭槐收禁,包公早将郭槐口供,一一录清,殿上烛灯复明,众人洗洁形容。少刻,云开月亮,君王开言道:“包卿,寡人虽已明白了母后冤情,但朕孝养有亏,有何面目为君,更何以见生身之母?”包公道:“陛下请自宽心,太后娘娘流落异乡,全由刘太后妒心,郭槐鬼谋作弄,我王正在乳哺之年,难以不孝见罪! 如今郭槐供明,明日临朝,还要问询陈琳。既然曾将小主救出,缘何先帝回朝时不奏明此事?”君王道:“包卿言之有理,深称朕心。”当晚早有内侍提灯引道,君先臣后,同至偏殿,更换衣冠。时将四更,君留臣宴,也不烦陈。御花园内假装阴府排场,自有人拆卸,包公机智,非比别员,早已吩咐得力家丁看守天牢,不许一人私至狱中窥探。是夜君臣叙谈不表。

　　时至五更,百官齐至朝房候旨。片刻间圣上驾临,百官朝拜毕,圣上降旨,往南清宫宣召陈琳。只为老陈琳自救主之后,狄太后知他救主有功,赐敕安享,年登九十二,虽然须发如银,精神尚是强健。常常想起郭槐害主之事,缘何日久全无报应,安然无事,不免满腹狐疑。这一日早晨起来,梳洗毕,忽来宣召,不知何故,焉敢迟延? 当时年老之人,步履艰难,只得坐轿来至朝房,两个小内监扶上金銮殿,三呼已毕,君王问道:“陈琳,当初火焚碧云宫之日,你既救出太子,先帝班师回朝,缘何不即启奏? 须将真情奏知寡人。”陈琳闻得,吓了一跳,口未开言,暗想:今日圣上何以忽然盘诘此段根由? 但思此事无人得知,今当驾前,叫我说明,我真不知如何回奏? 包公明知陈琳事当两难,即朗声言道:“狸猫换主,火焚碧云宫,已经郭槐招供得明明白白。今圣上询及于你,不过对取口供,你乃是有功之人,须当直说。如若藏头露尾,登时加罪。"陈琳听了包公之言,方才放心道:"郭槐既经招认,我亦不妨直言奏明圣上。奴婢当初只因八王爷庆祝千秋,故早一日奉了狄妃娘娘之命,到御花园采取仙桃花果。只见寇宫女眼泪纷纷,站在金水池边,手捧一小孩儿,问及情由,方知刘太后妒忌西宫李娘娘,寇宫女奉命抛弃太子于金水池内。当时奴婢也自惊慌无措,只得不再折取花果,将太子藏于盒内。幸得天未大明,并无人知,当时胆战心寒,急匆匆奔回王府,将此情由禀明八王爷。其时千岁接过太子,一惊一喜,又是重重发怒,专待先帝回朝奏明奸陷,收除妒逆,将太子交于狄妃娘娘,只作权养在南清宫。不料是夜忽然火焚碧云宫,内监宫人烧死百余人,想是李娘娘也遭此灾。只落得狄妃娘娘抚养太子,并常常思念李娘娘。"圣上道:"你既洞明天大冤情,先帝北征回朝之日,何不将此事奏明?"陈琳回奏道:"陛下未知其详,只因先帝未回朝之先,八王爷染病,一日重一日,年余而薨。次年先帝方回,狄妃娘娘见八王爷去世,想来刘太后势大,不敢结怨于她,故未敢启奏。奴婢乃是宫奴,更不敢多言。"圣上又问道:"如今太子何在?"陈琳回奏:"若言太子根由,即是当今陛下。"圣上又问道:"如此说来,朕不是狄娘娘所生!"陈琳又回奏道:"陛下乃是西宫李娘娘诞育圣躬,奴婢安敢妄奏!"圣上点首,命侍御扶起陈琳,对他说道:"你乃忠诚之人,立志堪嘉,待朕迎请母后,再加升赏。"又命内侍数人扶挽护持,送他还南清宫去。文武百官尽皆感叹,不意有此奇冤异事,如非包拯精明察理,谁能剖冤?

　　当日圣上传旨,暂且退朝用膳之后,单召包公与太师富弼、国丈庞洪、吏部天官韩琦、枢密院欧阳修、参知政事唐子方随驾,前往陈州迎接国母。又领内监宫娥二十名,前往服侍李太后,暂且不提。

　　先说陈琳老内监回到南清宫,一路暗想,包公实乃神人,二十年冤情,被他一朝审明,不枉圣上将他当作心腹耳目之臣。一路想来,不觉已到南清宫,即将宣召情节,禀明潞花王母子。狄娘娘闻言,忧喜各半,忧的是冒认太子为己子,有欺君之罪;喜的是西宫李氏娘娘还在,二十年之冤情,幸得今日包拯办理明白。潞花王亦不知当今圣上非母后所出,至今方知明白,不胜骇异。

　　又言刘太后一自郭槐被拿,包公又捉破王刑部贿赂,真乃计不成而机先泄露。这几日心闷意烦，纵珍馐佳味，玉液琼浆，也难进口，只觉坐卧不宁，心神恍惚。是夜，倒在龙床，翻翻复复不能成眠。一至天明，忽有内监急忙奔进道："启上娘娘，大势危矣！奴婢奉命探听，圣上设朝，已经审明狸猫换主，是圣上与包拯亲审，郭公公招认分明，又宣召陈琳对实口供，丝毫无差。今圣上、包拯及几位大臣摆齐銮驾，往陈州迎李太后去了。"刘太后听罢，叹一声："果然危矣！"顷刻面上失色，玉手发抖，说道："包拯，我与你定然是宿世冤仇，至今生作对。郭槐难免凌迟碎剐之罪，我亦难免六律之诛。即今王儿不便加罪我嫡母，唯恐李氏回宫报怨，且包拯执性，挑唆王儿不容。不如早死，以免受辱。"刘太后即打发宫娥内监出去，闭上宫门，下泪数行，即下跪宫房，拜叩先王，上谢恩德，将三尺红绫，自缢于宫中。

　　不知可能得救，且看下回分解。

第 六 十 回

迎国母君王起驾　还凤阙李后辞窑

却说刘太后自缢宫中，可怜她自十六岁进宫，安享二十五年王后之福，只因从前作恶，妒忌生心，今日红绫惨死，原由立心不正，理直如此。早有内监宫娥尽知，吓得喧哗呼喊，飞报各宫妃嫔，打开宫门，纷纷解下红绫结索，救解多般。岂知刘太后大限难逃，三魂七魄，渺渺无踪，哪里救得还阳。

此言暂止，先说嘉祐皇帝銮驾登程，多少御前侍卫将军，剑戟如林，武士拥护，一队队的宫监、宫娥，龙车凤辇同行，几位大臣随驾，威武扬扬，音乐喧天，轰动万民，远远偷观。当日包公先作头队，来至陈州，地方官早已挂灯结彩，扫净街衢，安排香烛迎驾。

包公一到陈桥，下了八抬大轿，数十名铁甲步军，拥护包大人来到破窑门首。只因李太后不愿迁移别处，故众文武官员不得已将破窑改造高堂，画栋雕梁，并选侍女服侍，日用饮食器具俱备。郭海寿日中侍伴李后，一连等了十数日，此一天他进来说道："母亲，包大人来了。"李后问道："他在哪里？"海寿答道："现在门外，他言要见母亲。"太后道："我儿且请包大人进来。"海寿领命出去相请。包公吩咐护从在门外伺候，直至内堂，即俯伏朝见。李太后道："包卿休得拘礼，且请起来。"包公领诺起来，李后问道："包卿回朝，未知此事办得如何？"包公回奏道："臣启上太后娘娘，已将郭槐三番审究，方得他招认明白。今圣上亲排銮驾，到此迎接娘娘回宫。"太后闻言，大喜道："今得辨明此段冤情，实劳包卿大力，老身如不得回宫，抵当苦度至死罢了。只因身受不白之冤，仇人日享荣华，岂非天眼永久不开？"包公未及答言，郭海寿笑道："当今圣上也非贤君，不念生身诞育之恩，反认他人为母，难逃不孝之罪！满朝中只有包大人是忠心为国，待圣上来时，儿且代母亲娘娘骂他几声，方出此恨。"包公道："你言差了。圣上春秋只有十九，当初乃是哺乳小儿，焉知奸人暗害，怎晓娘娘有复盆不白之冤？"李后道："我儿休得生气，包卿之言不差，随娘在此，圣上到来,你若多言躁说,有失君臣之礼,反取罪戾,这是国法无私。"海寿道:"母亲既如此吩咐,孩儿焉敢不遵?"当下包公请娘娘更换凤冠官服,好待圣上前来迎请。太后道:"包卿,老身落难已久,褴褛衣裳穿惯了,而今不合穿着五彩官服。"包公道:"臣启奏娘娘,今非昔比,娘娘乃是凤体贵躯,前时落难,无人知之,以致衣食有亏。如今枯木开花,昏镜复明,断不可再穿此褴褛衣裳。况圣驾自来迎请,万人瞻仰,非同小可,今仍穿破衣,有甚威仪,伏望娘娘准依臣请,速换官服。"太后道:"既如此,且待圣上来相见过,老身然后更换宫服。"

正言之际,流星马报道:"万岁爷驾到。"包公出外一见,俯伏道旁,嘉祐皇帝道:"包卿平身。"当时圣上传旨不必放炮,恐惊国母。又命护驾官员,俱在大街伺候。天子不乘车辇,与随驾五员大臣,及宫娥内监,向破窑而来。包公引驾至内堂,仍然俯伏一旁,朗呼:"臣包拯有言启奏娘娘,圣上驾到了。"太后道:"皇儿在哪里?"娘娘当初因忧怒交加,已经双目失明,此时即将两手摸索呼唤。嘉祐皇帝见亲生国母如此模样,心如刀割,忍不住眼泪直流,抢上数步,跪倒垂泪道:"母后,儿已在此。"太后手按君王肩膊,不觉亦泪下如雨,哭道:"皇儿,追思二十年前逃难之后,苦挨至今,只道母子永无相会之期,何幸得上苍怜悯,包卿研讯,方得雪冤。但逃难至此,若无郭海寿义儿孝顺,亦不能度命至今。今日母子重会,赖包卿、海寿二人之力,恩重如山,皇儿切须念之。"言未了,喉间硬咽而无声。嘉祐皇帝带泪叫道:"母后,岂有娘遭苦难,儿登九五,玉食万方,儿罪该万死,有何面目为君。只求母后将儿处治,如若不忍,亦请贬弃幽宫,别立贤孝之君,以承宗嗣。至包卿与郭兄二人恩德,儿当铭于肺腑不忘。"说未完,惨切不能成声,感触了几位随驾大臣,人人下泪,个个动悲,同声奏道:"当初圣上正在襁褓,哪知祸起萧墙,伏乞我主勿过为伤感,有伤龙体。今得上天暗佑,复得母子瞻依,正当迎回太后,在宫孝养,实为喜庆之至。伏唯我主与太后娘娘准奏。"李后道:"众位卿家平身。老身双目失明,是个残废之人,回宫之念久灰。身躯微贱已久,不觉苦酸,但得今日一见皇儿,明白了前冤,即在破窑中度日,我心亦安。"众大臣未及回奏,嘉祐皇帝道:"母后休言此语,今既不加罪,正要迎回奉养,以报罔极①于万一,庶

---

① 罔(wǎng)极——古时特指父母对子女的恩德,以为深厚无穷。

几少赎儿罪。母后若不还宫，儿不敢独自回朝，也要在此侍奉母后，才免臣庶私议忤伦。"太后道："皇儿休得伤心，你在襁褓，焉知奸徒诡弄，此事难罪皇儿。但我今二目俱瞽，即是回宫，也无光彩。"天子闻言，觉得凄惨，抽身伏跪阶前，祷叩上苍道："今日寡人迎请母后还宫，只因双目失明，不愿回宫，如母后不回，寡人也难以回朝。伏乞皇天垂念微诚，使母后瞽①目重明，愿输国帑②，以济天下生灵，大赦囚人，免征陈州赋税十年。"说来凑巧，李后双目失明，原由急怒交加，此日沉冤得雪，母子对哭，顿觉心怀大畅，目瞖渐退，待到天子祷罢，李后二目果然复明。太后喜道："皇儿，我双目果然渐渐生光，即是皇儿孝心感格，皇天怜念，神圣眷佑。"嘉祐皇帝喜出望外，众大臣拜贺称奇，郭海寿忍不住笑道："妙，妙！母亲二目，果然复明了！"嘉祐皇帝龙目一观，问道："母后，这是何人？"太后道："这是义儿郭海寿，乃供养我的，皇儿且略君臣之礼，谢谢此子如何？"嘉祐皇帝道："他是恩兄了。"唤道："郭恩兄请上，受寡人一礼。"嘉祐皇帝正要下拜，包公奏道："尊卑有序，君不拜臣，父不礼子。郭王兄须当力辞。"嘉祐皇帝无言可答，只得不下拜，双手一拱，口称："恩兄，母后全亏你代朕孝养，方得生活至今，待回朝之后，再行思封，同享荣华。"若说海寿平日乃贫贱小民，礼法一些不懂，真所谓福至心灵，看见皇帝双手打拱，又听得包公所言君不拜臣，他即下跪道："臣不敢当。臣向蒙娘娘教育，乃得成人，无殊儿子一般，稍有奉养，理所当然，焉敢受圣上作谢！"嘉祐皇帝道："如此，恩兄请起。"说时伸手相扶。

再说太后双目复明，见众大臣俯伏在下，连忙说道："众位贤卿还不请起！"几位大臣谢恩起来。圣上命郭王兄上前拜见众大臣，海寿领命下礼。众大臣仰体圣上并太后之意，要行参见之礼，海寿哪里懂得，只是答拜。圣上道："他乃是后辈少年，哪里敢当，众卿体行参见大礼，还是行个常礼吧！"众臣礼毕，唯有庞国丈心中不悦。有包公请娘娘更换宫服起驾，太后准奏说道："今已过劳包卿，回朝后再当作讲。"包公奏道："微臣之劳，怎敢望娘娘赐谢。"早有宫娥内监，一同叩首，起来请娘娘更衣梳洗，众大臣辞退在外伺候。圣上命内监与王兄更换冠袍玉带，一同还朝，

---

①　瞽（gǔ）——眼睛瞎。
②　国帑（tǎng）——国库里的钱财。

内监领旨,捧上四爪龙袍冠带,跪在一旁,请王爷更换。郭海寿摇首道:"我久服粗布破衣裳,焉有此福,穿此龙袍,岂不过分?"正要退出,李后道:"我儿,你前时受了许多苦楚,今日理该同享荣华,休言折福。"圣上道:"恩兄陪伴母后十八年,方得朕母子相会,请更换衣冠,回朝厚加封赐,少尽朕知恩报恩之情。"海寿谢道:"圣上有命,臣本不敢逆,然我生成野性,甘守清贫,伏望圣上赐臣在窑过度光阴足矣。"太后道:"我儿休违圣上旨意,他与你乃是兄弟之称,然他是君上,你是臣下,为臣逆君,犹如子逆父母,况君言深为合理,你若这意,娘心有所不安。"海寿道:"母亲如此吩咐,孩儿焉敢不遵?"圣上欣然,看海寿更上衣冠,又谕知陈州地方官员,将此;日窑改作王府,依照王宫款式,所费银两,国库支领开销,限期办竣,作为郭王府第。旨意一下,本地官员遵旨照办。

且说太后当日登辇,宫娥内监拥护两旁,圣上驾上銮车,众大臣与海寿坐起大轿,众护驾武官,骏马高乘,排开队伍,一路笙歌嘹亮,香烟杳杳。太后心花大放,不道落难后竟有回朝之日,算来实是包拯之功,回朝后加封包拯,以表忠劳,此是后话,不提。

不知太后回朝如何,且看下回分解。

第六十一回

殡刘后另贬陵墓　戮郭槐追旌善良

话说李太后还宫，就有在朝文武官员探听消息。忽报銮车到了，一众官员纷纷至城外恭迎。只见旗幡招展，车驾已到。众官员两旁俯伏。圣上一进京城，敕令接驾文武官员不必在此伺候，众御林军速归本部，另候赐赏。命光禄寺排御宴款待三兄，着几位随驾大臣陪宴不表。

且说曹皇后带领三宫六妃，多少内监、宫娥，迎接太后进宫。先是天子，后是曹皇后参拜，朝礼毕，妃子宫嫔，人人都来朝见请安。李太后命各还宫，不必在此伺候，只留天子在宫。李太后嗟叹道："想起前情，不在皇宫已将二十载，只道永在陈州破窑中没世，岂料今日复得回宫，皆赖包拯之功。"圣上道："郭槐施谋陷害，必须明正典刑，安乐宫中刘太后焉能逃罪，南清宫狄母后欺瞒先帝，亦有未合，均请母后主裁。"李太后言道："皇儿，你枉为南面之君，此事尚难明决么？当日陈琳救你到南清宫，狄后褪裸抚育长成，虽非十月怀胎之苦，也有三年乳哺之恩。即今刘氏虽然心狠意毒，须念他是先皇元配，且免追究。唯陈琳是救你恩人，须当厚报，寇宫娥已自惨亡，须当追封族表，此事当与参政大臣酌议。至凶恶郭槐，断然姑宽不得，速命包卿将他正刑。"天子诺诺领命，说道："母后仁慈，世所希见。"李太后道："皇儿，娘今日还宫，谅想刘氏无颜到来见我，我倒要进安乐宫见见她，看她怎生光景，有何言语。"说罢，李太后即唤宫娥引导。忽有宫娥启奏万岁爷与太后道："刘太后于圣驾出京之后，用红绫自缢宫中。"天子道："既有此事，何不早说？"宫女回奏道："东宫娘娘早已吩咐，言太后回朝，乃是喜事，不必早报，且待缓些奏知，故奴婢等不敢奏闻。"李太后听罢，嗟叹一声，不觉垂泪两行，说道："可怜她畏罪，先自寻死，岂知我并不计较。"天子道："刘太后既然缢死，可曾入殓否？"宫娥启禀道："因待万岁回朝做主，是以尚未成殓。"李太后道："须念她是先帝正宫，她已先寻自尽，且好生殡殓，安葬先陵。"天子道："此事不可。她虽是先皇元配，但她欺瞒先帝，罪重千斤，将她殡葬皇陵，先皇在天之灵岂容负罪之人依附陵旁？母后虽有容人之量，情理有偏，还应将棺椁另立坟茔，方于理无害。"李后道："皇儿处分有节，依此施行便了。"当日天子下旨，将刘太后棺椁成殓，另立坟茔，不必举哀。若论到刘太后乃是先皇正后，只因一念之差，死于非命，不成丧，不举哀，中外百官不挂孝，只用棺柩一口，悄悄收殓，不容安葬皇陵，犹如死了无位宫嫔一般。

　　刘太后身亡之事交代明白。再言南清宫狄太后，只因有了冒认太子之罪，是以进宫来见李太后。当日狄太后要行君臣参见礼，李太后执意不肯，竟如姊妹平礼相叙坐下。狄太后心有不安，局促赧颜，李太后反是再三致谢，言道："当初我儿身遭大难，多蒙贤妹收留抚养，乃得接嗣江山，洪恩大德，何以为酬？今日母子完聚，皆得贤妹维持之力。"狄太后道："哪里敢当娘娘重谢，说来更使臣妾羞愧。但当时迫于势所难言，一说明此事，先结怨于刘太后，实乃事在两难。然亦不知寇宫女通知娘娘，逃出别方，只道被奸监焚害了。今娘娘得叨大信，仍在人间，实乃可喜。"姐妹正在言谈之际，忽值天子进宫，朝见狄母后，狄太后大觉羞愧。当日李太后又差内监往杨府邀请佘太君进宫，太君请安毕，叙谈一番。顷刻间内宫排宴，三尊年一同畅叙，各宫都排喜宴，不能一一细述。

　　次日天子临朝，百官朝见已毕。天子说道："包卿，朕思寇宫女曾将寡人母子救出，投水而亡，今陈琳现在亦有救主之功。生死之恩，据卿应如何旌赠。郭槐罪恶滔天，如何正法，卿家也须代朕处分。"包公奏道："启上陛下，寇宫娥有功惨死，应得追封，可起柩附葬于皇陵脚下，再建祠庙，追封为天妃元母，旌表流芳，永受香烟。陈琳身为内监，忠贞救主，加封公爵，另建府第，御赐宫监侍奉，永食王家厚禄，死则敕附太庙之中。郭槐害幼主于先，谋主母于后，斩绝王家宗嗣，十恶大罪，例应抽筋割舌，粉骨扬灰。臣拟如此，伏乞圣裁。"天子道："依卿所拟。"即着包公押郭槐赴市曹正法复旨。包公道："臣启陛下，郭槐、陈琳俱为内监，郭槐害主，其心险恶；陈琳救主，其善堪嘉。二人之心，有大渊之别，可着陈琳督同往观正法，使其悦目爽心，庶不负他救主之功。"天子听罢，喜道："卿处置得当，深慰朕心。"即下旨到南清宫宣召陈琳。

　　是日退朝，众官各散。包公回到衙中，着百十差军，往天牢调取郭槐。这郭槐连日饮食不进，也不知饥寒，问他不言不答，犹如痴呆一般。当时提至法场上，包公与陈琳先后齐至，见礼毕，二人分东西对坐。郭槐赤着身体,捆绑坚牢,朝上下跪,正乃善恶相对。包公吩咐行刑,刀斧子领命,因系凌迟之刑,故安放一大桶在侧,先割去手足,一刀将头颅斩下,抛入木桶之中。老陈琳点头长叹一声,不觉呵呵发笑道:"郭槐,可恨你当初立心不善,欺君害主,罪重深渊。只言历久年深,并无报应,岂知天理昭彰,不容脱漏,分明报应不爽。"此番竟乐杀老陈琳,呵呵大笑。只因他年纪已近百岁,气息精神到底衰弱,一刻间笑至气不复返,有呼无吸,倒在交椅中。包公即命左右呼唤,不见答言,众人都吃一惊,启上包公道:"陈公公笑得气绝了,唤之不醒,想已死去。"包公听罢说道:"不用喧哗,倘若解救不来,奏知圣上,然后成殓便了。"众军奉命解救陈琳,取来通关药末之类,用参汤灌下,岂知身体渐渐冷冻如冰。一众役人禀知包公:"小人等用药救之不活,除非大人的御赐法宝可救。"包公道:"陈公公并非冤枉而死,纵有还魂之宝,亦难救转。"吩咐且将尸首看管,待奏知圣上,然后开丧收殓。众军领诺,包公离座,走近一看陈琳,长叹一声道:"可惜陈公公,今日反是包某害你身亡,念你年高九十有零,虽未寿享期颐,唯生死本何足惜,只要馨香百世,青交流芳,虽死犹生了。"言罢,喝道:"进朝复旨!"天子一闻,又悲又喜,喜的是郭槐正法,报却母子宿仇,悲只悲笑死老陈琳,未受封赠而身先亡。即诏着文武官员,代朕设祭,令合宫内监尽至法场伺候,人人挂孝穿素。众皆嗟叹郭槐害主,粉骨扬灰,正如其罪;陈琳忠心救主,功劳重大,只可惜未受君恩而先死。今日得天子知恩报恩,令许多大臣祭殓,亦可谓生荣死哀了。

不表众人争羡,且说郭海寿久惯清贫,不贪繁华,不愿为官受职,只要回陈州居住。天子款留不住,李太后不觉动悲,唤道:"孩儿!我母子相依十八年,受尽多少苦楚,而今离灾得贵,理当在朝伴驾,娘也得时常见你。因何执意要回陈州?撇别为娘,实不该当。"海寿道:"母亲休得愁闷,儿原是久乐清贫,母也洞知。况在朝礼数不周,岂非见笑于各位文武大臣?娘今已得亲生儿子聚会,今非昔比。陈州离王城,不到三天路程,儿可常常来往,承欢膝下,望乞圣上母亲,恕臣儿逆旨之罪,深沾洪恩。"郭海寿虽然如此说,早已含着一汪珠泪。他天性至孝,原不忍离亲,只是不愿在朝。李太后与他相处将二十年,岂有不知他之性情,万事未有一次逆。许母意,今不愿留此,也出于万不得已。故李太后不敢苦留他,下泪道:"儿且等候数天,前者圣上已着令陈州地方官赶造府第,且待王府告竣时,差官送你荣归。"郭海寿依命等候。当有潞花王、静山王、汝南王与六卿四相大臣都敬他是当今圣上的恩兄,又知是大孝贤良,所以今日我请宴,明日他邀迎,不能细述。

且说李太后今乃苦去甘来,居处宁泰宫,安享暮年之乐,天子并后妃每早请安。当日李太后细加观察,众后妃姿质不一,唯有庞氏贵妃,虽则花容月貌,姿色娇妍,然而柳眉有杀气,玉貌现凶形,看来此女决非循良之妇,实乃刘后一般人物。一日后妃俱不在侍,李太后叮嘱皇儿:勿将庞妃加宠,他蛇蝎成性,妒忌生心,如加恩倍宠,她必要乘风作浪。天子谨遵母命。太后道:"寇宫娥、陈琳已死,未沾国家点滴之恩,须及早追封,使他仙灵有感。包拯有此忠劳,也须加恩隆爵。郭海寿执意要回陈州居住,不必强留,且加封官爵,从厚赐赉,以酬供养之德,前旨着陈州地方官员建造府第,谅可告竣,可使海寿进府居住,皇儿须早颁旨。"天子领命。

不知如何,且看下回分解。

第六十二回

安乐王喜谐花烛　西夏主妄动干戈

话说圣上母子商议恩封有功之人，天子道："母后前在陈州时，儿已祷告上天，母后二日复明，愿免陈州十年国课。今果得母后二目重明，儿如今即欲颁旨使下民知悉。"太后说："皇儿言之有理，今日母子团圆，正该蠲①免陈州国课，天下囚犯，须当减等宽恩。况陈州连年灾荒，穷困不堪，即有一二富厚之家，设法施救穷民，无奈一连六七岁，颗粒无收，人民已是水深火热，目今得皇儿敕免征课，实乃万民之幸了。"

是日，天子敕封寇宫女为淑德元君，陈琳谥为忠烈公，各造庙祠，春秋二祭，永受香烟。郭海寿敕封安乐王，赐黄白金各万斤，并赐宫娥内监一十六名，不必朝谒，陈州地方文武官员，每月朔望请安。包待制加进龙图阁学士，恩赐上殿坐位，五日一登朝参。大赦天下囚犯，十恶大罪，俱减一等，小罪一概赦免，陈州国课免征十载。诏旨颁行，各省共沾皇恩。

过不多时，朝中接得陈州表章，建造王府已竣。天子降旨，着包公、庞国丈二人护送安乐王荣归。着庞国丈先回复旨，包公仍留陈州完了赈饥，然后回朝。当下又命钦天监选定良辰，登车起驾之日更有文武官员俱来送行。郭海寿进宫拜别母后娘娘，太后嘱咐须要一月一来朝觐②。安乐王连声诺诺，母子洒泪而别。又辞了天子，众大臣纷纷饯送。京城内外居民店户，夹道而观，不能细述。

众文武送别数里俱回，只有庞国丈、包大人一路同行，处处地方官迎送。

一日到了陈州，轰动了本处多少人民，纷纷议论，都说郭海寿幼年时，母子二人也曾作过乞丐，后来长成，方得肩挑背负，贩菜度日。他一贫如洗，仍不失奉养，原算是个孝顺之人。今有发达之福，皆由孝养中得来。当

---

① 蠲（juān）——除去，免除。
② 觐（jìn）——朝见君主，朝拜圣地。

日郭王爷未进陈州城，早有大小文武官员、本地缙绅耆①老，车马纷纷，在此恭迎。一路行来，文武军兵拥护他进了王府。郭王爷当中坐了，众文武官员参见，大员打拱，小员俯伏尘埃。这郭海寿本是小户出身，饭也讨过，菜也卖过，虽见过包大人，朝参过圣上，对这些繁文缛节，却是全然不懂。坐定金交椅，由得众官叩首，不说一声"免礼"，亦不说声"请起"。只有庞国丈好生气恼，暗暗生嗔，旁有宫监代说一声免礼，众官才起来。庞国丈向包公首一摇，目一睁，显出大不耐烦的样子。包公会意，便道："千岁，庞国丈职在中书，不便在此耽延，理宜速速还朝。"郭王道："哪个留他耽延，由他自便罢了。"包公道："下官也要辞驾了。"郭王道："包大人你去不得，且在此与我做伴，未知尊意如何？"包公道："只因赈饥未毕，不得久留，故亦要相辞。"郭王道："既包大人要去，本处地方官员也可退回，不必在此，日后亦不必日日来此拜谒请安，反觉麻烦，不便。"众官员拜谢千岁并国丈、包公，俱已登程去讫。原来郭海寿是淡泊胸襟，厌烦朝廷一定之规，故吩咐本处官员不用天天来拜，只乐得本处文武官员省了日日请安之劳，暗自喜悦不提。

　　是日包公、国丈辞别安乐王，分程而去。国丈回京复旨。包公仍往赈饥。不觉光阴迅速，一连三月，已是秋稻收成，十分丰稔，万民歌颂天子、包公恩德。

　　话休多烦，只有郭海寿今已贵为王爵，又乃当今圣上的恩兄，他虽自甘朴素，本处文武官员，谁敢简慢。这陈州有位致仕宰相姓王名曾，只因年老归隐，有孙女名唤美珠，年方及笄②，尚待字闺帏，生来中人之貌，只是性格贤淑端庄。王太师知安乐王尚未婚娶，有意缔结丝萝。一日，包公赈务事毕，来拜望王太师，言及招亲之由，包公一诺担承道："包某依命，当告知安乐王，谅来门第相当，正好结秦晋之好。"王太师喜道："此事全仗包大人，只是有劳大驾，于心不安，容当后谢。"包公道："此乃和谐美事，何足言劳。"登时告别王太师。太师送出门外，包公相辞登轿而去。一到王府，见了安乐王礼罢坐下，郭王问道："包大人赈饥劳忙，今日何暇到此？"包公即道："本处王大师有一位孙女，年将及笄，未曾受聘，生来性情端重，意欲送进王府，以待巾悦。包某特来作代，望千岁允纳勿辞。"郭王听了微笑道："我出身微贱，偶然得遇母后，不期一朝显贵，岂敢妄想高门？虽然向日贫时，蒙王太

---

①　耆(qí)——六十岁以上的人。耆老，是老年人。

②　及笄(jī)——古代女子满15岁结发，用笄贯之。也指到了结婚的年龄。

师周济粮食,唯王小姐乃千金贵体,我系卑寒出身,岂敢相攀,望包大人转告她另择良配。"包公道:"此乃王太师有意招亲,你前时寒苦,今日贵显封王,他是世代名门阀阅①,两相匹配,甚属相当,千岁休得过辞。"安乐王听了包公劝言,不好当面力辞,只得说道:"感包大人情意殷殷,只我贱性不恋奢华,不贪欢乐,今既蒙大人此番美意,且为我奏知圣上,待旨允准如何?"包公道:"千岁高见有理,待老夫与你修本奏明。"言罢,抽身作别,仍回相府,将情复达三大师。大师大悦道:"奏明圣上做主,更觉有光。"

当日,包公辞别王太师,即回寓署,写成本章,差官赍送到京。非止一日,到了汴京,黄门官接了本章,送呈御览。天子看毕,龙颜大喜。进宫奏明母后,太后闻言大悦,欣然道:"老身在陈州,久知王太师为人忠厚,乃先帝老臣,此段姻缘实甚相当。"太后即赐花粉银十万两,另有珠翠金宝,圣上敕封王小姐为王妃夫人,御赐珠冠玉佩。批了本意,即着包拯为媒,钦赐完姻,迥异寻常。到了吉期,老太师送孙女到郭王府,此番闹热非凡,本州大小文武官员尽皆拜贺。王府外殿内堂,尽行挂灯结彩,多设筵宴,十分丰盛,终日歌声音乐,响彻云霄。郭王夫妇和谐,且置不提。

却说天子自迎国母回宫,朝中文武各加升赏,再差官赶上孙兵部,不用清查仓库。又值杨元帅表奏战功,遂加封狄青为副元帅之职,与杨宗保一同镇守边关。其时焦廷贵也赶回关中,众将士俱有加升官爵。元帅与众将谢恩已毕,天使回朝复命,不必细述。

只说国丈恼得纳闷昏昏,一心算计要害狄青,岂知反被他们联成一党,养成羽翼。喜得包拯现不在朝,正好寻个机会与他算账,不料君王又依着包拯,调回孙秀,不查仓库,反加狄青为副元帅之职,真是可恨。

不表庞洪烦恼,再说边关杨元帅,见四员虎将均沾圣恩,封赠统制官员,狄青又加封副元帅,关上文武官员,人人喜悦。忽然狄副帅染病,卧床不起,一连数日,水米不沾。杨元帅与范爷、杨将军,自然延医调治,弟兄们天天来到帐前问候。杨元帅心中忧闷,只得与范爷酌议,资本回朝奏知圣上,即日差官而去。

次日升帐,忽然有探子报上:"西夏王复兴兵三十万,拜上将薛德礼为灭宋元帅,离关五十里屯扎。"杨元帅闻报,自仗本领高强,兵精将勇,全不

① 阀(fá)阅——'阀'指功劳;'阅'指经历;阀阅指有功勋的世家。

介怀。即令孟定国传齐部将,并众兵俱至帐前参见元帅候令。是日番营内战书投发进关,杨元帅批回决战之词,不一刻有飞报进营道:"启上元帅,番将薛德礼在城下讨战。"元帅听报,令焦廷贵领兵一万,与薛德礼会阵,须要小心。焦廷贵口称得令,上马开关,轰天炮响,手拿铁棍,杀气腾腾,一马当先,一万精兵旗幡飞扬,喊喝如雷。焦廷贵一看西戎番将,生得蓝面獠牙,三绺花须,丈余身材,手持一柄大钢刀,座下一匹五色花鬃豹。焦廷贵胆气雄壮,一马相迎,铁棍当头打下。薛德礼乃西夏国有名上将,焦廷贵哪里是他的对手? 交锋不上二十回合,连叫数声厉害,即带兵逃走回关。薛德礼催兵追赶,只见城上箭如雨发,反被射伤兵丁数百,只得收兵回营而去。

杨元帅正在帐中与范礼部、杨将军商议退敌之策,忽见焦廷贵来至帐前,尚是气喘吁吁,打躬呼道:"元帅在上,末将杀不过薛德礼。这贼十分厉害,人雄马壮,一柄大刀大如板门,重如泰山,小将与他交锋五六十合,抵敌不过,只得败回。望元帅恕罪。"元帅道:"胜败乃兵家之常事,何得说谎? 你出关片时即回,不像五六十回合的工夫,岂非谎言!"焦廷贵听了,忙说:"小将说错了,原是十五六回合。"杨元帅想道:西夏初阵逞强,谅来番将本事高强。但本帅有雄兵四十万,猛将数十员,岂惧小小番奴,管教你马倒人亡而回。

次日,探子报进,薛德礼坐名元帅会阵,十分猖狂。杨元帅发令张忠出战,至四五十合,大败进关;元帅又差李义出马,仍是败回。薛德礼连胜了三员虎将,杨元帅好生不悦道:"薛德礼果然骁勇,但狄王亲患病未痊,待本帅明日亲自出马,与他见个高低。"

次早又报薛德礼讨战,杨元帅择定此日亲临赴敌,上马提刀,浩气腾腾,好一位保国的老元勋。银盔高竖赤帻①,背插八角彩旗,三绺银须,飘扬脑后,高乘银鬃犭,三声号炮,三万铁甲军拥随左右,焦、孟二先锋护卫阵脚,张忠、李义冲头,一同飞拥出城。薛德礼一见来将生得威风凛凛,手执金刀,乘着白马,身长丈余,白面银须,比昨日来将大有分别。薛德礼冲近喝道:"来将可是狄青否?"元帅道:"无名小卒,有目无珠,人也不曾认得,还来混扰乱言!"薛德礼道:"你既不是狄青,且报名来!"元帅道:"本帅乃天波无佞府山后老令公之孙,官封定国王,大宋天子驾下敕授天下招讨使杨宗保是也!"

不知薛德礼听了如何答话,且看下回分解。

---

①　帻(zé)——古代的一种头巾。

第六十三回

杨宗保中锤丧命　飞山虎履险遭擒

当下薛德礼言道："原来你是杨宗保。你若知时务,就应献城投降,归顺我主,难道不封你一侯王之位?如不听好言,只怕你此番性命休矣!"杨元帅大喝道："逆贼,敢出大言!"金刀一起,光辉耀目,薛德礼青铜刀急架相还,真乃龙争虎斗,南北二员虎将,杀得难解难分。薛德礼虽是西夏国一员勇将,到底及不得杨元帅老当益壮,刀法精通。二人冲杀百合,夏将抵挡不住,大呼道："杨宗保老头儿果然厉害,本帅杀你不过,且让你多活一天。"说着拍马败走,杨元帅大喝道："贼奴哪里去!"飞马追赶,薛德礼心下慌忙,即取出混元锤回马当头打去,实有万道金光夺目,杨元帅觉得眼花昏乱,闪躲不及,混元锤打在左肩上,疼痛难当,拿不定大刀,口吐鲜血,翻身跌下雕鞍。早有张忠、李义二马飞赶上前,一人挡住贼将,一人背了元帅飞逃回关。薛德礼催动西兵,卷地杀来,宋军见元帅被伤,大惊四散。焦、孟玉先锋抵挡不住,众兵被杀得七零八落,三万精兵折损一半。余众逃回城中,紧闭城门,严防攻打。

再言薛德礼大胜回营,喜气洋洋道："妙,妙!杨宗保乃宋邦主帅,有名上将,本帅却杀他不过。今被吾打了一锤,也不过三天毒发而亡。今日除了杨宗保,惧什么狄青!少不得也一同伤他性命,宋主还有何人抵敌,本帅岂不功居第一?"是夜,西夏营排宴,犒赏三军,也不多提。

再表宋军败回城中,元帅受伤,范爷一见大惊,急召医生看治。杨青气恼得二目圆睁,骂道："可恶叛逆奴才!战不过元帅,用锤伤人,真真可恼!"当日元帅倒睡床上,范爷吩咐紧闭城门。到了半夜,元帅昏沉不醒,服药不效,大小三军惊慌无措。范爷连夜修本,差岳刚飞赶回朝。若问薛德礼的混元锤,乃是异人传授,用毒药炼成,如中了一锤,由你英雄健汉,不出三天,定然血肉销尽而亡,并无药饵可救。今元帅被打了一锤,遍身疼痛,死去还魂,也无一言说出。一身肌肉,渐渐消磨,可怜元帅一生为国忠良,今日死于肌消肉化,只留得一堆白骨。范、杨二人惨切伤心，文武官员、大小三军，无不坠泪，只得收拾骨骸殡殓。范爷是日又上一本，即差沈达并送骨骸回朝。此时薛德礼因伤了杨元帅，领兵至城下攻打关门甚紧。范爷权掌帅印，发令四门倍加弓箭石灰炮火，日夜巡查。

慢表边关危急，且说峨眉山王禅老祖，清晨袖占一课，已知西夏复兴雄师，杨元帅被薛德礼用混元锤伤了，化血身亡，路途遥远，不能搭救。但薛德礼有此混元锤，宋朝虽有上将，不能抵敌此锤，即贤徒狄青亦难收取此锤。不免打发石玉下山收取此锤，以免西戎猖獗。

且说石玉居住仙山已经一载，习得双枪纯熟。只是忆念老母、岳父母、贤郡主，音信难通，他们哪里晓得我耽搁仙山。这一日见童子来唤道："师兄，师父唤你，速随吾来。"石玉应允，即随童子弯弯曲曲来到禅房参拜，言道："师父在上，弟子石玉参见。"仙师道："贤徒免礼，我今唤你前来，非为别事。只因西夏将薛德礼有一混元锤，非兵刃可挡，杨元帅中他一锤，已经化血身亡。宋朝虽有上将英雄，难以抵挡此锤。我今赠你风云扇一柄，到边关上出敌。他用锤飞打过来，你即将风云扇轻轻一拂，便可收取此物。那薛德礼乃巡海夜叉，凶恶星转世，应得凶恶死亡。你今回关，与狄青贤徒一同立功，显扬当世，方不负为师收留你二人一番心血。还有八句偈言相赠，是你一生结果。"言罢，袖出一柬，石玉双膝跪下，双手接过收藏。又道："弟子蒙师带上仙山，习艺已经一载，传授枪法，已得精妙，深沾洪恩，难报万一，即此拜别。"仙师道："徒弟不须多礼了。"石玉叩谢已毕，起来又与师兄师弟拜别，藏好风云扇，提着两条三尖枪下了仙山。当日上山时，并无马匹，仙师只得将云架起，送到边关。下了云头，石玉将师父所赠之柬，拆开观看，并无一物，只有七律诗一章，诗曰：

> 仙缘无分不须求，叨福人间勋业优，
> 年少只遭颠沛困，中途却喜战功稠；
> 三番历苦登王阁，二次平西进凤楼。
> 早运未通道妒害，晚来除佞报亲仇。

石玉看罢，自言道：师父赠我诗偈，说我没有仙缘，只可立功取贵，但少年灾困，历尽苦楚，方得成功。又许我能报父仇，但思庞洪奸贼，正在势盛，未知何日可报不共戴天之仇。

　　不表石玉之语,却说边关杨元帅身亡,狄副帅病体虽然瘥愈①,然而还未强健,正在后营静养。范爷早已吩咐,元帅身亡之事众人切不可告知狄王亲,众人依言瞒着,狄青并不知外面缘由。西兵日日围城攻打,范礼部已飞本进朝,不知何日救兵到来。有飞山虎乃一鲁莽之人,大怒道:"西夏番奴薛德礼,他的混元锤如此厉害,不知何物做成。待我驾起席云帕进他大营,一刀结果他性命,拿了此锤回关,发起大队军马,杀他片甲不回,方报却元帅之仇。"想罢,即禀范大人。范爷不许,道:"刘将军乃粗莽之人,若不小心,反为不美,不可造次。"刘庆道:"范大人休得多心,我若刺不着贼,定然盗他此锤,就不怕此番奴了。"范爷纳闷不言。

　　是夜初更,刘庆驾上席云帕,一到番营大寨四下一看,只见灯火光辉,是犒赏三军,正在哪里吃酒。刘庆看见天色尚早,难以下手,按下云头,听候一会,已是二更时候。只见薛德礼斜倚营帐中交椅上,醇沉大醉,众将兵丁尽皆散归营寨,近身只存一个番女。飞山虎暗喜,降到营中,悄悄步进中营,一到薛德礼身旁,正要拔刀行刺,只听得一声娇喝:"刺客慢来!"

　　再表此女乃薛德礼之女,名唤百花,乃是一员女将,学得武艺精通,随父行军。是晚出营,伺候父亲,吃酒已完,谈论一刻,薛德礼醉得沉沉入睡,百花女也伏案假寐。忽见人影近前,喝声:"刺客!"飞山虎反吓了一惊,驾云不及,被她一把扭住,挣扎不得。百花女原是将门出身,两臂刚健。刘庆左手打去,她右手招架;右手打去,她左手招架,二人扭在一处。百花女道:"你这蛮子,谁使你来作刺客?好好说明,送你归阴。"刘庆心凉意乱,犹恐她喊醒番将,只得说:"我乃宋营中虎将刘庆是也!只因吾元帅被薛德礼打了一锤,化为血水身亡,是我忿恨,特来你营行刺。"这百花女见刘庆是位英雄,不觉有意,见父亲鼻息如雷,轻轻呼道:"刘将军,薛德礼是奴生身父,你今夜特来行刺,断断不能。这边来吧!"一把扯牢而走。飞山虎暗思道:小丫头好生奇怪,不知她拉扯我何故?此时只得随她跑去,曲曲弯弯,到了后营。一看灯光如昼,侍女罗列。百花女吩咐众侍女退去。这些小环互相评论道:"此位将军不是我邦人,因何我小姐拉她进来?好羞人也。"有几个人说道:"我家小姐未有丈夫,要扯此中原将来做夫妻,如今且先自叙会。"

──────────

　　①　瘥(cuó)──病好了。

　　不表侍女私言，再说百花女看中了中原将军，四顾无人，呼道："将军请坐，奴与你细谈。"刘庆见她姿色非凡，今又如此柔和，想道：她必有意于我，吾乃粗直之人，岂为女色所惑！况我已有妻子，你想我成亲，真乃冰炭不交。"若问百花小姐生长外夷，年已及笄，有此美质，又因本邦男子都是粗俗不堪，所以尚未成亲。刘庆虽非美男子，但比之西戎蛮邦也有高低之别，因此未免有心。当下又道："刘将军，你敢来深夜行刺，好生大胆！若非被我拿下，我父一命休矣；倘被别将拿下，将军性命也难保了。"飞山虎道："我行刺你父亲，乃是两国相争，各为其主，怎顾得利害交关，倘小姐用情，放我回关，小将自是感德。"百花女道："将军既进我营，休思回去。"飞山虎道："小姐此言何解？"百花女道："将军，奴看你是一位烈烈英雄，谅必武艺高强，今日边关死了杨宗保，大宋还有何人保卫江山？奴劝刘将军投顺我邦，撇却宋朝。"刘庆道："小姐此言差了！你要我投降，今生莫想。"小姐道："你若不甘投顺，便休想回关。"飞山虎道："既然小姐不放我回关，甘愿一死。"百花女道："将军之言差矣！你既为堂堂丈夫，因何全无智量，倘投降我邦为官，美貌佳人却也不少，觅一位与你配亲，有何不妙？愿将军依奴劝言，是知机之辈。"飞山虎听罢，冷笑道："小姐，我刘庆岂是贪花爱色之人？而况已有妻子，哪敢贪恋你邦佳人？今日既入你牢笼，有死而已，何必多劝。刘庆虽是粗鲁之夫，乃是顶天立地之人，岂肯负君而降敌人，休得妄自思量！"百花女听了，自言道：岂知此将有了妻子，我今囚禁不放他回关，且待明日爹爹发落。想罢，唤侍女数人，将这蛮子囚禁后营，好生看管，好待他心服归顺。侍女应诺，即时将飞山虎囚禁！

　　此事慢提。次日百花女梳妆已毕，来至中军，拜见父亲，说："昨夜二更时候，宋营中一将名叫刘庆，来作刺客，已被女儿拿住囚禁后营，禀知爹爹如何发落？"薛德礼道："可恶南蛮，竟敢混进大营，来作刺客。若非女儿拿住，几乎一命不保，且押出一刀两段，方不敢小觑我们。"百花女道："爹爹，此人乃宋邦猛将，倘得他投顺，与我们做个里应外合，此关便唾手可得了。"薛德礼笑道："女儿有此计谋，把他仍囚禁后营，劝他投顺罢了。"

　　住言父女机谋，未知边关如何，且看下回分解。

第六十四回
丢失毒锤西军败阵　安排酒宴宋将庆功

　　慢言西夏营中父女议敌，且说石玉得王禅老祖法力，一阵狂风，送至边关，说明缘由。范爷等方知石玉未死。石玉又说老祖赠来宝扇，可破混元锤。众位将军大悦。是日，范大人吩咐排酒，与石御史接风。石玉是个性急英雄，即言道："待小将破了混元锤，再来吃酒未迟。"范爷说："既如此，遵命了。"又道："昨夜刘庆往劫贼营图刺，要盗取混元锤，今天不见回来，谅来凶多吉少。他是粗莽之徒，不依人劝，今石大人马上出战，且探他消息如何。"

　　石玉即领精兵一万五千，顶盔贯甲，命人牵回昔日解征衣遗下之马，登时跨上，气昂昂炮响开关，手提双枪，大呼道："西夏贼听着！今石将军特来候战，速唤薛德礼番奴出营纳命！"早有小军报进，薛德礼即上马提刀，带兵飞出阵前，大喝道："小小犬儿，擅敢口出大言，且祭本帅大刀！"一语未终，当头劈下。石将军喝了一声："好家伙！"使动双枪架开，各逞本领，自辰时战至午刻，不分强弱。薛德礼自思："不好，这员小小宋将，看不出有此厉害双枪，看来难以取胜，不免又用混元锤伤他。"将刀一隔，即带转马头而逃，取出混元锤在手。石将军早已提防他，大喝道："逆贼，又思用此物伤人。"即高张宝扇，一见锤飞来，轻轻一扇打去。真乃仙家妙用，相生相克，混元锤早已拨于尘土。薛德礼大惊，拖刀败走，不敢收拾此锤，被宋队掠阵岳刚所拾。石将军拍马追赶，大喝道："贼奴才休走！"正要赶上，忽有百花女冲出阻挡，双双接战。百花女一见石玉生得面如美玉，比刘庆大相悬殊，不胜羡叹。心想如擒拿得回营，胜刘庆万分。岂料这石玉乃仙传枪法，薛德礼尚且不能取胜，百花女焉能抵敌？顷刻被擒过马。众西兵杀上要夺回小姐，有宋兵大队掩杀，西兵纷纷倒退，自相践踏，死伤遍地，不成队伍，四散奔逃。薛德礼几乎被残兵冲倒，哪里还敢杀上前去夺取女儿。只得弃马杂于乱军中，招集残兵，一路回营，仰天长叹道："不知那小将是宋军中何等之人，好生厉害，女儿被擒，又伤兵丁万余，真是可恼！罢了,待本帅明日与他决一死战。"

住语贼营内事,且说石玉生擒女将回营,大获全胜。范爷大喜,记录功劳,即日上本回朝。捆绑过百花女,他却立而不跪。范爷喝道:"小丫头,今既被擒,胆敢立而不跪!"百花女道:"南蛮听着,我非下流之辈,乃薛元帅之女,既被擒来,唯有一死,岂肯屈膝敌人!"范爷冷笑道:"你乃一小小丫头,擅敢在本帅帐下如此放肆!我且问你,昨夜我家一位刘将军,误进你营,偶然被获,今在哪里?"百花女笑道:"好老面皮的蛮子,既云上国义师,因何黑夜偷营,希图行刺?此人已经被我拿下,劝他投降不依,现在囚于后营。"范爷听了,心才放下。石玉闻此言:"刘庆既被擒囚在番营,待小将杀进,讨取回城如何?"范爷道:"石将军休得轻躁,如今天色已晚,且待明日救他未迟。"又吩咐将百花女囚禁后营。是晚,帅堂内外大排筵宴,犒赏三军,记录战功,上下欢呼。范爷、杨将军大赞道:"郡马一到,杀得贼兵胆破,与狄王亲一般年少英雄。"石爷谦逊不逞,言道:"刘将军被擒,明日须要杀入敌营,救回方妙。"范爷道:"吾已算定敌人捉了刘庆,谅情必不放回,幸喜郡马大人擒得百花女回关,不如明日以女易男,相互调换。"石爷道:"范大人高见不差。"众人饮毕,石玉邀同李义、张忠来看狄青。狄青之病已经痊愈,然精神尚未强健,故未登帅堂,在后面安息,即西戎来攻,范爷亦不令人说知。当时一见石玉,惊喜交集,问及原由,方知王禅老祖妙用引去。询知元帅中锤亡身,神色惨变,泪下数行。三人竭力劝解才罢。

次日大明,众文武在帅堂上酌议破敌,忽军士报进,番将薛德礼领了大队精兵,指名石大人、狄大人出敌。石爷听了冷笑道:"杀不尽的番奴!"言罢,即披挂上马,手提双枪,率着三万精兵,冲关而出,飞马当先,大喝道:"贼奴才!昨天杀得大败,饶你多活一天,何不早早回兵,献上降书,送刘将军回营,便饶你性命。"薛德礼道:"小小人儿,休夸大言,你若还了本帅百花女,我即还你飞山虎,然后交兵也可。"石玉道:"既如此,权且依你。"一边吩咐往后营放脱飞山虎,一边关内放出女英雄,男女二人,各归本阵。当时薛德礼与石玉复又交锋,一连百合,未分高低,两下军兵,混杀一场。时已日色沉西,彼此鸣金收军。石将军带兵进关,与范爷、杨将军细谈西夏赵元昊强盛,至今用兵已及二十载。北方契丹侵掠,损兵折将,亦不下百余万,惜乎真宗先帝失策,为一时计,不为后世计,当日未依寇准丞相之谋,乘得胜之日,制其称臣,故至当今又不免受侵凌之患,致民不聊生,武夫劳瘁。三人正在言谈嗟叹,刘庆上前拜谢救脱之恩。

次日,计点出战兵丁,折去五百余名,狄爷忍耐不住,径出帅堂对范大人言知,欲亲自交锋。范爷道:"王亲大人贵体尚未复原,须忍耐安息,未可造次。"狄爷道:"薛德礼如此猖獗,晚生病中,全然未晓。只恨元帅死于西戎之手,晚生与贼势不两立,非是他死,便是我亡。况我疾病已愈,安能坐视贼人猖獗,今日出城,定然见个高低!"范爷正要开言劝阻,军士叩报:"薛德礼领了大队军兵讨战。"狄青吩咐抬上金刀,披挂坐上龙驹,范仲淹、杨青二人劝阻不住,只得差孟定国、焦廷贵、张忠、李义四将,领兵接应。石玉言道:"待我与他掠阵。"焦廷贵大呼道:"你众人休阻,副元戎有仙法,岂惧薛德礼强狠!"当下狄青顶盔贯甲,金刀一摆,将龙驹连打三鞭,号炮一响,数万精兵拥关而出。一望敌兵剑朝如林,喊杀如雷,狄爷大喝道:"番奴死在目前,还敢大言,我乃副帅狄青是也!"薛德礼冷笑道:"本帅只道狄青怎生模样,岂知一小子耳!"狄爷大怒,喝道:"看刀!"二将催开坐骑,你遮我架,正是棋逢敌手,战了两个时辰。狄青病后,力气不足,看看抵挡不住。石玉一见狄青刀法将乱,即忙飞出接战。大喝道:"番奴休得逞强,石爷在此!"双枪照面门刺来。番将薛德礼好生着忙,闪开大刀,急架双枪。薛德礼抵敌狄青一人尚且占不得便宜,哪里架得住二般军器,正要放马奔逃,手法一松,腿上早中了一枪。喊声"不好!"又被狄青金刀一挥,正中肩膊,遂跌于马下。焦廷贵冲上,割下首级,喝声:"番奴,前天杀败我焦将军,又战我元帅不过,用妖锤伤人。往日强狠,于今何在!"

不表莽夫之言,且说此日二十万西兵一见主帅身亡,人心惊乱,不战自败。狄爷道:"愿降者免死!"内有逃不及者,都已投降,直杀得尸横遍野,血流成渠,甚属惨然。宋军所得刀枪马匹甚多,奏凯回关而去。败兵报知百花女,薛德礼被杀,谅来难以抵敌,不敢再出,只得弃了大营,领了男女兵数万逃回西夏而去。有关内杨青老将,提了百斤铁锤,与众小英雄领兵接应,杀进他大营,并无一卒,只得收拾遗下粮草马匹军器,运回关中。范爷大喜道:"二位王亲郡马大人,真乃国家之栋梁。"狄青、石玉谦道:"哪里敢当范大人过誉,扫除敌寇,乃天子洪福,又得众位将军协助之功,非晚生辈之力也。"范爷道:"王亲大人患病后,原气未复,还该静养才是。"狄爷道："有劳大人费心，不胜铭感，但晚生贱恙已愈，身体复原，举动如常，请宽垂念。"范爷又吩咐焦廷贵，将薛德礼首级悬在辕门，并号令众兵及降卒各自归营候赏，刀枪马匹粮草，点清归入库房，并命孟定国率人掩埋尸骸去讫。是晚大摆酒筵，与众将庆功，各营哨兵都有犒赏，出战兵丁加倍犒劳。

这且休提。次日众将兵士，只因杀散西夏，解了城围，闲暇无事，各归营寨。只有范爷、杨将军、狄爷。石御史四人在帅堂，说起杨元帅一生为国，培历艰辛，年交六十，未得一日安闲。一旦战死疆场，武臣为国，难免一死，言念及此，能不伤感。又谈及前月圣上颁诏到来，说当今国母李宸妃娘娘十八年前被郭槐唆惑刘太后，陷害太子，放火焚宫，今被包拯审究，李后还宫，郭槐处决，有此大大事情。范爷道："十八年前，果也火烧碧云宫，烧死百余人，众言李宸妃母子已烧死在内，只付之叹息而已。其时我官居知谏院，目睹其事，怎知李宸妃逃难，越出宫闱之事，今将二十载，被包拯一朝究明，有此异闻，算他神智，非人所及。"杨老将军道："若云内宫火焚一事，也有诏旨得闻，其时，老元戎去世已有二年，我与宗保元帅俱已得知。连范大人在朝都不知李妃逃难出宫，我与元帅领守边关，自然不知了。"言谈之际，不觉日坠西山。

要知后事如何，且看下回分解。

第六十五回

悼功臣加恩后嗣　虑边患暗探军情

不提边关众将言谈，却说朝中宋天子，一日得接边关一本，心下着忙道：西夏大起雄师，宗保殒命，狄青又染病不起，这便如何是好？幸有石玉、狄青破敌。但思及杨宗保久任边关，三十载保卫邦家，不能一日安闲，功勋素著，一旦阵亡，是国家折损一栋梁。想罢不禁泪下，颁旨往无佞府，钦赐王礼祭奠，敕文武百官俱素服一月，加谥杨宗保忠武王。其世子文广，年方十七，应袭世职，因在丧中，不必到边关就职，且随朝伴驾。当日，杨门一闻凶信，穆氏夫人以及大小人等，哀恸欲绝，佘太君伤心，更不必言，众夫人垂泪相劝，少不得外椁内棺，用王侯之礼殡殓，不必细述。

却说宋天子因杨元帅去世，朝中武将皆分镇边疆，老将曹伟、种世衡二人虽智勇兼备，唯其时北狄契丹入寇多年，兵势甚锐，二将早已领守边城，天子只得加封狄青为天下招讨元帅，石玉为招讨副元帅，同守边关，众文武俱加升三级。诏旨发往，下文自有交代，不必多表。

单言南清宫内狄娘娘母子，闻狄青在边关大败西戎，立了功勋，并因杨元帅阵亡，颁旨任他为边关正帅，母子大喜。太后道："不料侄儿少年英雄，马到成功，旦夕间外夷威服，乃先灵呵护所致。"

慢言潞花王母子喜悦之言，且说庞国丈自从李国母进宫，郭槐已诛，所有党羽，均被包拯剪除殆尽，是以凡事心寒，权柄渐减。这日自思：喜得杨宗保已死，今日老夫正在驾前保荐孙秀领镇边关，天子已有允准之意。无奈有富弼、韩琦阻挡，言我婿只可作文员在朝伴驾，不合往边关当此要任，反奏狄青、石玉等，乃少年英雄，又得范仲淹、杨青老成持重，屡立奇功，敌人畏惧，合当拜帅代杨宗保之任。圣上不准老夫之请，只依二贼之言，真令人可恼！可笑这昏君接得边关本章，闻杨宗保死了，便纷纷下泪，痛切连日。我想杨宗保死有什么干碍，却隆宠这班狗党。只今狄青与石玉都在边关，与那一班老少贼联成一党，势大权高，教老夫也算计他不来了。想我女儿进宫数年，屡邀圣上宠眷，乘间进奏，无有不准。一自李太后进宫,不知圣上何故将女儿渐渐冷淡,想必女儿与国母不甚投机,是以唆着圣上疏淡我儿,也未可知。但女儿不得圣上喜欢,老夫有事,与女儿通关节,定然不准,怎生是好?现今且喜包黑不在朝,待有机关,再行设施,定必弄倒边关这些狗奴才,方见老夫手段。正在自言之间,有家丁禀道:"孙大人、胡大人来拜。"国丈传令请进相见。孙、胡二人进至内堂,见国丈立起相迎,一同相见行礼坐下。国丈道:"杨宗保已死,正打点保荐贤婿往任边关镇守,谁知富弼、韩琦二个奴才阻挡圣上,反保荐狄青、石玉二小儿为正副元帅。今被他边关上联成一党,老夫正在心烦,又奈何他不得。"孙秀道:"前者奉旨复查仓库,正要将机就计,回朝劾奏,不料圣上半途召回,一场打算又落空了。"胡坤道:"老太师且免心烦,我想狄青、石玉今已权高势重,谅情弄他不倒,我儿之冤,难以报复了。"三人言论,只是烦闷着恼。这且按下休提。

却说勇平王高琼老千岁,是日接得边关女婿来书,喜悦万分,方知女婿上年被奸臣算计,果有妖魔陷害之事,幸得仙师带上仙山习艺,今日又得圣上颁旨加封副招讨使,与狄青同守边关,真乃妙极。即进内堂告知女儿,夫人与郡主,真是喜从天降,言难尽述。高王爷即命郡主修家书一封与丈夫,待交付赍本钦差,顺送边关。郡主欣然领命,是晚修书,不必多叙。

再表边关狄青与石玉对坐私谈,狄青道:"如今边关之围已解,可以略松一口气了。"石玉道:"身为武将,当马革裹尸,以报国家付托之重。唯奸佞弄权,但知有家,不知有国,真乃令人可恼!可笑!"狄青道:"庞贼翁婿与胡坤屡次算计图害,恨若渊深,目下虽得身荣,怎奈奸党未除,岂可安然坐视!"石玉道:"小弟亦与庞贼有不共戴天之仇,无奈此贼当道,正邀圣宠,未知何日得报家父之仇。"二人正在言谈,范爷愁容满脸走进帅堂,二人并起迎接,众将亦到,随同见礼坐下。范爷道:"二位王亲与众位将军,力退西戎,不日间定有旨意颁来,二位王亲定敕主帅之权,只可惜杨元帅身遭惨死。"狄爷闻言,长叹一声道:"杨元帅乃保国功臣,血战多年,未得一日安闲,身受惨死,想来真是令人伤感。"言毕,不觉虎目中流泪不止。杨老将军与范爷二人只因与杨元帅镇守此关多年,情投意合,一旦言诀,也忍不住滔滔下泪。狄爷向范大人道:"杨元帅老成谙练,一朝逝世,犹恐西兵复扰,晚生辈才庸智浅,难当重任,还宜上本陈明,待圣上另挑老

成,方当厥职。”石玉道:“哥哥高见不差,我二人少年后辈,怎能服得众三
军,上本辞退为上。”范爷未及回言,杨青老将军道:“不然,狄王亲、石郡
马武艺非凡,智勇兼备,一旦登坛拜帅,使外夷不敢南视。”孟定国道:“西
夏屡次被我们杀得片甲不回,料他再不敢轻视我边疆了。”飞山虎闻言笑
道:“事难逆料,他虽畏怯,到底也当防备,以免兵临城下,措手不及。况
目下尚未投顺,焉知他是否从此无事,不若小将前往西夏打听虚实如
何?”范爷道:“刘将军之言有理,但此去须要小心,不可被他们看破机关,
须要早去早回,休得耽搁才好。”刘庆道:“小将自有道理,请勿多虑。”

　　当时刘庆正要抽身,旁有焦廷贵大呼道:“众人休听他言,昔往敌营
作刺客,遇见百花女子,即受其迷困,反被拿下。全赖石郡马出敌,将百花
女活捉回关,方得调换而回。如今又到西戎,定然贪爱娇娆,倘又被拿,如
今更无别物相换了。”飞山虎听了一席之言,羞惭得口也难开。石玉看出
刘庆羞惭,好生没趣,即忙说道:“焦将军休得妄言,前番刘将军粗心,为
急思了决敌人,故有此失。如今只要小心,定然无虑,速去速回,以安众
心。”刘庆道:“小将领命。”焦廷贵道:“今敌兵杀得寸草不留,正好吃些太
平酒,享些太平安逸福,因何你们又要打仗?莫非还嫌杀得这些敌兵少,
不知足,要寻些来杀着玩不成!”范爷喝道:“胡说!大胆焦廷贵,军无戏
言,你敢乱军规么?”焦廷贵道:“范大人休得着恼,小将乃是真言,并无曲
折,奈何你们不听。待等刘将军被百花女迷恋了,方知我焦廷贵之言不
谬。”狄青冷笑道:“怪不得杨元帅在日,言焦廷贵是个痴呆莽汉,如小儿
戏笑,一味啰唪,不分上下,弄唇翻舌。前时殴打了钦差,险些儿累及了元
帅,若无包拯回朝分辩,你的吃饭东西也难保牢,看你还得在此多言么?”
众将官听了,人人忍耐不住,发笑不止。焦廷贵道:“你们众人言皆至当,
我说的皆是戏弄,从今日始,我闭口不言,像个木头人一般就是了。”当下
飞山虎辞别众人,前往西夏而去。

　　过了数日,有朝廷钦差颁诏旨到来,外厢传鼓冬冬,狄爷传齐众将,同
出帅堂,吩咐大开正南门接旨。早已排了香案,天使开读诏书道:“敕加
副元帅狄青为招讨正元帅,石郡马为招讨副元帅。张、李、刘三将,俱封将
军之职,以下众将官,俱加升三级,各军兵俱有奖赏。”敕命读罢,元帅众
将与钦差赵林见礼,他官居参知政事之职,为人忠鲠,史称赵爷,与包公并
列,二人皆是宋室之贤臣。君命在躬,宣读毕,即时告别。狄爷并众将款

留不住,只得殷勤送至城外,登车而去。当下元帅以及众将各进帅府,范、杨二人相见称贺正副元帅,一同见礼坐下。狄爷道:"今因杨元帅升天,蒙圣上洪恩,敕令忝居帅位,只忧才庸德薄,难当此任。伏望范大人、杨老将军诸事指教,并望诸位将军随时襄护。"众将齐道:"二位元帅,功劳卓著,圣上加封拜帅,实称厥职,何用太谦?"狄、石二人称谢。石玉道:"今虽敌兵远去,未能心服,难保无虞,当早为备战,策胜出奇,方不负圣上顾托深恩。"狄爷道:"石大人之言,甚属有理,深谋远虑,我不及也。"是日,二人会商调遣,狄青乃正元戎,自然是他做主。

　　未知刘庆往西夏国探听得如何,且看下回分解。

第六十六回

稽婚姻狄青尽职　再进犯夏主麈兵

　　却说赵钦差去后，一日石玉接得家书，即晚灯下观看，已知岳父母康健，郡主来书贺喜。意欲回家问候，只因道途遥远，并有王命在身，未敢擅离边关。次早，正副元戎升帐，大小三军参见已毕。狄元帅拔令箭一枝，对张忠说道："张贤弟，你统领偏将十员，一万二千五百精兵，俱穿青衣青甲，在东门镇守，大旗上书一'虎'字，灰石弓箭滚木齐备。倘有敌兵，以炮为号，西南北自来接应。"张忠领命而去。又拔令箭一枝，对李义说道："李贤弟，你统领十员偏将，一万二千五百精兵，各穿红衣红甲，在南方镇守，红旗上书一'虎'字。倘闻炮声一响，各处接应，不容怠缓。"李义得令而去。转想焦廷贵乃狂妄之徒，不堪把守重任，但刘庆未回，且等他暂守北方，待刘庆回来，再行交卸。元帅随呼道："焦廷贵听令！"焦廷贵踏步上前，叫道："二位元帅，有何军令差遣？"元帅道："北方尚缺领兵之人，只因刘庆未回，如今有屈将军代为把守北方，待他回关再行交卸。你领十员偏将，一万二千五百精兵，俱穿黑衣黑甲，把守北门，黑旗上大书'虎'字。一闻号炮，即要接应，不得延迟，如违定按军法，决不姑宽。"焦廷贵领命而去，自言道：难道我焦廷贵做不得领兵头目么！偏要待刘庆回关，真乃看我太轻。我今只不分辩，那时独自成功，方显我焦将军非居人下者。

　　元帅分派已定，自与石副帅镇守正西，五万精兵，俱穿五色青、黄、赤、黑、白，大旗亦分五色，另建高大白旗，上书"五虎卫金汤"五字。看东南西北四门城上，真乃杀气冲天，号令威严，众将兵哪个敢不遵服？

　　不表中原主帅调兵，且说西夏主元吴得报兵败，心实恼闷。这日坐朝，向众臣言道："孤一心贪图中原的锦绣江山，只道唾手而得，岂知兴师有年，胜败无常，计已折去精兵百余万，勇将数十员，昨差首将薛德礼攻瓦桥关，杨老将身亡，只道大宋稳拿，不料又出小将狄青、石玉等一班小奴才，如同猛虎，杀得我邦兵残将戕，孤心实有不甘。倘得一智勇兼备英雄，领兵复去搅扰他一番，侥幸得胜，统倾国之兵，杀进汴京城，倘苦不能取胜,然后度势而为,也未为晚。"言未了,部班中闪出一员凶狠武将,名唤孟雄,奏道:"臣闻中国狄青小将,善用一铜面鬼脸,吓死我邦上将无数,更兼箭法高强,故屡借二物取胜。今臣手下有部将二员善于喊叫,敌将一闻,犹如烈雷打顶,声似山崩,其人即心惊意骇,跑走不及。平日已于臣部署中试验,众将人人惊惧,今臣愿领兵进攻宋境,以拿狄青,仗我主之威,胜之必矣!"元吴道:"将军果有二将之能,即封为左右先锋,卿为统兵主帅,领兵二十万往灭狄青,以报御弟赞天王、薛元帅等之仇,少解孤心之恼。"当下孟雄领命,往教场中,点足二十万精兵,带了左右先锋,一名吴烈,一名王强。有百花小姐愿冲头阵,要报复父仇。

按下西夏调兵,先说刘庆席云腾上云端,一到西戎国境,早已探听分明。当日教场点兵之时,恨不能落下云头,将他领兵主帅割下首级。当下只因一人,本事纵然高强,怎敌得千军万马之众,倘有不测差池,岂非又被焦廷贵耻笑。况起行时众人叮嘱不可鲁莽,中人陷阱,不免早些回去,报知元帅,好预备迎敌之策,当下不分昼夜,席云赶回关中,只见刀枪密排,旗幡招展,东西南北四门,皆是一般森严。刘庆道:"这又奇了,难道贼师早已到关攻打不成? 我驾云,他步走,岂能比我倍加捷速,谅来决无此理。定然元帅调拨兵将在此镇守,故今队伍严肃,刀斧交连,待我先从北门而进,看其动静如何。"远远只看见黑旗上大书"虎"字,尽是黑衣黑甲的军兵,不知何人在此把守,想来狄青乃一少年,今杨元帅死了,他为主帅,果有将才,怪不得杨元帅敬重。当时刘庆飞进城去。守城巡逻军一见,认得是刘将军打听军务回来,即去报知焦将军。焦廷贵想道:刘庆必是回家,耽搁数天,说什么打听西戎消息,待我玩耍他一番,然后禀知元帅,交卸北门与他。想罢,呆头呆脑地跑上城垛,喝道:"刘庆,你回来了么,好大胆子! 也不令人早来通报! 我命你探听西夏军情,且一一禀明我焦老爷得知。"飞山虎闻言,顿觉惊骇,因何焦廷贵出此大言,即道:"焦将军,你今领兵在此把守么?"焦廷贵道:"刘庆,你还未知其详,自那日你动身去后,圣旨下来,敕封狄王亲为正元帅,又敕封我为副元帅。你不该如此慢待,不敬我副元帅,有失军威。"刘庆道:"焦将军,果真如此,还是你妄言哄我?"焦廷贵道:"谁来哄你,且观几员战将,归我管辖,数万精兵,由我调拨,难道是假的?"飞山虎道:"但不知圣上颁来旨意,亦提及末将之名否!"焦廷贵道:"圣上诏旨全然未提及你之名姓,想必你无名小卒,只好做个军前探子。我当初原教你不要去探听为妙，如今且在我帐前做个当差之人！有功之日，候再提升吧！"刘庆听了，好生不悦道："岂有此理，难道我刘庆止做个探子当差之辈，我情愿隐藏山林，做个农夫，倒也无忧无虑，何苦强在营中效力疆场？"焦廷贵道："刘将军，休得动气，到底你探听得西夏贼情如何？且说个明白，待我交元帅印，让你统辖军兵，我却在你麾下听令，全凭差遣，如何？"刘庆道："此言差矣！你承圣上敕命，怎可让与别人？待我说知西贼之事，可笑夏主不知见机，重新又要兴大兵二十万，领兵主帅乃是孟雄，更有二位先锋，百花女将为头阵，不日杀奔前来。"焦廷贵道："如此果也元帅虑得到，你也算得探听分明，看来这副元帅只好让你做了。"当时焦廷贵说得糊糊涂涂，飞山虎听得将信将疑。焦廷贵又道："刘将军，你可在此管辖众兵，待我与你报知元帅。"刘庆道："不可，你乃执掌帅印之尊，如何教我代管，我亦不敢担当。待我自进帅堂报禀，方是合宜。"焦廷贵闻他此语，只得听他进去。

刘庆一路想着焦廷贵之言，只道他当真受封为副元帅，故今统领将兵，在北门驻守。但一心思量，意气不平，因何兵符副帅，属了此人，这样蠢夫，如何会提兵调将，岂不败坏了大事？此时已走到东门，只见高高插起青旗，上书一"虎"字，众将兵青衣青甲，又见南门西门，俱有兵将把守。进至中堂，正要通报，忽见圣旨下来。原因狄青少年尚未结婚，范大人的小姐，正当及笄之年，美丽非凡，范爷久已留心狄英雄，故前月附本奏闻圣上，求君做主，不怕狄青不依，又觉对面难于启口，故未发言。今日旨命一下，范爷早已明白，不觉喜色洋洋。狄元帅想道：军务在身，哪有闲暇议此婚事？当即辞谢。范大人笑道："此乃圣上美意，理当早谐花烛，小女纵然不才陋质，下官不敢仰攀，但念旨命难违，请允小女权执箕帚，王亲大人休得推辞。"狄元帅不便执拗，只道："蒙大人过爱，圣上隆恩，但今军情事急，且待兵退之日再议。有劳大人拜本奏复圣上，晚生也有本章附呈。"当时赍本钦差，乃是杨元帅之子杨文广。他在朝奏知圣上，要到边关助敌，建立武功。天子见他虽然少年，实乃将门之子，是以准旨允请，并颁旨附带范、狄联姻之事。当即会见正副元帅，范、杨等众位将军，一同见礼坐下。又见飞山虎到来，将西夏兴兵之由，一一禀知。狄爷道："范大人，可恶西夏贼复动干戈，如今且理军务，再议婚姻便了。"范爷听言无奈，只得允从暂停姻事。连夜修本，差人赍送，狄元帅也附一本，达呈御览。

话分两头,却说夏将孟雄带领二十万雄兵,左右先锋作头阵,一到边庭,探子报上离城不远。孟雄吩咐于五十里之外,安营下寨。

且言宋将刘庆,是日回关,已领守北门,方知焦廷贵满口胡言。忽一日探子报进,贼将带兵攻城。狄元帅传令,众将候差,真乃明盔亮甲,层层密密,剑戟如林。当时元帅差刘庆往冲头阵,着焦廷贵助阵,叮嘱小心为要。二将领兵二万,炮响出关,刘庆一马飞出,大喝道:"杀不尽的贼奴,败而复来送死,今日休思逃脱!"西夏将吴烈大怒,手拿铁棍打来,刘庆用大斧急架,战杀一场。不意吴烈大喊一声,如同霹雳,马也惊走,刘庆吓得几乎跌于马下。这吴烈是惯家,趁敌人一惊,手略一慢,举棍打下。刘庆早驾席云帕,飞到天空,将马首打碎,跌扑尘埃。焦廷贵一见,怒喝道:"狗奴才,休得逞凶!"一棍打去,吴烈接马交锋,各逞强狠,一连冲杀数十合。焦廷贵一生狂莽,何尝惧怯敌人,但本力欠三分,一刻抵敌不过,心中着急。想来可恼飞山虎,我与你掠阵助战,岂知你跑上空中,脱身而去,贼将又厉害不过,如今不妙了。果然抵挡不及,贼将铁棍照肩上打来,焦廷贵侧身一闪,已打中手上,血滴淋漓,大喊不好,忍痛拍马奔逃。贼兵呐喊如雷,追杀上来。宋阵上张忠、李义奋勇杀上,贼兵渐退。吴烈大怒,又大喊一声,宋兵吓得倒退,不敢追上,只有张忠、李义将刀枪并刺。吴烈不能抵挡二般兵器,只得复喊一声,二将连听数次,已经惯了,全然不惧,吴烈只得败走。又有王强上前助战,四将杀在一堆,未分胜负。

不知杀得如何,且看下回分解。

第六十七回

美逢美有意求婚　强遇强灰心思退

　　且说大宋四员虎将,与西戎二将各显奇能,直杀得烟尘滚滚,胜负难分,王强忽然大喊一声,比吴烈声音倍加响亮,二匹战马,惊跳起来,几乎将张忠、李义跌下尘埃,心下慌忙,刀枪略慢。狄元帅在旅下与石玉言道:"二将气力不加,不如收兵为上。"石玉道:"狄哥之言,甚合兵法,且收军吧。"即下令鸣金,张忠、李义带兵回关。西夏二将,也收兵回营。张忠进关,见了元帅道:"与贼将交战未分胜败,如何即刻收军?"狄、石二元帅道:"二位贤弟不知,本帅看来,二名贼将本领很强,一时恐二位贤弟有失。况焦廷贵现已受伤,想来二贼也是劲敌。行军之道,凡事俱要谨慎,切忌暴躁。今日暂且收兵,明日再议良策。吾等同心合力,何惧西戎?你二人劳苦半天,且往后营安息。"二将谢别正副元帅而去。只见焦廷贵已在帐中狂喊叫痛,又怪刘庆走脱不来帮助。

　　不表三人在后营安息,且说刘庆至帅堂缴令道:"小将奉令出敌,不意贼将大喊一声,犹如天崩地裂,幸得小将快驾席云帕逃生,战马已被打死,特来请罪。"元帅道:"胜败乃兵家常事,何须请罪?刘将军且退回本寨,明日出敌,自有破贼之策。"刘庆告退。

　　不提宋军归队,再说贼将收军回营,稽查军兵,折了八千余人。一进大营,来见孟雄元帅,禀知交锋情节,初阵打退二将,一将飞跑云头。第二阵又冲出二员宋将,本事高强,不畏咆哮,只因宋兵甚锐,反伤去兵丁八千余人,今日只作败阵,望元帅恕罪。孟雄听了冷笑道:"二先锋休奖宋兵之勇,反灭自己威风,且看本帅,明日亲临出敌,必定取胜。"

　　次日西戎主帅挑点精兵三万,带领左右先锋,并百花女一同来至关前,喊杀连天。宋阵中狄元帅自冲头阵,左孟定国,右沈达;中军石副元帅,领精兵三万;有杨文广督往后阵;号炮一响,二马齐出,狄元帅与西戎孟主帅两下交锋,各逞生平武艺,杀得尘扬丈余。西夏阵中飞出左右先锋,宋阵中孟定国、沈达也拍马出来接应。后阵百花女催动数万精兵,杀上前来,宋阵中杨文广小将军也催兵杀来。此战真是将与将战,兵与兵斗,杀得征尘四起,雾锁长空,战鼓如雷,喊声大震。

当时两位元帅刀斧交加,无分上下,你不饶,我不舍,战在一处。狄爷想道:西夏贼将本领高强,难以取胜,不免用穿云箭伤他便了。大刀一格,正要取出宝箭,只闻二个贼将大吼一声,真觉震天响亮。狄元帅也觉心惊,即忙收回宝箭,复又斗杀。那王强、吴烈喊叫全仗元气精神,喊叫过后,渐渐疲困,必须养息一会,方能再喊。此时连连杀喊,气力不支,抵敌宋将不住。又有孟雄与狄青杀个平手,石玉一马飞出,大喝道:"逆贼休走!"举起双枪便刺,孟雄闪开,大斧架住,三马交战,孟雄怎能抵挡二般军器,渐觉两臂酸麻,不能抵敌,拍马而逃。狄青指挥众兵追杀,西兵因见元帅败走,心慌意乱,四边纷纷奔逃。后军百花小姐一骑飞出,适值杨文广小将军拍马杀出。百花女一见宋阵上一员小将,生得面如冠玉,不由心下惊骇。那杨小将军亦是翩翩少年,一见女将生得如花似玉,亦不觉骇异,暗想道:西域异邦也有如此美色。当时两下呆看,忽闻两边敌兵喊喝,二人方悟是在阵前。

各通姓名,百花女方知这位小将就是杨元帅之子,暗忖:常闻杨元帅威仪凛凛,穆氏夫人美质无双,是以此位杨公子如此美貌。唯思奴自母亲早丧,随父南征,又遭丧败沙场,本国并无弟兄亲属挂怀,不如投降中国,得配此位小将军,胜做王后。想罢,假意冲锋,不上数合,小姐拍马诈败而走。奔至郊外无人之所,即抽转马头,杨文广追至,催马数步,大喝道:"小贱婢休走,吃吾一枪!"言毕,照着面门便刺。百花女用枪架住,呼道:"杨公子,休得动手,容奴奉告一言。"

只说飞山虎未奉将令,暗驾席云帕见得众人得胜,心中暗喜。正要跑下助战,只见杨公子追赶百花女远远飞跑。想道:杨公子乃是将门之子,但百花女乃一员厉害女英雄,况公子年轻,初上战场,倘有埋伏追赶进去,一有疏失,如何是好? 我不如就在云端,一路随她跑去为是。只见百花女回身向杨公子打躬,刘庆一看,早已会意,是她一心恋定杨公子了。只闻百花女呼公子说道:"奴本是父母俱亡,更无兄弟亲属,有心归顺天朝,未知公子肯容纳否?"杨文广听毕,道:"你果诚心归降,待我禀明元帅,约你回营,做个内应,不知你意下如何?"百花女四顾无人,开言道:"奴实心归顺宋室,唯思乃一个年青弱女,无可为依,欲托微躯于公子,未知尊意若何?"杨文广听了怒道:"你乃一个女子,不知廉耻,不凭媒灼而私议婚姻,有是理乎?"百花女听了羞忿,面上通红,呆了半晌无言,又呼公子道:"奴非私奔淫女,因父母俱亡,终身无所依靠,故忍垢含羞,反为自荐。伏望公子谅情鉴察!"公子未及回言。这时飞山虎按下云头,反吓得二人一惊。刘庆笑道:"杨公子,既然百花小姐诚心归顺我邦,你亦何妨顺情俯就?况你二人皆是青年美质,堪为百年伉俪之好。"杨文广道:"刘将军,此言差矣!她既是青年少女,也不该在阵上说婚,岂不羞惭!"随即催马回关而去。刘庆道:"小姐既有实心归顺天朝,并公子婚事,都在末将身上,必不耽误小姐良缘。"百花女听了,自觉羞惭,又闻刘庆将婚配之事,一力担承,便道:"既蒙将军鼎力玉成,不胜感戴。日后倘有用奴之处,无不遵命。唯望将军回关,禀知元帅,实心归顺,不敢虚妄。"飞山虎允诺,说道:"此事一定圆成,小姐毋庸疑虑,如此请回以待好音便了。"飞山虎仍驾席云帕,腾空而去。百花女看见,不觉称奇。

　　且说刘庆回关,细将此事禀知元帅,狄元帅问道:"但未知杨公子意见若何?"文广道:"她乃敌国女子,况在阵上订婚,未曾禀知母亲,焉可行得?望元帅休听刘将军之言。"元帅未及回言,有范大人笑道:"此乃是一场美事。况此女今愿归降,并肯为内应,目下可以成功,与公子配姻,真乃天作之合,老夫定必与贤侄执柯①,奏明圣上做主。你言阵上招亲为非理,即杨元帅亦在阵上匹配穆氏夫人,是老夫目睹,贤侄休得推辞。"杨青笑道:"范大人好记性,将老元帅四十年前招亲之事又提一遍。想吾老杨自随延昭老元戎镇守此关,算来已有六十二载。人生在世,犹如一场大梦,回头一看,吾年已七十八了。吾劝贤侄,休得推却此段婚姻美事,范大人决不至陷你于不义。"众位将军听了,人人喜悦,都道:"老将军之言是也!"杨公子道:"二位大人与元帅之言,小怪怎敢不依?"范、杨听了大喜。是夜只因大胜回来,排筵犒赏不表。

　　且说孟雄败回营中,计点兵将,折去二万余人。受伤者不计其数。看来实难取胜,不如带兵回国,见了夏主,奏明求和。吴烈、王强二先锋说道:"元帅不可因败灰心,不若明日再决一死战。"百花女道:"不可,奴乃二次出师,看来不独狄青智勇双全,即众将个个都是少年英雄。兵精将

---

①　执柯——给人介绍婚姻。

锐,料难取胜,不如投降为上。"孟雄道:"小姐高见,甚合吾意,明日收兵还邦。"

且说次日五更,夏营正要拔寨登程,忽一队军马来投伙。此人姓牛名刚,在大狼山自与牛健分手后,又恐杨元帅领兵来征,故带兵丁回到磨盘山。忽遇着庞福、庞兴,三人合住在磨盘山,打劫抢夺居民。李继英是五云汛千总,张文是守备,二人几次打退他们,正商议强盗盘踞在此,有害居民,不如禀明元帅,调兵征剿。不想牛刚三人来投西夏。孟雄正在打点动身回国,不意中得了数万兵来投降,三人即时拜见,孟元帅心中疑惑不定,细细盘问,方知他们原是强盗,随即收下录用。重新整兵离营,尽数而出,单留一万兵与百花女在营。

却说狄元帅等在关前,有巡查军士,拾得百花小姐的箭书一封,始知磨盘山强盗投到西夏助战。狄爷对石玉道:"此乃癣疥之疾,何足惧哉!"忽又有继英、张文求见,请元帅发兵征剿山寇。元帅说道:"山贼已投西夏去了,无须发兵。"张、李大悦。是日,探于忽报西夏讨战,二位元帅随即分派四路军马迎敌,另点一军,暗抄后面,烧毁大寨,待他回营,无所驻足。

未知宋、夏交战,谁胜谁败,且看下回分解。

第六十八回

赵元昊兵败求和 宋将帅凯旋完娶

却说宋营调兵,元帅令张忠、李义领兵五千,担任头阵;又令沈达、刘庆领兵五千,担任二阵;尚有焦廷贵受伤未痊,在营养息。又令岳刚、牛健领兵五千,担任三阵;李继英、张文领兵五千,担任四阵。发兵一万,与小将杨文广,从后抄到西夏大寨放火,使他首尾不能相应,心慌意乱,无心恋战,可一鼓而擒之。分拨已定,正副元戎各带兵五千,攻击中军,即吩咐放炮开关。西夏军马不约而同,亦是分兵而出。张、李二人飞马并出,五千锐兵,喊杀如雷。却遇吴烈挥兵混杀。张忠、李义奋勇杀进,吴烈抵挡不得二般军器,逃走不及,已被杀于马下。西兵见主将已死,四散奔逃,宋军追杀,死者甚多。

不说张、李得胜,又言王强领兵一万正在骂战,有刘庆、沈达二人并马奔出,不问情由,双刀并举。王强急架过去,宋兵卷地杀上,西兵惧怯,早已纷纷逃散。王强压制不住,又抵挡不得,只好拍马回头而奔。沈、刘二将随后追杀,又遇着张忠、李义抄后杀来,拦住去路。王强着急,只得拨转马头,刘、沈赶到,一刀将他斩于马下,西兵数千,尽皆投降。

且说岳刚、牛健领兵五千,正遇着牛刚,牛健叫道:"兄弟堂堂丈夫,不思故土而降于外夷。我与你虽是兄弟,今你投降西夷,就是敌国,今日在战场之上,不能以手足之私而废公论。"言毕,即举大刀劈去,牛刚急忙举枪架定道:"哥哥说各为其主,不能以私废公,兄弟也不怪你。"二人动手起来,本领不相上下,杀得无分胜败。岳刚不知二人说的言语,想来牛健劝他投降不肯,故而杀将起来。岳刚把马一催,杀上前来,牛刚不能抵挡二般兵器,手略一慢,却被岳刚一刀,挥做两段。岳、牛二人合兵杀上,西兵各自逃生。

再说李继英、张文领兵五千,攻打第四阵,二马飞奔杀进,逢着庞兴、庞福正在耀武扬威。继英大喝道:"该死狗强盗,今日也来送死,正好赏你一刀!"二庞并不答话,提斧杀来,张文、继英二人连忙举枪架过,你搠①我架,我劈他抵。杀了半刻,二庞本事不大,哪里抵敌得住,被李、张逼近身旁,一枪刺于马下。西兵杀得七零八落,纷纷逃窜,单剩得中军主帅孟雄,一柄大刀,抵住狄、石两位正副元帅,渐渐不支。又见宋将纷纷杀到,军兵四散逃命,方知难顾残兵,即闪开刀枪,拍马而逃,数万精兵,十去其七,所存者不过三分之一。

且说小将杨文广领兵一万,从后抄至贼营,正在喊杀,要放起火来。百花女跑出营来,看见杨文广,便道:"且慢放火,内有马匹粮草颇多,有兵万余,将粮草搬进关中,有何不美?"文广道:"小姐高见不差。"百花女随即回营,告众军道:"今日元帅大败,逃回本国去了,你等不如投降,免遭杀戮。"众军答道:"愿降!"百花女笑道:"如此可将粮草马匹尽行搬出。"众军登时照办,杨文广叫人放火,将大寨烧焚,随同百花女押送进关。

且说宋军得胜回关,人人献功,独不见了杨文广回关,元帅心中着急。唯有飞山虎道:"人人对垒,尽是军兵敌将,只有杨文广领兵去烧营寨,守营者乃是百花女,小将昨日窥测杨公子口虽推却婚事,心实所愿,我对百花女也曾一力担承。至今未回,谅必要与百花女一同回关,元帅何须多虑?"范爷笑道:"此事被刘将军猜着了。百花女早晨有书信言明,磨盘山强盗投降。今日百花女守营不出,公子奉命往烧贼寨,定必同百花女回关。"元帅道:"虽然如此,公子乃是杨门之后,倘有疏失,如何是好?不如着刘兄弟出关探听一下。"飞山虎正要出关,军士报道:"杨公子并投降女将,领了降军,现在辕门候元帅钧旨。"元帅听了大悦,即着请进,一同见礼坐下。元帅对范爷说道:"不若将百花小姐送至尊府,等赵元吴纳降之日,一并奏知圣上,以待公子完婚,老大人尊意如何?"范爷道:"元帅之言甚是。"即命将百花小姐送到范府,与范小姐一处住下。是日正副元帅,将众将官功劳一一记载明白,吩咐排宴,犒赏大小三军,饮至更深方罢。

当日敌人杀败,孟雄正欲回营,与百花女一同归国,岂知大寨火光通天,心中甚为惊骇,又不知百花女存亡,暗想道:"宋邦杨宗保虽死,又生出狄青等几个英雄,本帅深悔当初恃勇逞强,妄想侵凌,领兵二十万,猛将

———————————

①　搠(shuò)——戳;刺。

数十员,如今上剩得几千残兵回国,岂不羞惭!"走了数日,始到本国。这日早晨,国主临朝,孟雄跪奏领罪,将战败情由一一奏知。夏主听奏大惊。孟雄叩头谢罪。夏主道:"卿家平身,此非你不尽心竭力,乃狄青兵精将勇,更兼智谋,实难争锋。卿且回家养息一月,再作计谋。"孟雄谢恩出朝。夏主又与群臣酌议,众文武奏道:"大未将勇兵精,实难取胜。我主屡次兴兵侵扰宋土,他若乘胜来征我邦,如何抵敌?不若趁宋军未到之前,先上降书请和为上策,未知我主圣意如何?"元吴说道:"众卿所奏有理,事有不可为而为之者,如今出于不得已,且修求和表文。"夏主当下修了表文,即传旨库中,取到金珠之物,用车辆载起,差文武大员,即日登程,望边关一路进发。

　　且说边关狄石正副元帅酌量,西夏兵竭将疲,不敢轻视我们,想必求和于我国。石玉道:"可恼西夏屡次兴师,侵犯边疆,若不分镇四路边城,则山西全省,非朝廷所有。"范爷道:"此患非今日初酿,前因吕夷简专权,先帝又为姑息,粉饰太平。夷简朋比为奸,蔽塞圣聪,将忠良之臣,纷纷贬黜,只图肥己,不顾天下之患。故西夏窥视我土,时犯我疆,皆是这班奸党之过,岂不可痛!"言毕,莫不感恨咨嗟不已。

　　这日元帅修齐本章,即差孟定国赶送汴京,达呈天子。其时包公陈州赈饥之事已完,回朝复旨。是日天子设朝,孟定国呈上表奏,俯伏金阶。本章上大意道:"西夏又兴兵二十万,力攻边关,已被杀败逃回。有百花女至关投降,并带粮草马匹无数,又与杨文广订定婚姻,臣等允其降伏,然招亲之事,不敢自专,恭候圣裁。"

　　天子观罢奏章,龙颜大喜,即道:"西戎大败,是国家之幸,既然女将归顺我朝,况有功于国,正该与杨文广婚配,待朕做主,着杨文广回朝完姻。狄青职司主帅之任,不容离关,即于关内与范氏完姻。边关出力将士一一加封,即着孟定国领旨回关,毋庸另派钦差往返。"孟将军谢恩出朝。过得几日,黄门官启奏:"西夏国差使臣二员来朝求和,有表章并土仪之物进贡,现在午门外候旨。"天子即传旨宣进,使臣来到丹墀,两班文武威风凛凛,侍立两旁。使臣一见,这与外邦威仪,大相悬殊,俯伏跪下,谨呈表文,略曰:

　　西夏罪臣赵元吴表奏大宋皇帝御前:罪臣不自忖度,屡次妄动干戈。天威临莅,罪及于臣,无可分辩。伏念臣因不修德而妄犯上,臣

下武夫，更恃其强勇，百般唆诱。臣本愚昧，初不加察，利欲心动，兴
兵侵扰，迨①雄师丧于疆场，勇将亡于越境，方知上天警戒战逆之戾。
伏乞仁慈，泽被万方，恕臣万死，当世守臣节不敢再萌妄念。僻壤小
邦，谨呈土物，冒渎天威，易胜战栗之至！

　　圣上览毕，又见表后附呈贡单，除珊瑚、玛瑙、沉香等物，尚有赤金五
万两。圣上道："外邦使臣平身。"二人三呼万岁已毕，立于丹墀之下。圣
主道："二卿，你主赵元昊屡次妄动干戈，理该征讨。既已知罪悔过，寡人
且免究治，许其自新。二卿还邦，转达你主，自今之后，务须永守臣节，岁
贡无误，各分边界，不妄生祸心。倘或再践前辙，朕决不宽容。"二使低首
回奏道："仰感圣恩洪福，泽及边远微臣，邦主感激不尽，焉敢复怀邪念，
以负圣恩？"当日册封赵元昊为西夏国主，厚赐使臣，着他即速回国而去。
自此宋、夏相和，不复用兵。按史：仁宗庆历三年西夏平伏，后传至第九
主，至理宗宝庆三年，元灭之，与金同亡。此是后话，休多烦表。

　　且说孟定国归至杨府，把公子家书送与穆夫人、佘太君，二人大喜道：
"杨门有幸，今已立下战功，圣上敕赐完姻，更有荣光。"是日圣上敕旨，孟
定国复回边关，即刻拜辞佘太君并穆夫人，登程而去。数十天水陆程途，
方回边关。军士报进，元帅即令传见。孟定国道："有旨在外。"元帅即命
安排香案接旨，仍是孟定国宣读旨意：狄青加升公爵，范小姐诰封一品夫
人，吉日在关完婚。石玉加升侯爵，张、李、刘三将封五虎镇国将军，孟定
国升威武将军，焦廷贵升威烈将军，岳刚升忠勇将军，沈达升义勇将军，张
文封轻车都尉，李继英封都司，牛健封千户，杨青加授龙虎大将军，范仲淹
召取还朝，入阁拜相。其时因吕夷简被众谏院劾他专权误国，加害忠良，
他自知难掩公论，辞相位，致仕告退，圣上允准，故召回范仲淹还朝入阁。
另旨：杨文广袭父王爵，不复加升，诰封百花女一品夫人，回朝完姻。其余
副将偏将，共有百余员，论功升赏，并犒赏三军，不能一一尽述。

　　且说狄青遵旨在帅府完姻，大设筵宴，大小三军将士庆贺，更有天子
钦赐之物，十分热闹不提。次日杨公子奉旨回朝，与范爷同往拜辞正副元
帅并众位将军。狄青即修家书，接母亲、姐姐同至边关完叙。又有书五
封，附搭杨公子回朝，一封与潞花王母子请安，并禀知自己授爵完姻之事；

---

①　迨（dài）——等到之意。

一封与呼延显老千岁请安，感谢提拔；一封托送韩府，亦是请安；一封托送包府，感谢请安；一封托送佘太君请安并贺喜。

杨公子回朝，先至金銮殿叩谢皇恩，然后回府拜见佘太君、穆氏母亲，并众夫人。先已选定吉日，奉旨结婚。是日杨府挂灯结彩，王侯大臣都来道喜庆贺，设排筵宴，一连数日。日后夫妇伉俪甚得。

再说石玉也有书信寄回长沙，接取母亲、姐丈、姐姐到关相叙，一封书送至高府向岳父母请安，并接取郡主到关完聚。

又有刘庆在关，对元帅说明，要回潼关，接取母亲并妻子到关。元帅说道："今已国家太平，有家属者正该迎取，未知贤弟何日动身，须要早去早回，免得本帅挂怀。"刘庆听了大喜，即谢了出去。

此时朝中尚有庞洪、孙秀、胡坤等三奸，见狄青、石玉等威镇边关，虽欲谋害，却是无计可施，只得闷闷不乐。日后也曾兴风作浪，却被包公、狄青识破。此是后事，也就不多絮烦了。